教育部人文社会科学研究青年基金项目
"启蒙晚期(1770 – 1830)德语文学中的时间诗学"
(批准号: 17YJC752042)资助成果

启蒙晚期
德语文学中的时间诗学

Konfigurationen der Zeit in der
deutschen Literatur der Spätaufklärung

张珊珊◎著

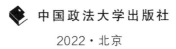

中国政法大学出版社

图书在版编目（ＣＩＰ）数据

启蒙晚期德语文学中的时间诗学/张珊珊著. —北京：中国政法大学出版社，
2022.4
ISBN 978-7-5764-0424-1

Ⅰ.①启…　Ⅱ.①张…　Ⅲ.①德语－文学研究　Ⅳ.①I106

中国版本图书馆CIP数据核字(2022)第062263号

书　　名	启蒙晚期德语文学中的时间诗学　QI MENG WAN QI DE YU WEN XUE ZHONG DE SHI JIAN SHI XUE
出 版 者	中国政法大学出版社
地　　址	北京市海淀区西土城路25号
邮　　箱	fadapress@163.com
网　　址	http://www.cuplpress.com (网络实名：中国政法大学出版社)
电　　话	010-58908435(第一编辑部) 58908334(邮购部)
承　　印	固安华明印业有限公司
开　　本	880mm×1230mm　1/32
印　　张	10.5
字　　数	245 千字
版　　次	2022 年 4 月第 1 版
印　　次	2022 年 4 月第 1 次印刷
定　　价	49.00 元

目　录

导　论

一、时间中的人·人的时间

时间与人密不可分，是人在世生活的基本维度。人的生命无时无刻不在时间之中：从太阳升起到夜幕降临的日常，从春夏秋冬、寒来暑往的自然时间节律到生老病死的生命现象——如同无数的人类先祖一样，我们经历着相同的在世时间节律，无论技术条件如何改变着人的感知，这种如空气一般自然存在的时间循环依然是我们立足大地生存的基本感知。但另一方面，在人类文明从诞生之后的演进历程中，随着科学认识水平与技术条件的不断发展，时间在不同历史时期、不同文化中经历了（也正经历着）不同的感知和解读样态；不同的时间观（乃至历史观）从本质上折射出不同历史时期、不同文化的精神特质。西方学界自 20 世纪以来对时间观念及其演进史的梳理与研究层出不穷；[1]伴随学

〔1〕　相关研究如 Wolfgang Kaempfer, "Zeit", in: Christoph Wulf（Hg.）, *Vom Menschen. Handbuch Historische Anthropologie*, Weinheim und Basel 1997, S. 179 – 197. Antje Gimmler u. a.（Hg.）, *Die Wiederentdeckung der Zeit*, Darmstadt 1997. Ernst Wolfgang Orth（Hg.）, *Studien zum Zeitproblem in der Philosophie des zwanzigsten Jahrhunderts*, München 1982. Hans Michael Baumgartner（Hg.）, *Das Rätsel der Zeit. Philosophische Analysen*, Freiburg 1993. Jan Faye u. a.（Hg.）, *Perspectives on Time*, Dordrecht, Boston, London 1997. Rudolf Wendorff, "Zur Erfahrung und Erforschung von Zeitphänomenen im 20. Jahrhundert", in: Heinz Burger（Hg.）, *Zeit, Natur und Mensch*, Berlin 1986, S. 17 – 46.

科专业化细分趋势的推进，产生了更为多样化的时间观察与时间描述，不同的学科方法和理路导致时间问题话语的纷繁庞杂。对此，德国一批学者在 21 世纪初指出有必要形成一种关于时间现象的跨学科的共同讨论。[1]

时间包围着人与世界、思考与存在、内在与外在、文化与自然。关于时间的经验是人立足和生活于世间最本质、也最为难以言说清楚的经验。这是因为，由于它渗透一切，我们对之无比熟悉；也由于它渗透一切，所以我们的思考便因为摆脱不了它的纠缠而不明不白。[2]时间既非物质、亦不可见，但却又无时无处不在；它一方面极为抽象，另一方面又极为具象地存在于我们的生命之中。奥古斯丁的话常被引用来描述人在叩问"时间"时所进入的迷宫："时间究竟是什么？如果没人问我，我倒清楚；但有人问我，我想说明，便茫然不解了。"[3]奥古斯丁道出了时间与在世者的内在经验之间的深刻关联，时间首先植根于人的经验，它与经验的贴合是如此严丝合缝，以至于在多数情况下，人们很难将它与经验本身清晰地剥离开来。作为无形之物，时间在日常之中被以钟表的机械形式表现、外化出来，钟表这种时间再现形式赋予了时间一种"客观""连续""匀质"的外衣，而这一外衣在现代生活里俨然成为时间本身，现代人想到时间，首先想到钟表时间，比如上课时间 45 分钟，8 点上班，等等。钟表的诞生及逐渐精细化的演进史，本身就是人类生存经验嬗变的历史。实

---

〔1〕 参见 Anette Simonis/Linda Simonis, "Einleitung. Moderne als Zeitkultur?", in: dies. (Hg.), *Zeitwahrnehmung und Zeitbewusstsein der Moderne*, Bielefeld 2000, S. 7 – 29, hier S. 8.

〔2〕 吴国盛：《时间的观念》，北京大学出版社 2006 年版，第 2 页。

〔3〕 ［古罗马］奥古斯丁：《忏悔录》，周士良译，商务印书馆 1963 年版，第 242 页。

际上，作为无形之物，时间的外化形式远不止钟表时间一种，时间本身亦不必然是人们习以为常的"连续""匀质"性，而是与最细微的个体经验之间有着极为个性化的关联，不同的经验本身在根本上无法通过"客观"的度量来把握；个体总是生活在特定的历史语境中，继而，个体经验的表达也将幽微地折射出他的时代总体之时间经验乃至历史经验。

　　在西方哲学传统中，时间问题一直是一个难题。自古希腊亚里士多德起，经中世纪奥古斯丁、启蒙时代的康德直到 20 世纪初的伯格森、胡塞尔和海德格尔等，众多哲学家都曾为破解时间的谜题而孜孜以求。然而，时间的神秘面容似乎从未被彻底窥探清楚过，人们对时间的理解从未在概念性和系统性方面达成统一。法国当代阐释学家保尔·利科（Paul Ricoeur）在 20 世纪 80 年代出版的三卷本巨著《时间与叙事》（*Temps et récit*）中总结言明，至今为止，时间之所以都没有令人信服的概念，并不该归咎于迄今为止的哲学思考方式之不足或时间哲学家们个人能力之缺陷；借助哲学的工具把我们关于时间的所有理解归于一个概念上，从根本上就是不可能的。[1]他汇总了哲学史上时间问题的三重疑难：第一重疑难在于，"主观"时间观与"客观"时间观既不能一起合入一个概念之中去思考，也不能划分为两个完全分离的概念，而是倾向于彼此互相遮盖重叠；这与具体各个哲学系统各自的独特性无关，这一原则上的困境使得概念无论以何种方式都不可能解决时间问题。[2]第二重疑难在于，我们无法确证"时

　　[1]　转引自 Inga Römer, *Das Zeitdenken bei Husserl, Heidegger und Ricoeur*, Heidelberg 2010, S. 3.
　　[2]　转引自 Inga Römer, *Das Zeitdenken bei Husserl, Heidegger und Ricoeur*, Heidelberg 2010, S. 3.

间是一个整体"这个看似不言而喻的假定，哲学并没有充足的理由来为这一点辩护。利科提到，我们不仅时常要与"主观"时间观和"客观"时间观打交道——尽管我们缺少概念的正当性；我们还以一种理所当然的方式谈论着时间（von der *einen* Zeit sprechen），[1]也就是不假思索地将时间抽象为整体。第三重疑难最为棘手：思考（das Denken）无法真正把握时间，后者的源头总是逃逸，它无法通过概念被追补（begrifflich uneinholbar）；哲学一开始思考，就总是迟到，因为它总是在时间之中，而永远无法将其完全囊括入一个主题概念中。[2]

客观时间与主观时间之分由来已久，时间与思之间的悖论亦不新奇。利科虽然指出了哲学在时间问题上遭遇的疑难，但他为自己设置的任务并非迎面扫除它们；他的出发点自一开始就是从阐释学的角度提出，时间与叙事只能在彼此的相互关系中被理解。[3]用利科自己的话说，时间通过叙事而成为人的时间，反过来，叙事通过承载时间经验的特点而充满意义。[4]继而，在利科看来，时间观、历史观与语言结构之间必然有着密切关系。[5]人的语言能力、讲故事—叙事的倾向，通过时间之隐秘纽带实现了人这一"物种"的生存经验之记载表达以及意义建构。时间在叙

〔1〕 转引自 Inga Römer, *Das Zeitdenken bei Husserl*, *Heidegger und Ricoeur*, Heidelberg 2010, S. 3.

〔2〕 转引自 Inga Römer, *Das Zeitdenken bei Husserl*, *Heidegger und Ricoeur*, Heidelberg 2010, S. 3.

〔3〕 参见 Inga Römer, *Das Zeitdenken bei Husserl*, *Heidegger und Ricoeur*, Heidelberg 2010, S. 4.

〔4〕 Paul Ricoeur, *Zeit und Erzählung*, Bd. I., übers. v. Rainer Rochlitz, München 1988, S. 13.

〔5〕 ［法］保尔·利科："导论"，载［法］路易·加迪等：《文化与时间》，郑乐平、胡建平译，浙江人民出版社1988年版，第2页。

事中扮演了双面角色，它既是叙事不可或缺的无形介质，某种意义上也是叙事不断缠绞、编织进自身的特殊质料；也即，叙事在时间中、凭借时间而发生，也让时间进入自身机体之中。我们无法想象没有时间性的叙事，任何人间事都要在时间中拉开帷幕，同样，对人的生命来说，我们也无法想象没有"故事"（意义）的时间，任何人的生命乃至某个共同体、族群乃至社会的生命和运行，都与意义相连（即便是所谓的无意义，也是意义性诉求的一种佐证），而意义的建构依赖人的叙事行为。叙事是人得以确证此在的一种行为方式。

　　类似地，取径文化学理路[1]的德国当代历史学家约恩·吕森（Jörn Rüsen）也在"意义"层面描述人与时间的关系。他指出："如果时间有过去、现在和将来三个基本维度，那么意义则是时间的第四个维度；若没有意义，则人不能经历其他三个维度。"[2]意义并非从过去、现在、将来这三个维度里自动产生，而是一项精神劳作的成果（geistige Leistung），[3]亦即需要通过人的阐释行动生成意义。对此，吕森的思维进路是，人与时间"相遇"时，不可能任由时间"如其所是"，因为人在经验时间的时候，是将它经验为"未曾预料到的事件闯入他已经被阐释了的世界中（gedeutete Welt）"，亦即人把时间经验为他的世界和他的自我之

---

　　[1]　文化学（Kulturwissenschaften）是近三十年来在德国学界逐渐形成的人文学科的研究范式，它诞生的历史语境是西方人文研究话语中对文化和历史的建构性特点的认识、对差异与多样性的承认。详可参见王炳钧："文化学"，载《德语人文研究》2014 年第 1 期。

　　[2]　Jörn Rüsen, "Typen des Zeitbewusstseins - Sinnkonzepte des geschichtlichen Wandels", in: *Handbuch der Kulturwissenschaften*, Stuttgart 2011, S. 365 – 384, hier S. 366.

　　[3]　参见 Jörn Rüsen, "Typen des Zeitbewusstseins - Sinnkonzepte des geschichtlichen Wandels", in: *Handbuch der Kulturwissenschaften*, Stuttgart 2011, S. 365 – 384, hier S. 366.

变化（Wandel），人要忍受该变化并必须再次以阐释的姿态应对它，因为变化本身尚未充分地与他的行动建立意义关联。[1]因此，按照吕森的观点，时间在主体身上并非机械地完成于过去—现在—将来这样的变化之中，时间完成于人的阐释行为；人为了能够把握、经验自己的时间性，必须阐释自己的世界和自身的时间中发生的事情（das zeitliche Geschehen）。[2]对于人来说，时间既不仅仅意味着一种生物性意义上的生命自然周期，亦不仅是一种意识中的机械变化，更重要的在于它孕育着意义维度，而这一维度标示着人的文化向度。通过创造意义的阐释行动，"人横跨过去—现在—未来的生命弧线才首先获得了一种具体的文化形式、真正生命的形式"。[3]叙事本身就潜藏着理解和阐释的动作，因为叙事在语言使用过程中必然发生一种与事物拉开距离的反思效果。叙事生成着意义。

二、文学作为时间的艺术

在了解了人的生存中时间与叙事之间的隐秘关联后，我们进一步看文学叙事与时间的关系。文学叙事作为叙事的"亚类别"[4]，

---

〔1〕 参见 Jörn Rüsen, "Typen des Zeitbewusstseins – Sinnkonzepte des geschichtlichen Wandels", in: *Handbuch der Kulturwissenschaften*, Stuttgart 2011, S. 365 – 384, hier S. 366.

〔2〕 参见 Jörn Rüsen, "Typen des Zeitbewusstseins – Sinnkonzepte des geschichtlichen Wandels", in: *Handbuch der Kulturwissenschaften*, Stuttgart 2011, S. 365 – 384, hier S. 366.

〔3〕 参见 Jörn Rüsen, "Typen des Zeitbewusstseins – Sinnkonzepte des geschichtlichen Wandels", in: *Handbuch der Kulturwissenschaften*, Stuttgart 2011, S. 365 – 384, hier S. 366.

〔4〕 参见 [法] 保尔·利科：《虚构叙事中时间的塑形》，王文融译，生活·读书·新知三联书店 2003 年版，第 1 页。

同样也建构意义，只不过文学叙事中的真实性概念、文学建构的意义与日常生活现实有着更为复杂的交互关系。关于文学性的讨论并非此处的主题，在此不做展开。时间与文学叙事二者之间同样密不可分。关于二者的关系，不仅欧陆 20 世纪 60 年代兴起的所谓经典叙事学文论试图深入探讨和廓清，事实上，现代性文学作品自身很早便热衷于进行时间的思辨，正如 20 世纪初在德国，托马斯·曼的长篇小说《魔山》中曾有过元讨论："时间的是叙事的元素，正如时间是生命的元素。"〔1〕《魔山》的叙事者甚至俏皮地戏说和讨论了时间的认识论难题，这种难题表现在叙事上就是无法将时间客体化为言说对象："人们能够叙述如其所是的时间本身吗？当然不能，这是愚蠢的胆大妄为。'时间流逝了，时间流走，时间奔流'这样继续进行下去的叙事，可能没有心智健康的人会称之为叙事。"〔2〕因而，叙事与时间的关系并非那种常见的表现关系（这种关系中，叙事表现一个对象或言说某种内容），而是一种独特的意义发生关系。"叙事与音乐的相同处在于，它填充时间，'正经地填满'时间，'划分'时间并使得某些东西附随在了'时间'身上或'随时间发生了某事'……"〔3〕《魔山》因极具典型性的虚构时间塑型（Konfiguration，利科语）和鲜明的时间反思意识而被托马斯·曼自称为"时间小说"。德国当代叙事学研究者卢卡斯·威纳（Lukas Werner）和安东尼奥斯·崴克斯勒（Antonius Weixler）曾援引《魔山》小说中的时间讨论

---

〔1〕　Thomas Mann, *Der Zauberberg*, 2. Aufl. , Frankfurt am Main 2013, S. 816.
〔2〕　Thomas Mann, *Der Zauberberg*, 2. Aufl. , Frankfurt am Main 2013, S. 816.
〔3〕　Thomas Mann, *Der Zauberberg*, 2. Aufl. , Frankfurt am Main 2013, S. 816.

以强调指出，没有时间就没有叙事，且没有叙事就没有时间。[1]
这种强调无非再度重申了时间这个维度对于理解文学叙事作品、
进行文学批评的重要性。

那么，文学叙事与时间之间的紧密关系具体该如何理解？
首先，前者对后者的操作在本质上是游戏，是一种"游戏性重
构"[2]。

总体上讲，文学可以凭借虚构和恣意想象而对时间进行塑
型，这种塑型方式有着广阔的自由度和可能性。相较于受客观时
间和现实性所限制的历史叙事，虚构叙事获得了充分的自由，能
够运用想象力对经验时间（主观时间）和世界时间（客观时间）
之间的分裂进行无穷变更，表现二者之间的张力，由此创造出新
的、异于现实的时间形态和时间经验；因为虚构叙事所设置的虚
构的叙事者取代真实作者的后果就是，虚构叙事时间摆脱了任何
需要回溯到宇宙时间（世界时间/客观时间）的束缚，虚构的叙
事者在描述人物时间经验时，不再局限于单一、线性时间序列。[3]
因而，文学叙事对时间的塑型，是游戏地进行建构；有多少小
说，就有多少独特的虚构时间经验。[4]

具体而言，这种游戏性依赖的操作框架是"叙述时间"
（Erzählzeit）与"被叙述的时间"之间（erzählte Zeit）的张力。

［1］ Antonius Weixler/Lukas Werner, "Zeit und Erzählen. Eine Skizze", in: dies.
(Hg.), *Zeiten erzählen: Ansätze-Aspekte-Analysen*, Berlin/Boston 2015, S. 1 – 24, hier S. 1.

［2］ 苏宏斌、肖文婷："虚构叙事如何为时间塑形？——论保尔·利科叙事学的
时间维度", 载《中国人民大学学报》2021 年第 1 期。

［3］ 参见苏宏斌、肖文婷："虚构叙事与时间之谜——保尔·利科叙事学的时间
之维", 载《浙江学刊》2021 年第 2 期。

［4］ 参见苏宏斌、肖文婷："虚构叙事如何为时间塑形？——论保尔·利科叙事
学的时间维度", 载《中国人民大学学报》2021 年第 1 期。

利科对文学与时间的游戏如是谈道："倘若借用热奈特的话可以把叙事中的叙述时间与被叙述的时间的关系称作'与时间的赌博'，那么这场赌博的赌注就是叙事所瞄准的目标：时间经验（Zeiterlebnis）。"[1]尽管两种时间层次的区分在文学批评的实践操作中早已有之，但最终经由法国结构主义叙事学才受到学界显著的关注。结构主义叙事学在英美学界被称作经典叙事学，近20多年来，我国相关研究和探讨已趋成熟，产生了很多在叙事学理论的梳理、阐发、批评方面富有价值的中文研究文献和成果。最具代表性的是申丹的理论研究，其在国外叙事学界也产生了影响力。[2]鉴于明晰"叙述时间"与"被叙述的时间"概念的需要，本文在此只简单回顾一下结构主义叙事学中的时间问题。法国结构主义叙事学者茨维坦·托多罗夫（Tzvetan Todorov）受苏俄形式主义什克洛夫斯基（Viktor Shklovsky）等人"故事"与"情节"之分的影响，在20世纪60年代提出"故事"（histoire）与"话语"（discours）这两个概念以区分叙事作品的表达对象和表达形式。[3]在此基础上，出于对叙述行为的重视，热奈特在1972年《叙述话语》这一叙事学经典名篇中对"故事"／"话语"两

---

　　[1]　[法]保尔·利科：《虚构叙事中时间的塑形》，王文融译，生活·读书·新知三联书店2003年版，第138页。引文有改动。

　　[2]　参见21世纪初申丹与美国马里兰大学叙事学家布莱恩·理查德森（Brian Richardson）在《叙事》（Narrative）杂志上的一系列论争文章。Dan Shen，"Defense and Challenge：Reflections on the Relation between story and Discourse"，in：Narrative，10（2002），S. 222 - 243；Brian Richardson，"Some Antinomies of Narrative Temporality. A Response to Dan Shen"，in：Narrative，11（2003），S. 234 - 236；Dan Shen，"What Do Temporal Antinomies Do to the Story-Discourse Distinction? A Reply to Brian Richardson's Response"，in：Narrative，11（2003），S. 237 - 241.

　　[3]　参见申丹、王丽亚：《西方叙事学：经典与后经典》，北京大学出版社2010年版，第14页。

分法进行了补充修正，提出了三分法：①"故事"（histoire），依然指被叙述的事件；②"叙述话语"（récit），即叙述故事的话语，就文学而言，就是读者所读到的文本；③"叙述行为"（narration），即产生话语的行为或过程，比如叙述行为的过程。[1]也就是，热奈特进一步把"话语"细分成了叙述这一动态行为及其痕迹（产物）"话语"两个层次。叙述行为实际上是时间中进行的即时性的动作过程，如同舞蹈、歌唱一样，是一种在时间中消散的东西，唯一与之不同的是，书面叙事留有痕迹—产物。申丹敏锐地看到读者面对文本时感知叙事者所谓的"叙述行为"之困难，她指出，就书面叙事作品而言，一般并无必要区分"叙述话语"和"产生它的行为或过程"，因为读者能接触到的只是叙述话语（即文本）。[2]无论如何，结构主义叙事学贡献的"故事"／"话语"之区分对叙事学产生了重要影响。[3]在此区分的背景下，叙事作品中的时间也相应地分为被叙述的时间（erzählte Zeit）和叙述时间（Erzählzeit）两个层面。前者指被叙述的故事之时间，即故事时间；后者指叙事者的叙述所用的时间，即话语时间，常常以文本所用篇幅或阅读所需时间为衡量标准。实际上，关于文学文本中被叙述时间（故事时间）/叙述时间（话语时间）的二分，金特·穆勒（Günther Müller）、凯特·汉布尔格（Käte Hamburger）、艾伯哈特·莱默特（Eberhard Lämmert）等德国学者比法国叙事学有更早的研究探索。德国学者对叙事形式所

---

〔1〕 参见 Gérard Genette, *Die Erzählung*, 3. Aufl. München 2010, S. 12. 亦参见：申丹、王丽亚：《西方叙事学：经典与后经典》，北京大学出版社 2010 年版，第 16 页。

〔2〕 参见申丹、王丽亚：《西方叙事学：经典与后经典》，北京大学出版社 2010 年版，第 17 页。

〔3〕 参见申丹、王丽亚：《西方叙事学：经典与后经典》，北京大学出版社 2010 年版，第 14 页。

做的前期阐发亦为后来的法国叙事学发展提供了参照和灵感。利科关于文学虚构叙事的理论来源于综合考察金特·穆勒、哈拉尔德·万因里希（Harald Weinrich）等德国学者以及热奈特的观点。利科甚至更愿意回到德国人金特·穆勒的问题视野中。曾经求学于胡塞尔门下的德国日耳曼学者金特·穆勒早在 20 世纪四五十年代就曾经撰写了一系列关于文学叙事中时间问题的研究论文，如《叙事艺术中的时间之意义》（"Die Bedeutung der Zeit in der Erzählkunst. Bonner Antrittsvorlesung", 1946），《叙述时间与被叙述的时间》（"Erzählzeit und erzählte Zeit", 1948），《文学中的时间经验与时间架构》（"Zeiterlebnis und Zeitgerüst in der Dichtung", 1955）。金特·穆勒对叙事与时间的阐发值得时间诗学研究的进一步回顾和追溯。

　　其次，尽管文学叙事对时间形态的塑型是一场由文本符号发起的游戏，但并不意味着这场建构意义的游戏具有绝对任意性，它与历史现实时间存在着复杂的互动关系。在此意义上，苏俄文艺理论家巴赫金（Michael Bakhtin）对文学叙事时间形态的分析理路至今依然是值得效法的范例。20 世纪 30 年代，他引入彼时流行的爱因斯坦相对论中的"时空体"（Chronotopos）概念，用来描述文学作品通过艺术化手段把握的时间—空间关系，他的"时空体"不仅仅关切文学文本自身的内部特性和叙事结构，也看重文学叙事与历史建构之间所实存的"能量"交流。他的长文《小说中的时间形式和时空体形式》（"Formen der Zeit und des Chronotopos im Roman. Untersuchungen zur historischen Poetik", 1937/38），副标题名为"历史诗学诸研究"，足以暗示出文学叙事与历史叙事之间千丝万缕的关联，也表明巴赫金在研究小说时间问题时并不局限于文本的封闭结构之中，而是一开始就站在瞭望历史文化肌理的高地，这一出发点不同于后来热奈特结构主义叙事学对文学叙事时间的处理。热奈特的叙事学力求仅仅记录叙述行为在文本中留下的标记，[1]故事天地和叙述行为指的丝毫不是文本外的东西。[2]巴赫金的"时空体"实际上统一融合了文化哲学层面、文学史层面和体裁理论层面的三类分析于一身。[3]巴赫金在谈时空体之前，先指出文学与现实历史时间之间复杂的交互关系，文学想象并非凭空而生，文学叙事并不像是独立于历史语境之外的"飞地"，同时，文学想象收编和加工重组某一些现实因素的操作也只能历史地被理解。继而，他的时空体概念本身就包含了关切文本与历史之对话性的诉求。在此基础上，时空体是文学作品整体和盘托出的一种艺术化的时间—空间关系：

> 文学对现实历史时间、现实历史空间以及对现实历史的人的吸收征用（Aneignung）曾是一个复杂、非连续的过程。被征用的总是时间、空间的某些单个方面，这些方面在其时人类历史发展的阶段可被理解。同时形成了相应的与体裁有关的方法，以映射和艺术地加工这些被征用的现实方面。我们把文学中被艺术地把握的各种时间—空间关系称作时空体……在艺术—文学的时空体中，空间的和时间的各种特征融合为一个有意义的、具体的整体。[4]

巴赫金的时空体概念很难、也不应被机械地套用为阐释工

---

〔1〕 参见［法］保尔·利科：《虚构叙事中时间的塑形》，王文融译，生活·读书·新知三联书店2003年版，第144页。

〔2〕 参见［法］保尔·利科：《虚构叙事中时间的塑形》，王文融译，生活·读书·新知三联书店2003年版，第143页。

〔3〕 参见 Michael C. Frank, "Nachwort", in: Michail M. Bachtin, *Chronotopos*, übers. v. Michael Dewey, Frankfurt am Main 2014, S. 201 – 242, hier S. 204 – 207.

〔4〕 Michail M. Bachtin, *Chronotopos*, übers. v. Michael Dewey, Frankfurt am Main 2014, S. 7.

具，它更多是一种意识与视角，巴赫金无非在用一个独特的理论语词让文学与历史语境之间暗通款曲的特殊关系变得清晰可见。文学内部充满象征性的时—空与外在历史之间的机要关系在每一部作品中都有着不同的塑型方式，让这种塑型显形，是每一次文本阐释过程中的创造性工作。

结构主义叙事学侧重对叙事时间的分析，而不关注对故事时间的观察。近年来，德国叙事学理论不断深入发展，已有声音指出这一盲点。卢卡斯·威纳就认为叙事理论往往不假思索地将故事时间作为一种无需理论反思的"所指的量"（Referenzgröße），[1]似乎故事时间天然地具有透明和无辜性，而事实上，它很可能并非如此。故事时间对于建构"讲述的世界"之重要性，使得这个盲点显得极为显著。这个被叙事学理论所忽视的故事时间领域，具有历史性和象征性，换言之，对于故事时间的考察，某种程度上一定会与其时的历史话语、思考型狭路相逢，时间这个因素成为文学与文化语境之间暗暗相通的能量秘道。在这个意义上，巴赫金所做的研究是一个范例。小说世界充盈着不可见的时间和氛围，它需要想象和体验，小说叙事必须为这种思维的构型提供线索。

在被叙述的故事世界中，时间是基本维度。它通过特别的结构特点决定了文学设计方案自身的真实性。事件发生于时间之中，带来状态变化的各个事件是叙事的基本运动，它们不可能超然于由至少两个时间点构成的时间最小结构之外。在这个意义上，时间就构成了被叙述的世界中的可能性条件（Möglichkeitsbedingung）；但它

〔1〕 Lukas Werner, "Zeit", in: Matias Martinez（Hg.）, *Handbuch Erzählliteratur: Theorie, Analyse, Geschichte*, Stuttgart 2011, S. 150–158, hier S. 151.

不是感性可感知的现象。为使时间可见，必然需要事件。[1]

事件发生方式、或曰叙事对它们的组配—呈现方式不仅直接影响着风格，也决定着小说世界的精神性内涵。卡西尔（Ernst Cassirer）将时间看作象征形式，因为在时间中，某种精神的意义内涵与具体的感性符号相连，这种精神的意义内涵被内在地献给了该符号。[2]

当然，对于以结构主义方法为指导的经典叙事学而言，我国叙事学家申丹的提醒具有启发性：所谓的后经典叙事学一方面诟病结构主义叙事学割断了作品的文化语境，一方面在分析作品时却经常以经典叙事学的概念和模式为技术支撑，出现这种理论与行动混淆脱节的原因在于这些批评实际上没有真正理解经典叙事学的实质，它的对象是叙事诗学，也即语法，而仅附带有少量叙事作品阐释。"正如通常的诗学和语法研究一样，叙事诗学探讨的是叙事作品共有的结构特征，无需考虑语境，因此脱离语境的叙事诗学直至今日，还不断出现在叙事学的论著中；就具体叙事作品的阐释而言，则需要考虑作品的创作语境和接受语境。"[3]申丹给出的建议是，尽管经典叙事学脱离语境来分析作品的方法已经过时，我们在文学作品的批评中应充分关注社会历史语境的影响，但脱离语境的叙事诗学的不少模式和概念在今天依然是十分

---

[1] Lukas Werner, "Zeit", in: Matias Martinez (Hg.), *Handbuch Erzählliteratur: Theorie, Analyse, Geschichte*, Stuttgart 2011, S. 150–158, hier S. 151.

[2] 转引自 Lukas Werner, "Zeit", in: Matias Martinez (Hg.), *Handbuch Erzählliteratur: Theorie, Analyse, Geschichte*, Stuttgart 2011, S. 150–158, hier S. 151.

[3] 申丹、王丽亚：《西方叙事学：经典与后经典》，北京大学出版社 2010 年版，第 6 页。

有用的分析工具，〔1〕换言之，在具体分析文本时，我们在文本阐释的具体操作上离不开结构主义叙事学所开拓的工作方法。

文学叙事作为时间的艺术，不仅因为它的操作方式是按照时间序列叙述事件，而且因为它与现实世界从根源上有着独特的联系；文学叙事不仅是个体生命时间、个人记忆的特殊载体，某种程度上也可以被看作历史时间——文化记忆的一种特殊承载形式。鉴于叙事的基础要素是时间，那么，如果时间的性质发生了变化，叙事范式也很可能相应地改变。启蒙运动发展至 18 世纪末，伴随宗教世界观的式微、世俗化进程的深入推进，新的时间与历史意识显现于时代空气之中，启蒙晚期时代西方人的生存经验的变化中，首当其冲的要数时间感与历史感的变化。过去、当下、未来这三个维度的经验之间发生前所未有的断裂。与此同时，启蒙历史哲学竭力制造一种历史进步的线性时间叙事，以填补宗教绝对性消退后的缺位。在新的时间和新的历史意识诞生的背景下，文学叙事在形式和内容上的赓续就可想而知了。此时，文学逐渐取得了所谓的自律领地，文学的虚构性与反思性程度空前提高，而它自身的叙事策略和形式也随之不断得以推进，初步进入了现代性文学书写的领域。德语长篇小说在 18 世纪下半叶崛起，这一现象本身就是启蒙时代新的历史意识和时间意识之表达，因为小说叙事本质上是在处理时间性与建构意义之间的张力，不管是布兰肯堡（Friedrich von Blankenburg）意义上的"内心故事"，还是小说主人公的外在经历，现代小说根本上展示了个体如何在时间中自为地塑造自己的生命，建构生命时间的意

---

〔1〕　参见申丹、王丽亚：《西方叙事学：经典与后经典》，北京大学出版社 2010 年版，第 6 页。

义。中篇小说（Novelle）同样在 18 世纪末登上德语文学的舞台，其思考型也是以启蒙时代新的时间意识与历史意识为基础，尤其是克莱斯特的中篇小说，在表达断裂感、反思偶然性议题上独树一帜，具有范式性的意义。

　　总之，启蒙晚期德语文学叙事作品不仅在形式上对时代思想中的"历史"转向做出了回应，更重要的是，将对时间和历史的感知与反思灌注到故事世界中。在进入具体的文学文本之前，有必要首先梳理启蒙晚期显著的新时间意识。

第一章　西方启蒙晚期历史"时间化"现象

一、18 世纪西方现代时间意识的崛起

我们如今身处的现代生活正在提供给我们的生命经验中，最为显著的是时间经验。"最近忙吗"已渐渐成为人们惯用以嘘寒问暖的开场白，"忙"似乎是我们当前最常脱口而出、用以描述自己状态的一个基本词汇。我们忙着完成一件又一件的工作任务，忙着跟进或回复手机屏幕上纷至沓来的消息：时间如此紧迫珍贵，它成为无比匮乏稀缺的东西。在无处不在、因而无法对其视而不见的资本与市场的背景下，时间直接等同于一种昂贵的资源，把时间"花"在什么上，像是一种至关重要的"投资"行为；我们娱乐消遣、旅行成为百"忙"中难得的一丝喘息机会、一种所谓的自我再生产，我们的行为（且很大程度上是消费行为）归根结底是为了"度过一段美好的时间"。时间被越来越精细地分割利用。

现代人忙着赶时间。时间的鞭子在不断抽打着现代人疲惫的身体和心灵。但我们似乎对这种匆忙习以为常，匆忙成为我们的日常格调。从任何一个公共空间与处所中都不曾缺席的时钟，到每个人手机、手腕上都"唾手可得"、随时可见的钟表报时界面，时间的紧迫感深刻内在于人的身体和意识中，时间的精确性加重

了压在现代人敏感神经上的负荷。现代生活经历了且依然正在持续经历着时间加速，这个进程随着新的媒介和技术条件的不断迭代而愈演愈烈。作为现代人生活困局的时间加速现象肇始于近代西方。近代数百年来，西方文明中脱胎而出的线性"进步"时间观念随着一系列的全球化层面的活动（包括政治和经济体系的建立、战争、殖民、贸易）不断向全世界范围渗出，冲击着欧洲以外的其他文化样态，对东方世界也产生了深刻影响。我们今天正处在近代数百年一直未曾消退的这股历史劲风之中。这种影响促使我们不断地回溯西方启蒙时代，去弄清西方现代性的时间意识产生的条件。

苏联历史学家古列维奇（A. J. Gurevich）在20世纪70年代的一篇文章《时间：文化史的一个课题》中就曾对此问题有精彩的概括表述，尽管彼时尚未进入互联网时代，但他对于现代文化的框架性描述依然能够对接当今技术条件下时间加速的生存感受：

> 现代人生活在时间的维度之中（sub specie temporis）。他毫不费劲地处理"时间"范畴和估量遥远的故去。他要求预见未来，要求规划自己的行动，要求事先决定科学、技术、生产和社会的发展。他所拥有的这种才能盖因我们所使用的时间体系达到了一个非常精细的阶段……当人类为了节约和利用时间而掌握了时间后，也就是说，学会了测量时间并精确地加以分割后，人类同时也就发现自己成了时间的奴隶。确实，时间观念在"匆匆忙忙"的现代人的头脑中逐渐呈现为它的流动性和不可逆性。当代文明目睹了速度的价值和重要性的不可估量的提高，目睹了当代生活节奏的根本变化，它被现在工业化国家的居民视为正常的、

无法规避的节奏。[1]

现代历史进程中"新"的时间意识牵动着现代人精神深处的不安与痛苦。在人类历史长河中，人类从未具有像今天盛行的那种时间感觉。[2]这种相对较"新"的时间意识大致而言肇始于欧洲的 18 世纪，18 世纪西方世界进入了从旧传统向现代文明加速转变的转型时期。古列维奇从西方文明进程的大脉络的角度这样描述新旧时间观念的转变：

没有什么能比对时间的解释更清晰地表明古代文明和现代文明之间的显著差别：现代社会完全受着矢量时间的支配。而时间在古希腊人的意识中仅仅起着很小的作用。希腊人的时间感觉甚至受到某种对现实的神话解释的强烈影响。希腊人不是根据变迁和进化来觉察和体验世界，而是将它视作静止的存在物，或者是"大圆周"中产生的一种公转，世上所发生的事件不是独一无二、先后承续的时代周而复始，过去时代的人和事件在"大年"（柏拉图年）——毕达哥拉斯时代——期满时将会再现。人们注视着一个和谐、完美的宇宙——"物质的、可感的、充满生机的"——宛若某种不断循环往复的物质，从无形的混沌中显露，在和谐、对称、有节奏的控制中，在崇高和平的庄严中开始前进，随即匆匆走向毁灭，打破自身的平衡，再次变为一片混沌……"过去"，"现在"和"将来"是时间按照数的法则（柏拉图）仿制永恒、循环前进的各种形式。希腊人的意识转向过去，世界由命运操

<hr>

〔1〕［苏］A. J. 古列维奇："时间：文化史的一个课题"，载［法］路易·加迪等：《文化与时间》，郑乐平、胡建平译，浙江人民出版社 1988 年版，第 314 页。

〔2〕参见［苏］A. J. 古列维奇："时间：文化史的一个课题"，载［法］路易·加迪等：《文化与时间》，郑乐平、胡建平译，浙江人民出版社 1988 年版，第 315 页。

纵，诸神也服从命运，所以没有给历史演化留下任何余地。古代社会是静态的、"天文学般的"……"黄金时代"位于神话式的过去的后面。看来古代人是"逆着未来前进的，他们的脸背向未来"。[1]

与以古希腊为代表的循环时间观不同，矢量时间或曰线性进步的时间观念统摄着现代文明。当然，线性时间观在欧洲文化中以一种普遍的、可能的社会时间形式立住阵脚，是在经过漫长而复杂的进化过程后才成为现实的。[2]简言之，基督教弃用古希腊异教的循环时间观，将历史置于从神创行为奔向最后审判的直线轨道之中。基督教把时间概念同永恒概念区别开来，二者的划分对应着世俗与神圣的二元论图像，世俗时间是被神创造的，有始有终，基督教切望从世俗时间转向永恒时间，从世俗转向天堂至福王国。

现代性的进步观念并不应看作全新的东西，因为表面上的巨变总是以某种方式与过去的遗留相关。线性进步观与基督教时间观的矢量性有着承续关系。二者的不同在于，基督教的历史所引向的是一种事先确立的神学极限，也就是这种线性时间运转的前提为严密封闭的框架，历史的归宿是终结与静止。具体来说，尽管基督教将时间规定为矢量性，"但并未摆脱循环观念，仅仅是对这种观念的解释发生了根本变化"，[3]虽然时间从永恒中分离

---

〔1〕 参见［苏］A. J. 古列维奇："时间：文化史的一个课题"，载［法］路易·加迪等：《文化与时间》，郑乐平、胡建平译，浙江人民出版社1988年版，第319～321页。

〔2〕 参见［苏］A. J. 古列维奇："时间：文化史的一个课题"，载［法］路易·加迪等：《文化与时间》，郑乐平、胡建平译，浙江人民出版社1988年版，第322页。

〔3〕 ［苏］A. J. 古列维奇："时间：文化史的一个课题"，载［法］路易·加迪等：《文化与时间》，郑乐平、胡建平译，浙江人民出版社1988年版，第324页。

出来后,人们在考察世界历史的片段时,以一种线性承续的形式来理解它,但是"作为整体的世界历史本身在创世和世界末日的框架中却构成了一个完整的圆:人和世界回到造物主的身边,时间则回到永恒"[1]。而进步观念则打破了封闭的历史神话框架,人成为历史行动的主体。线性时间观改头换面并逐渐演进为进步观,经历了一段较长的演进过程。[2]此外还应看到,"进步"观念的源流不仅仅是某种单一的宗教或哲学、经济学、现代科学发展,而是由各个不同领域中的步步演进而导致的。[3]伴随着进步观念的诞生,一个有着无限进步可能性的现代世界不断在时间中展开。

18世纪晚期至19世纪上半叶的这段时期(约为1770~1830年)是西方世界最终由传统走向现代的巨大转折期,线性进步观念最终成型于这一时期。自20世纪以来,欧陆的历史学、社会学、文化研究、文学研究等不断重新对这一历史时期进行框定观察,强调这一时期在现代欧洲发展史上的重要性。首先,影响欧洲乃至世界历史进程的法国大革命处于该时间段中;其次,欧洲启蒙运动经过了一个世纪的酝酿与反思,于此时在自身内部达到成熟的高潮;最后,肇始于英国的第一次技术革命在18世纪后

---

〔1〕 [苏] A. J. 古列维奇:"时间:文化史的一个课题",载 [法] 路易·加迪等:《文化与时间》,郑乐平、胡建平译,浙江人民出版社1988年版,第324页。

〔2〕 新时期早期至18世纪末,基督教末世论的时间观与日渐壮大的现代时间意识和历史意识之间展开了一场混杂的博弈,二者既有合流的时刻,也有对决。"对未来的理性预测和对基督教救赎的期望,这两者的混合是18世纪特有的现象。这种混合也见于进步哲学中。"参见 Reinhart Koselleck, "Vergangene Zukunft der frühen Neuzeit", in: ders. , *Vergangene Zukunft: Zur Semantik geschichtlicher Zeiten*, Frankfurt am Main 2013, S. 17 – 37, hier S. 33.

〔3〕 Rudolf Wendorff, *Zeit und Kultur. Geschichte des Zeitbewusstseins in Europa*, Opladen 1980, S. 253.

三十年崭露头角，机器代替人力劳动，开始引发欧洲社会生产与生活方式的加速变革。这一时期，新、旧时代的交锋与碰撞全面外化于社会生活、交往与组织方式、政治变革、精神与思想的各个方面；欧洲社会、人的气质和日常生活向现代转型，一些现代价值观也在这个时期被首次提出，并作为典范流传后世，这个时期从根本上塑造了我们今天所认识的西方，"现代人和现代西方诞生了"[1]。当然，关于西方人何时成为"现代人"以及"现代性"的含义，此类问题在欧美学界莫衷一是，理论更是层出不穷；"modern"作为表语在中世纪就已经出现，但是从文艺复兴时期开始，随着"古代——中世纪——现代"的历史分期成为主导性历史叙事范式，欧洲人对自己所处时代的感知才有了"现代"的说法。[2]实际上，modern 一词本身就暗含着"新"的意思，在黑格尔的眼中，新的时代（neue Zeit）就是现代（moderne Zeit），他用这个说法来指大约 1500～1800 年的三百年。这种"新"甚至指向彼时欧洲人所生存的当下时代，比如弗里德里希·施勒格尔（Friedrich Schlegel）[3]在《论古希腊诗研究》（"Über das Studium der Griechischen Poesie"，1795/1797）、席勒在《论朴素的诗与感伤的诗》（"Über naive und sentimentale Dichtung"，1795）中进行的古今之争意义上的古典古代与现代文学之间的二元对比，所谓现代文学（moderne Poesie），指的就是彼时当下的文学。这种在历史源流中的自我定位与感知，显然总是有

---

〔1〕 方维规：《什么是概念史》，生活·读书·新知三联书店 2020 年版，第 143 页。

〔2〕 参见李双志：《弗洛伊德的躺椅与尼采的天空——德奥世纪末的美学景观》，上海文艺出版社 2021 年版，第 13 页。

〔3〕 国内学界也常译为施莱格尔。本书引用的文献中多译为施勒格尔，故统一用施勒格尔。且本书无特殊说明时，施勒格尔是指弟弟弗里德里希·施勒格尔。

意识地与"过去"拉开明显的距离。包括哈贝马斯（Jürgen Habermas）在内的不少学者今天仍将西方这种古与今、旧与新的断裂之源头不断地追溯到更早的近代早期，即 1500 年前后（新大陆的发现、文艺复兴和宗教改革构成了现代与中世纪的分水岭）；而整个 18 世纪已经在进行这样的追溯。[1]哈贝马斯关于现代性的观察表明，从 16 世纪至今，西方世界都处于它自身的"未完成的现代性工程"中，这个"现代化"过程跨越了几个世纪后仍未完结，它的标志是理性化、世俗化、资本主义发展并扩张为全球化、社会系统及其价值观高度分化。[2]

　　本书将不展开探讨西方近代早期的具体状况，而将把关注点聚焦到 18 世纪的最后三十年。至此时，西方经过了之前约四百年的铺垫，最终形成了鲜明的现代时间与历史意识。德国基督教神学家和史学家恩斯特·特洛尔奇（Ernst Troeltsch，1865～1923 年）早在 1900 年前后就强调了这一具有政治和社会断裂意义的时代界限。[3]当然，这一过渡时期界限的起止时间实际上并不是严格精确的，而是一个边界流动的大致区间。德国 20 世纪的重要哲学家汉斯·布鲁门贝格（Hans Blumenberg）称这一转折时期为时代界限（Epochenschwelle）；而德国 20 世纪重要历史学家莱因哈特·科泽莱克（Reinhart Koselleck，1923～2006 年）用一个形象的比喻"鞍型"将这一过渡阶段约略定在 1750～1850 年间，

---

　　〔1〕　参见［德］哈贝马斯：《现代性的哲学话语》，曹卫东译，译林出版社 2004 年版，第 6 页。另见［美］马歇尔·伯曼：《一切坚固的东西都烟消云散了：现代性体验》，徐大建、张辑译，商务印书馆 2013 年版，第 17 页。

　　〔2〕　参见李双志：《弗洛伊德的躺椅与尼采的天空——德奥世纪末的美学景观》，上海文艺出版社 2021 年版，第 14 页。

　　〔3〕　方维规：《什么是概念史》，生活·读书·新知三联书店 2020 年版，第 141 页。

谓之"鞍型时期"（Sattelzeit），[1] 成为德国近现代历史研究中被普遍使用的时间概念。福柯则指出，横跨 18、19 世纪之交的 50 年（约 1775～1825 年）之间，西方的认识范式完成了向"历史"的转变，也就是说，事物都可以或必须被历史地看待和解释，这一过渡时期是福柯所谓的"历史时代"（Das Zeitalter der Geschichte）的开端，而这个时期的特点就是时间化，亦即此前空间性的知识秩序被时间性的知识秩序所取代。可以说，20 世纪以来西方社会科学研究对于作为转折期和过渡期的 1800 年前后几十年时间区间不断的历史性反思在宏观上几乎共同指向一点："特殊的时间关系"（ein spezifisches Zeitverhältnis）[2] 是现代性之突出特征。

本研究所涉及的对 18、19 世纪之交历史与时间的"新"特质之基本认识，主要参照了科泽莱克的观点。

科泽莱克的历史语义学概念史研究在 20 世纪下半叶的德国学界引发持续影响。概念史研究是一种旨在探寻如何解释西方"现代化进程"的方法。[3] 概念史研究的出发点是语言和词汇，是一种共时性和历时性并重的语义学探究，它关注语言对于历史事件的呈现和描述，关注历史进程中某一概念生成及其内在语义的流变，继而达到一种社会史和思想史层面上的观察。概念史属

---

〔1〕 对"鞍型"这一比喻的解释详可参见方维规：《什么是概念史》，生活·读书·新知三联书店 2020 年版，第 141 页。

〔2〕 Theo Jung, "Das Neue der Neuzeit ist ihre Zeit: Reinhart Kosellecks Theorie der Verzeitlichung und ihre Kritiker", in: Helga Mitterbauer u. a., *Moderne: Kulturwissenschaftliches Jahrbuch* 6, Innsbruck 2012, S. 172–184, hier S. 174.

〔3〕 Christof Dipper, "Reinhart Koselleck, Begriffsgeschichte, Sozialgeschichte, begriffene Geschichte: Reinhart Koselleck im Gespräch mit Christof Dipper", in: *Neue Politische Literatur*, 43 (1998), S. 187–205, hier S. 197.

于历史语义学这一上位概念，历史语义学作为一种史学方法，查考特定时期之词义生成和表达的文化、社会与政治前提，重构过去某个时代之思维、心态（Mentalität）和交往形式的历史背景，以及时人的时代认知和解释视域。[1]历史语义学的研究方法既然立足语言表达和语义阐释，便与文学研究之间有着潜在的相似性，因为后者同样致力于对语言表达的阐释、对文本意义的关注，因而，尤其在涉及同一历史时期的某一主题时，二者必然有着知识建构上的某种通连性。科泽莱克所使用的语言材料和例子来自所研究时代的词典，政治家、思想家或文学家的书信、时评，也就是从时人的语言使用细节逐渐汇成一种现象级的观察。同时，科泽莱克的历史语义学关注经验和"经验转变"，而文学本身首要表达的便是人的生存经验，在此意义上，科泽莱克的概念史研究为德国文学史的自我理解提供了重要参考：概念史研究方法对西方近代历史进程中尤其是启蒙晚期"时间"维度的突出强调，提示人们不妨将探究的目光投向启蒙晚期的文学书写中关于时间问题的表达，从更大的文化视野中去观测西方在这一历史转折时期所留下的经验。毫无疑问，可以推测启蒙晚期人的非虚构性写作中所表达的关于时间的敏感，在文学虚构中将更加复杂多样，文学虚构和文学隐喻的多棱镜将把动荡时代中的生存经验幻化为或新奇斑斓或深邃隐晦的图像，以特殊的方式言说不断变化的世界中不可化约的维度。科泽莱克在其著作《时间层——历史学研究》开篇中指出，讨论时间需要依靠隐喻，因为时间只能

----

〔1〕　参见方维规：《什么是概念史》，生活·读书·新知三联书店2020年版，第18页。

通过特定空间单位中的运动来被具象化。[1]由此处及彼处所经过的路径、向前走以及进步（Fortschritt）本身或发展（Entwicklung）都包含着具象化图像，从中可以找到时间性的洞察。[2]历史学总是与时间打交道，而实际上，时间性与空间性彼此紧密交错。[3]类似地，文学研究对于时间的讨论也总是离不开隐喻，文学本身的隐喻性赋予了时间更为复杂的面相，文学研究应当从隐喻中提取出时间性洞察。

对科泽莱克而言，"新时期"（Neuzeit）不始于某个事件，亦非始于某项社会的、政治的、科学的或技术的发展，而在于"经验转变"（Erfahrungswandel）。[4]在新时期，时间被不断经验为"新的"，换言之，"新时期"之新不在于新的经验对象，而在于"新的时间"（Neu-zeit），也就是"经验的时间结构"（temporale Struktur der Erfahrung）。[5]18世纪向19世纪过渡的"历史时间"是科泽莱克研究中的重要时间段，毋庸置疑，"时间"是描述这一转型时期的关键概念，其他诸多重要概念（如历史、进步、加速、世俗化等）都紧密围绕它展开并获得自身内涵。直接监测或反映历史时间变迁的两个基本历史范畴由科泽莱克设定为"经验

---

〔1〕 Reinhart Koselleck, *Zeitschichten： Studien zur Historik*, 1. Aufl. , Frankfurt am Main 2003, S. 9.

〔2〕 Reinhart Koselleck, *Zeitschichten： Studien zur Historik* 1. Aufl. , Frankfurt am Main 2003, S. 9.

〔3〕 参见 Reinhart Koselleck, *Zeitschichten： Studien zur Historik*, 1. Aufl. , Frankfurt am Main 2003, S. 9.

〔4〕 Theo Jung, "Das Neue der Neuzeit ist ihre Zeit： Reinhart Kosellecks Theorie der Verzeitlichung und ihre Kritiker", in： Helga Mitterbauer u. a. , *Moderne： Kulturwissenschaftliches Jahrbuch* 6, Innsbruck 2012, S. 172 – 184, hier S. 174.

〔5〕 参见 Theo Jung, "Das Neue der Neuzeit ist ihre Zeit： Reinhart Kosellecks Theorie der Verzeitlichung und ihre Kritiker", in： Helga Mitterbauer u. a. , *Moderne： Kulturwissenschaftliches Jahrbuch* 6, Innsbruck 2012, S. 172 – 184, hier S. 174f.

空间"（Erfahrungsraum）和"期待视域"（Erwartungshorizont）。
一般来看，人的经验视野是由过去、现在、未来三个时间维度构
成的。人的现在是从过去中来，并向未来伸展开去；但是这三个
维度在人的生命中彼此之间的调配关系却并非常量，而是有历史
性变迁。[1] 理解了这一点，也就不难理解科泽莱克对于历史时间
的监测和描述方法实际上正是观察这三个时间维度之间的关系：经
验与期待被看作人类学的"前定事实"（Vorgegebenheit），没有它
们，历史将无从谈起。[2] "经验和期待是两个范畴，它们使过去
与未来相交，因而适于用来研究历史时间。"[3] 新时期之所以出
现了新的时间，原因在于，经验与期待之间的分歧越来越大，换
言之，期待越来越远离先前有过的经验。[4] 经验空间与期待视域
这两个范畴的划分，对我们理解历史时期分野具有启示作用。借
此观察脱胎于启蒙运动的线性进步观念，能显著地发现它对未来
期待之热切无以复加，过去的维度萎缩至相形见绌。线性进步观
对未来抱有乐观主义，认为人类的道德、精神、物质水平会越来

〔1〕　Theo Jung, "Das Neue der Neuzeit ist ihre Zeit: Reinhart Kosellecks Theorie der Verzeitlichung und ihre Kritiker", in: Helga Mitterbauer u. a. , *Moderne: Kulturwissenschaftliches Jahrbuch* 6, Innsbruck 2012, S. 172–184, hier S. 172.

〔2〕　Reinhart Koselleck, "Erfahrungsraum und Erwartungshorizont. Zwei historische Kategorien", in: *Vergangene Zukunft: Zur Semantik geschichtlicher Zeiten*, 8. Aufl. , Frankfurt am Main 2013, S. 349–375, hier S. 352.

〔3〕　Reinhart Koselleck, "Erfahrungsraum und Erwartungshorizont. Zwei historische Kategorien", in: *Vergangene Zukunft: Zur Semantik geschichtlicher Zeiten*, 8. Aufl. , Frankfurt am Main 2013, S. 349–375, hier S. 353.

〔4〕　Reinhart Koselleck, "Erfahrungsraum und Erwartungshorizont. Zwei historische Kategorien", in: *Vergangene Zukunft: Zur Semantik geschichtlicher Zeiten*, 8. Aufl. , Frankfurt am Main 2013, S. 349–375, hier S. 359.

越高，将无限推进和发展。[1]

"时间"的性质在18世纪下半叶最终发生显著变化。时间不再是历史事件发生于其中的形式，而是其本身获得了一种历史的特性（eine geschichtliche Qualität）。[2]也就是说，历史本身不再发生在时间之中（in der Zeit），而是经由时间（durch die Zeit）来完成，时间成为历史发生的动态化力量。[3]时间的动态化是时间性质的根本性转变，因为在曾经的宗教世界中时间是静态的、非历史性的，只是作为历史事件发生于其中的"容器"和形式。这一转变的影响十分深远，时间与历史本身都摆脱了外在的主宰，而获得了自身独立的能动性。科泽莱克在此基础上所言的"时间化"（Verzeitlichung）进程，也正是指向世界在各个层面经历的动态化转变。"时间化"是现代性进程中的重要现象。时间被历史化，历史也被时间化。新的时间意识、新的历史意识是世俗化进程的共生现象，它们归根结底都是启蒙的必然结果。

总之，科泽莱克在对历史时间的语义学研究中，将"时间"作为被突出强调的核心关键词，直接参与并改变了18世纪"历史"（Geschichte）一词的内涵。今天的德语中，历史Geschichte一词的内涵最终成形于18世纪晚期，是启蒙旷日持久的理论反

---

[1] 参见 Rudolf Wendorff, *Zeit und Kultur. Geschichte des Zeitbewusstseins in Europa*, Opladen 1980, S. 321.

[2] 参见 Reinhart Koselleck, "Neuzeit. Zur Semantik moderner Bewegungsbegriffe", in: *Vergangene Zukunft: Zur Semantik geschichtlicher Zeiten*, 8. Aufl., Frankfurt am Main 2013, S. 300 – 348, hier S. 321.

[3] 参见 Reinhart Koselleck, "Neuzeit. Zur Semantik moderner Bewegungsbegriffe", in: *Vergangene Zukunft: Zur Semantik geschichtlicher Zeiten*, 8. Aufl., Frankfurt am Main 2013, S. 300 – 348, hier S. 321.

思的结果。[1]从前的历史是由上帝发起的（veranstaltet），且是复数的，历史的主体不是人类，亦不是历史本身；从前的历史是教化的例子，服务于道德、神学、法律和哲学。[2]对此，科泽莱克举了 18 世纪中期《各门艺术与科学通用辞典》对 Geschichite 的释义作为例子："Die Geschichte sind ein Spiegel der Tugend und des Lasters, darinnen man durch fremde Erfahurng lernen kann, was zu tun oder zu lassen sei."[3]这个释义告诉人们，Geschichte 是照见美德与罪恶的镜子，透过他人的经验可以从中学到该做什么，不该做什么；另外，例句中动词的复数形式显示，Geschichte 一词以单数的形式表达了语法上的复数概念。可见，从前的 Geschichte 内涵所指为按时间顺序记载和搜集的编年记事材料、史料 Historie；而至 18 世纪晚期时，Geschichte 一词的含义出现了变化，在经历抽象化后，语法上变为集合名词单数（Kollektivsingular），[4]逐渐吸纳了对历史的反思，不再仅仅是上帝主宰的历史发生的史料，从而成为内涵更为扩大的独立概念。此时 Geschichte 一词的含义转变为既有现实史料又包含对它们的反思，事件的过程与对

---

[1]　Reinhart Koselleck, "Über die Verfügbarkeit der Geschichte", in: *Vergangene Zukunft: Zur Semantik geschichtlicher Zeiten*, 8. Aufl. , Frankfurt am Main 2013, S. 260 – 277, hier S. 263.

[2]　参见 Reinhart Koselleck, "Über die Verfügbarkeit der Geschichte", in: *Vergangene Zukunft: Zur Semantik geschichtlicher Zeiten*, 8. Aufl. , Frankfurt am Main 2013, S. 260 – 277, hier S. 263.

[3]　转引自 Reinhart Koselleck, "Über die Verfügbarkeit der Geschichte", in: *Vergangene Zukunft: Zur Semantik geschichtlicher Zeiten*, 8. Aufl. , Frankfurt am Main 2013, S. 260 – 277, hier S. 263.

[4]　参见 Reinhart Koselleck, "Über die Verfügbarkeit der Geschichte", in: *Vergangene Zukunft: Zur Semantik geschichtlicher Zeiten*, 8. Aufl. , Frankfurt am Main 2013, S. 260 – 277, hier S. 264.

事件的意识合并在同一个概念之中。[1]科泽莱克通过梳理 Geschichte 内涵的转变而表明，18 世纪末人类历史逐渐摆脱了作为外在主宰的上帝或自然，因为人已经迈上历史"创造者"的位子，也就是在此意义上，历史具有了"可支配性"（Verfügbarkeit），人是支配和发起历史的主体；历史就是世界历史（Weltgeschichte）[2]本身，而不再是宗教的救赎历史。这样的历史概念打开了社会和政治的"计划视域"（Planungshorizonte），这一视野面向未来。[3]计划与"越来越好"的期待使得人们把现在与未来紧密联系起来。尽管基督教也有对未来的期待，但它与启蒙历史哲学的未来视域在本质上有着很大区别。

　　哲学在启蒙后的整个 19 世纪进程中被"卷入了历史的存在方式之中（in der Seinsweise der Geschichte verfangen）"[4]，具有了"回忆"的特质，它"将自己置于历史对大写的历史、事件对起源、演进对源头的最初分裂、忘记对复归的疏远中"[5]。福柯眼中，19 世纪从黑格尔到尼采的哲学，归根结底都在追索一个问

---

　　〔1〕 参见 Reinhart Koselleck，"Über die Verfügbarkeit der Geschichte"，in：*Vergangene Zukunft：Zur Semantik geschichtlicher Zeiten*，8. Aufl.，Frankfurt am Main 2013，S. 260 – 277，hier S. 265.

　　〔2〕 参见 Reinhart Koselleck，"Über die Verfügbarkeit der Geschichte"，in：*Vergangene Zukunft：Zur Semantik geschichtlicher Zeiten*，8. Aufl.，Frankfurt am Main 2013，S. 260 – 277，hier 265.

　　〔3〕 参见 Reinhart Koselleck，"Über die Verfügbarkeit der Geschichte"，in：*Vergangene Zukunft：Zur Semantik geschichtlicher Zeiten*，8. Aufl.，Frankfurt am Main 2013，S. 260 – 277，hier S. 265.

　　〔4〕 Michael Foucault，*Die Ordnung der Dinge*，übers. v. Ulrich Köppen，Frankfurt am Main 2003，S. 272.

　　〔5〕 Michael Foucault，*Die Ordnung der Dinge*，übers. v. Ulrich Köppen，Frankfurt am Main 2003，S. 272.

题：人拥有历史，这意味着什么。[1]18、19 世纪之交，西方思维范式朝着"历史"向度的突变，衍生了新的知识领域。众多实证科学的建立、文学的出现、哲学向它自身生成（ihr eigenes Werden）的退却、同时作为知识和作为经验性之存在方式而出现的历史都是一个深刻断裂的征兆（Zeichen eines tiefen Bruchs）。[2]断裂、非连续性、突变是福柯对这一过渡时期所承载的深层历史经验的基本诊断，这与德国学者科泽莱克的着意点迥然不同。科泽莱克依然流露出德国历史哲学深厚传统之影响痕迹，他虽然也涉及了对偶然性概念的梳理，但他的取径还是循迹着历史哲学的目光，认为偶然性被纳入了可规训、可化约的哲学系统中，并且历史成为"可支配的"；相反，福柯"反对不假思索地把现代思想投射进历史"[3]，亦即恰恰要竭力发现和描述偶然性和非连续性。德语文学史对这一文化进程中的巨大转折时期有着独特的名谓：歌德时代（Goethezeit），这一（并不精确的）分期概念恰巧大致也落入 1770~1830 年间，虽然该概念饱受争议，但也广泛出现在文学研究的语用表述中。

科泽莱克对于历史概念嬗变的语义学研究揭示了启蒙历史哲学产生的时代背景。启蒙历史哲学的诞生最终取代了基督教对时间和历史的解释模式，从而真正开启了现代线性进步观。对此，科泽莱克指出，尽管新时期早期的 16 世纪~18 世纪之间很多重要政治历史事件（如宗教改革）具有"新"的特质，它们渐渐松

---

〔1〕　参见 Michael Foucault, *Die Ordnung der Dinge*, übers. v. Ulrich Köppen, Frankfurt am Main 2003, S. 272.

〔2〕　Michael Foucault, *Die Ordnung der Dinge*, übers. v. Ulrich Köppen, Frankfurt am Main 2003, S. 273.

〔3〕　方维规：《什么是概念史》，生活·读书·新知三联书店 2020 年版，第 193 页。

弛了基督教的世界秩序，但是直到历史哲学的产生，新时代早期才得以从它的过去中解放出来，开启新时代的新未来。[1]赫尔德、康德、谢林、黑格尔等人将德国的历史哲学推向极致，未来是德国启蒙历史哲学和唯心主义哲学的重要时间向度。康德指出，理性是把运用自己所有力量的规则和意图扩展到远远超出自然本能之外的一种能力，而且不受其规划的限制。[2]预见未来的能力比其他所有能力都引人注意，因为这种能力是所有可能的实践和目的之条件，人对自己力量的使用与之紧密相关。[3]康德历史哲学的全部努力都旨在将隐蔽的自然计划（Naturplan）转换为具有理性禀赋的人之有意识的计划。用福柯的眼光来看，启蒙历史哲学将历史冠以宏大而"必然"的计划，以理性主义的妄念规定历史的"应然"面貌。启蒙理性主义热忱地构建稳定的必然性，规训不确定性和未知因素，恰恰反向证明了彼时西方历史现实中涌现了大量偶然性之经验与文化断裂现象，生活世界意义消散而面临合法性的危机，这种危机的规模史无前例。在启蒙历史哲学的视野中，偶然性被强行化约、归序于宏大叙事之中。对于悬在人类头上的幽暗命运的体知，在康德那里直接被宣判为幻影（Hirngespinst）。

　　线性进步观的未来有两个标志性因素：加速和未知性（Un-

---

〔1〕　参见 Reinhart Koselleck, "Vergangene Zukunft der frühen Neuzeit", in: ders., *Vergangene Zukunft: Zur Semantik geschichtlicher Zeiten*, 8 Aufl., Frankfurt am Main 2013, S. 17 – 37, hier S. 33.

〔2〕　Immanuel Kant, "Idee zu einer allgemeinen Geschichte in Weltbürgerlicher Absicht", in: ders., *Werke*, hg. v. W. Weischedel, Bd. 6, Darmstadt 1964, S. 35.

〔3〕　参见 Immanuel Kant, *Anthropologie in pragmatischer Absicht*, hg. v. K. Vorländer, Leipzig 1922, S. 91f.

bekanntheit)。[1]"新"的未来是加速向人们走来的。真正现代意义上的时间加速经验区别于基督教末世论的时间加速，后者实际上是通过外力（上帝）来缩短时间，上帝并不在时间和历史之中，为了最后审判的早日到来，上帝使时间变短，加速历史进程。科泽莱克指出，新时代早期以来到法国大革命之前，这种等待最后审判的情绪甚嚣尘上，尤其是路德改革、宗教战争、政治版图的变幻动荡使末日审判来临前时间加快的感觉变得显著。[2]而现代意义上的时间加速经验则根本上依赖 19 世纪以后自然科学、技术革命和工业化的全面蓬勃发展，只不过，在工业化起飞的前夜——即 18 世纪末的启蒙晚期，这种迫不及待的加速倾向就已经普遍可见；再进一步追溯这种时间加速的心态之根源，则可以回溯到新时期早期自然科学的兴起，科泽莱克列举了拉米斯（Ramus）、培根（Bacon）、莱布尼茨（Leibnitz）等人，指出他们的共同点是都希望和相信，科学发现的速度可以加快，未来在更短时间之内能有更多的发现。[3]至启蒙晚期，技术、媒介等物质条件的进步和革新最终为启蒙孕育的开拓未来之乐观主义真正插上了腾飞的翅膀。这种时间加速不再通过时间之外的主体（上帝）来进行，而是发生在时间和历史内部，时间和历史获得了主体性和能动性。现代历史哲学的生力军是从专制主义和宗教控制

---

[1]　参见 Reinhart Koselleck, "Vergangene Zukunft der frühen Neuzeit", in: ders., *Vergangene Zukunft: Zur Semantik geschichtlicher Zeiten*, 8 Aufl. , Frankfurt am Main 2013, S. 17 – 37, hier S. 34.

[2]　参见 Reinhart Koselleck, "Vergangene Zukunft der frühen Neuzeit", in: ders., *Vergangene Zukunft: Zur Semantik geschichtlicher Zeiten*, 8 Aufl. , Frankfurt am Main 2013, S. 17 – 37, hier S. 20f.

[3]　参见 Reinhart Koselleck, "Zeitverkürzung und Beschleunigung. Eine Studie zur Säkularisation", in: ders. , *Zeitschichten: Studien zur Historik*, Frankfurt am Main 2003, S. 177 – 202, hier S. 188.

中解放出来的市民，市民成为历史主体，是"预言未来的哲学家（prophéte philosophe）"[1]，对未来的思虑和政治上的权谋是他们的行动导向。时间加速这一曾经属于基督教末世论的范畴，在18世纪变成了尘世中对未来规划的义务。科泽莱克指出这种进步心态的软肋：不断自我加速的时间剥夺了使当下成为当下的可能，而被推托到未来之中，难以被体验的当下不得不在未来之中通过历史哲学加以偿还和弥补。[2]

　　进步视野下的未来充满未知性。历史成为内部不断加速的时间，由此压缩了经验空间，剥夺了经验的稳定性。新的不确定的、不可预知的因素不断进入历史之中，新的、令人感到陌生的事件不断发生，导致当下变得无法被体验（Unerfahrbarkeit），这种趋势早在欧洲法国大革命之前就已经出现。[3]由此，当下的生存体验与过去、未来之间的惯性联结被截断，一个显著表现就是人不断陷入震惊之中，人的经验变为一种断裂、震荡、非连续的样态。进步观念所打开的期待视域作为幻景，一时可以为因无序与迷失方向而感到痛苦的心灵提供代偿性的安慰，它使人不去留意现时背景中汹涌起伏的危机与混乱，"抵消了经验空间因其边

---

〔1〕　转引自 Reinhart Koselleck，"Vergangene Zukunft der frühen Neuzeit"，in：ders.，*Vergangene Zukunft：Zur Semantik geschichtlicher Zeiten*，8 Aufl.，Frankfurt am Main 2013，S. 17 – 37，hier S. 34.

〔2〕　参见 Reinhart Koselleck，"Vergangene Zukunft der frühen Neuzeit"，in：ders.，*Vergangene Zukunft：Zur Semantik geschichtlicher Zeiten*，8 Aufl.，Frankfurt am Main 2013，S. 17 – 37，hier S. 34.

〔3〕　参见 Reinhart Koselleck，"Vergangene Zukunft der frühen Neuzeit"，in：ders.，*Vergangene Zukunft：Zur Semantik geschichtlicher Zeiten*，8 Aufl.，Frankfurt am Main 2013，S. 17 – 37，hier S. 34.

界之取消而发生的变化所带来的普遍性方向迷失"[1]。用哈贝马斯的话说，进步观念并非只是使末世论的希望此岸化，并开启了一种乌托邦的期待视野，它同时也借助目的论的历史结构来阻塞一种作为不安之来源的未来。[2]进步的确在一个深刻而广泛巨变的时代中发挥了指引作用，提供了意义；各种期待（Erwartungen）（最晚随法国大革命完全）从与以往经验的连接中被释放，由此所引发的那种变动不居和偶然性的折磨感（das bedrängende Gefühl der Vorläufigkeig, des Wandels und der Kontingenz）被改铸成为一种进步意识。[3]从这个角度观察，进步观的产生是西方文化为了自我存续不得已而选择的一种应激性保护机制，之所以说应激性，是因为它看上去无异于一种权宜之计，事实上它时常失灵的状况在 19 世纪尤其是 20 世纪以来的历史进程中已不鲜见。

　　上述未来视域的未知性——即未来之敞开性、丰富可能性、时间绵延的无限性，使我们看到，进步观从诞生起就与偶然性意识彼此纠缠。偶然性（Kontingenz）的词义在西方思想史中经历了漫长的演进，从古希腊的哲学形而上学到中世纪神学，再到启蒙哲学、19 世纪以来的历史学、社会学等，时至今日，不同领域的相关文献已浩如烟海。从一定程度上看，偶然性的概念体现了典型的西方式思维，植根于西方形而上学传统对必然性、本质、

---

[1]　参见 Michael Makropoulos, "Modernität als Kontingenzkultur. Konturen eines Konzepts", in: Gerhart von Graevenitz/Odo Marquard (Hg.), *Kontingenz*, München 1998, S. 55 - 79, hier S. 63.

[2]　参见 [德] 于尔根·哈贝马斯：《现代性的哲学话语》，曹卫东译，译林出版社 2005 年版，第 15 页。

[3]　参见 Michael Makropoulos, "Modernität als Kontingenzkultur. Konturen eines Konzepts", in: Gerhart von Graevenitz/Odo Marquard (Hg.), *Kontingenz*, München 1998, S. 55 - 79, hier S. 63.

本体性的追问中。

偶然性在今天的德语中更多指那些不为人所理解和把握的东西，而这些陌异的东西作为生活世界中实际存在的状况，在人类历史上的任何一个时期都从未缺席过。人类在历史长河中逐渐建立起的一系列文化技术和策略，究其根本是为了营造一个安全的"洞穴"（Blumenberg 语），对抗偶然性的入侵。这个洞穴就是生活世界的文化、信仰、道德、权力等一系列意义体系。

Kontingenz 与 Zufall 在今天的德语中几乎等同，但从词源来看，二者无法直接画等号。Kontingenz 目前在中文里常对应为"偶然性"，Zufall 则指偶然事件。Kontingenz 最初起源于古希腊亚里士多德的"可能性"（endechómennon）概念，而德语词 Zufall 概念的源流更为复杂，从意思上最早也可追溯到亚里士多德的 Tyché，后来拉丁语名词"casus""sors""acidens""fors"以及"fortuna"也含有 Zufall 的意思，14 世纪起，德语中才出现"zuoval"的形式。[1]Kontingenz 与 Zufall 在概念和观念史上很长时间并非同一回事，在词义演变过程中，Kontingenz 逐渐与 Zufall 形成意义的部分交集，直至启蒙时代，康德将 Kontingenz 与 Zufall 的含义等同，自此之后两个词几乎通用。[2]在此将不对二者各自的概念流变史细致展开，但鉴于二者在历史上的不一致，仅做简单说明。[3]

德国当代哲学家吕迪格尔·布卜纳（Rüdiger Bubner）通过

〔1〕 参见 Peter Vogt, *Kontingenz und Zufall. Eine Ideen-und Begriffsgeschichte*, Berlin 2011, S. 70.

〔2〕 参见 Franz Joseph Wetz, "Die Begriffe 'Zufall' und 'Kontingenz'", in: Gerhart v. Graevenitz u. Odo Marquard（Hg.）, *Kontingenz*, München 1998, S. 27 – 33, hier S. 29.

〔3〕 关于 Zufall 与 Kontingenz 的区别与各自的观念史流变，可参见 Peter Vogt, *Kontingenz und Zufall. Eine Ideen-und Begriffsgeschichte*, Berlin 2011.

梳理亚里士多德的 Zufall 概念做出的描述是，Zufall 是指没有根据/理由（Grund）的存在物（Dasjenige, für dessen Exitenz es *keinen Grund* gibt），[1]也就是说，某事的出现或发生超出或打破既有的因果逻辑链条。所以，Zufall 是一种不符合规律的、不合乎逻辑的、反常的、不可预期的、不和谐的、扰乱秩序的存在。"偶然事件所统治的领域，也直接是我们行动的领域……偶然事件与行动域的共同之处是，一切也能够以其他可能存在。"[2]Zufall 与 Kontingenz 各自的深层意义之间有着内在性关联，这也为二者在现代哲学话语中的合并提供了解释。布卜纳仍然试图将这两者的区别表述为，Kontingenz 是指那些本体论层面上敞开的领域，主宰这个领域的是"其他可能"（das Auch-anders-sein-können），而 Zufall 严格意义上是在这一先行敞开的领域中切实地化为现实的那些东西，且同时，这种众多变体之一的变体作为事实的发生是毫无根据的。[3]

在亚里士多德那里并未直接出现 Kontingenz 的名称，Kontingenz（拉丁语 contingens/contingere）首次出现于 4 世纪时亚里士多德著作的拉丁语译本中。亚里士多德在不同的地方对"可能性"做过不同的表述，大致可以概括为：非不可能和非必要的事物（was nicht unmöglich und nicht notwendig ist）是可能的（con-

[1]　Rüdiger Bubner, "Die Aristotelische Lehre vom Zufall. Bermerkungen in der Perspektive einer Annährung der Philosophie an die Rhetorik", in: Gerhart von Graevenitz/Odo Marquard（Hg.）, *Kontingenz*, München 1998, S. 3 – 21, hier S. 3.

[2]　Rüdiger Bubner, "Die Aristotelische Lehre vom Zufall. Bermerkungen in der Perspektive einer Annährung der Philosophie an die Rhetorik", in: Gerhart von Graevenitz/Odo Marquard（Hg.）: *Kontingenz*, München 1998, S. 3 – 21, hier S. 6.

[3]　参见 Rüdiger Bubner, "Die Aristotelische Lehre vom Zufall. Bermerkungen in der Perspektive einer Annährung der Philosophie an die Rhetorik", in: Gerhart von Graevenitz/Odo Marquard（Hg.）: *Kontingenz*, München 1998, S. 3 – 21, hier S. 7.

tingens/possible）。[1]Kontingenz 是不必存在或不必与现实存在一样的存在，也就是说，可以不存在或别样存在（Nicht-oder Andersseinkönnen）。[2]而在中世纪基督教神学中，Kontingenz 与"可能的"（possibile）这层含义脱钩，contingens 与 possibile 成为两个不同的独立概念。这时 Kontingenz 仅表示"非必要的存在物或现实"（das nicht notwendige Seiende oder Wirkliche），[3]也就是说，尽管不必要，但仍为现实存在的。这一内涵的变化对后来 Kontingenz 一词的语用产生了深远影响。新时期早期，莱布尼茨在神正论体系中直接沿用了该内涵，他用 contingens 指一切由上帝实际创造而本可以不必创造的东西，用 possibile 指一切可能的但未变成存在的东西。[4]这样，contingens 与 possibile 的所指就有了本质的不同乃至对立，前者无论如何是指现实世界的存在，而后者指不存在的东西。在词义上，"非必要的存在物或现实"的含义为 Kontingenz 与 Zufall 之间的融合奠定了基础，这是现代偶然性概念诞生的重要节点。[5]Kontingenz 概念成为了"现实"领域的一个亚范畴，在现当代哲学话语中，Kontingenz 甚至直接被

---

〔1〕 参见 Jörg Huber/Philipp Stoellger, "Kontingenz als Figur des Dritten – zwischen Notwendigkeit und Beliebigkeit", in: dies. (Hg.), *Gestalten der Kontingenz. Ein Bilderbuch*, Wien 2008, S. 7 – 21, hier S. 11.

〔2〕 参见 Franz Joseph Wetz, "Die Begriffe 'Zufall' und 'Kontingenz'", in: Gerhart v. Graevenitz u. Odo Marquard (Hg.), *Kontingenz*, München 1998, S. 27 – 33, hier S. 27.

〔3〕 参见 Peter Vogt, *Kontingenz und Zufall. Eine Ideen-und Begriffsgeschichte*, Berlin 2011, S. 54.

〔4〕 参见 Peter Vogt, *Kontingenz und Zufall. Eine Ideen-und Begriffsgeschichte*, Berlin 2011, S. 57.

〔5〕 参见 Peter Vogt, *Kontingenz und Zufall. Eine Ideen-und Begriffsgeschichte*, Berlin 2011, S. 60.

Zufall 取代。[1] 本书中参照 Kontingenz 在当下西方学界中惯用的含义，将其译为偶然性。

20 世纪下半叶及至 21 世纪的近 20 年来，偶然性的问题依旧是西方学界持续关注的热点，它是思考当今西方时代问题的基础框架条件；西方自启蒙以来的现代性，是一种"偶然性文化"（Kontingenzkultur）。在当代哲学关于现代性的批评话语中，偶然性承袭保留了两层基本含义，可约略概括为：其一，可能性（Möglichkeit）；其二，偶发事件（Zufall）。20 世纪 90 年代末，德国一批来自哲学、社会学、文化学研究等领域的学者如盖尔哈特·冯·格莱维尼茨（Gerhart von Graevenitz）、奥多·马夸尔德（Odo Marquard）重新梳理、反思现代文化中的偶然性问题，就其概念规定、概念史和问题史、偶然性与偶发事件、概念内的细分、现代的偶然性意识等议题进行讨论并结集出版了《偶然性》一书。在此文集中，米歇尔·马克罗普勒斯（Michael Makropoulos）汇集前人研究，[2] 将偶然性概括描述如下："也以其他/另外的可能性而存在的事物，具有偶然性（Kontingent ist, was auch anders möglich ist）。"[3] 该事物亦能以另外的可能样态存在，因

---

〔1〕 参见 Peter Vogt, *Kontingenz und Zufall. Eine Ideen-und Begriffsgeschichte*, Berlin 2011, S. 62.

〔2〕 马克罗普勒斯指出了不同理论进路对 Kontingenz 概念的规定，如 Rüdiger Bubner 行为理论、Hans Blumenberg 的现象学视角、Niklas Luhman 系统论的系统论视角。参见 Michael Makropoulos, "Modernität als Kontingenzkultur. Konturen eines Konzepts", in: Gerhart von Graevenitz/Odo Marquard（Hg.）, *Kontingenz*, München 1998, S. 55 – 79, hier S. 59, Anm. 17.

〔3〕 Michael Makropoulos, "Modernität als Kontingenzkultur. Konturen eines Konzepts", in: Gerhart von Graevenitz/Odo Marquard（Hg.）, *Kontingenz*, München 1998, S. 55 – 79, hier S. 59. 此处定义中文译法参考了孙纯："偶然性（Kontingenz）"，载《德语人文研究》2018 年第 1 期。

为它"在经典本体论意义上没有必要的存在基础"[1]。我们看到，这种描述性的定义用的是形容词形式 kontingent，其句式为：某事物如何时，此事物便是偶然性的（kontingent）；事物的这种存在状态就指向偶然性 Kontingenz。因而严格来讲，偶然性是一种"双重规定的情态范畴（eine zweifach bestimmte Modalkategorie）"，指称的是"既不必要又非不可能的事物（das, was weder notwendig noch unmöglich ist）"[2]。马克罗普勒斯认为，偶然性的定义简短且具有一般性，这表明偶然性不管在本体论还是在现象学意义上都不明确（nicht eindeutig），因为它在系统层面是一个具有矛盾性的事实，在历史层面是一个变化的事实；因而无法简单地直接拿偶然性之概念来使用。[3]换言之，言及偶然性，必然是将其放置在系统的相对关系中和具体的历史情境中才能指向明确。

　　偶然性在本体论意义上指称的那种具有矛盾性的领域中，既有诸多偶发事件，也有行动变为现实。一方面，所有不可支配的事物（alles Unverfügbare）都具有偶然性，它们摆脱计划，却同时也随着计划而被认作不可支配的事物，这层含义可追溯到亚里士多德的偶然事件（tyché）范畴，指"恰巧这样发生"（opoter etychén），该语义在中世纪晚期进入拉丁语，对应的词是"con-

---

〔1〕 Michael Makropoulos, "Modernität als Kontingenzkultur. Konturen eines Konzepts", in: Gerhart von Graevenitz/Odo Marquard (Hg.), *Kontingenz*, München 1998, S. 55 – 79, hier S. 59.

〔2〕 参见 Michael Makropoulos, "Modernität als Kontingenzkultur. Konturen eines Konzepts", in: Gerhart von Graevenitz/Odo Marquard (Hg.), *Kontingenz*, München 1998, S. 55 – 79, hier S. 59, Anm. 18.

〔3〕 参见 Michael Makropoulos, "Modernität als Kontingenzkultur. Konturen eines Konzepts", in: Gerhart von Graevenitz/Odo Marquard (Hg.), *Kontingenz*, München 1998, S. 55 – 79, hier S. 59.

tingere";另一方面，所有可被操控的事物（alles，was manipulier-bar ist）也具有偶然性，且它们首先是行动的对象（Gegenstand des Handelns），[1]换言之，偶然性的存在提示着异于已有秩序和既定现实之外的种种可能，这种提示刺激着人的想象，鼓舞他以行动去开拓新的现实可能，现代人由此具备了敢于缔造新世界（所谓创造历史）的雄心壮志。

不可支配的事物（偶然事件）具有偶然性，同时，可被操控的事物（可能性）也具有偶然性，这两层意义之间天然地形成了一种张力甚至对立。前者对应了人在面对宇宙万物时的渺小和局限性，而后者挑逗人的意志不再甘于既有状况，确证人的自由行动能力。

第一，作为计划、规律、秩序、必然之外的不可支配物，偶然性是人类千百年来生活实践中所被迫抗争的宿敌。恩斯特·特洛尔奇指出，偶然性的问题蕴含了所有哲学问题。[2]黑格尔等不少哲学家表达过对偶然性这个不速之客的厌恶。而人在近代以前很长的历史时间内甘愿匍匐于一种绝对必然、不容撼动的秩序（或宇宙秩序或神学秩序等）之下，与人类对自身局限性的朴素感知紧密相关。布鲁门贝格用"现实的专政"（Absolutismus der Wirklichkeit）来指称人类自文明伊始就被迫面临的基本状况。"现实"概念在布鲁门贝格的规定中是用来表达存在之物的某种整体形态，强调整体是如何建构自身的；该概念的具体内涵经历

---

〔1〕参见 Michael Makropoulos，"Modernität als Kontingenzkultur. Konturen eines Konzepts"，in: Gerhart von Graevenitz/Odo Marquard（Hg.），*Kontingenz*，München 1998，S. 55 – 79，hier S. 60.

〔2〕Ernst Troeltsch，"Die Bedeutung des Begriffes der Kontingenz"，in: ders. , *Gesammelte Schriften*，Bd. 2，Tübingen 1913，S. 769 – 778.

着历时性的变化，在历史演进过程中，每一个时代都面临着自己特定的"现实"；古希腊有当下澄明的现实（Realität der momentanen Evidenz）；中世纪有上帝确证的现实（Realitätsbürgerschaft Gottes）；而近代的现实则不再如前两个大的历史分期所对应的现实观念那样澄明坚固，已经开始要变成一种被操纵的结果，即一种实现过程的产物（Realität einer Realisierung），不过此时仍有人的主体性为其提供保证；第四种现实就是现代社会人与世界普遍分裂的状态，是一种坚硬的不容进入的事实状态（factum brutum）。[1]在历史进程中，不管面对何种形态的现实，人的深层驱动似乎就是蓄谋逃离它的凌驾，甚至人很多时候也并未意识到自己的蓄谋，或许是西方现代历史意识兴起后，人类才觉察到这场蓄谋的旷日持久。用马夸尔德的话说，人生活的全部任务是"摆脱绝对的重负"（Entlastung des Absoluten），文化是"研究拉开距离"（Arbeit an der Distanz），[2]即文化就是人拉开自己与绝对性之间的距离。这是马夸尔德从布鲁门贝格哲学中读出的启示。

第二，偶然性的第二层含义指向可被操作的事物，实际上等于承认事物的既有状况可以被改变。由此，偶然性以"可能性"之名叩问既定秩序的合法性（Legitimität），使已有现实落入可被

---

〔1〕 参见孙纯："偶然性（Kontingenz）"，载《德语人文研究》2018 年第 1 期。Blumenberg 对"现实"概念的论述详可参见 Hans Blumenberg, "Wirklichkeitsbegriff und Möglichkeit des Romans", in: Hans Robert Jauß（Hg.）, *Nachahmung und Illusion*, München 1969, S. 9 – 27；以及 Hans Blumenberg, "Lebenswelt und Technisierung unter Aspekten der Phänomenologie", in: ders., *Wirklichkeiten in denen wir leben*. Stuttgart 1981, S. 7 – 54, hier S. 47.

〔2〕 Odo Marquard, "Entlastung vom Absoluten. In Memoriam Hans Blumenberg", in: Gerhart v. Graevenitz/Odo Marquard（Hg.）, *Kontingenz*, München 1998, S. XVII – XXV, hier S. XIX.

实现的诸多可能性之一，而不再是受人供奉的圭臬。[1] 偶然性的意识成为欧洲近现代以来趋于主导的思考型。在近代以前的历史中，偶然性处在拥有牢固边界的秩序之外围，它作为现实秩序的反面而从属于现实，且充其量只能从外围勾勒现实，[2] 也就是无法真正进入并影响现实的核心区域。相应地，人类生活与行动的最高榜样是众星辰的运转，另一个榜样则是生物的生长与成熟（das Wachsen und Reifen des Organismus）；职是之故，各种激进的革命与发明并无容身之处。[3] 而西方近代以来，偶然性意识"反客为主"，走进"制造现实"的核心区域，由此带来的影响就是西方世界生活现实的"求变"与变化。既有秩序和现实不再被理解为永久存在的、必要的，而是在特定条件下产生的，总是在变化之中，是行动和建构的产物；现实和秩序完全可以不同于其所是。[4] 现代性成为一种偶然性文化，偶然性意识浸透到现代人思考与生活的方方面面。叔本华、尼采的生命哲学对于康德—黑格尔理性主义和宏大历史叙事的解构，秉承着显著的偶然性意识。尼采总结出了哲学思考所应真正着眼的东西，关注那些被故意忽略的"成问题的和可怕的事物"："假象"与"本质"之分、"偶然"与"必然"之分被取消，关于假象的工作——艺术——扛起了制造生命意义的重任。在《偶像的黄昏》中，尼采写道：

---

〔1〕 参见孙纯："偶然性（Kontingenz）"，载《德语人文研究》2018 年第 1 期。

〔2〕 参见 Michael Makropoulos, "Modernität als Kontingenzkultur. Konturen eines Konzepts", in: Gerhart von Graevenitz/Odo Marquard（Hg.），*Kontingenz*, München 1998, S. 55 – 79, hier S. 68.

〔3〕 Bernhard Waldenfels, "Das Geregelte und das Ungebärdige", in: ders., *In den Netzen der Lebenswelt*, Frankfurt am Main 1985, S. 80.

〔4〕 参见 Berhard Waldenfels, "Das Geregelte und das Ungebärdige", in: ders., *In den Netzen der Lebenswelt*, Frankfurt am Main 1985, S. 82.

把"这个"世界解释为假象的理由，相反证明了它的实在性——另一种实在性完全是无法证明的……人们归诸事物"真正的存在"的特征，是非存在的、虚无的特征——人们从与真实世界的矛盾中，建造出"真正的世界"：事实上这是一个虚假的世界，就此而言是一种道德和视阈上的幻觉……把世界分成一个"真正的"和一个"虚假的"世界，无论以基督教的方式，还是以康德（毕竟是个狡猾的基督徒）的方式，只是颓废的一种意志移植——没落的生命的一种征兆……艺术家对假象的评价高于对现实的评价……悲剧艺术家不是悲观主义者——他恰恰赞同所有成问题的和可怕的事物，他是狄俄尼索斯的……[1]

偶然性之"事物的其他可能"这一思维取径，在随后整个19、20世纪西方思想史进程中，日益成为对抗和解构理性主义同一性思维的强大趋势。海德格尔《林中路》（*Holzwege*）一书的标题中，德语词 Holzweg 实际意为歧途、迷路，且 Holzwege 是复数，表示众多另辟蹊径的路，中文题目大概未能直接体现出这层意思。海德格尔另辟蹊径的路，通向不同于西方哲学传统之真理的其他可能。他讲，艺术作品就是去蔽，从而揭示真理。而实际上，艺术作为人造的幻象，在现代世界中却能够担当起真理的任务，这一思维进路本质上源自偶然性意识。我们来看海德格尔关于梵高油画《农鞋》的那段有名的段落：

从鞋具磨损的内部那黑洞洞的敞口中，凝聚着劳动步履的艰辛。这硬邦邦、沉甸甸的破旧农鞋里，聚积着那寒风料峭中迈动在一望无际的永远单调的田垄上的步履的坚韧和滞缓。鞋皮粘着

---

〔1〕〔德〕尼采：《偶像的黄昏》，卫茂平译，华东师范大学出版社 2007 年版，第 61 页。

湿润而肥沃的泥土。暮色降临，这双鞋就在田野小径上踽踽而行。在这鞋具里，回响着大地无声的召唤，显示着大地对成熟谷物的宁静馈赠，表征着大地在冬闲的荒芜田野里朦胧地冬眠。这器具浸透着对面包的稳靠性无怨无艾的焦虑，以及那战胜了贫困的无言喜悦，隐含着分娩阵痛时的哆嗦，死亡逼近时的战栗。这器具属于大地（*Erde*），它在农妇的世界（*Welt*）里得到保存。正是由于这种被保存的归属关系，器具本身才得以出现而得以自持。[1]

偶然性意识崛起的结果是释放出深刻影响历史进程的巨大力量，但这种扩张性的力量之释放不仅意味着秩序的动态化和复数化，也意味着对秩序的威胁。[2]这种矛盾性也体现在偶然性意识对现代人的塑造上，一方面，它开拓了人自由行动的可能性；另一方面却不可避免地伴随出现人价值取向的迷乱与意义感的缺失。

二、虚构与认识：文学在历史洪流中的反思

通过上述回溯西方现代的历史化进程、时间化进程以及进步观念的产生，我们不难理解它们与偶然性意识之间彼此缠绕的紧密关系；它们是西方现代性"工程"的同质表征。进步观念无形中依赖偶然性意识作为自身隐秘不显的底层逻辑框架，即承认历史进程的可支配性、可操作性、众多的可能性，历史可以被不断创造——制造，它在人的行动中化为现实。但吊诡的是，西方的

---

〔1〕［德］马丁·海德格尔："艺术作品的本源"，载《林中路》，孙周兴译，商务印书馆2018年版，第20页。

〔2〕参见 Bernhard Waldenfels, "Ordnung im Potentialis", in: ders., *Der Stachel des Fremden*, Frankfurt am Main 1991, S. 19.

进步观念却同时有着明显拒绝承认偶然事件（Zufall）存在的倾向，它欲消灭所有的偶然性（Zufälligkeit），比如法国启蒙历史哲学家孔多塞（Marquis de Conddorcet）就指出，通过目标明确地利用各种新的可能性，以永久摆脱偶然事件的统治。在启蒙历史哲学这里，我们看到偶然性（Kontingenz）两层含义的彼此斗争与联系。启蒙历史哲学善用一种"精神胜利法"，掩盖了现代性的世界中真实面临的迷失的威胁。事实上，对于启蒙未来向度的乐观图景之疑虑已经广泛地蔓延在法国革命后18世纪90年代的后半段。德国学者英格丽特·厄斯特勒（Ingrid Oesterle）观察到："18世纪90年代中期以后，不仅法国革命本身明显表现为历史进步的声名狼藉之道路，就连在革命中达到巅峰的未来面向之进步观也普遍地不堪一击了。"[1] 若果真如此，则启蒙思想体系逐渐于18世纪末抽象出来的单数的"历史"概念，就带有妄想症的嫌疑，它自诞生起就面临从内部瓦解的危险。

除了大的时间化进程，包括科泽莱克在内的很多学者尤其重视法国革命这一具有"划时代"性质的大事件对于时间结构的深刻冲击，指出法国革命从根本上助推了现代的时间加速经验。[2]对于时间与历史的敏感是18世纪末（尤其是法国革命后的90年代以后）精神文化与社会生活中的显性现象，这种敏感蔓延到艺术、科学、宗教、媒介等诸多领域，并且涉及诸多侧面，包括市民的居住文化、日常生活、工作时间都被日益精细量度的时间所

[1] Ingrid Oesterle, "Es ist an der Zeit! Zur kulturellen Konstruktionsveränderung von Zeit gegen 1800", in: Walter Hinderer u. a. (Hg.), *Goethe und das Zeitalter der Romantik*, Würzburg 2002, S. 91 – 121, hier S. 96.

[2] 参见 Ernst Wolfgang Becker, "Zeit der Revolution! – Revolution der Zeit? Zeiterfahrungen in Deutschland in der Ära der Revolutionen 1789 – 1848/49", Göttingen 1999 (Kritische Studien zur Geschichtswissenschaft, Bd. 129).

决定。历史的时间化现象，在启蒙晚期同时代的文学中获得了多种面相的形塑。文学作为时代情感的连通器，最为敏锐地探测和表现出时间感知的变化。

相比启蒙历史哲学一厢情愿的乐观幻景，同时期的文学诚实地看向客观存在的危机状况，这种危机状况表露于精神活动与情感的诸多层面。文学往往比哲学更先一步地触摸到繁芜丛杂、尚未被系统地归纳诉说出来的新经验（或只是不再熟悉的经验），并赋予它们以表达的形式。文学书写本身不回避偶然性，反而恰恰喜好偶然性，从而为人们理解这一 18 世纪思想史语境提供了一种更为立体而真实的视角。甚至，文学自身体裁样态的演进与变化，以及 1800 年前后关于文学体裁展开的讨论话语（施勒格尔兄弟、歌德、席勒、赫尔德、谢林等人），都是一种时间结构深刻变化的同步表达；不同的体裁成为不同的历史化研究之对象。[1]

与哲学话语中对历史的抽象概念不同，作家让·保尔（Jean Paul）将复杂的时间感知描述为"如同下落的雨滴中折射出的彩虹，单数的时间碎裂为复数的众多时间"[2]。让·保尔本身的文学创作就是与启蒙历史哲学的一场有分歧的对话，他有意借用小说的未完成性来模仿历史进程的开放性，借用小说的叙事结构来模仿历史的"散文化"进程。[3]对于时间化与历史化进程的反

---

〔1〕 参见 Ralf Berhorst, *Anamorphosen der Zeit. Jean Pauls Romanästhetik und Geschichtsphilosophie*, Tübingen 2002, S. 2.

〔2〕 转引自 Ingrid Oesterle, "Es ist an der Zeit! Zur kulturellen Konstruktionsveränderung von Zeit gegen 1800", in: Walter Hinderer u. a. （Hg.）, *Goethe und das Zeitalter der Romantik*, Würzburg 2002, S. 91 – 121, hier S. 94.

〔3〕 参见 Ralf Berhorst, *Anamorphosen der Zeit. Jean Pauls Romanästhetik und Geschichtsphilosophie*, Tübingen 2002, S. 2, S. 81 – 94.

思，浪漫派有着特殊贡献。厄斯特勒认为浪漫派是德意志第一代生长于时间视域转向中的作家。他们造就了历史时间的三段论（Dreidimensionalität），其特征是面对渐进的开放未来的不确定感（Unsicherheit）、面对新范畴的怀疑，同时对时代的众多趋势之关注充满了预见性和诊断性。[1]厄斯特勒把早期浪漫派将世界（和历史进程）诗化的立场称作一项功绩，因为彼时的 18 世纪 90 年代处于法国革命后对未来的失望与颓丧情绪中，而浪漫派依然让当下负载着面向未来的期待，神话—诗的时间转折模式如黄金时代被看作未来图景。厄斯特勒是否对浪漫派的"功绩"过誉了我们暂且存而不论，早期浪漫派对于当下时间的庸俗化仍然是不满的，比如诺瓦利斯对于当下的不满在《海因里希·冯·奥夫特丁根》的开篇就有表露，主人公看到墙上的钟表在枯燥地运转。早期浪漫派以诗学的方式发出了改造历史时间、追求一种超越历史的乌托邦状态的最强呼声。此外，浪漫派作家也对时间加速现象有着敏锐的洞察和警示，瓦肯罗德（Wilhelm Heinrich Wackenroder）的《一则裸体圣人的神奇东方童话》（*Ein wunderbares morgenländisches Märchen von einem nakten Heiligen*，1799）中"时间之轮"（das Rad der Zeit）的意象，喻指了现代时间加速体验以及人在时间压迫下异化为工具的危险。[2]

通过上述简单列举，我们可知，该时期文学书写对于时间意识与历史化的反思是一个复杂的星系，但本书在研究中暂时无力

---

〔1〕 参见 Ingrid Oesterle, "Es ist an der Zeit! Zur kulturellen Konstruktionsveränderung von Zeit gegen 1800", in: Walter Hinderer u. a. （Hg.）, *Goethe und das Zeitalter der Romantik*, Würzburg 2002, S. 91 - 121, hier S. 100.

〔2〕 参见张珊珊："1800 年前后：时间的发现和文学的反思——以威廉·海因里希·瓦肯罗德的《一则裸体圣人的神奇东方童话》和让·保尔的《除夕夜的神奇聚会》为例"，载《德语人文研究》2015 年第 1 期。

顾及这个星系的整全性，而将着力把焦点缩小至启蒙晚期三个德语小说为代表的时间塑型上，分别展示文学对现代性时间意识和历史意识的三种不同的立场。这三个小说是，歌德的长篇小说《威廉·迈斯特的学习时代》（1795/96）、克莱斯特的中篇小说《智利地震》（*Das Erdbeben in Chili*，1807）以及诺瓦利斯的《海因里希·冯·奥夫特丁根》（*Heinrich von Ofterdingen*，1800）。选取它们的原因是，首先，三个小说都具有"经典性"，是在进入德语文学史中的启蒙时代时几乎绕不过的作品。当然，恰恰因为它们是德语文学中"耳熟能详"的作品，已被广泛解读；所以，在前人浩如烟海的解读基础上，如何推陈出新，在不同的问题视域中得出所谓的"新"认识，将是本书的工作面临的挑战，也是这项研究的任务。其次，这三个小说本质上都具有各自的范式性意义，因而在时间塑型上，具有极强的代表性。《威廉·迈斯特的学习时代》作为德国"修养小说"（Bildungsroman）的经典代表，表现了"时间化"问题在个体身上的展开。现代人是一个自为的、历史的建构性主体，在时间中发展变化，并通过与他人、社会和历史的交往碰撞而形成（bilden）其身份认同。[1]修养对应的德语词 Bildung[2]由动词 bilden（塑造）而来，bilden 的词根为 Bild（图像），我国德语文学研究者谷裕指出了 Bildung 一词由中世纪神秘主义神学的宗教内涵渐次转变为启蒙话语内涵的人文转换过程，其在 18 世纪下半叶最终获得了"塑造""教育""发展"等世俗化意义上的含义，但该词隐含的思维模式却保留

---

[1]　参见 Dirk Göttsche, *Zeit im Roman*, München 2001, S. 15.

[2]　Bildung 一词现有的中文译法有"教化""文化教养"等，本文按谷裕的译法译作"修养"。

了下来，即它仍然包含"按照某种形象塑造"的意思，在这个意义上，赫尔德谈民族的塑造、门德尔松谈社会的塑造、洪堡谈国家的塑造，而三人思想的共同基础是对人的塑造和培养，[1]歌德认为，这种对人的塑造始终处于运动状态中，[2]歌德显然应该意识到了塑造与时间化之间的本质关联。

以往较多研究将目光锁定在肯定性的"塑造"一边，塑造作为生成的过程，模拟着一种目的论式的线性时间线索；实际上反过来看，我们会看到小说表达了现代性主体在生成过程中所必须面对和不停克服的实在困难，也就是，现代性主体所处的被偶然性所深刻影响的世界；而小说事实上以很大篇幅在表现这种阻抗"塑造"的否定性因素，因而小说在暗地里表达了另一条线索，也就产生了另一种时间塑型——延宕（retardieren），或曰迟滞性。

歌德于18世纪末完成的《威廉·迈斯特的学习时代》，在现代性的劲风全面袭来的19世纪前夜，交代了一个德意志的年轻人在即将步入现代世界门槛的节点上，探索该如何走进现实生活，此时的生活世界即将被劲风侵袭得支离破碎，迈斯特尚有幸与迷娘、竖琴老人有着片段性的因缘际会，还得以瞥见那个古老而神奇世界的余辉，他站在时间的交接点，正如他的创作者歌德也站在时间的交接点。小说叙事节奏在艰难的赓续中形成了两种时间塑型的交错：其一，威廉的经历体现了那种以理性为主导的自我塑造过程，这种过程是启蒙进步观在个体身上的一个缩影，

---

〔1〕 参见谷裕：《德语修养小说研究》，北京大学出版社2013年版，第3~4页。
〔2〕 参见贾涵斐：《文学与知识——1800年前后德语小说中人的构想》，北京师范大学出版社2019年版，第65页。

是一种线性时间的倒影；其二，小说中的偶然性因素，抵消和对冲了这种塑造的进程，表现为时间层面的延宕，与克莱斯特对于偶然性闯入的单一时刻的放大关注（也就是强调突然性和断裂）不同，歌德小说中的偶然性遭到一种由塑造之冲动而发起的自卫，对应着时间层面的延宕，常常在主人公身上表现为"候鸟"般的游荡、悬而不决的状态。在这双重意义上，威廉这个形象是启蒙时代的典型产物，折射出西方启蒙进程将人逐渐带入的复杂处境。

《智利地震》则十分严肃地参与了对于启蒙进程中凸显的偶然性问题之哲学讨论。克莱斯特凭借自身独特的敏感天性，机敏地捕捉到了法国革命所引发的时代情绪反应，并将那种游荡在时代氛围中的断裂感、怀疑、惊恐、迷乱灌注凝聚到文学世界中，塑造了一种特殊的偶然性美学。突然性成为这种复杂情感的一种时间塑型。

《海因里希·冯·奥夫特丁根》的"蓝花"和"黄金时代"凝聚了浪漫派的最高追求，是浪漫派诗学观念的代表。虽然早期浪漫派在许多学者看来是反理性主义的，从而的确在关键的方面反对了启蒙运动的遗产，但在其他的重要方面，早期浪漫派甚至进一步把启蒙运动的遗产推向极致。他们依然相信批判与系统性的必要与价值、相信教化的可取性、相信进步的可能性和人类的可完善性，也相信上帝之国在世俗中的创立；同时佯谬的是，他们并没有天真到去相信人类可以实际上臻至这些理想，他们只是坚信人能够通过不懈努力去探究它们。[1]与这种无限的反思和追

---

〔1〕　参见〔美〕弗雷德里克·拜泽尔：《浪漫的律令——早期德国浪漫主义观念》，黄江译，华夏出版社 2019 年版，第 12 页。

寻相对立的另一端，就是浪漫派那种绝对性的信仰。"黄金时代"与"蓝花"两种意象喻指了早期浪漫派思想中一对深刻的张力关系，即无时间的绝对与以诗为媒介的生活或历史之间的张力关系。受这种浪漫哲学的影响，诺瓦利斯小说中的时序等时间性因素似乎是一种困扰，是叙事进程中力图克服的东西，情节则缺乏现实常理；小说的最终倾向是超越时间性。

第二章　前进与迟滞

《威廉·迈斯特的学习时代》（*Wilhelm Meisters Lehrjahre*，1795/96）[1]在德国文学史家眼中是现代德语文学中小说的重要代表，具备 18、19 世纪之交过渡时期现代小说发展之承前启后的特征，为后续德语文学发展奠定了所谓修养小说（Bildungsroman）的传统。该小说的重要性还在于，它在大的历史文化层面，回应和关注着启蒙晚期文化断裂的经验（在此意义上它便是时代小说 "Zeitroman"），同时也在具体地参与一种启蒙知识分子关于人的自决性问题的讨论。启蒙抛出的所谓人的教育、修养的问题，根源上与世俗化进程中人对世界、自我理解的变化紧密相关。大致而言，启蒙以前，神的绝对秩序主导世界运转，人的规定性（Bestimmung）来自神，且稳固不变。启蒙认为人的规定性来自自身，人可以进行自我规定（Selbstbestimmung）。[2]这种自我规定自己主体性的革命性现象，与偶然性的历史意识的兴起互为因果。

《威廉·迈斯特的学习时代》的小说题目中，学习时代 Lehrjahre 是关键词。Jahre 是时间概念，指示了小说叙事所看重的时间维度，即叙事讲述的是主人公如何经历一段生命岁月，进而，

---

〔1〕　本书中按通行译法将小说主人公的名字 Wilhelm Meister 译作威廉·迈斯特。

〔2〕　参见谷裕：《德语修养小说研究》，北京大学出版社 2013 年版，第 5 页。

Lehrjahre 一词则更清晰地表明小说叙事的核心是主人公如何在时间中"学习",也即完成人格的塑造和修养。进一步而言,叙事凸显了威廉身上的时间化倾向,自我的认识和定位、他人和世界的面相都随着时间的变化而呈现变化。主人公威廉自己最初所绝对抱持的戏剧理想,不再是他生活世界的唯一选择,而是随着他的时间经历变得相对化。叙事以人物的修养、变化历程折射出18世纪后半叶德国思想界所追求的启蒙人文主义教育理想:完整的人,既不是像启蒙运动早期那样完全崇尚理智,也不是像狂飙突进时期那样强调热情,而是情理并茂,美与现实伦理的结合。[1]

不过,主人公威廉在小说结局时是否真正达到了这个教育理想,各种解读莫衷一是,持极端否定看法的研究者甚至质疑把《学习时代》称为修养小说,指出小说本身没有给出完整的修养之路,塔社的结业证书也并不具有教育准则的效用,主人公没有达到修养的目标,且《学习时代》作为修养小说的原型实则只是后世的建构。[2]实际上这种极端看法的视角过于偏狭,原因在于没有区分修养观与小说自身的审美特性。谷裕在考察修养小说时,先在地对启蒙时代作为显性话语的修养观与作为艺术作品的修养小说做了明确区分。她指出修养小说诗学与小说虚构之间始终存在张力:作为修养小说诗学,从一开始就活动于古典的理想主义层面,既是学者对同时代作品的理论性总结,又投射了时代抱持的人文理想。而作品本身是审美的,始终不可能完全沦为对

---

〔1〕 冯至:"译本序",载《歌德文集》第2卷《威廉·麦斯特的学习时代》,冯至、姚可昆译,人民文学出版社1999年版,第12页。本章主人公译名未按此版,而采用现在通用的"威廉·迈斯特",且该小说名称将在下文中被简称作《学习时代》。

〔2〕 参见 Rolf Selbmann, *Der deutsche Bildungsroman*, Stuttgart 1994, S. 60.

某种理念的阐释；修养小说即便是在歌德时代、在歌德自己的作品中，也不乏文学的反讽和对修养理念的怀疑。[1]因而，《学习时代》既是全方位表现修养的小说，又是对修养的怀疑和反讽。[2]而小说的反讽态度决定了主人公的修养不可能是一个封闭的过程，而是一个开放的求索过程。[3]客观讲，小说世界作为一种现实可能性的实践，永远无法达到理念中的理想状态。开放的结局恰恰又证明了威廉·迈斯特经历的是"人文语境中的修养之路"，换言之，体现了启蒙对人格无限完善的要求。[4]同时，个人塑造对应着人类全体的发展，个体的修养过程也是人类不断臻于完善、人类历史不断进步的缩影。莱辛在《论人类教育》（1780）中指出，"对个人的教育，是对整个人类的启示"。[5]人格塑造的最终目标是人在道德上和社会生活中的完善，因而修养是个体与整体相互照应的辩证过程；从人类总体看，个体的完善将促进整个人类的完善。[6]

对启蒙修养观的戏仿和反讽成就了《学习时代》作为艺术作品的包容性、丰富性和意义的开放性，从而使小说叙事表现出复杂的时间构型。在叙述话语层面，小说既具有某种无法忽视的目的论痕迹，同时也有对偶然性的承认。在故事层面也有相应的双重特性，既有显著的目的论式的时间伦理或时间意识，又赋予了

〔1〕　参见谷裕：《德语修养小说研究》，北京大学出版社2013年版，第19页。

〔2〕　小说对启蒙时代修养观的反讽主要表现在对塔社的反讽中。参见谷裕：《德语修养小说研究》，北京大学出版社2013年版，第157页。

〔3〕　参见谷裕：《德语修养小说研究》，北京大学出版社2013年版，第159页。

〔4〕　参见谷裕：《德语修养小说研究》，北京大学出版社2013年版，第160页。

〔5〕　Gotthold Ephraim Lessing, "Die Erziehung des Menschengeschlechts", in: ders., *Werke und Briefe in 12. Bänden*, hg. v. Arno Schilson u. a., Bd. 10, Frankfurt am Main 2001, S. 75.

〔6〕　参见谷裕：《德语修养小说研究》，北京大学出版社2013年版，第7页。

偶然性等不可支配、不可化约的异质经验以存在的空间，表现为一种抵消时间进程的延宕。人物之间对话时观点的长篇幅罗列、威廉自我反思时内心声音的铺陈，加重了这种叙事总体时间的延宕，席勒敏锐地捕捉到贯穿小说总体结构的这种凝滞，他在 1796 年 7 月 5 日给歌德的信中表示，威廉"反思的倾向使得读者在情节最快的进程中停下来保持耐心，迫使读者总是要向前、向前看（vor-und rückwärts sehen），并思考所有发生的事情"，"他收集所谓的精神、意义、周围所有东西的内在含义，把晦暗不明的感觉转化为概念或想法，用更为普遍的用语说出个别性的感受，让我们更明晰一切的意义，由此他完成了他自己的性格，并因之同时也最完满地完成了整部小说的目的"。[1] 威廉怀着自我审视的态度，不断"实验"生活的可能性，人物的生活实验与叙事的反讽取得了结构上的有机一致。德国当代作家马丁·瓦尔泽（Martin Walser）曾在文艺批评中把由施勒格尔开辟、由托马斯·曼炼至炉火纯青的德意志式反讽看作"市民性"（bürgerlich）的，[2] 而施勒格尔关于反讽的观念正是基于对歌德《学习时代》的批评阐发而来的。他在 1798 年的文评《论歌德的迈斯特》（"Über Goethes Meister"）中指出："这部完全被构造且进行着构造的作品与生俱来的冲动是将自己塑造为一个整体，这一点体现在作品里大的方面，也体现在小的方面。"[3] 完全不同的新场景和新世界彼

<hr>

[1] Emil Staiger（Hg.），*Der Briefwechsel zwischen Schiller und Goethe*，Frankfurt am Main 1977，S. 229.

[2] 转引自 Ernst Behler，*Ironie und Literarische Moderne*，Paderborn/München/Wien/Zürich 1997，S. 16.

[3] Friedrich Schlegel，"Über Goethes Meister"，in：Erhard Bahr（Hg.），*Erläuterung und Dokumente. Johann Wolfgang Goethe. Wilhelm Meisters Lehrjahre*，Stuttgart 2000，S. 302 – 325，hier S. 309.

此联结起来，圆融为一个整体的方法是反讽，具体而言就是，读者的期待被唤醒，兴趣被激发起来；新的场景显现，旧的人物们变得年轻并再次归来；单个的图景之间彼此映照，如此就在前进意义上以独特的方式生成了一个生物发生学上的流动的整体。[1]"反讽飘浮于整个作品上方"，这抹反讽意味在歌德小说中"还太细巧轻柔，以至于文字很难再现复刻其印记"。[2]施勒格尔无论如何已经用批评的语言开创性地复刻斧凿出了歌德小说中反讽的印记；对施勒格尔来说，反讽是歌德作品中一种不停向前进行、不停塑造的组织原则，这种看法显然已经与浪漫派无限"渐进的总汇诗"[3]是孪生姐妹，并透露出浪漫派诗学中典型的历史向度，我们已经知道，这种历史向度是启蒙的产物。施勒格尔在歌德小说的庞杂中提炼出反讽（Ironie）的概念，其着眼点总是混合了对历史向度和历史精神的考量，他同样在1798年指出："法国大革命、费希特的知识学和歌德的迈斯特，是这个时代最伟大的倾向（die größten Tendenzen des Zeitalters），谁对这个排列持有异议，谁认为只要不是疾风暴雨般的和物质的革命就不是重要的，谁就还没有把自己提高到人类历史的广阔高度上。"[4]反讽原则组

---

〔1〕　参见 Friedrich Schlegel, "Über Goethes Meister", in: Erhard Bahr（Hg.）, *Erläuterung und Dokumente. Johann Wolfgang Goethe. Wilhelm Meisters Lehrjahre*, Stuttgart 2000, S. 302 – 325, hier S. 312 – 316.

〔2〕　Friedrich Schlegel, "Über Goethes Meister", in: Erhard Bahr（Hg.）, *Erläuterung und Dokumente. Johann Wolfgang Goethe. Wilhelm Meisters Lehrjahre*, Stuttgart 2000, S. 302 – 325, hier S. 315.

〔3〕　［德］弗·施勒格尔：《雅典娜神殿——断片集》，李伯杰译，生活·读书·新知三联书店 2003 年版，第 72 页。

〔4〕　［德］弗·施勒格尔："《雅典娜神殿》——断片集"，载［法］菲利普·拉库－拉巴尔特、让·吕克－南希：《文学的绝对——德国浪漫派文学理论》，张小鲁、李伯杰、李双志译，译林出版社 2012 年版，第 216 页。

织作品时所包含的内在矛盾性张力，日后作为一种德意志现代传统下的思想遗产，深刻影响了托马斯·曼，而托马斯·曼反过来也以自己的创作，为反讽增添了更浓重的德意志性。瓦尔泽对德意志反讽深入观察后指出，之所以反讽是市民性的，是因为"一种特殊的自由"凭借反讽得以实践，这种自由就是"不做什么的自由"（Freiheit，etwas nicht zu tun）、袖手旁观和悠游于现实生活之外的自由（Freiheit zum Darüber-Stehen und Darüber-Schweben）。[1] 施勒格尔在《论歌德的迈斯特》中提炼反讽概念时，多次用到 schweben 这个动词："要浮动地去把握普遍总体（das Allgemeine schwebend fassen）"[2]、人物身上那种"向前和向后之间的魔力般的悬而未决（jenes magische Schweben zwischen Vorwärts und Rückwärts）"[3]。动词 schweben 指飘浮、浮动、悠荡，转义也有悬而未决、在进行中的含义。施勒格尔的反讽概念是从歌德小说悬而未决、不做定论的面向中提取出来的，他无形中与席勒对《学习时代》的品鉴达成了一致，二人都关键性地把握住了小说人物"向前"与"向后"之间悬而未决的浮动状态。当然，施勒格尔在论及 Schweben、Ironie 等名称时自有他专门的意图。他借助批评歌德作品生成并实践浪漫派的哲学世界观。他如炼金术士一般，最终从歌德作品中提纯出来的是那种符合浪漫哲学设想的

---

〔1〕 参见 Ernst Behler, *Ironie und Literarische Moderne*, Paderborn/München/Wien/Zürich 1997, S. 16.

〔2〕 Friedrich Schlegel, "Über Goethes Meister", in: Erhard Bahr（Hg.）, *Erläuterung und Dokumente. Johann Wolfgang Goethe. Wilhelm Meisters Lehrjahre*, Stuttgart 2000, S. 302 – 325, hier S. 308.

〔3〕 Friedrich Schlegel, "Über Goethes Meister", in: Erhard Bahr（Hg.）, *Erläuterung und Dokumente. Johann Wolfgang Goethe. Wilhelm Meisters Lehrjahre*, Stuttgart 2000, S. 302 – 325, hier S. 307.

反思。这种提纯行为或许过于一厢情愿。我们将不去沿着施勒格尔的意图看待歌德小说人物的自我悬置。不过，施勒格尔、席勒作为《学习时代》最早的一代读者，他们感知中的第一反应对我们今天仍有非常重要的启发。除了结构上的整体性趋向，他们也探测到了歌德小说世界的时间进程中显见的犹疑和阻滞。schweben 这个词透露了小说的两面特征，既表现一种未完成的过程性，也包含了那种悬而未决的特性。这种悬而未决的状况，源于不断闯入主人公生活世界中那些新的、偶然性之事物的贡献。有研究者针对小说中向前与向后之间的悬而未决的状态指出，这是一种"悬而未决的时间（Schweben der Zeit）"[1]，这种悬而未决的时间就是延宕，或曰迟滞。

　　本章接下来的研究步骤可概括为：其一，梳理歌德小说与启蒙人文主义思想和历史哲学之间的对照与戏仿，以及小说对启蒙时间伦理的处理。与此紧密相关的是小说叙事对时间的塑型，将表现为类线性的一种趋向。其二，寻找小说中（比启蒙人文观念的戏仿）更为丰富和复杂的对抗性、否定性、偶然性的因素，考察叙事如何建构起一种延宕的时间。

一、叙事主线：对目的论的戏仿？

（一）卢卡奇与他的历史哲学视角

　　卢卡奇的小说理论沿着黑格尔对小说体裁的认识路径，在历史哲学的视角下对小说体裁本身以及对歌德这部作品的美学观察为我们提供了一种理解，且这种理解在《学习时代》研究中至今

〔1〕　Liisa Saariluoma, *Wilhelm Meisters Lehrjahre und die Entstehung des modernen Zeitbewusstseins*, Trier 2005, S. 23.

仍有着基础性的广泛影响。他认为，该小说的主题是：

> 难以解决的、由体验的理想所引导的个人与具体社会现实的和解。这种和解既不会、也不应该是一种自我满足，又不会、且不应该是一种从一开始就有的和谐；……人物类型和情节结构在这里受制于形式的必然性，即内心与世界的和解虽然难以解决，却是可能的；必须在艰难的斗争和迷途中去寻求这种和解，而且一定能找到这种和解。[1]

歌德在这本书中构建了处理自我与世界关系的一条"中间道路"，即"人性……要求在主动性和沉思之间、在影响世界的愿望和对世界的接受能力之间有一种平衡"[2]。按照卢卡奇的理解，《学习时代》对人性的自信要求背后透露出歌德与启蒙乐观主义的一致立场，身处法国革命后18世纪90年代的歌德相信人拥有依靠自身的力量使自己再生的能力、能凭借自身的力量摆脱千年之久的社会进程中的枷锁，这种信念比他生命中任何时候都强烈。尽管歌德对于法国大革命中暴民的做法不买账，并且毫不留情地拒斥这种做法，但这不意味着他拒绝"市民革命中的社会和人性的内容"（gesellschaftliche und menschliche Inhalte der bürgerlichen Revolution），换言之，歌德相信社会的改良进阶与人性的进步是可能的（虽然这个过程充满困难、需要循序渐进），在此意义上，他依然是十足的启蒙之子。[3]

---

〔1〕 ［匈］卢卡奇：《小说理论——试从历史哲学论伟大史诗的诸形式》，燕宏远、李怀涛译，商务印书馆2012年版，第121页。

〔2〕 ［匈］卢卡奇：《小说理论——试从历史哲学论伟大史诗的诸形式》，燕宏远、李怀涛译，商务印书馆2012年版，第124页。

〔3〕 Goerg Lucács, "Wilhelm Meisters Lehrjahre", in: ders., *Goethe und seine Zeit*, Berlin 1953, S. 57 – 75, hier S. 69.

卢卡奇从《学习时代》读出的启蒙乐观主义，还表现在他对小说中人与人共同体之实存性的规定上，在他看来，歌德在他自己所处的时代依然能够提出这种乐观的可能。尽管小说主人公威廉的中心地位是具有局限性—偶然性的，但又是具有代表性的，之所以能够具有代表性，是因为他与周围人的共同性，换言之，小说设置本身就预先承认人具有克服孤独的、单子化的个体性之主观与客观的可能。卢卡奇确信这个前提："主人公之所以从无数作出相同追求的人中间被挑选出来，并被置于中心，只是因为他的寻求和发现把世界的整体性最清楚地揭示了出来……主人公地位的相对性的世界观基础就是朝向共同目标的各种努力获胜之可能性；个别人物通过命运的这种共同性彼此紧密地联系起来。"[1]

在这个意义上，人的修养目标——心灵与外在社会现实之间的和解——这一时间中的实现进程就被卢卡奇具体描述为一种社会性的共同体之建构过程。按照卢卡奇的理解，这种共同体之所以是社会性的，是因为它丧失了那种形而上学意义上不证自明的世界根基，且不是像诺瓦利斯等一众德国浪漫派作家那样回到一种宗教性的神秘主义，而是靠人的在世行动建立一种人与人生活关系的联结。卢卡奇的这种思考进路听起来似乎受到了同时期韦伯社会学的影响：

理想在这些人中规定着他们的行动，并具有如下内容和目标：在社会产物中可以找到适合于心灵的联系和满足。但是，至少在假定的意义上，心灵的孤独借此被扬弃了。这种效用以人们

---

[1]　[匈]卢卡奇：《小说理论——试从历史哲学论伟大史诗的诸形式》，燕宏远、李怀涛译，商务印书馆2012年版，第123～124页。

内心的共同体为前提，以对人与人之间本质事物的理解合作为前提。但是，这种共同体既不是完全自然地根源于社会联系和休戚相关的自然一致（像古代史诗中那样），也不是一种神秘的共同体体验——它在这种恍然大悟前，忘记了孤独的个性是某种暂时的、僵化了的和罪恶的东西，并抛诸脑后，而是从前固执于自身的孤独个性的一种相互磨合和相互适应；它是一种丰富而充实的听天由命的结果，是一种教育过程的成就，是一种通过努力和斗争获得的成熟。这种成熟的内容是自由人性的一种理想，这种自由人性把社会生活的所有产物理解和肯定为人类共同体的必然形式，然而同时，自由人性把这些产物仅仅视为生活的基本实体发生作用的起因，换言之，自由人性不是在严格的国家—法律的自为地存在中把握这些产物，而是把这些产物作为获得目标的必要手段加以超越。[1]

如此，那么问题就来到了主体在此在生活世界之时间中的建构。卢卡奇以历史哲学为视角的美学批评提示着，启蒙以来现代人的自我也在经历着史无前例的时间化，他在论述中所常常用到的词汇如磨合、努力和斗争、教育过程、成问题的个人等无不指向主体在世立足的那种自然—自在状态的丧失，从而必须通过"自为""自主"（当然，主体在多大程度上能"自主"也一直被挑战）地建构生存的合法性基础，这种情形与现代历史进程所面临的现实合法性是同质的问题。在敞开的历史视域面前，个体的未来维度也同样经历着经验空间与期待视域的脱节，即一种时间结构的同质变化。这又紧密关联到本书第一章导论所论述的历史

---

〔1〕［匈］卢卡奇：《小说理论——试从历史哲学论伟大史诗的诸形式》，燕宏远、李怀涛译，商务印书馆 2012 年版，第 122～123 页。

化与时间化问题、偶然性意识所保证的建构之可能性问题。在卢卡奇看来，威廉的修养——"成人"之路是有目标的，也就是他致力于论述的"和解"，重新搭建一种人与社会的关系，其效果是人融入社会共同体，这种进入的过程，也是参与建设这种历史上不曾存在过的共同体类型的过程。同时，在通往这个目标的进程中，主体必须经历自身在时间中的变化，时间是一个无法被剔除的参数，是主体发生变化的条件，主体变化的方向就是扬弃"个体的孤独"，摆脱过度的主观主义，通向与社会现实的和解。因而总体上，卢卡奇所看到的《学习时代》是一个动态向前发展且最终为目的论式的线性进步式的故事结构。

（二）修养作为个体的时间化进程

威廉在时间中经历着自我的变化，这一点无需质疑。他不仅外表仪态发生了变化，更重要的是他内心思想的不断变化。绝对性的设定和认知被不断修正，封闭自我的视域被不断打破并拓宽。叙事进程中会间歇性地出现主人公的自我反思，这种自我反思的出现是威廉面对外在新的现实所不断做出的自我调适，它也是小说叙事的策略，借助人物自身视角的观察使人物自我认定的事实变得相对化。叙事者不承担某种规定性的功能，权限被让渡给了人物自身，继而，主人公被更加清晰地置于自我规定与推翻自我规定的不间断的时间性进程中。在《学习时代》中，不管是单个的事物、事件还是总体，都被小说人物经验为时间性的，并不断在时间中被阐释和重新阐释；威廉必须以自己的经验为根基阐释他所遇到的一切，而这正是在时间中的阐释。[1]

---

〔1〕 参见 Liisa Saariluoma, *Wilhelm Meisters Lehrjahre und die Entstehung des modernen Zeitbewusstseins*, Trier 2005, S. 35.

人物的自我反思是他发生变化的重要条件，没有这种反思，就不会有人物自主的判断和对未来道路的取舍选择。反思发生的契机是（有意识或下意识地）回忆、甚至梦境。回忆和梦境这种内在性的本己时间拉开了与外在现实的距离，这种距离使主人公有可能修正未来的航向。主人公在时间化进程中变化的发生并非匀质的，而是通过一次次小的间离或顿悟实现扬弃。举例来说，第二部最后一章，由于菲利娜（Philine）的轻佻与四处留情，"捣蛋鬼"弗里德里希（Friedrich）满腹妒火，向厩长提出决斗。弗里德里希的决斗"也表达了威廉灵魂深处的情感；因为他不能否认，纵使他看出厩长的剑术比他高明很多，他也愿意亲自……和厩长一决雌雄。可是，为了防止每个能泄露他情感的表示，他看也没看菲利娜，他举杯向决斗者祝贺了几次健康后，便跑回自己屋里，无数不快的思想涌上了心头"[1]。作为旁观者的威廉实则也在经历着与少年弗里德里希同样的嫉妒与伤害，菲利娜对他的过度亲昵以及她的轻佻，实际上唤起了威廉的情感旧伤——马利亚娜（Mariane）的余象（Nachbild），这种痛苦随之触发了他对自己过去经历的反观，回忆承担着反思、构建生命意义的功能：

他回想那个时候，那时他的精神被一种无限制的、充满希望的努力所升起，那时他悠游（schwamm）在各样生气勃勃的享乐里。如今他才清楚，他现在是陷入怎样漂浮不定的游荡状态中（Schlendern）了，往日大口吸饮的，现在只是轻轻地啜尝；但他

[1]《歌德文集》第2卷《威廉·麦斯特的学习时代》，冯至、姚可昆译，人民文学出版社1999年版，第125~126页。本章引用该译本的小说原文时，将只在行文括号中标明页码。

看不明白的是，自然把哪种无法克服的需求变成了他生活的法则，这需求多大程度上被外界所刺激、给予一半的满足、并引入歧途。如果他在观察他的状况并且努力设想摆脱这一状况时，陷入极大混乱，那也不足为奇。说他是由于对勒替斯的友情，对菲利娜的喜爱，对迷娘的关怀，他就过于长久地在一个地方和一个团体里滞留，并且漫无目标地追踪他的旧梦，是不够的。他相信他有足够的力量，立即脱离这个环境。(126)[1]

　　此处显而易见，威廉通过回顾和展望，有意识地与外在环境和人群拉开距离，试图获得一种不被现实裹挟的自主性，梳理自己生活的意义。这种距离感的必然存在是因为自我与现实的张力与对抗，而同时，自我的进化与修养的进阶也实在地发生于主体与当下现实的间离中。事实上，小说叙事中显见威廉那种时常保持操练的自我回顾和审视；从开篇他对傀儡戏的回忆开始，这种沉浸于自我内观的时刻，就已经形成小说叙事的一个结构性元素。这种反思的首要目标是在混乱的经验和生命道路的开放性中尝试厘清确定自己的"生活法则"，建构一种得以安放主体生命意义的体系。这种期待本质上影射出对生命走向的一种理性目的论式的预设，我们将在本章第（三）小节展开论述文本对此进行的影射和戏仿。对此，德国修养小说研究者罗尔夫·塞尔普曼（Rolf Selbmann）将这种时间化进程推向极致，进而整部小说陷入了相对主义之中，他指出，威廉在判断能力上的进步显见于他的相对化倾向中，这就取消了那种明确的、纲领性的目的，而代之以一种标志着主人公修养进阶的相对化过程，这一相对化进程表明，如果仅仅从一个拟要达到的教育目标出发来理解《学习时

---

〔1〕　译文有改动。本章在译文中的德文词为笔者按德语原文所加。

代》，将会弄错小说的意思。[1]尽管这有可能是小说所包含的诸多深意中的一个意思，但塞尔普曼的结论停在了半途，只揭示了问题表面。如果小说的真实意思并非表现主人公达到教育目标（尽管从形式上看去，整个小说的发展趋势是指向教育目标的达成），那么应该追问的是，小说最终表现了什么样的真实？我们实实在在看到了威廉在生命的学习时代中的痛苦和迷茫。主人公因何而自苦？除了用卢卡奇所高度概括的"先验的无家可归状态"去大而化之地回答这个问题，我们还可以具体说，这种痛苦一定程度上来自威廉内化的（目的论式的）时间伦理与他生活世界实际的混乱际遇之间的张力。

叙事者同时指出，威廉进行反思并做出取舍决断的过程是痛苦的，常常会陷入"极大混乱"。这种混乱、痛苦与迷茫形象地契合了本书第一章在偶然性的理论探讨中所观察到的现代人的状况，偶然性是一把双刃剑，尽管现代人的世界充满开放的无限可能，他如同放浪于无边的旷野，一时间可以雄心勃勃地开拓一切、为自然立法、为自我立法，但时空的寂寥无边同时也意味着迷失、凄凉与孤独。威廉在"草台班子"式的流动剧团的乌合之众中所感受到的是自己对未来的迷失和不确定，是毫无法则的混乱，是一种浪荡——飘浮不定的游荡（"飘浮""游荡""漫无目的"等诸如此类的字眼总是暗暗通向反讽），所有这些无法赋予生命的形式规定，也危及他内化的时间伦理。这与他在第一部中想象实现未来国家剧院的伟大宏图时可谓大相径庭。继而，曾经被他认为是命运的戏剧生涯，现在也面临着质疑和悬置。

这种自我发展的飘浮、停滞感、不确定感与他内化的时间伦

---

[1] 参见 Rolf Selbmann, *Der deutsche Bildungsroman*, Stuttgart 1994, S. 66.

理形成张力，造成了他深层的不安，驱使他主动选择离开这个空间和人际圈子。他的决心是："说他是由于对勒替斯（Laertes）的友情，对菲利娜的喜爱，对迷娘的关怀，他就过于长久地在一个地方和一个团体里滞留是不够的。他相信他有足够的力量，立即脱离这个环境。"（126）不管是什么理由，"他也不让人把他留住"。（126）此时即便是（对他有着巨大吸引力的）迷娘的哀求，也无法阻拦他向前走的脚步。

不停地向前——由此，威廉得以不断更新对自己的体认，获得对世界的新判断和新认识。第四部第十四章，"站在岔路口的年轻人"这一典型的偶然性主题再次出现于他的自我反观中，此时威廉对自我道路的抉择与他在第一部第十章中失恋后的迷茫形成了呼应。"岔路口"喻指未来可被实践的多种可能性，"岔路口"的时刻至关重要，既是危机也孕育希望，从这个意义上，威廉的修养之路，是不断地在危机与绝境中开辟出的一种自我生命的可能。"站在岔路口的年轻人"（Jüngling am Scheidewege）[1]这个主题也是威廉早年间写过的剧的名字，在那里，岔路口隐喻在艺术（Kunst）与职业（Gewerbe）之间的抉择。威廉后来在回顾自己早年梳理出的这个人生课题时，以此自况：

> 我现在是又一次……彷徨在青年时代曾经出现过的那两个女人之间的岔路口。这一个再也不像往日那样可怜，那一个也不像往日那样华美。依从这一个或是依从那一个，你都感到是一种内心的责任。哪一方面理由都很充足，你似乎觉得不可能做出决定取舍。（252）

---

〔1〕　冯至译本译为"歧路彷徨的年轻人"。见《歌德文集》第2卷《威廉·麦斯特的学习时代》，冯至、姚可昆译，人民文学出版社1999年版，第28页。

威廉在经历现实的历练之后，不再彻底一味地否定市民的职业伦理，而是重新认识并接纳它。同时，艺术也不再像曾经他所认为的那样高于一切，不再作为与生活对抗的堡垒。此外，通过与勒替斯一起捏造旅行日记，威廉"对现实世界的情况和日常生活比往日要注意得多了。他现在才理解他父亲这样热心劝他写商业日记的用意。他第一次感到，自己成为这么多营业和必需品的媒介人，帮助人把生活和事业分布在大陆上的深山与松林里，是多么愉快，对人多么有益"。（251～252）

个体在他局部世界中捕获的意义归功于他一定的主动性，如果我们环顾威廉所处的生活四周，则会发现这种意义如同矿石的结晶一般稀少难得。将他放置于他的环境中，就会衬托出他显著的被动性和无奈。这种时间化进程中，命运漩涡的摔打洗练令他时时痛彻心扉，他被命运漩涡席卷裹挟而感受到的眩晕和迷失，占用了小说叙事的不少笔墨。形形色色的众多人物面相，没有一个是直白明朗的，对威廉来说，他们每个人都是一个谜团，在时间之流中向他慢慢打开世界的一扇扇门。席勒曾敏锐地发觉，威廉虽然是小说中最为必要的人，但却不是最重要的人；这部小说中没有、也不需要最重要的人，这构成了该小说的特点。在威廉身上以及在他周围发生着一切，但并非因他而发生；原因是，他周围的事物是能量，而他是可塑性的表达，由此，他与其他人物之间的关系不同于其他小说中的主人公。[1]席勒看到了小说对于人的可塑性的关注，更暗示了这个被不断塑造着的人时刻在生命

---

〔1〕 参见席勒1796年11月28日给歌德的信，"Kommentarteil. Briefwechsel zwischen Goethe und Schiller", in: Johann Wolfgang von Goethe, *Werke*, hg. v. Erich Trunz, HA. 7, München 2000, S. 620 - 652, hier S. 651.

中遭遇着困局乃至绝境。

（三）启蒙时间伦理

　　启蒙思想家或隐或显地把人与时间的关系放在关乎善恶的伦理视野中。康德 1803 年在《教育学》一文中明确指出，人唯有通过教育才能成为人。[1]这个成为人的过程，需要完成时间的充分填满和利用，需要在时间中付出工作和行动。反过来说就意味着，如果"浪荡""游手好闲"地让时间流走，那将是一种恶劣的、虚无的生命方式。人的完善性就有赖于在时间中的行动和生成，有赖于对时间的利用。在历史成为统一的、引起问题的过程的同时，时间就变成是克服问题的有效力量，时间被当作一种压力。[2]康德乐观主义的历史蓝图是：人通过教育，经过时间和代际积累，是可以达到完善的。他认为，历史和未来是向上发展的，也许教育会越来越好，每一个后来时代都将向着人性的完善更趋近一步，因为教育的背后隐含着人类本性完善性的重大秘密。[3]完整、完善的人是可能的，这是教育的目的，也是历史发展的目的。人性中有许多胚芽，把自然禀赋均衡地发展出来，把人性从其胚芽展开，使人达到其规定，是教育的任务。[4]不管是单个个体的成长和修养，还是人类总体的完善，本质上都需要时间的参与，是在时间进程中进行的。历史哲学的目的论模式渗透

---

〔1〕　参见［德］康德："教育学"，李秋零译，载李秋零主编：《康德著作全集》第 9 卷《逻辑学、自然地理学、教育学》，中国人民大学出版社 2010 年版，第 442～443 页。

〔2〕　［德］于尔根·哈贝马斯：《现代性的哲学话语》，曹卫东等译，译林出版社 2004 年版，第 7 页。

〔3〕　参见［德］康德："教育学"，李秋零译，载李秋零主编：《康德著作全集》第 9 卷《逻辑学、自然地理学、教育学》，中国人民大学出版社 2010 年版，第 444 页。

〔4〕　参见［德］康德："教育学"，李秋零译，载李秋零主编：《康德著作全集》第 9 卷《逻辑学、自然地理学、教育学》，中国人民大学出版社 2010 年版，第 445 页。

到启蒙时代思考型的各个方面。对于年轻人的教育和塑造，康德在《教育学》文末指出，要让他们"注意对外部境遇知足，在工作中任劳任怨；sustine et abstine［忍耐并克制］；注意在娱乐中知足"，"如果有人不仅要求娱乐，而且也在工作时愿意任劳任怨，那么，他就成为共同体的一个有用成员，而且避开了无聊"[1]；要让年轻人"把许多东西总是视同义务"，"一个行动必然对我有价值，不是因为它合乎我的偏好，而是因为我由此履行了我的义务"[2]；要让年轻人"对生活愉悦的享受评价不高"，"这样一来，对死亡的幼稚恐惧就将消除"，"必须向年轻人指出，享受并不提供预期许诺的东西"[3]；"最后，要知道每天对自己做总结的重要性，以便在生命终结时，能够就自己的生命价值做出估价"[4]。康德对于教育所提出的要求一方面不乏新教伦理的痕迹，另一方面也显示出现代国家机器、社会共同体与个体之间规训与被规训的关系。个体价值确立的基础在于行动、服从义务；而沉溺娱乐或放纵自己的天性爱好并非个人价值的来源。娱乐的有益性仅仅在很小的范围内，也就是说，允许娱乐的存在仅是为了避开无聊，归根结底只是为"有用的人"提供的精神调剂而已。康德在《教育学》全文结束的一句提出的要求是年轻人应当每天总结自己，进而能够在生命结束时总结一生的价值，这一

〔1〕［德］康德："教育学"，李秋零译，载李秋零主编：《康德著作全集》第9卷《逻辑学、自然地理学、教育学》，中国人民大学出版社2010年版，第499页。

〔2〕［德］康德："教育学"，李秋零译，载李秋零主编：《康德著作全集》第9卷《逻辑学、自然地理学、教育学》，中国人民大学出版社2010年版，第500页。

〔3〕［德］康德："教育学"，李秋零译，载李秋零主编：《康德著作全集》第9卷《逻辑学、自然地理学、教育学》，中国人民大学出版社2010年版，第500页。

〔4〕［德］康德："教育学"，李秋零译，载李秋零主编：《康德著作全集》第9卷《逻辑学、自然地理学、教育学》，中国人民大学出版社2010年版，第500页。

点引人深思。把握住时间、不要浪费时间、充分利用时间是康德本质上所敦促的教育内涵。娱乐、不任劳任怨地工作是浪费时间，将导致无价值、无意义的生命。虚无主义是恶，是启蒙历史哲学的目的论思维所批判和畏惧的道德瘟疫。即便作为文学家的歌德，也无法躲避历史哲学在生活世界中掀起的劲风。不难理解他个人生命历程中所有的努力都在对抗一种潜在可能的虚无感，并最终以《诗与真》这样的回顾试图将生命历程凝结为意义和价值。启蒙时代的读者对修养小说的期待仍无形中延续了新教（首先是虔诚运动）修身文学的某些残余思维惯性，就连布兰肯堡及至更晚的摩根施坦（Karl Morgenstein）等小说理论家都仍旧摆脱不了把修养小说与作者人格塑造、读者教育问题联系在一起的教化思维。[1]歌德晚年曾提醒他的助手爱克曼要抓住现在，每个瞬间都有无尽的价值，因为它代表整个永恒。[2]这种启蒙的时间伦理似乎已成为同时代人心照不宣的共识，德意志启蒙时代博物学和物理学家利希腾贝格（Georg Christoph Lichtenberg, 1742 ~ 1799）也在其格言中指出：“把生命的每个瞬间——不管它从命运的哪只手中落到我们头上、不管它好与坏——变成尽可能最好的瞬间，这是生命的艺术和理性造物的真正特权。”[3]换言之，无论启蒙如何想象人的幸福与至善，启蒙以来现代人面临的一项基本生命任务就是，如何合理利用好时间，尤其是对当下的利

---

〔1〕　参见谷裕：《德语修养小说研究》，北京大学出版社2013年版，第50页。

〔2〕　转引自 Bruno Hillebrand, "Johannn Wolfgang von Goethe. Der Augenblick ist Ewigkeit", in: *Ästhetik des Augenblicks. Der Dichter als Überwinder der Zeit. Von Goethe bis heute*, S. 14 – 35, hier S. 25.

〔3〕　转引自 Bruno Hillebrand, "Johannn Wolfgang von Goethe. Der Augenblick ist Ewigkeit", in: *Ästhetik des Augenblicks. Der Dichter als Überwinder der Zeit. Von Goethe bis heute*, S. 14 – 35, hier S. 25.

用，从而达到对生命进程的合理规划，最终奔向"幸福"的终点。恰是由于现实世界中无孔不入的时间暴政，才为文学书写呈现、反思时间的暴政提供了契机，而这一时期艺术自律的潮流也为新的审美经验的生成提供了条件。

威廉这个人物展示了现代人生命道德典型的两面性：其一，他受到启蒙时间伦理的影响，并希望通过在时间中的行动创造生命意义，时间是一种行动命令和义务，与之相应，他也有着一种基本的目的论式的时间意识。其二，他在现实生活的经历中却时常遭遇与这种目的论设想相脱节的时间经验，此时他所内化的时间伦理也受到挑衅。两种时间经验共生，形成了他生命的张力。

在开篇，威廉在向马利亚娜讲述关于自己童年戏剧生活的回忆时就描绘出了理想中的未来图景：

> 如果我们回想往日，和往日一些无伤大体的歧途，尤其是我们在已经顺利地登上高峰的那一瞬间，我们再向四下一望，并且能俯瞰我们所走过来的路，这真是一种极大的乐趣。心满意足地回忆许多我们常常带着苦恼的情绪认为是不能排除的障碍，同时把我们现在所达到的（entwickelt）和我们达不到的（unentwickelt）相比较，也是同样令人愉快的。但是此时此刻我同你谈到往事，我觉得是不可言喻的幸福，因为我同时看到前面便是那令人销魂的国土，我们将手牵着手一起在那里漫游。(9)

可以看到，威廉习惯的时间安置方式是从自我过往经历中提炼出一条有意义的生命线索，这条线索应当有机地安顿好过去、现在、未来。这种做法回响着启蒙人文主义对人的要求，正如康德在《教育学》中提出年轻人每天都应自省，以便在生命结束时可以总结一生的价值。与回忆中的景象（Bild）相互贯通的是威廉对未来的期待（Erwartung）和想象（Einbildung）。在威廉的认识中，这种连接所形成的成长经验并非一种机械的重复，而是处在一个向上发展的趋势中，"往日"个人生活史中不能有大方向的错误，其潜在规定是小的错误或曰"歧途"必须"无伤大体"；威廉用了一个空间性的比喻，形象地表明这条成长道路之应然："过去"处于低处，"现在"达到高峰时回顾低处来时的路，能够带来一种自我肯定的乐趣。而"现在"并非终点，只是暂时的过渡，"前面"的"未来"仍在更高处。

威廉这里把恋人马利亚娜的形象与自己回忆中最初的戏剧理想连接起来；与她谈到"往事"的同时，就让他"看到"（schauen）未来令他神往的国土（Land）和幸福生活。这里的"看"是对未来的想象和期待，他的修养之路也正是不断学习"看"的过程——不断审"视"自己的过去和内心，也不断探"看"通向未来和外界的道路。未来视向是威廉一切行为的主导性动因，而开篇这段满怀期待的展望实质上是一个年轻人对自己未来的规划。威廉虽然在小说后续中因为种种偶然性因素陷入了漫长的延宕过程，但在延宕之中，他的内心依然有缓慢的变化，这种变化得以可能的根本原因就是威廉生存的未来视向。对未来所怀的期待是他一切行为的深层动力。

威廉的时间伦理本质上带有市民阶层伦理价值的深刻烙印。他虽能够逃离父亲主宰的家这一具象的市民生活空间，却无法逃离已经内化于自身的伦理模式。何为"歧途"和"大体"？这种区分的背后就潜伏着某种威廉并未意识到的层面，而这个层面也可能是威廉被塔社"选中"的原因，因为他必将不愿、也不会去做一个流动剧团里的浪荡艺术家，更不可能做一个不考虑未来和

"前途"的卖艺人。并且，小说中流动剧团的卖艺人们并非超凡脱俗，恰恰相反，他们身上的庸俗与狭隘并不亚于市侩，艺术与谋生对他们来说没有区别，即便是能够与威廉真正严肃地探讨戏剧艺术的赛罗（Serlo），也几乎像梅里纳（Melina）一样囿于利益算计。艺术要么沦为生存糊口的手段，要么也只是消磨时光的乐子；菲利娜曾经这样回应勒替斯对时间流逝的恐惧："因为时间过去后，我们无法追随它，那么当它正在我们身边走过时，就让我们至少把它看成是一个美丽的女神，快乐而优雅地来尊敬它吧。"（182）菲利娜及时行乐的生活方式是对时间的一种无视，本质上与勒替斯从时间变幻中所看到的虚无主义是一回事。菲利娜对勒替斯抛出"及时行乐"立场的同时，"一边唱着歌"，一边拉着勒替斯"到大厅里去跳舞"（182）。有身孕的梅里纳太太此时从大厅走过，也被菲利娜戏弄地请进"跳舞的行列"（182）。叙事以此拼出一幅死亡之舞的意象，梅里纳太太腹中的孩子后来确实在剧团遭遇强盗时不幸没能存活下来。事实上，小说中死神的影子随处可见〔比如马利亚娜、威廉父亲、梅里纳夫妇的孩子、奥莱丽亚（Aurelie）、迷娘、竖琴老人、"美的心灵"等人物都在小说中步入死亡，围绕着威廉的视听所发生的诸多人物的死亡象征着阻抗他修养的一种延滞力量〕，一定程度上看，威廉这个人物的设置正是小说对生命虚无主义的否定。在威廉那里，从未出现过勒替斯那样对时间的恐惧和犹疑，也从未出现过菲利娜那种对时间的故作放纵与无视。威廉的目光总是落在生命此岸，死亡从未吸引过他的注意力。

在威廉的视野中，"无伤大体的歧途"这一观念暗含着肯定生命的基本前提：对于生命价值的某种雄心勃勃的设计、对于个体生命的有效规划、对生命时间的充分把握和利用。也就是，它依然类似于一种理性的、带有市民阶级典型的实用主义倾向的思维线路。即便威廉在试图反抗市民阶级生活可能性的狭隘闭塞和价值取向的功利性，但是他的思维定式依然与之相去不远。

能够将时间最大限度地转换为金钱和财富，是小说中市民阶层最为看重的生存意义。威廉曾颇受其累而反抗之，但却从未摆脱它的牵制和影响。第四部第一章中，当威廉从男爵（Baron）那里因为自己为戏剧工作付出的时间而获得酬劳时，这种矛盾心理表露无遗：

> 如果我可以只考虑我自己这一方面，只凭我自己的感情去行事……我就要不顾一切的理由，执拗地拒绝接受这件如此美丽而光荣的礼物；可是我不否认，这礼物在陷入于困难中的这一瞬间，也使我脱离另一个困难，这就是我一向觉得在我家里人的面前所处的困境，这困境正是我许多的隐痛的原因。关于时间和金钱我有义务做出说明，这两样我都调度得很不得当。现在由于伯爵先生的慷慨大度，我才能安心地把这次奇异的歧途给我带来的幸福报告给我家里的人。（184）

在威廉自我评价的话语中，他把通过戏剧而达到自我完善和自我实现的取径称为"歧途"。这样的语义似乎指涉未显现的"正途"在等待着他重新踏入。而这一"正途"的回归被悬置于未来之中。从未被彻底甩掉的市民身份及伦理价值将时刻返回他的意识中，提醒他所背负的现实义务。面对眼前赚得的金钱，他油然而生的满足感与市民热衷追逐财富的倾向相去不远，这个细节不无反讽的意味：

> 男爵刚一离开这屋子，威廉就急忙数这笔现金，他得到这笔钱是这样的意想不到，他觉得这是超乎分外的所得。当那美丽闪

烁的金钱从精巧的荷包里滚出来时，他好像预感着第一次亲眼看到我们步入晚年时才渐渐感到的黄金的价值与尊荣。……他暗自满意地想着他的才能，略带骄傲地看着这引导着他、陪伴着他的幸运。（185）

他在这样的满足与喜悦中写信给家里人讲述自己的情况。"他避开直接的叙述，只用暗示和神秘的语调让人猜想他所遇到的那些事。他经济充裕的情形，他仗着自己的才能所获的收入，大人物的恩惠，女人的爱慕，在一个广大世界里的结识，他身体方面以及精神方面的禀赋的深造，对于未来的希望（die Hoffnung für die Zukunft），这一切组成一幅这样奇异的幻画（ein wunderliches Luftgemälde），就是蜃楼也不能穿插得更为珍奇了。"（185～186）写信除了是给"家里人"汇报一段时间的近况，也是对自我过往的回顾、检视和重构；这封家书中塑造的自我既要符合"家里人"这一监督机制的期待，金钱的赚入最能缓解和消释自己所背负的市民阶层的道德压力，经济上的充裕和成功似乎是一切浪荡行为的合理化前提；仿佛只要获得了财富，威廉在实际生活经验中与市民生活伦理相悖的成分也将并无大碍，继而可以既往不咎。不过，信中对自我的审视又不完全顺从外在监督机制，而是保留了威廉自己向其他可能性的开放与期待，因为他"避开直接的叙述"，也就是并不客观如实地交代自己的所作所为，给真正的自我诉求留下极大的空隙和留白。写信过程的本质就是一种回忆、自我讲述，因而它的功能与第一部中威廉所给予积极评价的"回忆"相似，是提炼和生成意义、赋予时间以意义的过程。尽管这封家信的文字表面有捏造和语焉不详的表演成分，但写信的过程确实也激发了他自己内心忠实的回顾。因为，待封好

信后，威廉依然"在这幸福的狂欢里，继续自言自语"（186），
"把信的内容又重述一遍，描画出一个有为而尊荣的将来（eine
tätige und würdige Zukunft）"（186）。"这么多高贵的战士的榜样
使他兴奋，莎士比亚的戏剧给他展开一个新的世界，从那美丽的
伯爵夫人唇中他吸来不能言喻的情火。这一切不能、也不应该永
远不发生影响。"（186）叙事以威廉个人的视角，去审视所有这
些留在他心灵上的印记图像，展现了威廉自身对未来雄心勃勃的
期望。

　　无疑，小说主人公的这种目的论式的个体发展设想与启蒙的
历史哲学有着内在的时代关联。即便是贵族云集的塔社，虽不同
于市民阶级的狭隘，但本质上也奉行一种目的论式的行动和时间
伦理。这种目的论将生命目标建于此岸。通过时间的利用与充分
的行动建构其生命的意义，克服随时造访此在生命的虚无之
威胁。

　　行至小说后面，目的论式的启蒙时间伦理出现得愈加频繁；
这是因为随着主人公向塔社的接近，教导和规训的因素也再次逐
渐增强。在许多时间节点上，威廉甚至表现出强烈的自我审查机
制，这种自我审查总是关乎时间是否被有效用于生命意义的创
造。当他和剧团因遭强盗抢劫而受伤，成为真正意义上卧床的
"病人"时，他表示"不肯无计划地继续过游荡的生活，将来他
在生活道路上应该有计划地前进"（214）。在小说后半部分，威
廉离开剧团后，在面对塔社中的贵族人物雅诺（Jarno）、苔蕾丝
（Therese）、罗塔里奥（Lothario）等人物时，总是不可抑制地显
露出一种羞耻感。雅诺等人都持有一种严格的理性时间伦理，他
们都把时间当作是对自我行动的敦促。在他们面前，威廉的自我
审查变得更加严苛，他评判自己以前的路都是歧途，"除去错误

还是错误，除了迷惑还是迷惑"（420），"过去和现在的处境错综混乱"（420），这是他向苔蕾丝吐露的心声，相比苔蕾丝理性、冷静的生活方式，他自觉荒废了时间，过去的戏剧生涯是要被否定的。他毫不掩饰自己的惭愧："你能够喜欢你过去的生活，你怀着成功的把握走过一条美丽纯洁的路，你并没有荒废时间，你问心无愧。"（420）而在第七部开头，威廉去往罗塔里奥庄园的路上再次遇到陌生人，这个陌生人正是塔社的核心人物之一阿贝（Abbé），这次相遇隐喻了阿贝对威廉迈入塔社空间的直接引导作用。面对这个（曾于第二部第九章）共同游船的陌生人的问询，威廉为自己的剧团经历感到汗颜："每逢我回想起和他们一起度过的岁月，便觉得是望见一片无垠的空虚；从中我毫无所得。"（397）威廉在经历失恋和剧团生活的现实洗礼后，对过往经历彻底否定，认为自己的时间被浪费了，过往是虚无的，这种评判完全倒向第一部的对立面，但阿贝对此给出了另一种更为积极客观的解读，这一立场也显露出阿贝教育思想的内核："你错了，我们所遇到的一切都会留下痕迹，一切都不知不觉地有助于我们的修养；可是要把它解释清楚，是有害无益的。那样一来，我们会变得不是骄傲而怠慢，就是颓丧而意气消沉，对于将来，二者都是同样地阻碍我们。最稳妥的永远是只做我们面前最切身的事……"（397）与阿贝不同，雅诺完全否定威廉的剧团经历。无论如何判定过去的时间，时间总要为人所用，不可荒废，即便阿贝站在一个更为智慧老练的立场上去看待威廉的过往，但他根本的出发点依然是启蒙理性主义的立场，他只是在对待一个"不成熟"的年轻人的态度上更为开明和善，而雅诺则更为尖酸刻薄。

在威廉身上，目的论式的时间伦理或时间意识与他实际的生活经验之间时常是脱节的，二者之间存在着极大的张力，贯穿于威廉的人格塑造过程中。尽管小说开篇奠定了年轻人对未来的憧憬基调，但同时威廉在小说一开始就陷入了那种"飘浮"状态，与做白日梦无异。有研究者指出，作者将这种停滞与主人公时间性的存在方式对立起来，不仅因为爱使得他极为深刻地经历"现在"，在最幸福的那一刻他也向过去与未来展望，如此一来，读者就可以从主人公自己那里了解他的过去和未来的计划。从这个意义上讲，这种对立促成了一种叙事技巧，使主人公视角作为叙事的视角，以便于后续展示人物内心性格的改变。叙事对于此时威廉自我认定的生命意义和未来远景的讽刺，预示了后文中它们的更迭破灭，叙事没有任何信息显示马利亚娜对他勾画的图景做出回应，而老女仆芭芭拉及时打岔转移了话题。事实上，威廉献身民族剧院的宏愿，不久就受到一次现实的重击。第一部结束时，威廉失恋的痛苦被轻描淡写，在叙事者眼里显得无关痛痒，一边是诺贝尔格（Norberg）写给马利亚娜的情话纸条轻轻滑落，一边是可怜的威廉如五雷轰顶、惊慌失措，主人公威廉"意想不到地被一个不幸的命运所压倒，他的全部生命在一瞬间都失去了常态"（64），他觉得在痛苦中麻木、僵住（erstarren），"失去感觉竟是一种恩惠"（64）。叙事者冷眼看待威廉遭受的巨大情感打击，对它几乎是一笔带过，因为叙事者"很早就预言过"这段恋情"一定会有坏结果"（64），所以，"我们读者就不必费神去知道我们这位失恋朋友的哀痛和当他的希求和愿望都这样出乎意外地被破坏时他所沦入的苦难了……只不过为了故事的关联而简略叙述一下"（64）。如此戏谑的口吻表明了叙事者的距离和讽刺。叙事者甚至冷眼诊断出，威廉在失恋后的几年完全埋头商业的"行动"（Tätigkeit）之中、并彻底推翻自己以前的艺术活动和艺术家理想，是因失恋痛苦而引发的行为上的矫枉过正，或者也可

以被视为情伤后的自我"应激保护":

> 他已经习惯于这样自苦,他现在也以恶意的批评从各方面抨击在恋爱之后和爱情之外给他以最大快乐和希望的一切,也就是抨击他作为诗人和戏剧家的才能。他在他的作品中看见的,无非是一些俗文旧套的空疏摹仿,没有任何价值;他认为那只是用牵强的韵脚拼凑起来的单调的节律,其中夹杂着平凡的思想和情感。凡是能使他重新振作的各种希望,各种快乐,他都放弃了。(66)

这种商业的"行动"只是表象。威廉不可能就此改变从小就立下的戏剧志向,它还没有充分地被探寻过,只是被一次恋情的流产而打断、推迟—延宕。事实上,在之后很长一段时间里,追随(并克服)马利亚娜的图像伴随了威廉戏剧生涯的始终。柏林自由大学德语文学研究者罗尔夫-彼得·延茨(Rolf-Peter Janz)指出,威廉与马利亚娜的分手只是表面上结束了威廉在戏剧生涯与商人职业之间的犹疑不决;由于早就属意于舞台,他摆脱市民阶层束缚的诉求一直存在。[1]

无论如何,这次情感上的丧失经历让他的戏剧之梦从此开始不再那么天真醋甜,戏剧主题也暂时地因为他的选择性遗忘而被推后。这里出现的回忆行为,极为显著地展现出威廉因失恋事件在时间中的变化,以及他自己对此的清晰体认。

如果我们在某种情形下写了一封信,封好火漆,寄给一个朋友,但没有寄到,却给我们退回来了,经过一些时候,我们又打

---

[1] 参见 Rolf-Peter-Janz, "Zum sozialen Gehalt der Lehrjahre", in: Helmut Arntzen u. a. (Hg.), *Literaturwissenschaft und Geschichtsphilosophie*, Berlin/New York 1975, S. 320 – 340, hier S. 322.

开它，拆开我们自己的漆印，由于和我们的故我闲谈就像和另一个人闲谈一样，我们一定会产生一种特殊的感觉。一种相似的心情剧烈地攫住我们的朋友……（68）

睹物思人，却物是人非，物与人都处在变化之中。不过，失去马利亚娜的威廉，内心仍然延续着"悬而未决"的游荡状态，他依然生活在对马利亚娜的想象和她的余象（Nachbild）中。实际上，小说后续几部中飘荡着马利亚娜的余象，威廉在游荡于戏剧生活的时间中处处与这个图像相逢。尤其在第二部中，老学究、迷娘、竖琴老人等人物的出场都与马利亚娜有着或隐或显的勾连，威廉的梦境中也有马利亚娜挥之不去的暗影。按照实际的时间顺序，马利亚娜事实上早已死去，她的死讯却是迟到的。我们甚至可以说，马利亚娜的名字就象征着"悬而未决的时间"（Schweben von Zeit）。

（四）威廉内心图像的逐渐展开：克罗林德——马利亚娜——娜塔丽亚

《学习时代》中，威廉内心的原始图像逐渐展开演进，最终与外在现实接洽合拢，戏仿了一种近似于向前"进步"的必然性趋向：威廉自童年起就埋藏在心中的图像——对塔索《耶路撒冷解围记》（Das befreite Jerusalem）中的克罗林德（Chlorinde）的想象以及油画中病王子（der kranke Königssohn）的图像——最终在外在现实中以娜塔丽亚（Natalie）的形象达成了实现和扬弃。[1]
从而，小说被娜塔丽亚这个人物连接为一个整体，威廉与她最终
结合并使自己模仿她善的行动，由此，她于自身中汇集了过去并
指向未来。[2]用德语文学研究者汉斯·于尔根·兴斯（Hans
Jürgen Schings）的话说，娜塔丽亚是《学习时代》结构性的中
心，把开端与结尾闭合起来。[3]持有这种观点的研究者为数不
少，他们的灵感似乎来自歌德同时代的浪漫派诗学理论家弗里德
里希·施勒格尔的小说批评。他在《论歌德的迈斯特》一文中指
出该小说在结构上自成整体的倾向："这部完全被构造且进行着
构造的作品与生俱来的冲动是将自己塑造为一个整体，这一点体
现在作品里大的方面，也体现在小的方面。"[4]小说连接或达成

---

　　〔1〕　参见 Wolfgang Staroste, "Zum epischen Aufbau der Realität in Goethes *Wilhelm
Meisters Lehrjahre*", in：*Wirkendes Wort* 11, 1961, H. 1, S. 35. 持有类似解读路径的研究
者还有诸如 Hans Jürgen Schings, "Angathon – Anton Reiser – Wilhelm Meister. Zur
Pathogenese des modernen Subjekts im Bildungsroman", in：ders., *Zustimmung zur Welt*：
Goethe-Studien, Würzburg 2011, S. 71 – 92. 以及 Anja Lemke, "Verhaltensdesign avant la
lettre. Kontingenz und Potenzialiät im 'Bildungs'-Roman des 18. Jahrhundert mit Blick auf
Wilhelm Meisters Lehrjahre", in：Jeannie Moser u. a. （Hg.）, *Verhaltensde-
sign. Technologische und ästhetische Programme der 1960er und 1970er Jahre*, Bielefeld 2018,
S. 175 – 192.
　　〔2〕　Wolfgang Staroste, "Zum epischen Aufbau der Realität in Goethes *Wilhelm Meisters
Lehrjahre*", in：*Wirkendes Wort* 11, 1961, H. 1, S. 35.
　　〔3〕　参见 Hans Jürgen Schings, "Angathon – Anton Reiser – Wilhelm Meister. Zur
Pathogenese des modernen Subjekts im Bildungsroman", in：ders., *Zustimmung zur Welt*：
Goethe-Studien, Würzburg 2011, S. 71 – 92, hier S. 71.
　　〔4〕　Friedrich Schlegel, "Über Goethes Meister", in：Ehrhard Bahr （Hg.）,
Erläuterung und Dokumente. Johann Wolfgang Goethe. Wilhelm Meisters Lehrjahre, Stuttgart
2000, S. 302 – 325, hier S. 309.

整体的手法几乎通篇一致。[1]施勒格尔举例指出，第三部和第四部中雅诺和亚马孙女战士形象的出现，以及第一部和第二部中陌生人与迷娘的出现都"将我们的期望与兴趣引向神秘莫测的远方，指向塑造之尚未可见的某一高度（eine noch nicht sichtbare Höhe der Bildung）；每一部都以新的场景、新的世界拉开序幕，旧的形象也重新出现；每一部都包含着未来的萌芽，并以活力吸收着被纯然纳入自身那独特属性中的过去。"[2]与歌德共处于同时代的诗学理念传统中，施勒格尔得以看清歌德作品中精致的结构，没有一个停顿是随意的，整个作品是部分与整体之间有机的、和谐的协奏，人物或动机在叙事进程的前后之间环环对位。这种结构上的精巧性与浑然天成是歌德笔力才能的高度体现，这一点在研究中也常常提示着人们如何从一个整体性倾向出发来关注文本中的现象，歌德作品对人物的安排除了架构起故事情节表层之外，更是蕴含了隐秘指涉结构与象征，娜塔莉亚、塔社、迷娘（Mignon）和竖琴老人奥古斯丁（Augustin）被认为在小说中具有重要的象征意义。[3]本章第二节将会继续探讨迷娘和竖琴老人奥古斯丁这两个人物身上承载的隐秘的象征性。

　　娜塔丽亚被认为是歌德创造的理想女性，她兼有偏向内心自修的"美的心灵"与脚踏实地、注重实用的苔蕾丝二人之所

---

[1] Friedrich Schlegel, "Über Goethes Meister", in: Ehrhard Bahr (Hg.), *Erläuterung und Dokumente. Johann Wolfgang Goethe. Wilhelm Meisters Lehrjahre*, Stuttgart 2000, S. 302–325, hier S. 313.

[2] Friedrich Schlegel, "Über Goethes Meister", in: Ehrhard Bahr (Hg.), *Erläuterung und Dokumente. Johann Wolfgang Goethe. Wilhelm Meisters Lehrjahre*, Stuttgart 2000, S. 302–325, hier S. 313.

[3] 参见 Helmut Ammerlahn, "Wilhelm Meisters Mignon-ein offenes Rätsel. Name, Gestalt, Symbol, Wesen und Werden", in: *Deutsche Vierteljahrsschrift für Literatur und Geistesgeschichte*, 1968, Vol. 42 (1), S. 89–116, hier S. 90.

长，[1]亦即兼有内心与外界之间互动的平衡。威廉与娜塔莉亚之间具有相似性，他在娜塔莉亚身上发现了"完整的人"的榜样和值得效法的广阔的生活之艺术（Lebenskunst），从而摆脱了自己早期耽溺于戏剧艺术的局促偏狭。小说叙事的终点是威廉与娜塔丽亚的结合，这一结合常在文学批评中被解读为威廉人格达到成熟完善的标志。娜塔丽亚在小说结构和威廉成长进程中所具有的决定性意义固然不容否认；不过，把娜塔丽亚机械地等同于天上掉下似的完满人儿，或把她看作与小说前面部分出现的其他女性人物截然不同的人物，都是不妥当的。事实上，娜塔丽亚可能与马里亚娜有着某种隐形的呼应甚至接续关系。在这个线索的导引下，威廉童年就烙下的"心印"——关于女战士克罗林德的印象——是否仅仅（像兴斯试图论证的那样）是维特式的病态"忧郁"，就值得商榷和进一步解读。威廉从小在心中萌生的某种朦胧的向往（或可称为他的使命感），与更高尚的东西相连，而威廉自己所处的市民圈子的现实生活则与这种"高尚"与"尊荣"相去甚远。可以推断，威廉着迷于女战士、女军官的形象，必然与他对自己的期待和想象有关。这种期待映照或投射在生命的"另一半"身上，就形成了与小说中女性的美丽温婉对比强烈乃至突兀的"军官"配置。

小说中曾以"军官"扮相出场的马利亚娜和以"亚马孙女战士"形象首次登场的娜塔丽亚都极富"女性特质"，她们外形都非常美丽且性情温善，但偏偏是这样的女子，叙事让她们以"英姿飒爽"的战士扮相出现在威廉眼前，而他也出奇地迷恋这种

---

[1] 参见冯至："译本序"，载《歌德文集》第 2 卷《威廉·麦斯特的学习时代》，冯至、姚可昆译，人民文学出版社 1999 年版，第 11 页。

"英气"。威廉对于战士形象的热衷，还隐秘地显现在小说其他的细节上。比如，第三部第八章中，他有机会被亲王召见，通过与亲王圈子的接触，他过往对于战士、贵族的想象变得更加具体和强烈，"他在近旁看见那些高贵、伟大的人们的重要而有意义的生活，惊叹他们会给他们的生活添上一种怎样轻快的尊荣。一队军马行进，一个亲王的英雄居于首位，这么多同伍并肩的士兵，这么多拥挤的崇拜者，这一切都在增强他的想象力"（161）。不过，此章的叙事无处不在讽刺剧团和演员在以伯爵为代表的旧贵族面前的无足轻重，现实的等级区分在伯爵府上仍十分鲜明：剧团到伯爵府上时，遭到仆人们的无礼咒骂，最终冒雨去了无人居住的旧府里安顿下来；威廉按伯爵指示精心准备的戏并没有引起亲王的兴趣，"他不断地努力，却得不到他所希望的赞美"（157）；而剧团被"高贵的主人"接见时，"人们也领猎夫和仆人带来一群狗"和"几匹马"（159）。伯爵府的经历展示了与后续出现的启蒙贵族不同的一组旧贵族人物。对这个伯爵府来说，演员完全是消遣和差使的下等人、工具，戏剧与教育或指导人生无关。威廉在伯爵府上演的，实际上是为了亲王歌功颂德的寓意剧，还未为自己理想中的"民族戏剧"找到出路；[1]菲利娜在伯爵夫人和男爵小姐面前熟练的取悦谄媚手段，显示出剧团演员生存状况的庸俗性。而伯爵府上男爵小姐拉拢雅诺一起策划的爱情游戏则证明了旧贵族的无聊、空虚与堕落。

　　在第四部第一章，威廉结束了在伯爵城堡中的表演任务而获得了一笔钱作为奖赏，并因此有理由和底气给家里人写信讲述自己的近况；通过回顾在伯爵城堡逗留的经历，他感受到，"这么

---

〔1〕　参见谷裕：《德语修养小说研究》，北京大学出版社 2013 年版，第 150 页。

多高贵的战士的榜样使他兴奋，莎士比亚的戏剧给他展开一个新的世界，从那美丽的伯爵夫人唇中他吸来不能言喻的情火。这一切不能、也不应该永远不发生影响"（186）。此处，威廉的自我觉知更为明显地透露出"战士"形象对于他的意义：高贵的榜样。他所言及的"这么多高贵的战士"，无疑是他在伯爵城堡中接触到的形形色色的贵族人士。由此，一条更深层的线索浮现出来：威廉对于更"高贵"的生存之追求，与对贵族的憧憬有着秘而不宣的联系，这种联系从他童年起就已经在他内心深处埋下朦胧的想象，塔索笔下的克林罗德（Chlorinde）的（女）战士图像赋予了他想象的最初具体形式。

娜塔丽亚首次出场时，威廉称她为亚马孙女战士。此时的威廉因被强盗洗劫，负伤倒在血泊中，叙事以威廉的视角呈现娜塔丽亚的形象："他的目光注视在那新来的女子的温柔、高贵、沉静、同情的面貌上。他觉得他从来没有看见过比她更高贵、更可爱的人物。一件宽大的男外衣遮盖住她的身体。这件外衣好像是她从她的随从那里借来的，为的是抵御晚间凉风的侵袭。"（204～205）显现在威廉眼前的这一美丽女子身骑白马，身着男装，俨如战士，这一形象与他儿时对塔索笔下英姿飒爽的克罗林德的想象如出一辙。眼前真实图像的冲击无疑瞬间击中威廉的内心，激起他无以言表的深层渴念。

威廉一开始就被她疗愈的目光吸住了，现在当那外衣脱下来时，他对她美丽的身姿更感到惊奇不已。她走近了些，温柔地把外衣披在他的身上。在他正要开口勉强说几句感谢的话时，她在他面前生动的印象是这样奇异地影响了他已经受了感动的官能，他竟忽然觉得，好像她的头被光芒围绕，一种闪烁的光在她全身上渐渐展开。外科医生准备取出藏在伤口中的子弹时，下手却并不温柔。这圣女从晕倒了的受伤者的面前消逝了：他完全失去了意识，当他又醒来时，骑士和车辆，美人和她的伴侣都不见了。（206）[1]

德国文学研究者兴斯认为，威廉与娜塔丽亚相遇的这一时刻是理解整部小说的关键。威廉眼前的女子形象是小说前面一系列图像（Bilderfolge）不断上升所达到的顶点。[2]从无意识的深处、从内心及其回忆中萌生了这一瞬间的光芒图像（Glanzbild），骤然让他看到了各种关联和相似性之间的密网。[3]的确，回溯小说开端，有一处细节令人惊奇：威廉的初恋马利亚娜在小说中也是以女扮男装的形象出场的，她扮演一个"青年军官"（1），并且，显然这个形象已经成为烙在威廉记忆中的不灭图像，马利亚娜符号化为威廉心中的红衣战士，小说后续有一处他曾误以为与菲利娜一起的一个红衣军官就是他不能释怀的初恋恋人。战士的形象成为威廉爱慕的女性身上隐秘的共同特征，威廉不断回溯的内心图像与外在世界图像之间的历时性互动暗中缔结成一条隐秘的线索，推动着他的寻找行为以及小说叙事不断向前展开。从童年的克罗林德、到马利亚娜的女军官扮相、再到娜塔丽亚的亚马孙女战士形象，威廉眼中的这些女战士图像牵动着他内心的一种深层的情结：对命运与未知力量的感念，对悲剧性的着迷与吸引。很可能，威廉自己都不曾意识到这种深层的情结。因为按照他表面

---

〔1〕　译文有改动。

〔2〕　参见 Hans Jürgen Schings, "Wilhelm Meisters schöne Amazone", in: ders., *Zustimmung zur Welt*: *Goethe-Studien*, Würzburg 2011, S. 95 – 153, hier S. 138.

〔3〕　参见 Hans Jürgen Schings, "Wilhelm Meisters schöne Amazone", in: ders., *Zustimmung zur Welt*: *Goethe-Studien*, Würzburg 2011, S. 95 – 153, hier S. 138.

的说法，他崇敬的是贵族的高贵与尊荣，只有贵族能够有条件拥有风采和人格的塑造。威廉在自己所处的时代现实中把塑造高尚人格（Persönlichkeit）[1]的希望寄托于贵族。这是他作为出身受限的市民对"贵族"概念的高度理想化和抽象化的设想。市民—贵族之分的话语带有高度掩盖性，往往把众多解读的目光导向了社会层面，忽视了主人公内心的原始图景。不容否认小说对 18 世纪德意志市民与贵族阶层关系的折射，但同时也不能忽视小说所暗地表达的更多的东西。这种原始图景是对命运的思索，最初体现在我们前文所提到的克罗林德形象身上，童年的威廉在阅读塔索时被克罗林德的女战士形象深深震撼。贵族战士是威廉内心的"命运情结"在他生存的既有现实中"降维版"的寄托。贵族在威廉眼中是唯一还可能有机会与那种更高的力量对峙的人。市民的世界中，只有偶然和散文，没有命运和诗。幸好小说结局安排了一个和谐的象征：娜塔丽亚。如果没有这个完美的、综合并消解了一切对立面的女子的压轴出场，威廉的结局将令人担忧，他很可能成为另一个安通·莱瑟（Anton Reiser），而幸好他没有成为安通·莱瑟，他满世界找寻的路上最终有一个娜塔丽亚等着他，内心最初的种子与外部的真实有了相逢。从这个意义上看，《学习时代》的设计构想仍然是理想主义的。总之，威廉能够在塔社贵族圈子里遇到一个在他的潜意识与意识层面都称心如意的女子，几乎还是靠了运气。

上文试图阐明威廉对贵族的青睐有着深层的心理情结，接下

---

[1] Persönlichkeit：谷裕将其译为"人格"，冯至译本译为"个性"。该词与启蒙"完整的人"的修养观念有关。参见谷裕：《德语修养小说研究》，北京大学出版社 2013 年版，第 154 页；《歌德文集》第 2 卷《威廉·麦斯特的学习时代》，冯至、姚可昆译，人民文学出版社 1999 年版，第 266 页。

来我们从社会的角度来理解市民与贵族的区别。那么，威廉如何
看待市民与贵族的差别？他表示：

> 我若是一个贵族，我们的争论也许立刻化为乌有了；但是因
> 为我只是一个市民，我必须采取一条独特的途径（einen eigenen
> Weg）……我不知道，外国的情况如何，但在德国只有贵族才有
> 可能享受到某种——请允许我说——个性的教育（personelle Aus-
> bildung）。一个市民只能去做事，以最大的辛苦培育他的精神；
> 他尽可如心所愿地去做，但他却失去了个性（seine Persönlichkeit
> geht aber verloren）。至于贵族子弟，因为他与最高贵的人们往来，
> 使自己具有一种高贵的仪表就成了他的义务，并且因为没有门户
> 对于他是关闭的，所以这仪表就成为最自由的仪表，又因为无论
> 在宫廷或是在军队里他都必须保持他的风采（Figur），他的人格
> （Person），所以他就有理由尊重风采和人格，并且让人看见他确
> 实尊重风采与人格。（266）

威廉这一近似于社会"阶级特性"的鲜明分析出现在小说第
五部他回复好友威纳的信中。在此信中，威廉坚定反驳威纳所敦
促的商业行动和市民阶层狭隘的经济性原则，并宣告要"完全如
己所是那样地去培养自己"（265）。威廉认识到，德国市民阶层
的人无法克服的缺陷是失去个性（Persönlichkeit），无法形成完整
的人格，而只有德国的贵族拥有自由的空间、有机会享有个性的
教育。贵族的人"在平常生活中根本不知道什么是界限，人们能
够把他培养成一个国王或类似国王的人物，那么他就随时随地可
以心情平静地出现在他的国人面前，他就可以到处勇往直前"
（266～267）；相反，市民"却只能怀着纯洁而平静的自知之明在
给他规定的界限内活动"。贵族阶层的优渥与尊荣为一个人"如

己所是"地发展自己提供了必要的条件，而市民阶层的局限性无法培育出完整的人。在威廉看来，贵族阶层的生活方式才能产生完整和谐的人格，这种自洽圆融的完整性拥有自为的力量，这种力量的正当性使贵族子弟有条件不为外界任何势力所裹挟或影响："人们不该对他另有所望"，"若是他每个时刻于外在都能够自制，那就没有人向他提出更多的要求，他所拥有的其余一切，如能力、才华、财富，似乎都不过是附加品而已"（266）。相反，市民的人缺少内在持存的正当性，却只能依附于上述"附加品"而存在，失去这些外在因素，市民身份将无以为继：作为市民，不可问"你是做什么的？（Was bist du?）"（267），而只能问"你有什么？（Was hast du?）有什么样的见解？什么样的知识？什么样的能力？有多少财产？"（267）。

如果说，贵族通过表现自我就能给予一切，那么市民无法、且也不应该通过自己的个性给予什么。前者可以并且应该表现；后者只应该活着，他要表现一番，那就可笑或无聊了。前者应该有所作为，施加影响，后者应该努力工作，作出成绩；他应该培训专门的能力，以便有所用处；而且这里已有一个前提，那就是认为在他的本质里不存在、也不允许有各种才能的和谐，因为他为了以一种方式把自己变得有用，就必得放弃其他一切方式。（267）[1]

威廉向往达到人之诸多方面能力的和谐，而不是将人的丰富性化约贬降为一种专门性和狭隘的有用性。贵族的人是和谐的，

---

[1] 此句德文原文为："Wenn der Edelmann durch die Darstellung seiner Person alles gibt, so gibt der Bürger durch seine Persönlichkeit nichts und soll nichts geben." Johann Wolfgang Goethe, *Wilhelm Meisters Lehrjahre*, Stuttgart 2017, S. 302f.

市民是狭隘的。贵族"表现自我"具有正当性与合理性，而市民则天然不具有、也"不该"拥有"表现自我"的正当性。是否享有"表现自我"的能力（甚至可谓权利/权力）似乎是能否使个人获得和谐个性的关键所在。贵族是公共性的人物（eine öffentliche Person），[1]而市民则仅局促在私人领域中。威廉强调人应当具有的公共性，且这种品行在他看来仅在贵族中才有可能，社会生活共同体的构建要仰仗贵族，这让人联想到卢卡奇关于威廉的修养目标是进入一种共同体的说法。对于威廉的修养，贵族的作用在于使他认识和进入到公共政治生活。[2]此外，从与历史话语的互动层面看，小说在此戏仿地吸纳了关于歌德时代市民阶层政治状况的话语，威廉对自己出身的市民阶层的不自信一定程度上折射出德意志市民阶层在政治意志上特有的羸弱。

　　威廉不厌其烦地强调贵族仪表的庄重与体态的威严，显然，他认为贵族的仪表与"公共性"的实现密不可分。贵族公共性的本质标志是表现，"表现"在威廉那里的德文词是 Darstellung 或 scheinen，Darstellung 本身也含表演之意，而 scheinen 则有"闪耀"的意思，二者都与戏剧或舞台艺术有着某种相似。威廉借此向威纳论证了取道戏剧舞台作为自我修养方式的合理与合法性，这同时也是一种自我确证，为自己的艺术之路找到令自己内心坚定下来的理由。而读者能够清楚地看到，威廉在这条路上走得并不坚定，他心里时常打退堂鼓，戏剧演员团体的庸俗肤浅、对舞台艺术的无视和潦草敷衍、实际社会地位的低下乃至基本的生存都面临困难，所有这些都与他对戏剧生活的设想有云泥之别，他

---

〔1〕　冯至译本将此处译为"社会上的人物"（266）。

〔2〕　参见谷裕：《德语修养小说研究》，北京大学出版社 2013 年版，第 155 页。

遇到的戏剧从业人群可谓乌合之众，他们对蝇头利益的计较绝不亚于市民的算计，因而在剧团交往中，威廉实际上屡屡需要咬牙面对的是散文化的庸俗现实，戏剧育人的理想在社会的现实面前必然走不到底。所以，为戏剧的辩护，某种程度上，威廉也是说给自己听的。他在给威纳的信中作出假设：如果自己是贵族，就不存在与威纳的争论——言下之意是，贵族天然地具有获得完整个性的合法性；但他却因出身市民，则不得不裨补缺漏，上下求索，走一条"独特"的路。这条路就是，作为市民出身的人，只能"曲线救国"——通过走上戏剧舞台来克服市民阶层先天的条件不足，达到人之完整的个性教育。

我的出身使我不能得到天性的和谐，我现在正是对这种和谐的培养有一种不可抗拒的青睐。……我从身体锻炼中得了许多好处；我克服了许多惯有的困窘，自我表现得较为得体了。同样我训练了我的语言和声音，我可以毫不夸张地说，我在社交场合中并不使人讨厌。现在我不瞒你说，我愈加不可遏制成为一个公共性的人（eine öffentliche Person）之本能要求，我要在一个更大的范围里获得别人的喜爱（gefallen）并发挥影响（wirken）。此外还有我对艺术的爱好，以及对一切与艺术相关的事物之爱好；还有培养我精神与趣味的需要，其目的是在自己不可缺少的享受体验中逐渐把善真的当作善，把美真的当作美。……这一切对我来说，只有在舞台上（auf dem Theater）才能得到，只有在这唯一的理想环境中我才能如愿以偿地活动和培养自己。在戏台上，有教养的人表现个性的荣光，几乎如同在上层社会一样；精神和身体必须在任何磨砺中同步，这样，我将活着并表现……（267～268）

威廉本能所期待的个性教育，旨在身体（仪表）与精神的同步发展，逐渐塑造自我表现的能力，从而最终达到他对自己"不可遏制的本能要求"：成为具有"公共性的人"。威廉的自我审视表明，他从离家之后一直在自觉训练自己的身体仪表，包括语言、声音、与人交往时的得体与庄重；争取在超越市民阶层狭隘圈域的"更大的范围里""发挥影响"。他认为，唯有在艺术中，且首先是在戏剧舞台上，作为市民出身的他才有机会获得与贵族阶层媲美的塑造个性与自我表现的条件，才能超越市民因囿于生存和"工作"而无法全面塑造自我的限制。承接前文所述的威廉之钟爱战士形象的情结，可以得知，威廉行动的本能驱动是摆脱生活的庸俗和市民阶层的局限。有研究者甚至指出，威廉对小说中各女性人物的爱，都是他企图放弃市民身份的证明，他的爱或"向上"（对女伯爵、苔蕾丝、娜塔丽亚的爱）或"向下"（对马利亚娜、菲利娜的爱），而他所爱慕的这些女子都是非市民阶级的。[1]

二、叙事对偶然性的时间构型：延宕

卢卡奇从历史哲学视角对《学习时代》的阐释为理解这部小说编制了一种稳定性框架，帮助我们抓住从"高处"俯瞰小说繁芜丛杂情节的总线索。不过，总线之外的那些未被留意的旁支细节、文本被框定后的那些为数不少的剩余"边角料"，文本中那些未被仔细打量的低矮隐秘的丛林藤蔓，却被早早确立为路标的

---

〔1〕　参见 Rolf-Peter-Janz, "Zum sozialen Gehalt der Lehrjahre", in: Helmut Arntzen u. a. (Hg.), *Literaturwissenschaft und Geschichtsphilosophie*, Berlin/New York 1975, S. 320 – 340, hier S. 326.

高大乔木抢夺了关注，形成遮挡小说世界真面目的帐幕。卢卡奇之所以先在地规定了小说主人公这种目的论式的发展结构，可能是因为他自己的思想中还仍然承袭了启蒙乐观主义惯性；但问题是，小说最后给出的真的是平衡吗？或曰，小说是否更倾向做出了一个并不确定的、意味深长的人物结局？小说最后的场景是否足以说明，威廉作为问题的人生已经解决？在《学习时代》的众多解读中，如此这般质疑的声音并不少。不过，《学习时代》所建构的历史哲学般凌空俯瞰的总线（明线）与隐秘细碎的众多草蛇灰线之间充满矛盾和对抗的结合，成就了这部小说的宏大深邃和丰富的多义性。

整个 18 世纪，人类生活的各领域日益凸显的偶然性首先与逐渐解体的形而上的世界根基紧密相关，基督教神学封闭的系统被打破，世俗化进程不断深入；在社会历史层面，至 18 世纪晚期，政治体制与社会变革跌宕起伏，呈现出史学家所观察到的时间加速现象，必然引爆一股不安与躁动的时代狂风。人们不该忽视，尤其是自 18 世纪 90 年代开始，歌德所处的时局堪称乱世变局，包围他视听的是战争与革命、新涌现的政治形态、新诞生的科学技术和媒介事物，世界在任何角度和层面上都发生着变动，这一切对于任何时人，都不啻汹涌的眩晕、陌生和震惊体验。德国当代思想史家萨弗兰斯基（Rüdiger Safranski）曾这样描述歌德所经历的时代之更迭变幻：

他成长于轻快的洛可可时代和一种僵化、老派的城市文化中。法国革命及其精神的后果曾驱赶并挑战他；他经历了拿破仑统治下欧洲的新秩序、皇帝被推翻及无法阻挡时代行进的复辟时期；几乎没人像他那样如此敏感，以沉思的方式记录现代的启动，其生命的张力波及铁路时代的冷静和加速，还有其早期的社会主义梦想。[1]

"巨变"是歌德与其时人所承受的时代共运，继而，他的文学中对偶然性的表达是不应被淡化处理的现象。这种表达可能有时隐晦，有时显白。偶然性在歌德的文学世界中有多重面相，有时表现为偶然事件的发生，有时也表现为一系列神秘力量或命运。"神异的除不尽的生活的小数"、威廉对"命运"之谜的沉迷、来自塔社的教育者在涉及人的修养时对"偶然"与"必然"的高谈阔论，都与偶然性主题有着紧密联系。

（一）魔力

《学习时代》的写作过程与主人公威廉的生命历程一样，经历了时间的延宕。从 1777 年歌德最早在日记里提及这部小说的写作，到 1796 年完成出版，时间横跨了约 20 年，这期间歌德的生命经历了由青年向中年的转变。小说一度作为断片被歌德搁置，或写写停停，思路发生了许多变化；歌德在迟迟无法结尾的延宕中搜寻着理解人与世界的视角。1786 年，在去往意大利之前，歌德已经写完了小说前六部，意大利之行结束后，小说写作依然停滞了 5 年多，直到 1794 年才再次开始。这中间发生的法国大革命对歌德本人及其创作的影响不容忽视。中年的歌德作为法国大革命及其余波的见证者，无疑经历了感官与观念上的震撼，法国大革命也引发了他关于人的更深刻的思考。此时的歌德愈发与时代现实和历史性本身保持距离。在现实层面，历史在法国革命进程中表现出的不确定性、不可控性、断裂、无序、恐怖、野

---

〔1〕〔德〕吕迪格尔·萨弗兰斯基：《歌德——生命的杰作》，卫茂平译，生活·读书·新知三联书店 2019 年版，第 4 页。

蛮让他意识到必须防止德国陷入革命漩涡。法国爆发革命时，歌德并不感到特别震惊，因为法国贵族的严重腐化与国家的凋敝状况堪忧，歌德对此也早有所知，暴力革命的到来似乎顺理成章，并非令歌德无法理解。[1]在歌德的概念中，革命只要仍然在君主立宪（konstitutionelle Monarchie）的轨道之内进行，就依然可以视其为法国内部的事务，从而不作立场上的判断。[2]而革命后续在1792年秋天发展为彻底铲除君主，且革命军队占领了属于德意志的莱茵河左岸地区，此时的歌德对法国革命的态度出现转变，视其为对德意志自身社会演化模式的巨大威胁，因而他认为，必须通过促成德意志各诸侯对自身模式自上而下的改革，预防和阻止法国模式在德意志的重演。[3]18世纪90年代的前几年，也就是法国革命爆发后的最初几年，歌德在政治上的努力都可以归结为竭力维持德意志贵族诸侯旧有的政治秩序。[4]法国革命发展至拿破仑掌权时，歌德对法国革命的看法又发生了一次"积极"转变。此时他方看到法国大革命的真正功绩和世界史意义，也就是革命诞生了拿破仑这样的强权领袖。[5]歌德一贯推崇国家权力的顶端应是贵族的强权君主，认为只有这个强权人物才能合理平衡各方利益，这样的政治秩序才能保证天性追逐私利的个体有序地获取自己的利益，从而不伤害他人获取利益的权利。歌德并不信任市民阶层自身有这样自我约束的自觉性，而是必须依靠来自上层的贵族强权人物才能保证这一政治秩序。[6]《学习时代》

---

〔1〕 参见 Heinz Hamm, *Der Theoretiker Goethe*, Berlin 1975, S. 52f.

〔2〕 参见 Heinz Hamm, *Der Theoretiker Goethe*, Berlin 1975, S. 53.

〔3〕 参见 Heinz Hamm, *Der Theoretiker Goethe*, Berlin 1975, S. 53 – 55.

〔4〕 参见 Heinz Hamm, *Der Theoretiker Goethe*, Berlin 1975, S. 118.

〔5〕 参见 Heinz Hamm, *Der Theoretiker Goethe*, Berlin 1975, S. 119.

〔6〕 参见 Heinz Hamm, *Der Theoretiker Goethe*, Berlin 1975, S. 118 – 120.

以文学化的艺术手法探讨了德国市民阶层狭隘局限性的问题，贵族阶层所拥有的生存条件在威廉眼中是人完成修养的跳板。

　　有学者强调，在 18 世纪最后的 10 年，时代变局中的不确定性、矛盾和充满张力的历史现实并未影响歌德追求和谐的倾向，某种意义上正是时局的混乱反过来促使他寻求一种稳定性。整个 90 年代，歌德关于人的思考首先是致力于确定人以及人类社会发展史中存在的必然性。他主张，应发现人之固定、永久的本质，也即去掉具体历史外衣的纯粹人性（das rein Menschliche）。[1]与"纯粹人性"相关的是一套积极的价值观，借由这种积极的价值观，人被设定为一种理想的规定（Bestimmung），即人应成为真正的社会性存在（ein wirklich gesellschaftliches Wesen）；人应在自己的历史中促成实现这一规定。[2]人运用理性，通过修养而达到内在自我与外在社会之间的关系平衡，这是人在自我历史中"应当"完成的目标，这一目标的实现应是必然的趋势。这种立场回响着古代自然法的些许余音，又混杂着启蒙的乐观主义。而这种乐观主义构想的表述中被忽略不提的真实状况是现代条件下个体成长过程中实然遭遇的困境。某种意义上，每一个个体的成人之路都是生命中的冒险。个体身上的"个性"在"社会化"—"修养"的过程中被逐渐纠正。歌德对个体身上无法避免的这种痛苦并非毫无察觉，相反，他可能恰恰十分敏感和警惕，它们在他的文学作品中被充分地记录和书写。可以说，在 18 世纪 90 年代这一所谓的德国文学中的古典时期，歌德那第一眼看上去对于人的自信与乐观主义的构想中，事实上流露出一种模棱两可的复杂态

〔1〕　Heinz Hamm, *Der Theoretiker Goethe*, Berlin 1975, S. 106f.
〔2〕　参见 Heinz Hamm, *Der Theoretiker Goethe*, Berlin 1975, S. 107.

度，尤其在小说《学习时代》中，我们已然能明显感到一种质疑、反讽和消解这种启蒙乐观主义必然性的对抗力。不管是故事层面的迷娘、竖琴老人等象征性形象，威廉对于雅诺和阿贝等塔社一众"启蒙"群像的反观，还是小说叙事技术层面所运用的反讽手段，最终都凝聚成关于"修养"的反思。小说为多方位地展示"修养"提供了充分的空间，它既让人看到了向前进的正面，又让人看到这个过程中的阴暗背面。至老年歌德那里，这个隐蔽的"背面"重新获得更大的宣誓权。歌德晚年晦暗悲观的历史观与他魏玛古典时期曾经"和谐"的人的观念之间存在极大反差，他认为，世间事物可怕的不确定性仅仅源自人的行为，恰恰因为人自己过着荒唐的生活，"世界历史才是由荒唐构成的"（ein Gewebe von Unsinn）[1]。在与历史学家海因里希·鲁登（Heinrich Luden）的谈话中，歌德也明确袒露了这种悲观消极的观念：

即便能把所有历史来源都澄清和彻底研究一遍，还能发现什么？不过是一个早已被发现的、得来全不费功夫的大真理，这个真理就是：所有时代、所有国度都是糟糕的（miserabel）。人们无休止地恐惧与劳苦，且彼此折磨！他们把自己和别人的那点生活弄得糟糕透了，既不能重视世界的美和此在的力量——世界的美赋予了人以此在——也不能享受它们……多数人在活了一段时间之后，可能都更愿意淘汰出局而不是重新开始。尚足以使他们忠于生命的，是对死亡的恐惧。过去如此，将来也是如此，这就是人的命运。我们还需要其他证据吗？——民族与人是一样的。民族就是由人组成的。民族的生命，如同人的生命一样，以同样

---

〔1〕 转引自 Werner Schulz, "Der Sinn der Geschichte bei Hegel und Goethe", in: *Archiv für Kulturgeschichte*, 1957, Vol. 39, S. 209 – 227, hier S. 218.

奇异（wunderlich）的方式，只是时间长一些，也同样要么死于非命，要么年老体衰而死。人的痛苦与磨难的总和就是各个民族的痛苦与磨难。[1]

可以看出，在晚年歌德眼中，无论是个体还是民族，都难逃"命运"的掌心，"命运"甚至会不可避免地导向毁灭。超自然的某种不为人所洞悉、理解和掌控的巨大力量凌驾于人的生存及世间所有伦理之上。这种陌生的、巨大的、无可名状的东西以其不确定性的面孔始终可能骤然显身于人的生活之中，干预、干扰、破坏人的一切计划乃至历史的"理性"进程。歌德的语汇中，这种谜一般的命运力量也被凝聚为另一个词"das Dämonische"，中文译为"魔力"或"魔神"[2]。

事实上，《学习时代》也有很多（作为不可支配物的）偶然性事件或存在，这种情形或许并非仅仅可以简单归于巴洛克小说的风格传统，它更多是因为歌德长久关切的"魔力"这一独立问题。"魔力"所指称的大概是人性从未真正能理解和"解决"的领域，人不曾有何种方式真正把握它们的真面目，无法归纳、命名它或赋予它一种看似可以被支配—被理解的意义。歌德在《诗与真》中最后指出魔力的神秘：它是"不能以概念，更不能以言辞表达的东西"[3]：

[1]　转引自 Werner Schulz, "Der Sinn der Geschichte bei Hegel und Goethe", in: Archiv für Kulturgeschichte, 1957, Vol. 39, S. 209–227, hier S. 218.

[2]　《歌德文集》第5卷《诗与真》（下），刘思慕译，人民文学出版社1999年版，第835~836页。贺骥曾在论文中将其译为"魔性"，见贺骥："歌德的魔性说"，载《同济大学学报（社会科学版）》2009年第4期。

[3]　《歌德文集》第5卷《诗与真》（下），刘思慕译，人民文学出版社1999年版，第835页。

这东西不是属于神，因为它像是没有理智；也不是属于人，因为它没有悟性；也不是具有恶魔性，因为它是善意的；又不是具有天使的性质，因为它往往使人觉得它幸灾乐祸。它与偶然相似，因为它显不出有什么联系；它又与天道神意相似，因为它暗示有因果联系。这个东西可以突破那些限制我们的一切境界；它像是按照着我们的存在的必然的条件恣意处理，它把时间聚拢而把空间展开。它像是只喜欢"不可能"，而抛弃"可能"，不屑一顾。[1]

"魔力"超越人的理解范围和价值体系，拒斥人的一切肯定性定义，而只能依靠否定性的描述来勾画它的形象。关于魔力，歌德有很多不同说法，但都只能用一种悖论性的反题（paradoxe Antithese）来描述，[2]而歌德对魔力抱有一种宗教性的信念，并在言行中时常显示为迷信；魔力就是他从自身的生命情感中提炼出的宗教。他在谈及魔力时的口吻有极大差异，有时畏惧或震惊，有时猛烈或有趣，但无论如何，他总是认为魔力是自然而然存在的，且对其洞若观火。[3]在歌德的生命体悟中，魔力与天才、命运、伟大的历史性人物、悲剧性动物、自然都有着内在的联系，并决定着他自身的生命道路乃至写作灵感。魔力在人的生命中起作用，既与偶然性相关，又与命运（必然性）相关；既善又恶，美好又恐怖，诱人又吓人。

魔力既非异教的，也非基督教的，而是基本的宗教性情感的表达（Ausdruck elementaren religiösen Gefühls）。它代表了神性的

---

〔1〕《歌德文集》第5卷《诗与真》（下），刘思慕译，人民文学出版社1999年版，第836页。

〔2〕 参见 Walter Muschg, *Goethes Glaube an das Dämonische*, Stuttgart 1958, S. 22.

〔3〕 参见 Walter Muschg, *Goethes Glaube an das Dämonische*, Stuttgart 1958, S. 8.

原始形式，是人在无法理解的存在面前的颤栗（Schauder vor dem Unfassbaren des Seins），[1]是事物中无法预测的深邃（die unberechenbare Tiefe der Dinge），这种深邃在远古时期人类那里的威力之大，以至于远古人需要在可怕的象征物中来膜拜它，魔力之所以可怕，是因为它的不确定性，因为事物可以随时发生可怕的变化、形式灰飞烟灭，从而，所有远古的神祇都既具创造性又有破坏性（sowohl schaffend wie zerstörend）。[2]歌德对于命运的担忧和魔神的敬畏表达的是冲动的感性和自然的亲近。[3]歌德对"魔力"的关注，使他站在人类文明更为久远的传统中，他的作品中贯穿着这一主题，差别只是，他不同年龄段的写作，对魔力的处理方式不同。"没有任何现代作家像歌德那样，确信无疑地为这种未知的力量留有如此广阔的天地。"[4]在歌德那里，众宗教所命名的神配不上魔力这一最高的存在，而只是一个不足的、依照人的特征塑造的直观，这种直观会让有心人绝望——如果此人不通过一种人为的说辞平复自己，或足够强大到使自己上升至对无法探寻之物的更高的观点；魔力的概念代替了神（Gott）的概念。[5]

在晚年与爱克曼的谈话中，歌德明确谈道，魔神是"知解力和理性都无法解释的"，古希腊人曾经把它们称作"半神"[6]，它们"在诗里到处都显现，特别是在无意识状态中，这时一切知解力和理性都失去了作用，因此它超越一切概念而起作用"，而

---

［1］ 参见 Walter Muschg, *Goethes Glaube an das Dämonische*, Stuttgart 1958, S. 9.

［2］ 参见 Walter Muschg, *Goethes Glaube an das Dämonische*, Stuttgart 1958, S. 10.

［3］ 参见 Walter Muschg, *Goethes Glaube an das Dämonische*, Stuttgart 1958, S. 9.

［4］ Walter Muschg, *Goethes Glaube an das Dämonische*, Stuttgart 1958, S. 26.

［5］ 参见 Walter Muschg, *Goethes Glaube an das Dämonische*, Stuttgart 1958, S. 21.

［6］ 歌德 1831 年 3 月 2 日与爱克曼的谈话。见［德］爱克曼辑录：《歌德谈话录》，朱光潜译，人民文学出版社 1978 年版，第 235 页。

在音乐中则显现出"最高度"。[1]德国学者瓦尔特·穆什克（Walter Muschg）对歌德魔神的评价是，它尚不是现今审美中已经司空见惯的"恐怖"和"恶"趣味，但也不再是中世纪强加于远古神祇的"魔鬼"之义；作为启蒙时代之子，歌德从未陷入原始崇拜，也未像浪漫派的霍夫曼那样完全沦陷于幻觉之中。[2]这种"力求均衡"的写作乃至生存之道当然是对歌德一生及其创作做的总和式的评价。但若具体到每一个作品、每一个阶段，我们会看到极大差异，作品总是处于历史语境跌宕起伏的变迁之中，而歌德那"均衡"的指针在中线的两侧不时剧烈震荡。

"魔力"是人们阅读歌德的作品时几乎无法回避的东西，也是理解和进入歌德所在时代的关键。对于"魔力"与"命运"的思考，虽在老年歌德那里是突出的主题，但事实上贯穿了歌德的一生及其文学创作。他很早就开始面对"命运"和"精灵"之事。青年歌德的成名作《少年维特之烦恼》中，人们就已然领略过这种神异力量的激荡。维特在消沉的时刻仿佛提前说出了歌德晚年的世界观：

> ……无尽生命的舞台在我眼前化为一个永远敞开的坟墓的深渊。一切不都在消逝？一切不都以电闪雷鸣般的速度疾驰而去……都被急流卷走，沉没和在岩石上撞得粉碎？你能说，这就是存在？没有一个瞬间，你和你身边的亲人不被吞噬；没有一个瞬间，你不是和不得不是一个破坏者；……隐藏在自然万物中的折磨人的力量销蚀了我的心，这种力量所造就的一切，无不损毁着

---

[1] 歌德1831年3月8日与爱克曼的谈话。见［德］爱克曼辑录：《歌德谈话录》，朱光潜译，人民文学出版社1978年版，第236页。

[2] 参见 Walter Muschg, *Goethes Glaube an das Dämonische*, Stuttgart 1958, S. 10.

它的近邻和它自己。我头昏目眩，惊恐万分！身边环绕着的是苍天和大地及其活生生的力量；但我只看见一个永远吞食、永远反刍的怪兽，别无其他。(42)[1]

维特感受到空间上宽广如苍茫天地、时间上纵深至历史的过去与未来两端，自然万物中无处无时不充满"折磨人的力量"，这力量既造就一切，又毁灭一切，令人"头昏目眩、惊恐万分"，维特称此种洪荒之力为"怪兽"。这里的"怪兽"，无疑与歌德后来所言的"魔力"如出一辙。因而，18世纪70年代的《少年维特之烦恼》这一小说文本已经透露出当时人的一种生命感知：其一，世界在时间、空间、宏观、微观等各个维度上，都涌动着无法被人理解和驾驭支配的力量，它们超越人的理智和伦理；其二，这种"动"态是无限的、无目的的，因而是绝对开放、无法化约、不确定的。偶然性吊诡般地反成为世界的必然，这已经与启蒙哲学目的论的世界观和历史观形成极为明显的分歧。这种不安的情愫——常常化身为某种不确定的结构性元素或象征——始终潜伏在歌德的文学世界中；即使不安没有成为主角、没有使文学完全沦为暗恐之物爆发狂欢的主场，但也常常使得文本中的现实发生不可思议的转折，实然影响着文本所建构的世界的走向。

人们当然可以认为，歌德继承了古希腊哲人那里的精灵，因为的确"德意志人以无出其右的奴隶态度效仿希腊，希腊精神的烈度在德意志臻于顶峰"[2]，而歌德更是效仿古希腊的前锋人

---

[1]　[德]歌德：《青年维特之烦恼》，卫茂平译，北岳文艺出版社2009年版，第42页。卫茂平建议把小说名字中的"少年"改译为"青年"。事实上，这种改译也确实更符合小说人物的年纪。本文在正文中暂且仍使用目前通行的译法"少年"。

[2]　[英]伊莉莎·玛丽安·巴特勒：《希腊对德意志的暴政：论希腊艺术与诗歌对德意志伟大作家的影响》，林国荣译，社会科学文献出版社2017年版，第3页。

物；但我们想更进一步推问，对凌驾于人生命之上的神秘未知力量的塑造与表达，为何能够回归到现代作家歌德的视野中？这仅仅是效仿古典的行为？甚或说，歌德的这种生命感受与关切难道不更应被看作现代偶然性意识崛起的一种鲜明表达？

魔力作为主题进入文学表达的话语，这一现象与现代偶然性意识崛起之间存在无法否认的关联——尽管歌德所感受到的这种神秘威力在历史长河并不是"新鲜事"，因为这种未知的力量或隐或显地相伴于人类文明的任何阶段；但是它恰恰在启蒙的时代语境里重新回到话语的聚光灯下成为主角，这不得不说明一种问题性。问题就在于，现代进步观念的诞生尽管打开了一个乌托邦主义的幻景，这个幻景能够在旧的宗教秩序解体后提供暂时的、代偿性的意义支持，但它的理想被放置在未来的无限性（im Un-endlichen）之中，而不是在永恒（im Ewigen）之中，[1]因而凭借这种历史性最终仍无法容纳存在之深邃性。进步的背阴面依然汹涌着文明的地下暗藏已久的未知力量。无序或迷失的状态随时可能冲溢出地上，让人手足无措，这种手足无措有时来自于人对这种久未谋面的未知力量的陌生感，因为它太久地被遮蔽于地下，以至于人仿佛不再知道它的存在。神话力量与逻格斯之间旷日持久的古老角争仍会延续，只是以一种更隐蔽的方式；它后来甚至被心理学压入了人的潜意识中。

歌德的"魔神"观念并非直接来自宗教或别的抽象理念，而是他作为诗人的一种敏锐的个体经验凝结。这种经验首先来自他

---

〔1〕 参见 Paul Tillich, "Das Dämonische. Ein Beitrag zur Sinndeutung der Geschich-te", in: ders., *Ausgewählte Texte*, hg. v. Christian Danz u. a. , Berlin 2008, S. 140 – 163, hier S. 150.

个体生命所体知到的巨变世界和历史进程中所释放的巨大偶然性。偶然性成为隐秘于世界底层的真实，关于魔神的言说是歌德的文学对新、旧世界交替时代的这种底层真实的敏锐洞悉。他热衷直观，重视直觉和直接可以体验的对关联现象的概观，这种观看世界的经验主义方式无疑与此时历史进程所释放的偶然性影响有关联。歌德自己或许能够意识到这种关联，但也可能是无意识的。席勒在这方面敏锐地做出过评估，他在1794年8月23日给歌德的一封著名长信中总结了歌德长于直观的特点，即歌德可以信任自己的直观天赋，用眼思考，受对事物之可能关联的强烈"预知"的引导，但又不会陷入玄思的歧途，因为他始终借助能体知的现实，保持与世界的接触；他开始于生命那最简单的事实和要素，以便逐渐上升到人之错综复杂的形式。[1]萨弗兰斯基对此的认识是，席勒在诗人歌德身上看到了一种能从无意识的源泉中创造出最佳事物的独特塑型力，歌德是无意识的天才。[2]"魔力"这个词是歌德对无意识中的晦暗与踌躇的聚合表达。对于席勒对他身上的"直觉"做出的高度评价，歌德自己却不无自嘲地承认与这种"直觉"共生的危险，这种危险正是无意识的晦暗深渊："您将很快看到，您的关注对我有多大的好处，倘若您通过更进一步的认识，在我身上发现某种晦暗和踌躇，而对此我无法掌控，倘若我非常清晰地意识到这些。"[3]这既是歌德对席勒身上的观念和意识的欢迎，以期能够与自己互补，同时也可以看作

〔1〕　转引自［德］吕迪格尔·萨弗兰斯基：《歌德——生命的杰作》，卫茂平译，生活·读书·新知三联书店2019年版，第420页。

〔2〕　参见［德］吕迪格尔·萨弗兰斯基：《歌德——生命的杰作》，卫茂平译，生活·读书·新知三联书店2019年版，第420页。

〔3〕　转引自［德］吕迪格尔·萨弗兰斯基：《歌德——生命的杰作》，卫茂平译，生活·读书·新知三联书店2019年版，第421页。

一种微妙的拒绝。萨弗兰斯基用一个比喻来理解歌德的这一回应，这个比喻就是，歌德需要自己的晦暗，正如一棵植物将根须插入昏暗的地下。[1]因而，歌德懂得保持自己的晦暗，懂得过多的意识和透明清晰可能是有害的，他将有所保留地利用席勒的友谊带给他的意识和观念。[2]文学史中18世纪90年代魏玛古典时期的歌德总与和谐、静穆等关键词关联在一起，而这种抽象化的概念容易让人产生一定程度的错觉，似乎魏玛古典时期歌德的作品与晦暗、错乱的东西毫无关系，一种常见的典型做法就是将浪漫派与歌德对立。实际上，相对于浪漫派的"病态"，歌德没有他自己断言的那么"健康"。同是敏感的心灵，歌德与浪漫派作家的真正分野可能在于，如何表达、如何回应无意识所体知的晦暗。前者试图以文学为媒介给无意识与晦暗以现身的空间却又不乏节制，而后者让它们不断发酵膨胀、最终获得无节制的释放。但无论如何，歌德的语汇中——不管是"晦暗""踌躇"还是晚年提到的"魔力"等——这些表达不确定性的话语犹如展示时代思想风貌的探针，也具体展现了偶然性对个人生命经验产生影响的不同侧面。

歌德在新旧历史时期交替、在这种神话力量行将退隐到地下更深处的时刻，敏锐地抓住了它的行踪，并勉力将它浇筑成型，定格在作品与自己的生命塑造中。他在《诗与真》结尾部分回看自己生命过往"意想外的奇怪的事"[3]，所想表达的生命感受就

---

〔1〕［德］吕迪格尔·萨弗兰斯基：《歌德——生命的杰作》，卫茂平译，生活·读书·新知三联书店2019年版，第421页。

〔2〕参见［德］吕迪格尔·萨弗兰斯基：《歌德——生命的杰作》，卫茂平译，生活·读书·新知三联书店2019年版，第421页。

〔3〕载《歌德文集》第5卷《诗与真》（下），刘思慕译，人民文学出版社1999年版，第838页。

是这种魔力的存在。而类似地，《学习时代》的威廉在他的世界中所遭遇的种种，难道不也受馈于魔力吗？当然，有一些看似偶然的事件不乏塔社的暗中策划，但这种人为计划的东西大概只是小说表面障眼的把戏。

歌德对于（作为不可支配物的）偶然性的接受、处理，在《学习时代》中有着极为深刻的表达。首先，小说充分给予偶然性施展力量的空间，比如，威廉的禀赋倾向中对于偶然和命运的沉迷，他在戏剧生涯中的"哈姆雷特"经历，还有迷娘、竖琴老人这一组象征神秘力量的奇特人物，等等。修养成为对抗不可支配的神秘存在的代名词。尽管小说行至最后，神秘力量的那层现实退隐消亡，世界只剩下了理性的现实（小说不再提主人公头脑中对命运的迷恋、威廉早已告别戏剧世界的哈姆雷特、迷娘和竖琴老人死去），但这并不表示，小说叙事的立场就明确倒向了"支持"理性现实的一边。文本叙事的立场毋宁应表述为一种保持距离的、省观的，它对所谓"修养"的态度也并非黑白分明，而且修养在小说中终究是现代状况下人经历生命的一种被迫无奈之举——卢卡奇的那句经典论断"现代人的先验的无家可归状态"在此依然回响，类似地，歌德说出的感受是：威廉委实为"一个可怜的家伙（ein armer Hund）"[1]。关于塔社的教育，叙事者似乎没有表示肯定，相反，叙事语言对此常常夹杂讽刺。

一以贯之的讽刺是整部小说叙事的背景色调，讽刺手法为叙事制造出润滑的游戏性。通过叙事游戏，小说本身只是作为媒

---

　〔1〕　歌德于 1821 年 1 月 22 日与总理穆勒（Friedrich von Müller）的对话如是提到。Johann Wolfgang Goethe, *Werke*, Hamburger Ausgabe, hg. v. Erich Trunz, Frankfurt am Main 1994, Bd. 7, S. 618.

介，将不同的话语吸纳于自身，通过将它们进行加工、杂糅和编排，使之在矛盾与不和谐中共存，继而让这部小说显示出复调性。一方面，小说折射出活跃在启蒙话语中的"完整的人"之教育理想，另一方面，小说表现了现代人所面临的偶然性的真实世界。小说以威廉为牵线人，带领我们在那个不同现实层面相互交错的世界中，观看了一场神话力量与逻格斯之间具有象征意义的对决。这些与远古相通的神秘意象犹如在小说中大闹一场后，怅然无奈地离去。小说预感到历史进程的大势如此。诺瓦利斯却对这种结局的安排愤愤然意难平。他不相信大势如此，他要人为地使神秘的东西复活，强行在理性化的现实中为其续命。

　　面对不可理喻的偶然性和命运，虽然小说中塔社的教育者们持拒绝立场，并力图对偶然性实施规训、化约，从而纳入可理解、可控的理性系统中，但是小说叙事层面依然为它们留有余白，为这些不可理喻、不可控、不可化约的偶然性提供了表达和展演的空间。甚至在某些段落中，小说叙事表现出对于偶然性的承认和接纳。在主人公威廉的禀赋倾向中，一开始就有对生活世界与生命经验不可化约性的认同和期待，这一点在他与好友威纳的首次对峙中就有表露。威纳一心致力于做好商人，是市民阶层的典型代表，他认为必须把威廉从不切实际的想象中"引到正路上来"（30），他耐下性子，循着与威廉相适的交往模式，试图以合适的措辞说服威廉相信，市民阶级的人只有在商业中才能找到自己的价值："这个世界上的强者强占了所有的土地，他们过着荣华富贵的生活。我们欧洲最小的地方也都各有所主，每个领地都固定了，官场和其他市民的事务都获利微薄；除了在商业里，还能在什么地方找到更为正当的收益、更为公平的利润呢？"（30）由此，威纳将市民阶级的生存意义和目的完全等同于纯粹的经济利益。他称"复式记账法"为"人类最美满发明中的一种"（28），而威廉却嗤之以鼻，言道："你从形式开始，好像那便是事物本体，但你们也时时为了加加减减和结算而忘了生活本身的总数目（das eigentliche Fazit des Lebens）。"（28）[1]威廉所言的"生活本身的总数目"是一个比喻，无论是数学的计算或理性的干预，生活本身都无法被真正算透。这个比喻让人联想到生命经验本身的丰富有机性、完整性、不可计算性、不可控性，而作为商人的单一维度的职业生活必然是对人的粗暴简化。

　　无独有偶，小说另一处，叙事也以看似不经意的方式再次提及类似的比喻——"生存的总数"：第四部第十八章中，赛罗讲述自己的生活史，提到曾经被名为"快乐的孩子"的剧团收留：

　　那都是条理清晰，机智活泼的人，他们洞悉一点：用理性来除我们生存的总数，没有一次除尽，总剩下一个奇异的除不尽的小数（ein wunderlicher Bruch）。他们想在一个规定好的时刻故意摆脱这个从中作梗、但若散布于全体时却很危险的除不尽的小数。他们每星期里有一天真正彻底地当傻子，在这天轮替着用那些寓意的表演来惩罚他们其余的日子从自己或是从旁人身上所看到的傻事。（246）

　　Bruch 在数学术语中指小数，而这个词本身的意思是断裂。生活世界本身的复杂性和不可化约性在这里被揭示出来。小数/断裂的出现是奇异的（wunderlich），Wunder 一词是指那些非同寻常、打破规律、有违一切经验、被归因于受神力或超自然力影响而发生、让人惊异的事件。生活世界中不可化约为常规经验、必

---

[1]　译文有改动。

然规律、理性秩序的异质存在都落入这一个小数/断裂的领域。而戏剧舞台上，狂欢成为它们逃离必然性和理性压抑的出口。叙事者不着痕迹地赞赏了这个"快乐的孩子"剧团，称他们为"条理清晰、机智活泼的人"，这已然是一个很高的褒奖，因为他们洞悉生活的真相、能够坦然承认"小数/断裂"而不故意曲解之，这个品质高于威纳式的精明计算，也迥异于塔社教育者们的理性头脑，是生命的智慧和艺术。

断裂无疑表现为奇异的、神奇的、异于日常的、陌生的事件，它们打乱、阻滞、叫停、改变抑或彻底颠覆日常秩序。这种诡异的偶然性奇异地与诗的世界暗通款曲。在《学习时代》中，威廉的个人天性禀赋中有一种模糊的倾向，或者说，他心中为那些未知的神秘之物留有余地、为诗留有余地，他对命运的好奇时常浮现于言表；他情感上对迷娘、竖琴老人这对父女的欣赏和亲近在小说中独一无二（其他任何人物都或贬低或欲强行改造迷娘和竖琴老人），而且迷娘和竖琴老人始终是威廉修养过程中最大的谜，威廉在进行反思和审视自我的时刻，与他们相关的经验几乎从未进入过威廉的反思之中，没有成为威廉作为现代人自我修养的质料（这同时表明威廉所生活时代不可逆转的散文化现实）；威廉对艺术和戏剧的钟情很可能也源自这层更深的心理情结（尽管戏剧作为"修养"途径这种表面原因在小说中非常重要），哈姆雷特王子所带给他的震撼，首要地与命运相关。

小说以极为不明朗的笔墨所暗示的诗意世界总是与偶然/命运有着千丝万缕的联系。在叙事层面，偶然性阻滞了小说叙事的线性进程，使叙事出现分叉、迂回、转向、曲径通幽；相应地，叙事时间出现骤变、中断，或延宕停滞、悬而未决。偶然性是小说的结构性因素之一。如果说主人公的成长之路有塔社在暗中引导、规划，那么这种引导与规划本质上恰是要规避和对抗偶然性，试图将一切偶然化约为理性的囊中之物。

　　小说开始时的威廉尚未踏上学习的道路，倾向于将自己的前途与"命运"相连，"命运"在他并非前定感、宿命感，而更多的是指一种无定感、偶然性、不确定性。他惊叹甚至期待这种偶然性对生命未来视域的打开，这样的生命将充满着神奇、广阔与开放性："往往是一个小小的机遇促使你选择一条路，在这条路上，不久就来了一个幸福的机会，于是一系列意想不到的事促使你终于达到你自己都不曾看清的目的。"（60）在尚未远行去经历世界的威廉的意识中，偶然性、不确定性的吸引力可以对抗他市民阶层狭隘的"确定性"的束缚，给予了他行动的自由。第一部中，威廉首次与塔社派来的密使相遇，这位"陌生人"试图及时纠正的恰是威廉观念中对偶然性的接纳和迷恋：

　　什么样的想象方法有益于我们的至善。这世界的组织是由必要与偶然组成的，人的理性居于二者之间，善于支配它们。它把必要看作生命的根基。它对偶然会加以引导、率领、利用，并且只有理性在坚固不拔时，人才值得被称为地上的主宰。可怜那样的人，他从幼年起就习惯于在必要中见到一些专横的事物，又想把一种理性归诸偶然，他遵循这理性甚至就像信仰一种宗教。那不就是放弃他自己的理智，给他的爱好以绝对的地位吗？我们妄想虔诚，同时我们却不加考虑地逍遥游荡（hinschlendern），任凭舒适的偶然来摆布，把这样一个飘摇不定（schwankend）的生活结果称作一种神的引导。（60）

　　陌生人尖锐地指出威廉的倾向是错误的，威廉以"命运"的名义将自己交给"舒适的偶然来摆布"，"飘摇不定"而非"坚固不拔"地生活，是无所事事，是对时间的浪费。塔社密使以此来警示威廉不要本末倒置，不要放弃作为必然性的理智而让作为偶然的爱好成为生活的绝对主导。塔社在做的事情，无非是向多孔隙的、丰沛的世界强行植入理性框架，使世界乃至人的生命进程化约和降维为可把握、可理解、可控制、无可疑缝隙的坚硬板块，也就是布鲁门贝格意义上坚硬的不容进入的事实状态。神秘的东西必须被理性之光揭示和认识。而迷娘和竖琴老人就是这种（在小说中）终将消失的神秘存在的象征。歌德以他们为象征载体，在《学习时代》中展现了世界的神秘性消亡的机制和过程。小说最后，迷娘与竖琴老人奥古斯丁的身世与来历谜团被塔社揭开，二人被塔社用一种清晰的生活史重新框定，二人所代表的那种无时间的时空体消失在时间性的历史维度之中。

如果理性力量对应着线性的目的论式的时间塑型，干扰理性步伐的诸如命运、神秘等偶然性维度在小说中就对应着时间延宕或时间消失。与迷娘、竖琴老人相关的时间塑型明显表现为时间消失（无时间性），二人的存在构建了明确独立于小说其他人物的时空体。而另一方面，威廉的修养进程，可以看作偶然性与必然性的拉锯，偶然性的因素表现为时间延宕。

（二）迷娘·竖琴老人

来自偶然性领域的诸多因素深刻影响了威廉的生命经验。首先，诸多偶然性事件的不断涌入，让叙事表面的走向不断遭遇骤变，叙事时间的连续性被接连打破，小说人物的生存境遇亦随之不断陷入惊异、混乱。"突然""一下子"是小说叙事中常常出现的时间副词，它们标识着世界在威廉眼前不断涌现的陌生、新奇、异常的面向，表明主人公已有的认识不断被挑战、推翻、更新。由此，叙事呈现的主人公自我修养之路的真正形态是不连续的、不匀质的点和停滞的空间性，而非一条直线，而直线性恰恰是塔社众多成员的档案中所表现的那样，是经过文字建构的理想化生活史。

《学习时代》将偶然性的效果塑造为延宕，也就是干扰时间性，上段所说的那种"停滞的空间性"在小说中总的算来占了很大篇幅。一般地，偶然性在闯入的瞬间对叙事时间层面产生如同爆破一般的效应，使得叙事时间聚焦于事件发生的当下，从而当下的维度被放大，引起人物瞬间的震惊、迷失、困惑、眩晕，这种偶然性事件引发的当下时间的断裂层是克莱斯特文学表现的兴趣所在，却不是歌德小说进行偶然性书写的侧重点。它在《学习时代》中是一种拖累和延宕时间进程的阻滞性力量，它所采取的形态有时是神秘原始的东西，有时表现为回忆和梦。

《学习时代》中，偶然性因素聚合而成的奇异时空体伴随、并行、悬浮于人物所生存的现实秩序之中，形成了贯穿小说始终的诗与散文化现象对垒的一个基本框架。可以说，偶然性因素为《学习时代》中诗的世界造就了生长的孔隙和契机，为主人公在诗中的延宕形成一种独特时空。小说实际上从未给这个诗的世界以实体化存在的空间，这一点显然是诺瓦利斯诟病并要大力改造的地方。这一诗的时空体与其说有具象的形态，不如说存在于歌唱和音乐中，存在于亦真亦幻的两个人物——迷娘和竖琴老人的象征性上。正如歌德所提示的，他的小说中充满了象征。竖琴老人是一个流浪的诗人，而迷娘作为最神秘的一个人物，被有的研究者看作小说故事中诗的化身，是威廉内心诗的一部分，是威廉的"双影人"和摹像（*Abbild*）。[1]威廉内心的诗的部分让他幸运地得以瞥见神秘世界消逝前的余辉。正如叙事者于无形中揭示的"奇异的小数/断裂"那样，偶然性与奇异的王国之间有着隐秘的关联。偶然性与必然性在小说中的对峙，具体地对应着：①未知的神秘——眼前现实的对峙；②诗——散文的对峙；③无时间性/超时间性——时间性的对峙。

> 你认识吗，那柠檬盛开的地方，
>
> 金橙在阴沉的叶里辉煌，
>
> 一缕薰风吹自蔚蓝的天空，
>
> 番石榴寂静，桂树亭亭——
>
> 你可认识那地方？
>
> 　　到那里！到那里
>
> 啊，我的爱人，我要和你同去！
>
> 你认识吗，那白石为柱的楼阁，
>
> 广厦辉耀，洞房里灯光闪烁，
>
> 大理石向着我凝视：
>
> 可怜的孩子，人们怎样欺侮了你？——
>
> 你可认识那楼阁？
>
> 　　到那里！到那里
>
> 啊，我的恩人，我要和你同去！
>
> 你认识吗，那座山河它的云栈？
>
> 骡儿在雾中寻它的路线，

---

[1] 参见 Helmut Ammerlahn，"Wilhelm Meisters Mignon-ein offenes Rätsel. Name，Gestalt，Symbol，Wesen und Werden"，in：*Deutsche Vierteljahrsschrift für Literatur und Geistesgeschichte*，1968，Vol. 42（1），S. 89 – 116，hier S. 105.

洞穴中伏藏着蛟龙的苗裔，

岩石欲坠，潮水打着岩石——

你可认识那座山？

　到那里！到那里

是我们的途程，啊父亲，让我们同去！

　这段迷娘曲向我们展示了诗。迷娘的歌唱之含义本是谜，威廉无法听懂全部。他特别喜欢歌词和调子，让她重复唱了多遍，才得以勉强记录下来并翻译成了德语。叙事者清楚地指出，这种转录成文的方式即使再精确也是蹩脚的："但是语法的特色他只能从远处捉摸。当那不完整的德语，化为一致，而且不连贯处也被连结起来时，歌词里童性的天真却消逝了。"（130）来自远古的时空的诗，在威廉生活的时代已经无法被完全辨认和理解。迷娘的歌声表达了一种不可抑制的思乡渴望（Sehnsucht），歌乐就是诗，诗中那个神秘的故乡，澄亮却不乏晦暗，静谧又有异动暗涌、深邃、不可捉摸之感。诗的世界不乏一抹"魔"的晦暗与神秘。这种意象再次与歌德的"魔力"接壤。迷娘和竖琴老人无疑是浪漫主义的，德国奇幻文学研究者汉斯·理查德·布里特纳赫（Hans Richard Brittnacher）指出歌德创作中不可割裂的浪漫主义因素，尽管他断言"我称古典的为健康的、浪漫的为有病的"，似乎在撇清他与浪漫派之"病态"的关系；斯塔尔夫人、亚历山德罗·曼佐尼（Alessandro Manzoni）、普希金（Aleksander Puskin）和拜伦（Lord Byron）对歌德的接受都在欧洲浪漫主义框架中。[1]布里特纳赫列举了歌德诸多作品中的浪漫主义倾向，如《浮士德》

---

〔1〕 Hans Richard Brittnacher, *Phantastik – Ein Interdisziplinäres Handbuch*, Stuttgart/Weimar 2013, S. 59.

中的炼金术、与魔鬼的契约，叙事谣曲《柯林特的新娘》中死去的吸血鬼般的爱人，《魔王》中介于自然魔力与精神病理学之间浪漫派原型式的表现，以及《新美露西娜》中的婚姻，等等。[1]

迷娘曲的浪漫主义特征在于它饱含了思乡情绪，故乡不仅指她实际出身的南方意大利，更是喻指一种形而上的精神之乡。迷娘与竖琴老人的生命本身就是活着的遗迹（lebendige Reliquie），他们代表着一个定理：诗的素材是被回忆的生活（dass der Stoff der Poesie erinnertes Leben sei）。[2]德语文学研究者海妮洛勒·史腊斐（Hennelore Schlaffer）曾指出，他们二人象征着人类一种更远古的史前状态，无法屈就于文字文化中，[3]他们歌声的含义无法被威廉生活的时代完全破解。而塔社恰恰代表着理性的文字文化的登峰造极，为了理解—破解艺术，塔社要将灵动的歌唱（曾经的生活）转录为僵死的文字以便档案化和后续再次引用。他们正是这样对待竖琴老人的歌唱，他们细听竖琴老人的歌唱并逐渐将歌的意思拼凑记录下来。

诗的本质是被回忆的生活，怀旧思乡的回眸姿态则确证了现实中无法补足的缺陷；诗的存在是余象，是对现实的反抗。在歌德短暂的古典时代之后奇幻文学异军突起，其历史根源是现代世界日益加剧的理性化，坚硬的理性现实将魅影驱逐殆尽。《学习时代》的迷娘和竖琴老人就属于被驱逐的魅影，他们与《学习时代》的"现实主义"格调格格不入。没有以现代自然科学为根基

〔1〕 参见 Hans Richard Brittnacher, *Phantastik – Ein Interdisziplinäres Handbuch*, Stuttgart/Weimar 2013, S. 59.

〔2〕 参见 Hennelore Schlaffer, *Wilhelm Meister: Das Ende der Kunst und die Wiederkehr des Mythos*, Stuttgart 1989, S. 42.

〔3〕 Hennelore Schlaffer, *Wilhelm Meister: Das Ende der Kunst und die Wiederkehr des Mythos*, Stuttgart 1989, S. 49.

的坚固的世界模式就不会存在现代文学中的奇幻文学，恰恰是与现代性世界观念的对抗关系使得奇幻因素披着原始的、返祖的外衣出现，现代文明中的人们不再相信那些奇幻因素被拟人化之后的形象，它们表现为神秘的符号（magische Zeichen）或显现为超自然的关系（übernatürlich scheinende Zusammenhänge）。[1]所谓奇幻的东西也可以是对被埋没的远古源头的一种提醒（Mahnung an verschüttete atavistische Ursprünge），是对外在或内心世界被压抑领域的回忆（Erinnerung an verdrängte Bereiche der äußeren oder inneren Welt）。[2]令人惊异的、神奇的东西以偶然的、不期而来的方式在日常世界中登场，它们常常不动声色，悄然带来威胁。奇幻故事产生于倚赖安全和稳定的社会中，是对以科学思维为主导的现代性下"认识的确定性"的回应，也是对市民社会的道德和社会规范的回应。[3]

　　威廉亲历着诗的倾向与散文倾向的角力。迷娘和竖琴老人象征着那神秘的诗。他们所表征的诗的时空体迥异于叙事中的"现实"时空，那是无关乎时间的存在。迷娘和竖琴老人的首要特征便是，时间在他们身上消失。布里特纳赫曾专门以这两个人物为出发点指出《学习时代》中本质的神话图像（mythische Ikonographie）特征，认为该小说并非表面看上去的线性进程，反对将小说解读为"对启蒙修养观的加工"和"从根本上肯定市民对未来

---

〔1〕　Monika Schmitz-Eman，"Phantastische Literatur. Ein Denkwürdiger Problemfall"，in：*Neohelicon*，XXII/2，S. 53 – 116，hier S. 72.

〔2〕　Monika Schmitz-Eman，"Phantastische Literatur. Ein Denkwürdiger Problemfall"，in：*Neohelicon*，XXII/2，S. 53 – 116，hier S. 72.

〔3〕　参见 Monika Schmitz-Eman，"Phantastische Literatur. Ein Denkwürdiger Problemfall"，in：*Neohelicon*，XXII/2，S. 53 – 116，hier S. 73.

的乐观主义期待"。[1]布里特纳赫认为，歌德本人对《学习时代》中所谓的线性并无觉知，歌德有言为证，他直到晚年仍对爱克曼（Eckermann）表示，这部小说是他"最缺少算计的生产过程之一"（einer seiner incalculabelsten Produktion），几乎缺少关键（Schlüssel），小说结尾的最后一句话就能说明问题。[2]这句话是一事无成的捣蛋鬼弗里德里希对威廉说的："我觉得你像基士（Kis）的儿子扫罗（Saul），他外出寻找他父亲的驴，而得到一个王国。"（578）布里特纳赫的观点为我们提示了小说中反抗线性进程和时间的否定性因素的存在，他对迷娘和奥古斯丁的观察和描述首先表明了二人的反时间特性，他们是"年代错乱、不合时宜（anachronistisch）"的"异物（Fremdkörper）"，小说讲述了他们穿行客观冷漠的现代世界的奥德赛之旅。[3]作为威廉双影人的迷娘，最终死亡的原因落在威廉头上，席勒也这样指出过。[4]她的心骤停，意味着某种深邃的东西最终也从威廉身上离去。

迷娘的年龄无人知晓，当威廉问及她的年龄时，她回答"没人数过"（84）。她"身体长得很好，只是她的四肢在期待着更为强壮的发育，或预示着一种发育的停滞"（84）。这个身体更像是雕塑，而非人体。迷娘身体这一最初的特征似乎也与她最后的结局不谋而合；在第八部，阿贝将迷娘的遗体进行处理，她因此如

---

〔1〕 参见 Hans Richard Brittnacher, "Mythos und Devianz in *Wilhelm Meisters Lehrjahre*", in: *Leviathan*, 1986, Vol. 14（1），S. 96 – 109, hier S. 97f.

〔2〕 参见 Hans Richard Brittnacher, "Mythos und Devianz in *Wilhelm Meisters Lehrjahre*", in: *Leviathan*, 1986, Vol. 14（1），S. 96 – 109, hier S. 97.

〔3〕 参见 Hans Richard Brittnacher, "Mythos und Devianz in *Wilhelm Meisters Lehrjahre*", in: *Leviathan*, 1986, Vol. 14（1），S. 96 – 109, hier S. 97f.

〔4〕 参见席勒1796年7月2日给歌德的信："Kommentarteil. Briefwechsel zwischen Goethe und Schiller", in: Johann Wolfgang von Goethe, *Werke*, hg. v. Erich Trunz, HA. 7, München, 2000, S. 620 – 652, hier S. 632.

同雕塑一样，停留在时间之外，也被物化为理性目光注视下的历史标本。竖琴老人仿佛不在时间中生活，他不关心现实时间中的事件，称自己的孤独是永恒的。他在小说后面部分再次出现时，却比以前更加年轻了，这种"反常"喻示了他与时间无关。

这两个人物不用言谈和语言，而用身体动作姿态、用舞蹈和歌唱在小说中留下痕迹。跳（springen）、跃（schwingen）、目光（Blick）、身体姿态（Gestalt）、沉默等语义共同聚合为诗的、奇异神秘的意象。迷娘在威廉眼前首次出现时，是沿着楼梯蹦跳着下来，以威廉的视角，她是从高处飘然而来：

> 他……走上楼梯回自己的屋里去，这时迎面跳来一个小孩，引起他的注意。短短的小绸背心，西班牙式裂口的双袖，窄长而带有鼓肚的裤子，衬得这小孩十分娇爱。又长又黑的头发有的卷成鬈，有的编成辫子，缠在头上。他惊讶地观看这个小孩的体态，不能判定他是男孩，还是女孩。可是不久他就判定是一个女孩。她走过他身旁时，他截住他，向她道了一声好，问她是谁家的孩子；虽然他一下子就看出，她必定是杂技团里的一个成员。孩子用锐利的黑眼睛斜看他一眼，便脱身跑到厨房里去，没有回答。（78）

迷娘从一出场就笼罩着奇异神秘的光晕；她被菲利娜称为"谜"（Rätsel）（84）。她不喜欢用语言表达，德语并不流利，而身体却轻灵矫捷，行如"闪电"（84），黑头发、黑眼睛、"棕褐的"（84）肤色等"暗"的特质显示着幽暗神秘的意象。威廉估计她"有十二三岁""看她看不够""他的眼和心不可抗拒地被这个造物的神秘所吸引"（84）；威廉的"看"使他陷入了"梦中"（Halbtraum）（84）。迷娘与"梦"的关联在此清晰起来。这一系列语汇表明，她不属于眼前的这个世界、不属于这个时空。更有研究论证指出迷娘身上的木偶特征，[1]比如迷娘嘴唇常不自觉地向一边抽动，她跳鸡蛋舞时如同"拧开的机轮"（Räderwerk）（100），以及"钟表装置"（Uhrwerk）（100）般的身体，"在和缓的姿势里也与其说她是和蔼的，毋宁说是严肃的"（100）等多处都显示出迷娘这个人物似乎是木偶的翻版，不属于人的世界；而威廉童年的梦就是木偶戏、傀偏戏。在老学究提及马利亚娜的悲惨遭遇而引起威廉极度伤感的时刻，是迷娘的鸡蛋舞让他得以慰藉，再次在"注视"（100）中沉浸于那"梦"里。这种结构安排暗示着迷娘与马利亚娜乃至与威廉戏剧梦想的有机勾连。小说中，恰是在威廉感觉到"在和缓的姿势里与其说她是和蔼的，毋宁说是严肃的"的这个瞬间，他也"忽然感到他对迷娘产生了情感"，"渴望把这个无家可归的生命当作自己的孩子放入心里，抱在怀里，用父亲的爱唤醒她生活的欢悦"（100）。

鸡蛋舞中的迷娘让威廉产生惊讶、奇异之感，原因在于她身体的灵动，能够"敏捷、轻盈、迅速、精确地舞蹈"（100）；虽然她的眼睛是被蒙上的，但是伴着奇异的音乐，"她这样敏锐，安详地踏入鸡蛋中间，又踩到鸡蛋的旁边，使人时时刻刻都以为她一定会踩破一个，或是在急速转身时，把另一个踢开。但是绝对没有！虽然她运用各样窄小和宽大的步法，甚至跳跃，最后还弯着腿很艰难地穿过这些鸡蛋的行列，可是一个也没有碰到"（100）。显而易见，迷娘的身体在舞蹈和音乐中极为敏捷轻盈，

---

〔1〕 参见 Helmut Ammerlahn，"Wilhelm Meisters Mignon-ein offenes Rätsel. Name，Gestalt，Symbol，Wesen und Werden"，in：*Deutsche Vierteljahrsschrift für Literatur und Geistesgeschichte*，1968，Vol. 42（1），S. 89 – 116，hier S. 104.

仿佛没有重力，是悬浮、飘逸的；蒙上眼睛、没有了视觉的精准引导而单纯仅靠音乐的牵引，却依然可以比视觉条件下更精确、迅速、自如地支配身体；所以，音乐作为一种超凡的更高向导，直接在迷娘这具身体上显现出其神力、魔力。

音乐与竖琴老人奥古斯丁的关联更为直接：竖琴老人 Harfen-spieler/Harfner 这一名称本身就表明了与音乐密不可分的关系。竖琴老人如同迷娘出场那样不期而至，在他出现的时刻，市侩味十足的梅里纳正与菲利娜争执不下，正想赶走他："我没有兴致听一个乞丐弹琴，我们中间有的是乐意赚钱的歌手。"（111）就在这个争执的瞬间，竖琴老人走来："若不是威廉已经招呼那在这瞬间走进来的人，这场争吵一定会变得很激烈。"（111）也恰在这个显现的瞬间，竖琴老人的形态（Gestalt）使"全场惊讶"（111），不啻一座神秘雕像的揭幕：

> 有人刚要问问他，或是说一些旁的话，他已经在一把椅子上坐下了。他的光头上围着薄薄一圈灰白头发，蓝色的大眼睛温和地在雪白的长眉下闪烁，白色的长胡须紧连着他美丽的鼻子，可并没有遮住俊美的嘴唇。一件深褐色长衣从脖颈直到脚面蒙着他细长的身体；他把竖琴放在身前，开始弹奏起来。他从这乐器上弹出的愉快的曲调很快就使得全场怡然。（111）

竖琴老人奥古斯丁的形象不属于凡世，他的行动不着痕迹，来无踪去无影。深褐色的长衣包裹着他的身体，这个暗色调让人联想到与迷娘一致的神秘性。音乐与这个人物形象紧密相连：小说叙事并未提及他出现时如何讲话、讲了什么，相反，他沉默无言，只以音乐开场。音乐就是他的语言。

威廉用"飞翔""飞鸟""蝴蝶"（112）等意象喻指音乐，

不禁让人联想到他在失恋后自贬自抑而烧毁自己曾经的诗作时的一番言论，其中也用"飞鸟"喻指诗人：诗人"生来就像一只飞鸟，他要翱翔世界，营巢在高高的山巅，在树枝交映处取此嫩芽和果实作养料"（70），而不能像"牛一般地拖犁，狗一般地在猎场上追踪兽迹，或者竟至于带上圈锁，用他的吠声看守一所农家的庄院"（70）。类似地，竖琴老人歌曲中的诗人也以"飞鸟"自况，歌中的诗人不要金链作酬劳，而只需一口美酒。"我歌唱，像是树枝头/营巢的鸟儿鸣唱。/我的歌曲涌自歌喉，/这就是丰富的奖赏；/……"（114）"飞鸟""飞""升起""高山""飘"等词聚合为诗的语义意象。这些词表征着崇高、远离凡尘日常、不受拘束的境界，与现实的局促狭隘形成了对比和对抗。威廉从最开始就有对诗的向往。他内心对竖琴老人油然而生的亲近感与认同感在竖琴老人首次出现时就已经表现出来，同时，这种认同与周围现实之间的矛盾也十分明显，他不得不抑制自己的倾向："他唱的歌含有这么多的生活和真理，竟像是他在这瞬间为了这个机会而做成的"，"几乎忍不住要去和他拥抱，只是怕惹起大声的嘲笑，他又回到自己的椅子上；因为其他人已经在低声做些愚蠢的解释，争论他是一个游僧呢，还是一个犹太人"（112）。

《学习时代》借助无时间性来形成对诗之世界的表现，换言之，诗之世界异于小说故事"现实"世界的基本框架首先在于前者消除、摆脱、远离时间的特性；构成这个神秘世界的决定性因素在于独特的时空体，这个时空体是无时间、轻盈、如音乐般流动、像鸟那样腾空飞动、捉摸不定的。在这一点上，德国奇幻文学研究给出了相近的启示，有研究者观察到，表现"别样"时空是奇幻因素审美形式的决定性标志。[1]《学习时代》虽然不属于奇幻文学的范畴，但对"别样"时空的表达也可以看作小说叙事中神秘、奇异因素审美形式首要的决定性标志。

迷娘/竖琴老人所表征的诗的时空体在小说中如同劲风中摇曳不定的幽弱烛光，正如迷娘与竖琴老人形影不定，常常消失不见，而在小说结构上，这两个人物从第二部之后就隐至幕后，直至小说结尾部分才又进入叙事。尽管二人在小说中篇幅不多，但却草蛇灰线、伏行千里，且二人的死亡是小说结尾部分关乎全局的一个重要安排。他们主动选择了死去。史腊斐指出，塔社之眼监视着整个小说，而迷娘和竖琴老人绝不想接受理性的监视与规训，他们不想让这个陌异的世界来染指自身。通过死亡，二人拒绝被塑造收编入理性秩序。在这个意义上，作为《学习时代》中（现代意义上）"完整的人"之终极典范的娜塔丽亚也充当了凶手，她甚至称奔向死亡的迷娘为坏孩子。[2]

总之，这个奇异的时空体以艺术为媒介，与威廉产生关联。这种关联的空间常常被更坚硬的现实所挤压。威廉曾经对诗人进行过理想化的想象，他觉得，真正的诗人能够取消和超越时间性，知晓过去、未来，近乎神性：

> 恰像对待神一样，命运也使诗人超脱这一切。他看着那些情欲、家庭和政治的纷扰都在盲目地活动，他看着那些误会的不可解的谜团惹出不能形容的祸乱，其实这些误会只需一个字便能点破。他同情每个人命运的悲哀和欢喜。若是俗人们遭了损失在一

---

〔1〕 Hans Richard Brittnacher, *Phantastik - Ein Interdisziplinäres Handbuch*, Stuttgart/Weimar 2013, S. 583

〔2〕 参见 Hennelore Schlaffer, *Wilhelm Meister: Das Ende der Kunst und die Wiederkehr des Mythos*, Stuttgart 1989, S. 49 – 51.

种心力交瘁的忧郁里度日如年，或是在无形的快乐中迎接他的命运，那么诗人的敏感而活泼的灵魂便像是从黑夜走向白昼的太阳（die wandelnde Sonne）。对于欢喜与悲哀，他用轻轻的变幻弹奏着他的竖琴。根须在他的心田上生长出美丽的智慧之花，当旁人眯着眼睛做梦，被那些离奇想象吓得忘其所以时，他却像是一个独醒的人，体验着生命之梦，他觉得所有奇异的事情是过去、同时也是未来。所以诗人同时是老师、预言家、神和人的朋友。（70）

这是威廉对诗人的一种过于理想化的想象，这样的诗人与其说确有其存在，不如说是威廉自我形象的标杆，这种自我想象曾充满主观主义的顾影自怜：他想着超脱命运，并一度写过一些诗，但讽刺的是，他在失恋时就将它们付之一炬。面对真正的诗和诗人（迷娘/竖琴老人）时，他只有惊异的份儿和模糊的预感，而无法真正进入诗的世界了。威廉对诗人的想象中，只有一点符合了小说中两个诗人的形象，也就是诗人与时间的关系：迷娘与竖琴老人立于时间之外。此外，正是这两个最具"诗意"的人，恰恰难逃命运的欢喜和悲哀，而威廉想象中的诗人，应能超脱命运，是老师、预言家、神和人的朋友。迷娘和竖琴老人显然不是这样的人。威廉对诗人的想象或许只是一种不明就里、道听途说的愿景。他所生活的世界之实然现状是，真正的诗之王国已经隐去，真正的诗人在庸俗现实的哈哈镜中面目全非——塔社的雅诺蔑视地称迷娘为不男不女的东西，而竖琴老人如同乞丐，是塔社的医生视为医治对象的疯子。诗已经离威廉很遥远，关于诗，他并没有直接的体验和认知，在真正面对诗的余象时，他感到奇异和陌生，只能将其变为一种审美的经验，而不是生活的经验，明显的证据就是，他已经很难明白迷娘的歌声。

《学习时代》中，威廉处在诗的力量与散文化现实的对峙中。前者作为一种奇特的时空体，首要特征是奇异、未知、神秘、无法被理性支配，集中体现了偶然性的特征。小说对偶然性的言说隐秘地触及了现代美学自律过程中美学时间与历史时间的区分。如前文所述，迷娘、竖琴老人所象征的偶然性时空体的最大标志和特征是时间消失。这一特征给小说带来了极大的艺术性和美学价值。它在小说里对冲、消解着主人公背负的现代日常时间伦理，也抗衡着小说有意或无意呈现的历史哲学时间话语，形成了不同伦理维度交锋的态势。德国文艺理论家卡尔·海因茨·波勒（Karl Heinz Bohrer）在其专著《绝对现在时——美学时间的语义学》中阐明的观点正是，现代文学中美学想象的时间塑型为绝对现在时。浪漫派文学将时间的游戏设计得登峰造极，时间的消失不仅与奇异的东西（das Wunderbare）相关，更与"恶"的主题（das Böse）建立了亲密关系。以时间消失为特征的"绝对现在"在浪漫派文学中显著出现，蒂克（Ludwig Tieck）《金发的艾克贝特》（Der blonde Eckbert）的时间塑型即是一个典型范例，在这个童话中，如果浪漫派的纲领"奇异性"作为谜（Rätsel）或恐怖（das Schreckliche）首次被展现，那么这一纲领的标志就是时间消失。[1]不过，波勒也提出，自 1800 年以来，人们对美学想象中的时间的认识过程中，总是受到"历史""历史性"的统摄和干扰。[2]不仅在哲学领域，而且在文学与文学史领域中，历史哲学

---

〔1〕 Karl Heinz Bohrer, "Zeit und Imagination. Das absolute Präsens der Literatur", in: ders. , *Das absolute Präsens. Die Semantik ästhetischer Zeit*, Frankfurt am Main 1994, S. 143 –183, hier S. 153.

〔2〕 参见 Karl Heinz Bohrer, "Zeit und Imagination. Das absolute Präsens der Literatur", in: ders. , *Das absolute Präsens. Die Semantik ästhetischer Zeit*, Frankfurt am Main 1994, S. 143 –183, hier S. 143 –152.

的诸多概念也都占据主导地位，[1]用福柯的说法就是，"历史法则的内化（Verinnerlichung des Gesetzes der Geschichite）"[2]；波勒在相近的意义上言及"历史作为僭越的概念"（Geschichte als anmaßender Begriff），用来指明"自 1800 年以来德国近代哲学中将历史和历史性作为精神所有领域不言而喻的基础标志的强力进程"[3]。波勒认为，在赫尔德将历史提高至绝对化地位之后，这一强力进程的开端始于席勒和黑格尔的历史哲学和美学；时间是具有未来视向的现在（eine auf Zukunft hin perspektivierte Gegenwart），这一点从席勒、黑格尔到当代哈贝马斯都被规定为第一因的范畴。[4]与此同时，波勒试图在这历史劲风之中发现文学想象的美学独立性。他在当时的弗里德里希·施勒格尔、海涅（Heinrich Heine）和毕希纳（Georg Büchner）三位文学家的写作中找到了美学形式与线性渐进之间的矛盾。他们的文学写作虽然常常佐证了历史哲学和未来视域，但所隐含的矛盾证实的猜测是，艺术中的时间和未来范畴在当时就存在破绽，这种时间和未来范畴总

---

〔1〕 参见 Karl Heinz Bohrer，"Zeit und Imagination. Das absolute Präsens der Literatur"，in：ders.，*Das absolute Präsens. Die Semantik ästhetischer Zeit*，Frankfurt am Main 1994，S. 143 – 183，hier S. 144f.

〔2〕 Michael Foucault，*Von der Subversion des Wissens*，Frankfurt am Main 1987，S. 49.

〔3〕 Karl Heinz Bohrer，"Zeit und Imagination. Das absolute Präsens der Literatur"，in：ders.，*Das absolute Präsens. Die Semantik ästhetischer Zeit*，Frankfurt am Main 1994，S. 143 – 183，hier S. 145.

〔4〕 Karl Heinz Bohrer，"Zeit und Imagination. Das absolute Präsens der Literatur"，in：ders.，*Das absolute Präsens. Die Semantik ästhetischer Zeit*，Frankfurt am Main 1994，S. 143 – 183，hier S. 145.

是由一个艺术之外的偏好所强加的范畴。[1]文学写作发生于特定的历史时代，就不可避免地带有时代的痕迹、气氛和思维模式，但同时，现代文学写作必然与哲学上的历史观念或历史意识发生偏离。波勒在这里指出，深受启蒙历史哲学影响的施勒格尔的作品中都存在着与历史时间相抵牾的美学时间的现象。长于理论的施勒格尔尚且如此，那么，作为更依赖直觉直观、而不喜理论抽象的文学家歌德，其作品中美学时间与历史时间的对抗不会更小。

　　波勒看到，在施勒格尔那里，当"偶然""有利的瞬间"等范畴出现时，历史哲学的论据实际被美学论据所取代，而"革命"概念也不再是政治意义上的，仅仅作为"事件"的比喻；在海涅那里，谈及革命也并非在政治、哲学意义上，而仅是关于革命的想象，是自然神话和关于传奇的美学之梦。[2]这样，历史的事实就变成了浪漫派的惯用语汇。[3]文学表达中的时间塑型实际具有了更为丰富的语义潜能。浪漫派文学为时间塑型提供了彻底不同于历史哲学和未来视向的方案。时间消失或曰这种特定的无时间的时空体，除了与奇异相关，也参与了文学中的恶（das Böse）建构。波勒在乔治·巴塔耶（Georges Bataille）的《文学与恶》一书中看到了恶与时间的关联：未来的缺席、对当下瞬间

---

〔1〕　Karl Heinz Bohrer, "Zeit und Imagination. Das absolute Präsens der Literatur", in: ders. , *Das absolute Präsens. Die Semantik ästhetischer Zeit*, Frankfurt am Main 1994, S. 143 – 183, hier S. 148.

〔2〕　Karl Heinz Bohrer, "Zeit und Imagination. Das absolute Präsens der Literatur", in: ders. , *Das absolute Präsens. Die Semantik ästhetischer Zeit*, Frankfurt am Main 1994, S. 143 – 183, hier S. 149f.

〔3〕　Karl Heinz Bohrer, "Zeit und Imagination. Das absolute Präsens der Literatur", in: ders. , *Das absolute Präsens. Die Semantik ästhetischer Zeit*, Frankfurt am Main 1994, S. 143 – 183, hier S. 150.

的偏爱定义了文学中的"恶"。[1]在《金发的艾克贝特》中，艾克贝特越来越陷入与贝尔塔相近的那种梦的无意识状态中，"恶"就发生在这一无时间的状态中，要么以可疑的陌生人形式出现，要么导致主人公疯癫的谋杀行为；被叙述的童话并未由叙事澄清（aufgeklärt），相反，前者使叙事更加模糊迷离（verunklärt），叙事并未给无时间的状态带来解脱。[2]在文学想象所建构的世界中，"恶"的结构性含义是对不确定性的表达。波勒也明确指出，在《金发的艾克贝特》中，"恶"首先是无时间状态的一个特征（ein Attribut von Zeitlosigkeit），也就是说，"恶"取消了对正常的、道德准则作出规定的判断力的时空条件；而这里的"恶"并非是一种内容—形而上的特性，而是美学表现中想象的无时间状态下的特性，与不确定性相近，这种不确定性在道德与心理学层面上对应着蒂克作品中的两大主要倾向——谜与惊恐。[3]

当然，尽管都是在塑造无时间状态，但《金发的艾克贝特》中的无时间性与迷娘/竖琴老人所表征的无时间性在各自文本叙事结构中的语义学是不同的。前者突出了心理学和人的潜意识的层面，后者并不表现心理学内涵，而是更偏向一种形而上学意味的反思。

在《学习时代》中，叙事的主干完全没有被"无时间"的状

---

〔1〕 Karl Heinz Bohrer, "Zeit und Imagination. Das absolute Präsens der Literatur", in: ders. , *Das absolute Präsens. Die Semantik ästhetischer Zeit*, Frankfurt am Main 1994, S. 143 – 183, hier S. 157.

〔2〕 Karl Heinz Bohrer, "Zeit und Imagination. Das absolute Präsens der Literatur", in: ders. , *Das absolute Präsens. Die Semantik ästhetischer Zeit*, Frankfurt am Main 1994, S. 143 – 183, hier S. 154.

〔3〕 Karl Heinz Bohrer, "Zeit und Imagination. Das absolute Präsens der Literatur", in: ders. , *Das absolute Präsens. Die Semantik ästhetischer Zeit*, Frankfurt am Main 1994, S. 143 – 183, hier S. 154.

态所湮没过，既不会出现诺瓦利斯那里黄金时代的超越性，更无从发展出《金发的艾克贝特》那样的"恶"，但是小说叙事中始终潜伏着不确定性的威胁。威廉所受其吸引的诗的世界，在塔社成员眼里差不多与"恶"有着暧昧不清的纠缠，必须将他从这种沉醉中拉回到理性规划的生命中。威廉从小着迷于那幅名为《病弱的王子》的油画，这一细节所传递出的可疑信息令人诧异。画上的故事是"病弱的王子怎样因爱慕他父亲的未婚妻而变憔悴"（58），当来自塔社的密使首先提及威廉曾经心爱的画作以窥探他的立场时，威廉坦言，画上触动他的是"对象，而不是艺术"（59）本身：

> 这幅画……给我一种永不磨灭的印象，纵使我现在立在那幅画面前，就是我尊重你的批评，也不能消灭我的印象。不但是那时，就是现在，那画中的青年也使我不胜同情，他不得不把那甜美的冲动，那自然所赋予我们的最美的一部分，深深藏在自己的心里，把那使他和其他人感到温暖而富有生气的爱火埋在他胸中，致使他的内心在无限的痛苦中憔悴。（59）

塔社的密使首先试图纠正的正是威廉内心隐秘的危险倾向和并不高明的艺术趣味，指出"那并不是最好的画，布局不好，色彩也不鲜明，笔法完全是矫揉造作"（58），鉴赏艺术不该只看见"你自己和你的爱好"（59）。威廉在画中所着迷的对象是一对爱人之间"自然"的情感，而这种自然情感的困境在于它触犯了社会伦理道德的禁忌，是乱伦。阿贝一语中的，指出威廉在艺术中只是照见了自己的倾向和爱好，而无法达到更高的艺术品位和能力。这是一种内向性的自恋。与此同时，这种自恋带有某种病态的嫌疑。德国启蒙文学研究者汉斯·于尔根·兴斯（Hans Jürgen

Schings）认为，威廉的"病"早就存在于其天性之中，他从一开始就"需要治疗"（heilungsbedürftig）。[1]他乐于将自己置于生病王子的病中，该病汇集了内心性在病理学上所有的表征：错误的倾向、激情的敏感、不停歇的渴望、不幸而无尽的渴念、无限制的追寻等，歌德概括它们为"忧郁"（Hypochondrie）。[2]不过，兴斯借用席勒的话指出，威廉最终"达到了健康状态"，[3]也就是，他被治愈了，这是《学习时代》与《安通·莱瑟》的最大不同。[4]兴斯推测，歌德在罗马时接触到莫里茨其人及他的小说《安通·莱瑟》，忧郁这一问题无疑对他重新修改《威廉·麦斯特的戏剧使命》不无影响，重新写成的《学习时代》将是对道德、文学、哲学层面之忧郁的明快而又冷静的答复、是对现代主体性忧郁（Melancholie der modernen Subjektivität）的经典回应。[5]在兴斯的分析中，《学习时代》有若干表征了"病态"性的人物，他们被兴斯看作主人公威廉在病理学上的分身（pathologische Abspaltungen），陪伴着威廉的戏剧生涯、或曰哈姆雷特生涯（Ham-

---

〔1〕 Hans Jürgen Schings, "Agathon-Anton Reiser-Wilhelm Meister. Zur Pathogenese des modernen Subjektes im Bildungsroman", in: ders. , *Zustimmung zur Welt: Goethe-Studien*, Würzburg 2011, S. 71 – 92, hier S. 80.

〔2〕 Hans Jürgen Schings, "Agathon-Anton Reiser-Wilhelm Meister. Zur Pathogenese des modernen Subjektes im Bildungsroman", in: ders. , *Zustimmung zur Welt: Goethe-Studien*, Würzburg 2011, S. 71 – 92, hier S. 81.

〔3〕 Hans Jürgen Schings, "Agathon-Anton Reiser-Wilhelm Meister. Zur Pathogenese des modernen Subjektes im Bildungsroman", in: ders. , *Zustimmung zur Welt: Goethe-Studien*, Würzburg 2011, S. 71 – 92, hier S. 81.

〔4〕 Hans Jürgen Schings, "Agathon-Anton Reiser-Wilhelm Meister. Zur Pathogenese des modernen Subjektes im Bildungsroman", in: ders. , *Zustimmung zur Welt: Goethe-Studien*, Würzburg 2011, S. 71 – 92, hier S. 81.

〔5〕 Hans Jürgen Schings, "Agathon-Anton Reiser-Wilhelm Meister. Zur Pathogenese des modernen Subjektes im Bildungsroman", in: ders. , *Zustimmung zur Welt: Goethe-Studien*, Würzburg 2011, S. 71 – 92, hier S. 79.

let-Laufbahn），这些人物中首先有迷娘、竖琴老人，此外还有伯爵夫人和奥莱丽亚。[1]这种划分当然存在着忽略人物差异的危险，尤其是迷娘与竖琴老人，他们在小说中有着极为独立的语义学功能，二者忧郁的根源很大程度上不同于其他人。但兴斯的"病理学分身"的说法，依然具有提示意义，它提示我们看到，伯爵夫人、奥莱丽亚、"美的心灵"这一系列的病态分身事实上展现了一种失衡的、过度的自我封闭性和内向性，威廉从她们身上获得一种自我对照，而这个序列的人物最终在"美的心灵"那里达到顶峰。这种过度囿于自我内部的倾向也是威廉在小说叙事进程中需要跨越的阶段，小说自然而然地让威廉背负了这个律令。

　　马利亚娜应被列入威廉的另一队"分身"序列中，虽然她在第一部之后就没有真正在情节中出现，这表面上使她成为一个无足轻重的人物，但是她作为一种符号性存在不停地浮现于威廉的眼前，无形中似乎提醒着他自己最初的倾向与期待。马利亚娜在《学习时代》所起的穿针引线的重要作用，堪比秦可卿之于《红楼梦》。马利亚娜作为一种图像性存在与威廉的戏剧生涯有着奇妙的共生关系，这种共生一直维持到威廉从芭芭拉（Barbara）口中确切得知她的死讯，而之后紧接的叙事进程就发生了实质的变化，威廉看清了自己并非艺术家，选择主动放弃舞台。马利亚娜在痛苦中死去，而威廉其他的若干"分身"也都背负着致命的悲惨故事。他们显现了威廉生命中黑暗的一面，而正是以黑暗面作

---

〔1〕　Hans Jürgen Schings, "Agathon-Anton Reiser-Wilhelm Meister. Zur Pathogenese des modernen Subjektes im Bildungsroman", in: ders., *Zustimmung zur Welt: Goethe-Studien*, Würzburg 2011, S. 71 – 92, hier S. 80.

为背景，威廉找到了自己的幸福（Glück）。[1]威廉的这一众"分身"阻滞着威廉迈向（塔社乐于看到的）个性"和谐"，也阻滞着小说的线性进程，形成了一种结构性的延宕效果。

（三）延宕：马利亚娜作为图像·肥大的想象域

威廉所想象和期待的未来是"有为""尊荣"（186）的。在这一未来尚未实现之前，威廉在现实中所经历的更多是混乱与迷茫。在这个意义上，小说叙事是主人公自我实现被不断延宕的进程。叙事的延宕特征抵消和制衡了主人公成长进程的线性目的论维度。延宕既体现在故事层面，也体现在叙述层面。在故事层面，主人公大量的回忆、梦、自我反思等实际上不断打断他对现实的参与，使他与当下现实拉开距离。在叙述层面，叙事者常以主人公个人视角来呈现世界的样貌，读者得以看到威廉的内心性和状态性；此外，叙事中也出现了人物之间的大量长篇幅对话，这些对话往往涉及不同论点和立场的交锋；或者，叙事中再次嵌套叙事，某一人物叙述自己或他人的生活史。

关于小说体裁的延宕，《学习时代》给出了"元"讨论。第五部第七章，赛罗与威廉对戏剧与小说的体裁要求进行了讨论。叙事概要总结了他们得到的结论：

在小说里应该首先表达想法与事件（Gesinnungen und Bege-benheiten）；在戏剧里是性格与行动（Charaktere und Taten）。小说的情节慢慢地发展，主人公的思想不管用什么样的方法写，必须阻止总体的向前推进和发展。而戏剧则要迅速，并且主要人物

---

〔1〕 Hans Jürgen Schings, "Agathon-Anton Reiser-Wilhelm Meister. Zur Pathogenese des modernen Subjektes im Bildungsroman", in: ders., *Zustimmung zur Welt: Goethe-Studien*, Würzburg 2011, S. 71–92, hier S. 80.

的性格必须向结局突进，可是也要有所节制。小说里的主人公是被动的，至少不是高度主动的；对戏剧的主人公则要求主动与行动。格兰地逊，克拉利丝，帕梅拉，威克菲牧师，甚至汤姆·琼斯，所有这些人即使不是被动的，也是起阻碍作用的人物（retardierende Personen），一切事件几乎都是按照他们的思想来架构的。在戏剧里，人物从不按照他自己塑造，一切都与他相左，他对待那些障碍物不是从路上搬开清除掉，就是向它们屈服。(283)

在此，《学习时代》的叙事借助人物对话，讨论了小说自身的特点，从而暗示了文本自身的架构策略。小说叙事的总体进程应是被延宕的，人物及其思想的表现应当阻碍、放慢叙事总体进程。人物的观点、思想处于表达的中心，而叙事结局应当被推迟；同时，小说人物非主动行动者，而应被动地承受外在世界涌来的事件。《学习时代》对小说的元讨论揭示了 18 世纪小说体裁所表现出的诉求，也就是布兰肯堡 1774 年《试论小说》中所言的对"人的内心世界"[1]之关注；关注和表现人物所思所想，展示心路历程的同时，必然会淡化外在事件，小说人物显示出一种被动性，情节被耽溺和延宕。另一方面，小说叙事所内含的"延宕"之要求，让人联想到歌德在观照人类历史时也指出的"延宕"，"一切都确实是从人之精神的前进并后退的特性中发展而来，从进取、同时又延宕的天性（Natur）中发展而来"。[2]如果在历史观察的视野中，"延宕"与"进取"同时存在，那么在小说世界中，延宕则是叙事追求的唯一效价。

---

〔1〕　Friedrich von Blankenburg, *Versuch über den Roman*, Faksimiledruck der Originalausgabe von 1774, mit einem Nachwort von Eberhard Lämmert, Stuttgart 1965, S. 31.

〔2〕　转引自 Heinz Hamm, *Der Theoretiker Goethe*, Berlin 1975, S. 115.

　　总之，根据小说叙事这一延宕的态势，读者不难理解《学习时代》情节安排中不断重复出现的对某个话题的讨论、观点和反思，或对某一图像/形象的不断回指。比如关于命运与偶然这一命题的反思、关于《哈姆雷特》剧本的讨论等，或者是威廉一再回忆起的马利亚娜的形象。概言之，将命运同自己的戏剧天命强行联系起来，几乎成为指引威廉一切行动的心理暗示，这种自我暗示贯穿小说前五部。威廉的戏剧活动构成了他审美教育和个人修养的重要内容，并占据小说的绝大部分篇幅。在此意义上，威廉在艺术中的滞留、"游荡"与叙事的延宕里应外合。塔社作为促使威廉向前迈进、摆脱艺术游戏中的停滞状态之外在推力，认为威廉早期由于对戏剧艺术的狂热走到了一条邪路上，在对戏剧的追捧中，他模仿了错误的身份认同（mimetischer Abweg der falschen Identifikation）。[1]

　　在小说第一部中，叙事的延宕就已经开始。延宕既关涉叙述进程的推迟，也关涉故事层面威廉自我发展的曲折、非连续性。整个第一部的绝大部分，叙事陷入威廉长篇累牍的自我讲述，这种讲述的核心内容是对童年时的艺术体验的回忆。

　　小说开篇，主人公威廉的出场耐人寻味地被推迟。读者首先看到的并非威廉，而是一个在小说总体进程中几乎无足轻重的老女仆芭芭拉。第一部第一章，小说大幕拉开的第一个场景是，老仆人芭芭拉焦灼地等待她的女主人马利亚娜。从后续故事情节可知，芭芭拉一直在不遗余力地拆散威廉与马利亚娜，促使马利亚娜与更富有的诺尔贝格（Norberg）结合，而这样的结合也使得芭

---

〔1〕　参见 Martin Jörg Schäfer, *Das Theater der Erziehung. Goethes Pädagogsiche Provinz und die Vorgeschichgte der Theatralisierung der Bildung*, Bielefeld 2016, S. 211.

芭拉谋得好处。叙事者言简意赅地将老妇人芭芭拉的贪财势利与底层市侩的味道呈现出来。她对还未出场的威廉的称呼"商人家……乳臭未干的小儿子"（3），透露着鄙夷。小说叙事在开篇首先让芭芭拉这样一个丑角登场，这种安排无疑是一种隐喻。如果按歌德式的"迷信"，芭芭拉的一番暗中作梗作为不祥的象征，从一开始就昭示着威廉爱情的"噩运"。从威廉后来的经历反观小说开端，延宕从情节的大幕拉开之时就已经开始。他所期待的爱情与人生前景从他出场时就已经被无限期推迟、"延宕"，而这时他却对此一无所知。

威廉在第一部第一章最后一段真正亮相，叙事在这里随即采取了省略手法，叙事时间加速，仅用寥寥几行就结束了威廉与爱人马利亚娜的会面：

> 威廉走进来。她是多么活泼地向他飞过去！他搂着她那穿着红色制服的身躯，让那白段子小背心紧紧贴在他的胸前，心情是何等愉快！谁敢在这里继续描写，谁又适于述说两个爱人的幸福！老女仆喃喃抱怨着躲到一边去，我们也随她走开，让这两个幸福的人儿单独留在那里。(3)

第一章就此结束，在此之前，整章叙事绝大部分篇幅是关于芭芭拉的如意算盘以及她与马利亚娜之间僵持不下的争执。威廉就是在这样的背景中出场，他对这段爱情中潜伏的真实不幸并无任何感知。这种不幸除了来自人为设计的阻挠（除了芭芭拉，后续故事中威纳也一贯设法阻止威廉与马利亚娜交往），还来自被威廉忽视的他与马利亚娜之间阶层上的差别，该差别造成二人之间真实存在的鸿沟。叙事视角从二人爱情进程的中间切入，不难看出，威廉与马利亚娜可能刚刚坠入热恋不久，因为实际上他们还在彼此进一步了解的阶段，威廉在向爱人"介绍"自己的过往，也正希望能够了解对方成长的经历。而马利亚娜面对这种爱人之间彼此的自我袒露时，采取了回避态度。事实上，读者难以从叙事中看到马利亚娜"客观"真实的形象，叙事采取的是威廉的个人视角，完全是威廉的主观想象，呈现了他如痴如梦的恋爱状态。此时的威廉就是一个梦中人。他的一切过往和眼前的当下都被编入他想象的爱之梦、戏之梦中。在第一部随后几章中，叙事向读者缓缓展开了他一切想象的根源——他念念不忘的童年戏剧经验，这里，威廉大段地自我回忆、自我讲述。叙事在此处首次范例性地展现或实践了《学习时代》自身元讨论中对小说体裁应当延宕叙事进程的规定，即使人物的思想和观点处于表达的中心。叙事者直接引用人物对话，从叙事学上看并未放慢叙事时间，但威廉长篇累牍地讲述自己的过去，实际上使得读者与马利亚娜一样陷入漫长的等待，叙事时间实际在威廉滔滔不绝的讲述中被拉长。由于诺尔贝格即将到来，芭芭拉提醒马利亚娜与威廉之间只有 14 天的时间，小说整个第一部分的故事时长就是在这14 天内。值得注意的是，叙事没有展现威廉与马利亚娜之间的爱情在这 14 天中的实质进展，一贯重复的模式是威廉在夜里瞒着父母偷偷去马利亚娜那里，马利亚娜此时处在进退两难的境地，对威廉提出的求婚请求无力作出回应。这自然有芭芭拉从中作梗，但马利亚娜自己也明显发觉与威廉之间的鸿沟，继而无法抉择。但威廉对马利亚娜的犹豫和忧惧并无真正觉察，单方面地沉浸在极度幸福的"飘浮"（schwebend）状态中。第一部第三章到第七章都是威廉对马利亚娜讲述自己童年玩傀儡戏的回忆，而在第十五章中，人们看到的是威廉那种飘然状态下对马利亚娜的无限想象和美化。总之，这 14 天实际是威廉"梦中"的时间。有研究者指出，叙事者没有提供在时序上向前发展的故事，而仅仅呈现威廉的爱情状态；威廉与马利亚娜的爱情从外在看是静止的状态，直到第一部结束时，在威廉获知"情敌"诺尔贝格的存在之前，这个状态都没有变化。[1]

　　威廉与马利亚娜的爱情关系可以看作某种外化的形式表象，其本质只是威廉向自我内心的陷入。这种爱甚至有着落入维特式的爱的危险性。德国基尔大学德语文学教授汉斯 – 埃德文·弗里德里希（Hans-Edwin Friedrich）指出维特之爱的"自治性"（Autonomie der Liebe），也就是，维特对绿蒂的爱本质是一种主观主义想象；维特从未真正将爱情与某种社会性的关系等同起来（soziale Intergretation von Liebe）。[2]绿蒂本质上是维特审美主体性的投射，她本身也远远不像维特笔下那样的理想和完美，而且她对维特试图保持距离。类似地，出身商人家庭的社会"中层"的威廉也从未考虑过与一个社会底层的剧团女戏子结合的现实可能性，他所考虑的不是生活，而是戏剧；马利亚娜也不尽如威廉所言那样理想和美好。叙事者早已用讽刺来表明两人客观上的"不匹配"。比如，威廉饶有兴趣地讲述自己童年的傀儡戏时，马利亚娜并不感兴趣，她甚至三番五次睡着，"由于他的胳膊抱得太紧，由于听见他激动而高亢的声音，马利亚娜才从睡梦中醒来，她以爱抚来掩盖自己的尴尬：因为他的故事最后一部分她连一个

　　〔1〕　参见 Liisa Saariluoma, *Wilhelm Meisters Lehrjahre und die Entstehung des modernen Zeitbewusstseins*, Trier 2005, S. 33.

　　〔2〕　Hans-Edwin Friedrich, "Autonomie der Liebe – Autonomie des Romans. Zur Funktion von Liebe im Roman der 1770er Jahre: Goethes Werther und Millers Siegwart", in: Martin Huber und Gerhard Lauer（Hg.）, *Nach der Sozialgeschichte. Konzepte für eine Literaturwissenschaft zwischen Historischer Anthropologie, Kulturgeschichte und Medientheorie*, Tübingen, 2000, S. 209 – 220, hier S. 212.

字也没听见，但愿我们书中的主人公将来能够找到更专注的听者，来听他心爱的故事"（24）。这段爱情的根基在一开始就建立在威廉单方面的想象中，第三章中也有文为证：

> 威廉对这个楚楚动人的女孩的爱欲乘着想象力的翅膀高高升起……他初次见到她，是在演戏时增人美丽的光照中，他对舞台的爱好是和对一个女性的初恋连在一起的。他的青春让他尽量享受那些被生动的艺术（Dichtung）所促进、所包含的丰富的快乐。他的情人的处境也使得她的举止动作含有一种足以助长他的爱情的情调。她怕他的情人发现她以前的种种关系，这种担心在她身上融成一种蕴含着忧虑与羞惭的可爱的外表，她真心实意地爱他，就连她的不安也好像增长了她的温柔。她在他怀中是一个最可爱的人儿。（6～7）〔1〕

想象力的翅膀从一开始就为这段关系赋予了理想主义的面纱。叙事者指明了马利亚娜对于威廉的深层象征意义：他对舞台的爱好是和对一个女性的爱相连的，马利亚娜就是威廉的戏剧之梦。换言之，威廉对马利亚娜的爱，不在于这个女子本身，而更是出于他心底深处理想主义的戏剧"使命"，出于他单方面对与舞台相关事物的想象。他笃信，他与马利亚娜之间的爱情是"命运"对他戏剧使命的昭示。后续情节发展也证明，这种笃信偏于主观妄想，过于一厢情愿：

> 他相信他领悟了光辉灿烂的运命（Schicksal）的召唤，这运命正是通过马利亚娜将手递给了他，运命召唤他摆脱这闭塞的、拖后腿的市民生活，而他早就想脱离这苦海了。抛却他父亲的

---

〔1〕 译文有改动。

家，抛却他的亲属，他觉得是件容易的事。他还年轻，初出茅庐，在世界的远方追逐幸福和满足的勇气也由于这爱情而增加了。从今往后，他更明白他属于舞台的宿命（Bestimmung）。他处在跟马利亚娜相爱的情境里，他觉得他所设想的高远目标也更近了，在自得的谦逊中他把自己看成一个杰出的演员，一个未来国家剧院的创造者，他听说，这样的剧院正是许多人所渴望的。（26）

　　威廉常常回到回忆之中，这在叙事层面无疑直接暂时拉开了他与当下的距离，而造成一种所谓的"悬浮"状态。这种回忆和自我讲述显露了对他产生深刻影响的文学化想象的开蒙，也强化着他的戏剧梦，这个阶段的威廉，想象域占据他所体验的现实的很大比重。马利亚娜是小说中威廉童年故事的第一个听众，不管她事实上是否真的符合威廉的期待，对他而言，她是一个符号，这个符号的出现打开了他内心的渴望，她的形象与他童年时的文学经验和想象息息相关。换言之，马利亚娜的形象聚合、连接着威廉童年时在心中种下的不灭印象，比如克罗林德与唐可雷（Tankred）的故事、比如儿时的戏剧经历；另一方面，马利亚娜虽然只出现在第一部，但她的余象却不断出现在小说后续几部，直到第七部尾声威廉彻底放弃戏剧舞台时，马利亚娜形象如幽灵般的纠葛才随之真正消散。她的形象就像一团迷雾，笼罩着威廉看向未来的视线。正如威廉眼中的哈姆雷特一样，马利亚娜的形象也是威廉囿于主观主义想象的产物。由此读者才不难理解，为何威廉模仿哈姆雷特的派头时，将马利亚娜的丝巾系于脖间。马利亚娜在小说中的神秘和晦暗特征并不亚于迷娘。她在小说的出场是女扮男装，身着红色军服，这个形象定格成为威廉对她的不灭印象：威廉曾经误以为菲利娜偷偷会见的一名着红色军服的人正是马利亚娜。在威廉的眼中，马利亚娜美丽、善解人意；从与芭芭拉的对峙中，读者得见她对威廉爱得真诚与坚定。但是，叙事的讽刺又显示，她并非威廉的天成佳偶，作为戏剧演员的她竟然对威廉的戏剧想象毫无兴趣，两人之间的爱存在天然的错位。马利亚娜止步于小说第一部，却又在小说后续不断出现在威廉的思想中；她的形象聚拢为威廉白日间的回忆，也显现在夜里的梦中。这个余象萦绕在威廉戏剧生涯的每一个阶段。而事实上，她在小说后景中无声地死亡，威廉在她死后几年才从芭芭拉口中得知她去世的消息。如果说，威廉将马利亚娜看作命运对他戏剧使命的昭示，那么实际上，马利亚娜指示着威廉与戏剧的关系，且归根结底指示着威廉与自我的关系（红色军服与高贵）；她作为叙事中不断出现的动机，直接参与促成了小说叙事层面的延宕。她死亡讯息的到来，指示着威廉最终切断对戏剧使命的妄想。而她死亡讯息的宣告时间是被推迟的，威廉时隔多年才获悉。在时间上，马利亚娜死亡讯息的迟来与威廉久无定形的"艺术家"身份试验之间有着隐秘的同步性。

　　威廉在初恋中依然透露出感伤主义时代以来主观主义过重的痕迹。想象域被过度放大，是维特的一个典型特征，这也是《学习时代》中的威廉需要超越和克服的问题。作为市民家庭的儿子，威廉与维特有着同样的癖好——阅读癖。威廉将阅读和想象的热情灌注于戏剧之中。《学习时代》比《少年维特之烦恼》晚20年，而德国阅读热在此期间更加成为突出的时代现象。文学成为公众权力：在德国，文学热比其他地方更甚，因为德国缺少大都会和大的社会中心，人们身处斗室和小环境中，居住分散，只能在书籍中寻找想象的交际愉悦。[1]不管是英国接纳航海民族的冒险家，还是法国革命的目击者所描绘的东西，德国公众只能在文学的叙述形式里经历。[2]文学成为一切的媒介，"生命在文学的镜像里提升价值，获得密度、戏剧性和氛围"。[3]《学习时代》的底稿《威廉·迈斯特的戏剧使命》（以下简称《戏剧使命》）中，文学与戏剧曾是核心主题。《戏剧使命》进入研究者视野的时间被记载于 1777 年；此后，歌德在魏玛的整个 18 世纪 70～80 年代断续推进这部小说的写作，但一直未完成，1786 年～1788 年的意大利之行、1789 年的法国革命及随后带来的一系列冲击又中断了小说的写作。至 1794 年歌德再次动笔意欲推动这部小说完工时，距离他开始写作《戏剧使命》已经将近 20 年。据歌德给好友卡尔·路德维希·冯·克内贝尔（Carl Ludwig von Knebel）的信显示，1778 年 1 月《戏剧使命》第一部完成。[4]至 1786 年去意大利之前，歌德已经完成了《戏剧使命》的前六部，它们在 1794 年/1795 年被改写后成为《学习时代》的前四部。[5]通过回顾小说最终成书的时间线索，可以概览它跨越的时代截面和它所面对的历史语境。小说的诞生横跨近 20 年的时间线索（且恰好

---

〔1〕 参见［德］吕迪格尔·萨弗兰斯基：《歌德——生命的杰作》，卫茂平译，生活·读书·新知三联书店 2019 年版，第 424 页。

〔2〕 ［德］吕迪格尔·萨弗兰斯基：《歌德——生命的杰作》，卫茂平译，生活·读书·新知三联书店 2019 年版，第 424 页。

〔3〕 ［德］吕迪格尔·萨弗兰斯基：《歌德——生命的杰作》，卫茂平译，生活·读书·新知三联书店 2019 年版，第 425 页。

〔4〕 参见 "Dokumente zur Entstehungsgeschichte", in: Erhard Bahr (Hg.), *Erläuterungen und Dokumente. Johann Wolfgang Goethe. Wilhelm Meisters Lehrjahre*, Stuttgart 2008, S. 252.

〔5〕 参见 "Dokumente zur Entstehungsgeschichte", in: Erhard Bahr (Hg.), *Erläuterungen und Dokumente. Johann Wolfgang Goethe. Wilhelm Meisters Lehrjahre*, Stuttgart 2008, S. 253, S. 255.

是新旧时代更替的 20 年，法国大革命是新旧时代更替的显著标志），使《学习时代》文本犹如一个历史/历时的"地质博物馆"，对照底稿与《学习时代》，人们可以看到文本历史认识所经过的嬗变，不过，本文在此无意做这样的考古学研究，而是重在指出，底稿《戏剧使命》第一部最初成文时正是感伤主义仍然兴盛的时代，仅比歌德第一部小说《少年维特之烦恼》稍晚几年。《戏剧使命》第二部完成于 1782 年，此时席勒的《强盗》即将上演。因而不可否认，小说底稿《戏剧使命》存在着感伤主义的明显痕迹，还没有超越维特的局限性；即便改写后的《学习时代》已经与《戏剧使命》有了很大不同，但人们依然能看到存留的感伤主义倾向。《学习时代》第一部中，穿插了威廉去帮父亲收回商业往来中债务的情节，他准备启程时收拾的行李是文学书籍：

> 凡是带有他一向的职务上的气味的，都丢在一边了……只有文雅的作品、诗人和批评家，好像熟识的朋友一般，才属于被选之列。他一向很少注意艺术评论家，这时他重新检阅他的书籍，发现讲理论的书多半还没有裁开……他从先完全确信需要这样的作品，曾经置办许多，可是用尽心力没有一本能够读到一半。相反，他倒更热心地熟读文体，一切门类，只要他一熟悉，他便亲自试作。（26～27）

这里，小说开始时的威廉将文学的想象与自我生命混为一体，两方面互为镜像。他不关注艺术评论，虽然他很早就意识到艺术理论对他潜在的价值。艺术对于他只是纯粹主观自我的表达。正如感伤主义时代的典型情感体验方式，威廉体验自己"读过"的感情，也就是，他所体验的情感是由文学塑造。实际上，由文学缔造情感的这一模式在他幼小的时候就表现出来了。儿时的威廉曾经从母亲那里偷来关于大卫与巨人歌利亚（Goliath）的喜剧剧本并熟记熟背，沉浸于剧中角色，也常常反复吟诵主角大卫的台词。威廉从小的戏剧经验首先有着强烈的自我内心性，剧本是偷来的，他利用"一切私密的、寂寞的时刻去反复读"（12），并在心中想象，"自己也变成了大卫和歌利亚"（13）。发展至后来，威廉与玩伴共同扮演的军团游戏刚玩两三回，他便已经不满足，因为"武装的身影"激发起他"对骑士的想象"（18），这些想象来自他对古代传奇的阅读，充斥着他的脑海，使现实中的游戏相形见绌。

（四）延宕：命运主题与哈姆雷特

文学阅读的经验和认识极大地塑造着威廉对现实的感知方式。他自己对此从不讳言："我最大的快乐是虚构和发挥想象力的效用。"（16）意大利诗人塔索的叙事诗《耶路撒冷解围记》最终将威廉关于骑士、崇高、尊荣、命运的想象推向极致，凝结为日后将深刻影响他生命的"元"想象。

后来科培译的《耶路撒冷解围记》落到我手里，它终于给我彷徨不定的思想指出了方向。那部书我固然不能全读，但是有些地方我能够背诵，诗中的图像也萦绕在我脑海里。克罗林德和她的行为举止尤其使我神往。对于一个正在发展中的灵魂来说，这种巾帼英雄气概，雍容大雅的风度，比阿美特做作的娇艳影响更大，尽管我并不鄙视阿美特的魔圈。……足有几百次，每当我傍晚在建于两个房顶之间的露台上散步，眺望景色，这时从夕阳落处有一道颤动着的光照从地平线上朦胧升起，星辰显露出来，夜从所有的角落和幽深处浸出，蟋蟀的声音叫破严肃的寂静，我便吟诵起唐可雷和克罗林德二人悲惨的决斗故事。（18）

　　这里，尚为孩童的威廉在面对自然景象和幽深的暮色时刻，便已经能够情不自禁地吟诵描写唐可雷与克罗林德决斗的诗句"可是克罗林德的大限已满/她死亡的时刻到了"（18～19），塔索诗中爱情和悲辛、命运与死亡的肃穆和萧索塑造了他对周围事物的感知和自身的情感："我的眼里含不住泪，已经泪如雨下。"（19）《耶路撒冷解围记》诗中的两个人物唐可雷、克罗林德对威廉内在自我的塑造（Bildung）产生了极为深远的影响。这种影响不仅涉及文学对他情感方式的最初塑造，也涉及他对世界基本体认的塑造，唐可雷和克罗林德之间的爱与悲剧性在他心中树立起关于"命运"的模糊概念和预感："当在这魔林中唐可雷的剑击中一棵树，血顺着剑刃流下来，耳边响起声音说，他又在这儿也刺伤了克罗林德，他被命运注定——他到处都在不知情的情况下伤害他的所爱——此时我的心是多么沸腾不息！"（19）"命运"成为他思考并试图理解个体生命的母题，他也常常反观、欲探悉自己的"命运"。不过，威廉那里，"Schicksal"命运一词的内涵具有两面性和歧义，冯至将 Schicksal 译为"运命"。有时，它指向命定、规定（Bestimmung），似乎属于必然性的范畴，但有时它又指向不确定性、人所无法理解的神秘力量。事实上，前一种所指仅仅是一种主观主义的自我确认，而后一种所指与歌德文学中的"魔力"相去不远。或许"运命"的译法更能体现出魔力和神秘。

　　在唐可雷与克罗林德身上，命运的魔力让他们不可抗拒地走向毁灭；生命的过程与目的成为谜。这层幽微的启示给威廉造成的深刻震撼不可小觑，它蕴于威廉胸中，直到他在研究《哈姆雷特》时，这层思索才再次浮出人物语言的表面。第四部第十五章中，因为偶然的机缘，威廉与赛罗、奥莱丽亚的谈话内容转到

《哈姆雷特》上。赛罗对《哈姆雷特》剧本中的无计划、无联系性提出了质疑："英国人不是自己看出来了吗，主要的情节已经随着第三幕结束，最后两幕不过是支持残局；而且这也是实情，这出戏到结局时便停滞不前了。"（231）赛罗的观点代表了当时古典主义对莎士比亚戏剧的批评。[1]威廉则反驳认为，《哈姆雷特》的这种安排并非构思出来的，而正如生命本身所是，"我绝不非难这出戏的布局……没有比它构思得更杰出的了；其实它不是构思出来的，它本来就是这样"（231），换言之，威廉懂得，《哈姆雷特》的艺术形式恰恰对应着生命本身的无目的、无联系的真实面目。这种生命认识在塔社看来无疑是可疑可憎的，而它实际上一直埋在威廉心中：

　　如果我们看见一个主人公，他的行事全由自己作主，他爱憎都听从他良知的命令，他经营而实现他的事业，躲开一切阻碍，达到一个伟大的目的，那多么合我们心意，我们也会很高兴。史家和诗人都愿意让我们相信这样一种骄傲的命运能落到人的身上。这里教给我们的却是另一回事。主人公没有计划，但剧本却计划周到。这里并不是按照一种僵化偏执的复仇观念使坏蛋遭受惩罚：不是的，这里发生了一件可怕的事（eine ungeheure Tat），它沿着它的后果向前滚动，裹挟连累了无辜的人。罪人似乎想躲开他命定的深渊，但恰在他打算顺利地走完他的路程时，他坠入深渊。因为这是暴行的特性，它使恶也落到无辜人的头上，正如善行的特性把许多好处赐给不配得到的人一样，而暴行或善行的发起者却常既不受惩罚，也不受奖赏。在我们这剧本里是多么奇

〔1〕　参见 Erhard Bahr（Hg.），*Erläuterungen und Dokumente. Johann Wolfgang Goethe. Wilhelm Meisters Lehrjahre*，Stuttgart 2008，S. 104.

异（wundarbar）！炼狱派来鬼魂要求复仇，但是徒然！一切局势凑在一起，催促复仇，徒然！凡是只留给运命决定的事情，既非人世的力、也非阴间的力能企及。审判的时刻到来，坏人随着好人一起倒下。一个族系被芟除，另外一个在发芽。(231~232)

随着威廉对《哈姆雷特》的理解日渐透彻，他对"命运"的理解也再次触及生命不为人所控制的不确定性和晦暗。对威廉来说，这种晦暗感最早来自唐可雷与克罗林德的人物命运，埋于威廉的记忆深处，或许他自己也未曾真正知晓。文学作品中的悲剧性，只能存在于想象的世界中，在威廉的现实世界中，个体生命中贸然闯入的不确定性和涌动的晦暗已经降格为纯粹的偶然，而不再是命运的悲剧性。叙事在后续对小说的元讨论中影射了这一点。此处，威廉列举了其他文学作品或历史写作的一种惯性思维，也就是对人物发展或历史走向的合目的性的期待，并指出《哈姆雷特》恰恰在这一点上出现了巨大差别：这部剧"所教给我们的却是另一回事"，也就是没有任何理性的、因果的、目的论的观念引导着情节发展，善无善报，恶无恶报，"坏人随着好人一起倒下"，一切都逃不出命运的魔力，最终沦为毁灭或遭遇重生。命运的伟力是"可怕的"，这使得《哈姆雷特》的阅读经验再次呼应和印证了威廉童年读《耶路撒冷解围记》时的感受。第五部第七章，威廉与赛罗讨论戏剧与小说的区别时，得出的结论认为，小说里是偶然性的地盘，而命运则只属于戏剧中：

在小说里允许偶然发生作用，但小说必须总是由人物的思想牵引、引导；相反，那种通过毫不相关的外界环境把无能为力的人推向不曾预料的灾难的命运，只能在戏剧里出现。偶然也许可以产生激情的情景，但绝不可能产生出悲剧；相反，运命总是令

人恐惧的，并在最高的意义上是悲剧的，命运无可挽救地把一些彼此不相关的罪行和无辜的行为联结在一起。（283）

这段文字是小说自身对小说体裁的元讨论，为《学习时代》提供了自我对照的镜子，它奇特地提示到，作为小说的《学习时代》内部"发生作用"的东西是偶然，而不是命运；小说里，或许因为"偶然"的闯入与推动而形成"事件"，从而不乏波谲云诡之情景，但"绝不可能"产生悲剧性，因而也无从谈起与悲剧共生的那种"命运"之概念。"命运"的宏伟气象在小说中无迹可寻。在这个意义上，威廉作为小说的主人公，与戏剧《哈姆雷特》的主人公相较，有着很大不同。威廉遭遇的是偶然，而哈姆雷特才是真正与命运的对峙。

《学习时代》叙事对小说与戏剧体裁的阐述，首先属于主人公威廉的认识，这一认识基于他对《哈姆雷特》的思考。威廉围绕《哈姆雷特》展开的思考和戏剧实践活动占据了小说中场阶段的第四部、第五部的绝大部分章节。有学者总结指出了《哈姆雷特》在《学习时代》中所起到的主题性作用。[1]威廉对《哈姆雷特》的理解不仅仅只是他戏剧实践活动的核心组成部分，而首要地与威廉的自我观照紧密相关。《哈姆雷特》一方面作为叙事动机，营造了小说叙事的氛围，延宕了叙事进程；另一方面，威廉研读、探讨并上演《哈姆雷特》的过程，事实上也是他对照仿例、寻找自己的过程，是他修养之路的重要阶段。

威廉对《哈姆雷特》的理解是一个变化的过程。承袭童年时代《耶路撒冷解围记》的阅读经验，他对《哈姆雷特》剧中的

---

〔1〕　参见 William Diamond, "Wilhelm Meisters Interpretation of Hamlet", in: *Modern Philology*, 1925, Vol. 23（1）, S. 89 – 101, hier S. 89.

"命运"格外关注。起先他并没有理解剧中在何种条件框架和意义上表现"命运",而是尚囿于自我的直接感受,所以,威廉最早谈《哈姆雷特》的阅读经验时,所说的"命运"仍未超出小说开始时过于主观主义的自我理解。这一场景出现在第三部第十一章,或许是因为面对无形中令他感到道德压力的雅诺,也或许是因为对《哈姆雷特》仅仅是初步的了解、尚未如在第四部、第五部中那样有更深入的把握,威廉此时将"命运"与自己的戏剧使命又雄心勃勃地连在一起:

> 我曾经对人类和他们的命运有过许多预感(Vorgefühle),这些预感从我少年起就在我未觉察的情况下伴我至今,现在在莎士比亚的剧本中,我看见这一切预感都实现了,发展了。仿佛他把所有的谜都给我们解开了,可是我们说不出这解谜的言词到底在什么地方。他的人物仿佛是自然的活人,可是并不是。自然中最神秘最复杂的创造物都在他的剧本里活动在我们的面前,他们仿佛是一座时钟,时盘和钟身都由水晶制成。时钟按照自己的规律指示出时辰的移动,同时我们也能够认出那督促着他们的齿轮和发条。我在莎士比亚的世界里所看到的这几点,比任何一些旁的事物都能更深刻地激发我的情思,使我在实际的世界里较快地向前进步,使我混入那降临于这世界之上的命运的潮流,一旦我真能成功,我就要从那真实的自然的海中舀取几杯汁浆,然后从舞台上把这些汁浆施舍给焦渴的祖国的观众。(172)

这里,《哈姆雷特》无疑再次激发起威廉对自己生命的思索,这一思索接续着他从少年起就关注的"命运"。他认为,《哈姆雷特》剧中人物如同透明的机械时钟那样按照自己的规律指示出时间的变化,而督促人物行动的规律——时钟的齿轮和发条——在

剧中清晰可见。然后，威廉把《哈姆雷特》对于"命运"的展示
与他对自我生命的主观主义想象方式联系起来。在《哈姆雷特》
一剧中，命运就是悬在个体头上的"规律"和必然，也正如操纵
人生命走向的发条。吊诡的是，威廉这种封闭的主观主义想象方
式显示出一种个体的被动性：如果人的命运不过是让人成为一个
被上了发条的时钟，那么人实际上丧失了一切自由行动的可能；而
威廉却又说要混入这种"运命的潮流"，事实上也就是要主动献身
于他所自命的戏剧使命。剧本解读与威廉最终落脚的自我观照之间
的关联令人费解，二者之间是被强行建立的关系。换言之，威廉的
剧本解读将自我的情结和视域过度带入作品本身，而一时遮蔽了
《哈姆雷特》中命运的真正意旨。威廉对哈姆雷特这个人物的钟爱，
大概也是源发于一种自恋式的片面解读。这种解读更多是威廉"对
他自己的解读"[1]，最直白的一处例证就是，威廉在舞台之外的
生活中，曾一度模仿哈姆雷特王子的举手投足和衣着服饰。因而，
在《学习时代》中，与其说哈姆雷特是莎士比亚的创造，不如说他
是由威廉·迈斯特所重新造就。[2]事实上，莎士比亚的《哈姆雷
特》原剧中有不少证据表明，王子并非确如威廉所理解的那样缺
乏行动的勇气和意志；[3]亦有研究进一步指出，即便哈姆雷特王
子拖延复仇行动，也并非他个人的内因，而是由于外在局势尚不

---

〔1〕 William Diamond, "Wilhelm Meisters Interpretation of Hamlet", in: *Modern Phi-lology*, 1925, Vol. 23（1），S. 89 – 101, S. 94.

〔2〕 William Diamond, "Wilhelm Meisters Interpretation of Hamlet", in: *Modern Phi-lology*, 1925, Vol. 23（1），S. 89 – 101, S. 94.

〔3〕 参见 William Diamond, "Wilhelm Meisters Interpretation of Hamlet", in: *Modern Philology*, 1925, Vol. 23（1），S. 89 – 101, S. 91

明朗。[1]

威廉乐于将自己的注意力聚焦在哈姆雷特身上被动性、延宕和不行动的一面，认为哈姆雷特也是只有"思想"并不断遭受外在事件的冲击，因而这部剧极"像小说那样被拖延"（284），这一切的出发点是威廉将自己"自况"为哈姆雷特、在哈姆雷特身上发现自己。早在他尚未进入赛罗圈子、尚未真正开始专业的戏剧实践时，就已在日常生活中开始"述行""哈姆雷特"的身份，这一自发的角色扮演出现在第四部第二章叙事中：

> 他（威廉）以极大的欢喜承认他的朋友莎士比亚是他的教父，所以更爱听人叫他威廉，莎士比亚使他认识了一个王子，这王子曾在微贱的、甚至是坏的人群中生活过一些时候，他不顾他高贵的天性，一味拿那些俗人的粗暴、笨拙和愚蠢取乐。这个典范最合乎威廉的心意，他可以拿它跟自己的现况对比，他不可遏制地感觉到一种自欺的倾向，而如此自况极大地减轻了他的这种自欺感。他现在开始考虑他应该怎样穿戴……他又置办了一条美丽的丝带，最初的借口是说用来保护体温；但他又让脖子摆脱了领带的束缚，并让人把几条粗麻布缝在衬衣上，可是麻布又宽了一些，使整个外观仿佛是古希腊的衣领。那美丽的丝围巾是从大火中抢救出来的纪念马利亚娜之物，他只把它松松地系在麻布的衣领下边。……菲利娜作出着迷的样子，她向他要他美丽的头发，他为了更自然地贴近典范，狠心将头发剪下。……我们的朋友由于他的慷慨也得到特权，仿照哈瑞王子的风度与其余的人交往，不久他自己也起了兴致，发起并促成了几件放肆的玩笑。大

---

[1] 参见 William Diamond, "Wilhelm Meisters Interpretation of Hamlet", in: *Modern Philology*, 1925, Vol. 23（1）, S. 89 – 101, S. 98.

家比剑、跳舞、发明各式各样的游戏，在愉悦的心情中他们若遇到还凑合的酒，便过分地享受一番，菲利娜在这无序的生活中等待俘获这脆弱的英雄，他的守护星可要替他操心了。(189)

这里透露的一个重要的细节信息是，威廉的"哈姆雷特"扮相中，马利亚娜的丝巾被放在他胸前的醒目位置，这种配置暗示了马利亚娜与哈姆雷特二者之间关键性的隐秘联系。马利亚娜与哈姆雷特是小说中具有重要延宕功能的符号。对哈姆雷特王子这一人物延宕特性的探讨有机地融入了小说之中，巧妙地构建出威廉的延宕特性乃至小说自身的延宕性。

威廉整日与流动剧团的乌合之众为伍，无所事事地过着"无序的生活"，而通过将自己的经历与王子的处境相类比，以减轻良心上的不安，为自己的浪荡生活寻求某种心理上的合法性。威廉以看似不经意的方式使自己的衣领效果像古希腊风格，并尽量使这种对号入座的自我"表演"不露痕迹；哈姆雷特王子的举手投足、与人交往的风度是他模仿的"典范"（Ideal）。比剑、跳舞、游戏、饮酒等行为皆出自威廉心中对宫廷贵族的暗暗模仿。菲利娜则假惺惺地配合威廉自欺欺人的角色表演，尽管她暗地里对此不无嘲笑。这里，小说叙事继续以讽刺手法揭示了威廉与王子形象之间的不匹配。王子肩负的"命运"在《哈姆雷特》中或可成立；可是，它在《学习时代》和威廉身上却显得风马牛不相及。无论威廉多大程度上从哈姆雷特王子身上看到自己的影子，"命运"的概念却总也无法移植到威廉身上，在他的时代中，散文化的现实中只有偶然。

塔社代表的启蒙理性主义视古老的命运为荒唐的仇敌。关于威廉一直以来堂皇冠以自己的"命运"，第一部第十七章现身的第一位塔社密使早就批评指出，命运只不过是"青年人"惯于"将他们活跃的爱好冠以更高力量的意志"（58～59），实际上是借"命运"之名放纵自己，对自己的爱好不加约束，错把理性当成偶然、把偶然又当作理性，"放弃他自己的理智，给他的爱好以绝对的地位"（59）；如此按照塔社密使的看法，笃信命运无异于对自我无限度的妄想。

总之，小说情节推进过程中，威廉曾很长时间内受到这种主观主义想象方式的耽溺。换言之，按照《学习时代》对小说"元"讨论的说法，小说首要呈现的是威廉的思想（Gesinnungen）、看法、内心性。将命运同自己的戏剧爱好强行联系起来，几乎成为指引威廉一切行动的心理暗示，这种自我暗示隐形地贯穿了小说的前五部。不管是以戏剧中悲剧人物那样的"命运"自况，还是对号入座的王子角色扮演；不管是以戏剧艺术为自己的使命，还是痴迷军官和战士形象，所有这些症候的根源来自一处：威廉与市民身份之间的紧张关系。这种紧张关系长久地表现为威廉否定和逃离市民生活，试图以艺术家的身份获得一种可能的自我定位，而这种艺术家身份却是"社会性上的无法定形（soziale Unbestimmtheit）"[1]，也即悬而未决的游荡状态。主人公无法定形的倾向促成了故事层面的不断延宕。

威廉在第五部给威纳的信中阐发贵族与市民的不同特性时，言明自己要走一条"独特"的路，通过戏剧舞台塑造自己完整的个性和自我表现的能力，以"曲线"路径获得像贵族阶层那样的

---

[1] Rolf-Peter-Janz, "Zum sozialen Gehalt der Lehrjahre", in: Helmut Arntzen u. a. (Hg.), *Literaturwissenschaft und Geschichtsphilosophie*, Berlin/New York 1975, S. 320 – 340, hier S. 328.

公共性，超越市民阶层的局限性从而在更大的范围中发挥影响。威廉自我塑造的进程一方面可以看作个体内在禀赋逐渐展开变化的过程，其前进的趋势不容否认；另一方面却是主人公自始至终的延宕、停滞——悬而未决之游荡状态。当人们回顾整部小说时，不得不惊异于它变色龙般的样貌、丰沛的感性经验和繁杂的历史线索。作为解读者，必须时刻回到历史语境中去侦寻小说之所以如此叙事的对话基础。小说主人公自始至终表现出自觉的自我塑造之"本能要求"，不遗余力地追求培养自己的完整和谐个性，这条主线毋庸置疑地融入并契合了启蒙话语对人的理想化构想。作为典型的启蒙时代小说，启蒙精神作为框架性条件必然以某种面貌出现在小说中，这种面貌或是正面，或是反面，甚或变形，取决于小说与历史语境的对话方式。因此，在启蒙语境中，不难理解《学习时代》把教育和塑造人的个性作为核心主题。不过，如何才能达到完整和谐的个性？小说给出的特殊化、具体化的实践途径迥然不同于启蒙哲学、教育学话语体系对"完整的人"的理论性设想。甚至，小说仅仅假借了这些抽象的概念意象，来言说自己关切的东西。

威廉身上的两面性、矛盾性折射出 18 世纪德意志市民阶层将要选择的"独特"历史道路。《学习时代》中，威廉的游弋延宕从某种意义上是对德国市民阶级政治上保守特性的文学化变形和加工。威廉对贵族圈子怀有向往，对超越市民狭隘生活现实的更大领域充满好奇，凡是有机会接触到贵族的地方，他都不自觉地加入。法国革命中市民与贵族之间暴力冲突不属于歌德小说的世界。甚至，威廉试图由戏剧舞台的途径模仿和塑造的自我，正是以贵族为参照物。他是学生，贵族是老师。小说中，威廉被喻作候鸟，迟迟不肯落地，他展示了近代几百年"标志性"的德意志人形象、德意志特征：迟滞、延宕、深邃、保守；这种迟滞和延宕后来在哲学家普莱斯纳（Helmuth Plessner）那里被提炼成清晰的历史论断：德意志民族是一个"迟到的民族"。

三、散漫的游戏

《学习时代》展现了启蒙晚期德语小说艺术的成熟，它具有高度自我指涉的文学表意方式。这部小说本身宛如一个多棱镜，折射出启蒙时代历史话语的不同面相，但又不聚焦于某一个层面，不给出固定的意义教旨；文本以这种对确定性的拒绝立场参与着教育话语的讨论、参与对这一时期时间经验与历史意识的表达。这种奇特的表达效果归功于歌德反讽的创作手法。

反讽使得各种彼此矛盾抵触的元素相互作用，在小说中达到一种奇妙的综合，使得小说叙事自身成为一场游戏。鉴于反讽的存在，断言小说主人公达到了修养或未达成修养并不应是探讨的目标。用德国当代哲学家、著名的传记作家吕迪格尔·萨弗兰斯基的话来说，从小说结尾来看，威廉其实除了游戏，其他什么也没干。虽然他在小说最后一部时克服了对戏剧演出的倾慕，但显然还没克服本性中的游戏特点，[1]因为正是在小说最后一部第七章中，威廉依然对自己的儿子说出"让我们在世界上四处漫游，尽兴地无目的地游戏吧（laß uns in der Welt zwecklos spielen, so gut wir können!）"（541）。[2]即便在小说尾声了，主人公对于生命道路目的性的质疑以及对不断寻找的进程的质疑仍溢于言表：

---

〔1〕 参见［德］吕迪格尔·萨弗兰斯基：《歌德——生命的杰作》，卫茂平译，生活·读书·新知三联书店2019年版，第433页。

〔2〕 译文有改动。

"恐怖的是总在寻找，更为恐怖的是，找到了却必须离开。……难道生活仅像一个直线跑道，人们跑道一端立刻就得反身转回吗？难道善或至美仅像一个固定不变的标杆立在那里，当人们骑着快马以为达到时便必须同样迅速地离开它吗？相反，每个追求人间幸福的人都能在世界各国或干脆在市场和年市上把它们弄到手。"（540）〔1〕叙事借主人公之口最终再次让随意性、偶然性的东西向线性、必然性发起抗衡。

　　所以，小说文本呈现的并非一个封闭、确定的结果，而是一个现代主体不断修养和生成的过程，侧重一种尝试的过程性、时间性，这个时间性中，充满了失败的危险，也有前进的期待，这个过程是冒险实验，是生命的游戏。小说具有一种媒介性和自我指涉的独立性，它在叙述和建构威廉的这场人生游戏过程中，也展开着自身在叙事层面的游戏，它吸收、处理、转换、戏仿着历史话语，从而呈现出众多可能的"趋势"和迹象，而非结晶固化的定论。小说对那些历史话语和时代声音的吸纳、杂糅与变形反过来又将它们置于反思的视域之中。文本这种高度自我指涉的特性在歌德那里对应着他所谓的"诗意的情绪"。小说发表两年后，歌德曾坦言，他像梦游人般写下这部小作，一如他其他的作品。〔2〕实际上，歌德并不知晓自己该如何结束《学习时代》，已经决定的仅仅是，威廉不会像在《戏剧使命》中那样成功结束。几乎与《学习时代》同时的《审美教育书简》所强调的艺术与游戏的关系让歌德得到启发，他将这一美学理念视为"对诗意的散漫的许

---

〔1〕　译文有改动。

〔2〕　转引自〔德〕吕迪格尔·萨弗兰斯基：《歌德——生命的杰作》，卫茂平译，生活·读书·新知三联书店 2019 年版，第 432 页。

可"，而"这种散漫与小说的情节进展相互游戏"[1]。面对席勒在 1795 年小说前两卷出版时曾提出的问题——威廉在《学习时代》中该导向何种高超技能？歌德无法回答，他不时自问，是否必须结束这部小说，或者让小说没有真正结尾。[2]这种创作上的犹豫和停滞，一方面显示出对人的（理想主义）构想所遭遇的真实挑战，另一方面也恰好促成了小说自身的游戏特性，造成了小说情节不断被"悬置"的艺术效果，文本内外各个层面表现出来的迟滞性，或许足以指向某种更为深刻隐秘的精神内涵。

---

〔1〕 ［德］吕迪格尔·萨弗兰斯基：《歌德——生命的杰作》，卫茂平译，生活·读书·新知三联书店 2019 年版，第 433 页。

〔2〕 参见 ［德］吕迪格尔·萨弗兰斯基：《歌德——生命的杰作》，卫茂平译，生活·读书·新知三联书店 2019 年版，第 432、435 页。

第三章　突然性

　　《智利地震》是克莱斯特发表于 1807 年的中篇小说（Novelle）。Novelle 来自意大利语 novella，意为新鲜事（Neuigkeit），作为独立的文学体裁的 Novelle 诞生于意大利文艺复兴时期，以散文叙述非同寻常的、新的事件（ungewöhnliches, neues Ereignis），篇幅常常较小。[1]中文多译为中篇小说，它对"新"的追求与"奇"往往齐头并进，使这种体裁常常表现出叙事形式在节奏上的紧促，情节矛盾之高点更常以加速的方式发生并急转直下。从文化史来看，这种叙述方式的紧凑节奏与新奇效果是应"新时代"而生，本身就折射出时间感知的深层变迁。中篇小说的概念在德国传播和接受的时间较为晚近，直到 18 世纪下半叶，德语词典里才开始出现 Novelle 这个词；真正的中篇小说创作和理论讨论则始于 18 世纪末的早期浪漫派时期。[2]克莱斯特的中篇小说（Novelle）创作是德语中篇小说史上的高峰，他的独特之处在于将中篇小说的问题视域扩展到形而上的领域中，而在他之前的中篇小说主题往往只是停留在社会框架内。[3]形而上的问题视野使得克莱斯特的文学与 18 世纪末的启蒙思想之间存在着深入的

〔1〕　参见 Benno von Wiese, *Novelle*, 8. Aufl. , Stuttgart 1982, S. 1.
〔2〕　参见 Benno von Wiese, *Novelle*, 8. Aufl. , Stuttgart 1982, S. 1f.
〔3〕　参见 Benno von Wiese, *Novelle*, 8. Aufl. , Stuttgart 1982, S. 4.

对话。

克莱斯特是一个善于表现悖论与戏剧性的作家，他留下的叙事作品是八篇中篇小说，某种意义上，中篇小说体裁对于强烈戏剧性事件的展现，与他擅长的戏剧创作有着相通之处。以往克莱斯特研究中的主题有语言问题、情感、身份危机，克莱斯特与卢梭、与莎士比亚的关系、乌托邦、暴力等。[1]作品所表现出的对不同问题层面之关切，实际上共同生发于克莱斯特作品对所处时代的体知与领悟，共同生发于一种偶然性的历史意识。这种意识尚未形成那种明确的、系统的理论反思，而是在生命体认与预感之中。对这种感受，克莱斯特在书信里的记录，流露出犹豫不定的试探与慨叹；真正浓墨重彩的表现，还是在他的文学创作中。德国克莱斯特研究者君特·布兰姆贝格（Günter Blamberger）对此总结道，克莱斯特在浓缩的中篇小说模式里重演了现实中的状况，也就是文化史的、社会史的、生命史的联结被"闻所未闻的事件"所打断。[2]

克莱斯特的中篇小说可谓是启蒙晚期德语文学对偶然性书写的典型代表。有研究者主张，偶然在克莱斯特创作中占据着中心的位置。[3]它与失序、暴力、正义等问题彼此关联，呈现了"另类"可能性，从而颠覆了既有概念、权力体系、秩序、意义的真实性与确定性。也有观点将克氏的中篇小说理解为一种拯救性的尝试，认为克氏的中篇小说是实验，以确定在多大程度上，非连

〔1〕 参见 Karl Heinz Bohrer, "Wie plötzliche ist Kleist?", in: Hans Ulrich Gumbrecht u. a. (Hg.), *Kleist revisited*, München 2014, S. 47–61, hier S. 47.

〔2〕 参见 Günter Blamberger, "Der Findling", in: Ingo Breuer (Hg.), *Kleist-Handbuch. Leben-Werk-Wirkung*, Stuttgart 2009, S. 133–136, hier S. 133.

〔3〕 参见 Peter Schnyder, "Zufall", in: Ingo Breuer (Hg.), *Kleist-Handbuch. Leben-Werk-Wirkung*, Stuttgart 2009, S. 379–382, hier S. 379.

续性得以再转入为连续性之中。[1]无论是强调克莱斯特小说表现
了断裂与颠覆性的生存经验，还是强调它们作为拯救性的试验，
这些结论的差异只是理解的角度不同，最终都无法绕过一个客观
现象，即克莱斯特的叙事中，偶然性是一个重要主题。克莱斯特
作品中，偶然性不仅体现在故事层面，小说世界的秩序丧失了建
构意义之功能，也表现在克莱斯特风格化的典型叙事话语中，他
常用到"（碰巧）发生"（es traf sich）这个表达，[2]这一德语表
达着重强调某一时刻两个界面的相遇而产生的一种巧合性。在释
义上，它对应着拉丁语中的"contingere"一词（Kontingenz 由该
动词派生而来）。contingere 在拉丁语中表示事件发生"es trifft
sich""es tritt der Fall ein""es ereignet sich"。[3]Kontingenz 在克
莱斯特作品中体现在事件发生时的突然性、骤然性、无法预测
性，这样的时刻，文本中世界的一切人与物像是被一股强气流搅
扰的尘埃般陡然惊起，"悬而未决"地飘于半空中，读者需要凝
神屏息地等待其最后出人意料的落幕，就像等待尘埃再次落定。
从总体框架上看，克莱斯特作品往往演示偶然性侵入和打乱秩序
系统后，一种新的秩序平衡如何再次重新达成的过程。Kontingenz
体现在偶然事件（Zufall）上，离奇、闻所未闻的新事件（物）
必须以如此令人震惊的强度和效果在故事中登场，故事中的世界
往往因为这种突然的撞击而出现天翻地覆的改变。当然，Zufall
这个词本身也已出现在克莱斯特的叙事语言中，但有研究者指出

---

〔1〕　参见 Günter Blamberger, "Der Findling", in: Ingo Breuer (Hg.), *Kleist-Hand-buch. Leben-Werk-Wirkung*, Stuttgart 2009, S. 133 – 136, hier S. 133.

〔2〕　参见 Peter Schnyder, "Zufall", in: Ingo Breuer (Hg.), *Kleist-Handbuch. Leben-Werk-Wirkung*, Stuttgart 2009, S. 379 – 382, hier S. 379.

〔3〕　参见 Franz Joseph Wetz, "Die Begriffe 'Zufall' und 'Kontigenz'", in: Gerhard v. Graevenitz u. Odo Marquard (Hg.), *Kontingenz*, München 1998, S. 27 – 34, hier S. 27.

彼时该词的含义并非与今天完全重合，比如 Zufall 在《米夏埃尔·科尔哈斯》中也有"无力"（Ohnmacht）、"疾病突发"（Anfall）的意思；再如《洛迦诺的女丐》开篇段落中 zufällig 一词的歧义性引发了阐释的争议。[1]尽管如此，不可否认的是，Zufall 一词在克莱斯特的时代已经具备了今天的含义，就是指出乎意料的事件。这一含义在克莱斯特的书信中显露无遗。而且，他对关于偶然性的生命经验的表达方式不止于用 Zufall 一个词，而是搭建了丰富的语义网。《智利地震》作为克氏偶然性书写的名篇，更是产生了精彩纷呈的话语、句法乃至精巧的总体结构，某种意义上创造了一种新的诗学表达范式。

本书对《智利地震》的偶然性表现之观察，首要地将从小说特殊的时间塑型入手。整个小说的核心部分是对特定场景、特定瞬间、特定一刻的定格铺陈和描写，所说的特定时刻是地震发生的瞬间以及小说结局时无序的暴徒对赫罗尼莫（Jeronimo）等人行私刑的时刻，小说叙事的焦点无非就是集中在这些时刻上；这类时刻是以"突然性"的方式横冲直撞闯入小说世界和人物的生命中，对原有时间连续性的破坏，对应着对原有秩序的破坏。《智利地震》将克氏的偶然性诗学推向极致。克莱斯特的诗学集中表达一种不再具有确定性和安全感的生命情感，善与恶、崇高与卑下、道德与堕落彼此交汇，没有了区分，世界的真实面目隐退至迷雾之中。

并非仅仅是意外事件的突然发生打断了人物生命时间感的连贯性，小说中的人物本身就有着某种精神游离的特质，他们仿佛

〔1〕 参见 Peter Schnyder, "Zufall", in: Ingo Breuer (Hg.), *Kleist-Handbuch. Leben-Werk-Wirkung*, Stuttgart 2009, S. 379 – 382, hier S. 380.

是自我历史不连贯的人，是具有不同状态的人，而这些状态似乎彼此不相干，换言之，他们仅有状态性，而没有内在连续性和目的，更谈不上发展。我们无从在克莱斯特小说中看到教化或修养这样的主题，因为所有的意义可能只是一抹暂时的云雾，随时会变幻、消散。克莱斯特的作品诉说的是生命无法排解的另一种晦暗面相。

一、"突然性"、惊恐以及法国大革命的时代情绪

偶然性是以"突然"的模态闯入《智利地震》的故事世界中的，在叙事话语层面，plötzlich、es traf sich 等词汇往往直接标识着这个瞬间。与《学习时代》相比，同样是对偶然性的表现，克莱斯特的文学书写具有更尖锐的现代性品格，它把叙事的焦点缩微至断裂发生的时刻，这种对于细微时刻的放大预演了现代人日渐敏感的神经与感知模式。这一点与歌德在《学习时代》中对偶然性表现的着力点极为不同，歌德笔下的偶然性仍被放置于一个实存的整体之意义框架中去呈现。在《智利地震》中，偶然性决定着故事的架构、人物的感知特征以及整个小说以"突然性"为标志的时间塑型。

德国文学批评家卡尔·海因茨·波勒（Karl Heinz Bohrer）于 2014 年发表的《克莱斯特有多突然?》（"Wie plötzlich ist Kleist"）[1]一文以"突然性"作为克氏的诗学思想的核心，这篇文章实际融汇了波勒多年的现代性美学研究的观点，他早在 20 世纪 80 年代就系统地阐发了"突然性"作为现代性审美时间之理据。且自 20

---

[1]　参见 Karl Heinz Bohrer, "Wie plötzliche ist Kleist?", in: Hans Ulrich Gumbrecht u. a. (Hg.), *Kleist revisited*, München 2014, S. 47–61.

世纪80年代以来，他对现代性文学中美学时间的研究在德国文学批评领域产生持续影响。他致力于观察文学内部所特有的美学时间，力主观察美学时间时应当摆脱历史哲学掣肘，进而从文学文本的语义学中建立一种独立的美学时间。波勒1994年出版的讲演文集《绝对现在时——美学时间的语义学》（*Das absolute Präsens. Die Semantik der ästhetischen Zeit*）前言强调，美学理论必须坚持同传统的艺术哲学之普世概念性划清界限，美学时间不是形而上学所设定的历史时间；美学时间内部的"事件"（Ereignis）的所指并不是现实时间（Realzeit）的事件。[1]波勒主张关注文学语言的自我指涉，淡化对文学文本之外的关注。

诚然，不可否认，现代性文学经过流变与发展，客观上确实逐渐形成了文学特有的时间表达形态和时间意识，但实际上，若要理解和把握这种独特的美学时间，则无法脱离作品的历史语境，亦无法脱离作品生长于斯的同时性、历时性历史时间形态。美学时间的独立性，起源于且标志着现代性文学的反思性和反抗性，而这种反对的张力，源于与之对峙的现实。波勒的论断在无形中仍以作为前知识的历史意识为前提，他的基本论点是，突然性与惊恐作为想象形态（Imaginationsfigur）逐渐占据了现代性文学与艺术的核心位置；他甚至借用了科泽莱克历史学的现代性观察指出，在向着20世纪迈进的现代性进程中，政治—社会事件的"时间化特征"（也就是相应进程与经验的明显缩短、加快）

〔1〕 Karl Heinz Bohrer, *Das absolute Präsens. Die Semantik ästhetischer Zeit*, Frankfurt am Main 1994, S. 7.

直接促成了现代性文学想象中"突然性"和"惊恐"的出现。[1]

　　尽管波勒的研究出发点与具体实践之间不乏抵牾之处，但他的观察依然具有启示意义。他将现代性文学中的"瞬间"与"突然性"做了系统地发掘梳理，揭示了二者的联系，"突然性"被纳入了观察时间感知的范畴。在文学语义学上，"惊恐"（Schrecken）这一情感成为现代性文学中"突然性"时间模式的载体，波勒试图用一个等式来表示这种关系：现代性的时间经验＝对惊恐的想象。不过，对惊恐的表现不是现代性文学中才出现的独特现象，而甚至是文学中普遍性的古老母题，波勒也看到了这一点。他的观点是，在古希腊悲剧中已然有惊恐这一主题，但直到克尔凯郭尔和尼采那里，惊恐才作为美学现象被讨论；在此之前，哲学意义上对古希腊悲剧的研讨所关心的是惊恐的解决（die Auflösung）、通过意义的建立达成和解，而非关心惊恐本身，这样就忽视了悲剧的美学形式性；由此，"突然出现的惊恐"或许就不仅为现代性文学所独有，抑或所说的现代性，只是远古经验的某种重现。[2]因而，对波勒来说，公元前5世纪雅典时期的悲剧、1600年前后的文艺复兴晚期艺术作品（以卡拉瓦乔的《美杜莎》为代表）、1900年前后的现代性文学作品各自在美学上对惊恐的表现，都是相似的。[3]但同时，波勒的论述过程中又隐约想

---

〔1〕　参见 Karl Heinz Bohrer, "Erscheinungsschrecken und Erwartungsangst. Die griechische Tragödie als moderne Epiphanie", in: ders., *Das absolute Präsens. Die Semantik ästhetischer Zeit*, Frankfurt am Main 1994, S. 32 – 62, hier S. 34.

〔2〕　参见 Karl Heinz Bohrer, "Erscheinungsschrecken und Erwartungsangst. Die griechische Tragödie als moderne Epiphanie", in: ders., *Das absolute Präsens. Die Semantik ästhetischer Zeit*, Frankfurt am Main 1994, S. 32 – 62, hier S. 34ff.

〔3〕　参见 Karl Heinz Bohrer, "Erscheinungsschrecken und Erwartungsangst. Die griechische Tragödie als moderne Epiphanie", in: ders., *Das absolute Präsens. Die Semantik ästhetischer Zeit*, Frankfurt am Main 1994, S. 32 – 62, hier S. 62.

找到现代性思维所孕育出的"惊恐"美学自身之独特性。可惜这种意图在他的论证中并不明确。他间或提到，现代性文学中的感知与思考是"引发惊恐"（erschrecked）的感知与思考，现代性时间经验"突然性"也从中发挥作用，这种突然性与宗教世界观统摄下的想象有很大区别。[1]

　　现代性文学中"惊恐"的独特性确实有证可循，"美学史"中的"惊恐"绝非完全千篇一律。19世纪中叶以来的理论反思中明确出现了关于现代性恐惧本质的诊断，以克尔凯郭尔的思考为代表：恐惧（Angst）成为现代性自我反思行为的核心。惊恐可谓现代性的深刻感知模式，及至发展到波德莱尔、本雅明和伍尔夫那里的"震惊"（Schock）。[2]现代性文学叙事方式和策略自身不可避免地被一种日益强烈的反思潮流所裹挟，这大概是它最大的独特性，也造就了现代性文学中惊恐美学的独特性。早在18世纪晚期歌德游历意大利的年代，他就在1787年5月17日的信中向赫尔德发出感慨，认为古希腊人的"描写和譬喻充满诗意、但却极为自然，其纯洁性与内心性令人畏惧。……他们表现存在（Existenz），而我们常常表现效果（Effekt）；他们描述令人胆战心惊的东西，而我们胆战心惊地在描述；他们描述令人舒适的东西，而我们舒适地在描述"[3]。

　　从思想和文化转型的宏观视角看，文学对惊恐的表现，在大

---

〔1〕　参见 Karl Heinz Bohrer, "Erscheinungsschrecken und Erwartungsangst. Die griechische Tragödie als moderne Epiphanie", in: ders., *Das absolute Präsens. Die Semantik ästhetischer Zeit*, Frankfurt am Main 1994, S. 32 - 62, hier S. 38.

〔2〕　参见 Karl Heinz Bohrer, "Erscheinungsschrecken und Erwartungsangst. Die griechische Tragödie als moderne Epiphanie", in: ders., *Das absolute Präsens. Die Semantik ästhetischer Zeit*, Frankfurt am Main 1994, S. 32 - 62, hier S. 60.

〔3〕　Johann Wolfgang Goethe, *Italienische Reise*, Berlin 2011, S. 345.

类上归于恶美学（Ästhetik des Bösen）之中。恶美学的兴起与偶然性美学具有共同的历史根基，事实上，对恶或偶然性的关切是西方世俗化过程中思想史上一体两面的现象。德国日耳曼学者彼得-安德烈·阿尔特（Peter-André Alt）在 2010 年出版的专著《恶美学》（Ästhetik des Bösen）中概括指出，恶美学是现代性的产物；阿尔特所描述的现代性始于早期浪漫派时期，以自我反思和形式结构上的自我评论为标志，其众多主导概念具有多义性的意识（Bewusstsein der Vieldeutigkeit）。[1]换言之，现代性状况下，自我反思、自我分裂成为思想意识的基本状况；而多义性无疑是对必然性和确定性的逃逸，带来意义的不确定性和现实的不稳定性，滋长"其他"可能性。很明显，恶美学的诞生条件，也同样孕育着偶然性历史意识的诞生。

阿尔特的恶美学研究继受了波勒20世纪80年代的研究成果，他借用波勒的话指出，恶美学实施了对文学想象及其所产生想象对象的重新组织架构，恶的文学想象是自然（或人天性中）崇高或恶的特点之展示现场，是无涉道德的独立性的媒介，是打破禁忌（Tabuverletzung）的展演台。[2]从 18 世纪末开始，一种独立的恶美学开始划定自己的阵地。这标志着艺术在 1800 年前后开始尝试摆脱宗教、道德、法律等规范的束缚获得独立性。[3]善与恶的二元对立界限开始变得模糊，尤其在文学场域中，想象力的释放和自主建构行动使意义的可能性边界得到极大拓展。文学恶

---

[1] Peter-André Alt, *Ästhetik des Bösen*, München 2012, S. 12.

[2] 转引自 Karl Heinz Bohrer, "Das Böse – eine ästhetische Kategorie?", in: *Imaginationen des Bösen. Zur Begründung einer ästhetischen Kategorie*, München 2004, S. 9 – 32, hier S. 29.

[3] Peter-André Alt, *Ästhetik des Bösen*, München 2012, S. 12.

趣味的诞生有两个较大的历史语境因素，一是 18 世纪中叶起，神正论遭受到普遍质疑；二是新的自然哲学、人类学以及各门科学的兴起。

恶在神正论体系内曾是善的附庸，恶不是必然的、是偶然的；尽管如此，恶是上帝所创造世界的合理部分；而最终，神正论的解体导致恶作为独立的现象脱落出来。由于不再被理解成上帝创造的合理存在，而仅仅是作为破坏性的因素，恶的存在突破了传统神学的解释框架，因此，人对恶的理解需要找到新的方向。恶美学将目光投向传统神学解释框架下被遮蔽的"其他可能性"，与之相应地，文学书写中越来越多地关切世界乃至人内心的阴暗面。这样，在基督教神学的世界观衰落之后，文学成为媒介，在理性的解释模式之外描绘充满威胁的复杂性、魔力的优势地位（dämonische Überlegenheit）、令人不安的陌异性（die verunsicherte Fremdheit）和恶的引诱力（Verführungskraft des Bösen）。[1]在此过程中，想象力一跃成为塑造恶的重要手段，原因是魔鬼这一外在形象在与启蒙理性的对弈中节节败退；以魔鬼来表现恶的传统话语在被驱魅之后已失去了观念上的基础，因而无以为继。[2]在此背景下，文学对恶的塑造无疑是在开拓新的认识，这种新的可能也与该时期文学想象概念的拓展密不可分。阿尔特指出，1800 年前后，文学想象力生产出一种知识，这种文学的知识把文学的美学自治进程建立在道德目的之外；文学获得自治的过程引起了"现实"这一概念的多元化发展倾向，经过文学想象

---

〔1〕 Peter-André Alt, *Ästhetik des Bösen*, München 2012, S. 19.
〔2〕 参见 Peter-André Alt, *Ästhetik des Bösen*, München 2012, S. 13f.

的散射，"现实"呈现出诸多不同的可能性。[1]文学想象中恶的形塑就是文学对偶然性历史意识的具体书写实践。启蒙文学中的恶、偶然性历史意识、文学自治、想象力概念的拓展、"现实"概念的多元化等各个因素彼此牵动、紧密关联，共同统摄于世俗化进程语境下的关系星座之中。因此，理解其中任何一个因素，必然要放置于这个关系网中才有可能。阿尔特也指出了恶美学诞生的历史和文化条件，即恶的文学想象在现代性文化框架下发展出多样的结构和类型，正是现代性框架为美学模式的自我反思创造了可能性；从历史层面看，恶在文学想象的世界中舒枝展叶，始于"恶"的概念从传统基督教形而上学的脱离；从系统层面看，恶美学从结构到类型的多样性是文学创造与文化共同作用的结果，是一个把自然哲学、人类学、心理学规定融入诗学虚构的调合过程（Annährungsprozeß）。[2]

纵览 1800 年前后的诸多文学作品（不管是浪漫派还是克莱斯特、让·保尔、歌德、席勒的作品），我们不难发现一个显著现象，即文学与该时期新生的科学知识之间发生的密切互动，这种互动支撑且丰富了文学对恶的认识和描摹，在这个意义上，阿尔特认为，文学对恶的反思可被看成一种转换加工行动的产物（Produkt der Übertragungsleistung），[3]换言之，文学在此时知识秩序中承担起汇集、综合各领域话语和知识发现的媒介功能，并且，文学通过对知识的重新组织、编排和反思，孕育出新的意义维度。另一方面，启蒙文学对恶的表达越细致入微，则它对以人

---

[1]　参见 Peter-André Alt, *Ästhetik des Bösen*, München 2012, S. 15.

[2]　参见 Peter-André Alt, *Ästhetik des Bösen*, München 2012, S. 13.

[3]　Peter-André Alt, *Ästhetik des Bösen*, München 2012, S. 12.

内心世界为研究对象的各门科学的重要性也就越大,[1]为各门科学的观察思考提供了开放性的启示。

在重新审视、重新表达和规定"恶"的现象,探索建立关于"恶"的新认识的一系列工程中,"恶"越来越从既往以魔鬼为明确标志的现象转变为关于人内心世界的、内隐的、充满不确定性和模糊性的叙事。阿尔特的观察是,恶的现代性历史是其重心逐渐转为心理学的历史;借助心理学,神话人物和神话概念的旧有阵地被重新赋予意义和使用起来。[2]浪漫派时代的作家如蒂克、霍夫曼(E. T. A. Hoffmann)乃至克莱斯特等人的作品中,"恶"失去了外在特征(externe Attribute),"恶"已不再是外显的(äußerlich erkennbar),而是借助心理层面的复杂性获得了一种新的危险性、新的深层结构(neue Tiefenstrukturen)。[3]

恐惧情感辩证地牵连着人的另一种潜在品质:勇敢。在启蒙时代关于恐惧的理论话语中,我们约略可以把勇敢这种不精确的说法转为对应当时的"崇高"这一概念。启蒙对于"崇高"的理论探讨,内嵌在恶美学与偶然性美学崛起的大的思想语境中。从较早的爱尔兰哲学家埃德蒙·伯克(Edmund Burke),至德意志的康德,再到席勒,都对"崇高"进行了概念界定和讨论。人在面对自身在物理世界中的无力与渺小时,如何得以自持,是这些哲学家的出发点。崇高首先是人的一种情感,这种情感最为典型的标志是一种二元性的内在张力,也就是从不快中产生愉悦感,不过这种愉悦感并非轻松、甜美的,而是一种巨大的冲击震撼。

〔1〕 Peter-André Alt, *Ästhetik des Bösen*, München 2012, S. 16.

〔2〕 Peter-André Alt, *Ästhetik des Bösen*, München 2012, S. 12.

〔3〕 参见 Peter-André Alt, *Ästhetik des Bösen*, München 2012, S. 12.

引发崇高感的对象是可怕的（furchtbar）、恐怖的（schrecklich）、大的（groß）。崇高感是人所独有的特质，是一种具有反思特性的情感。这种反思性的根基在于，人在外在自然伟力的压迫中、在面临物理世界的绝境时，可以转而向内求诸自己的理性本质（Vernunftwesen），这种理性本质在康德和席勒看来不属于外在自然，不受自然的牵制，最终保证了人的主体性和独立性；席勒也称理性本质为"道德的安全"（moralische Sicherheit）。

伯克在《对崇高与美两种观念之根源的哲学探讨》（1757）中这样谈崇高：

> 凡是能以某种方式适宜于引起痛苦和危险的观念的事物，即凡是能以某种方式令人恐怖的，或者与恐怖的对象有关的，或是以类似恐怖的方式发挥作用的事物，就是崇高的来源。也就是说，它使人产生心灵能够感觉到的最强烈得情感。我说是最强烈的情感，因为我相信痛苦的观念比那些与快感有关的观念强烈得多。……如果危险或痛苦离我们太近，太紧迫，那它单纯地使我们感到可怕，不能引起欢愉之情。但是如果与我们相隔一定距离，并且加上些变化，正如我们每天都能体验到的那样，危险和痛苦也可以是令人欢愉的。[1]

产生崇高感的先在条件是人应与危险或痛苦保持一定距离，康德和席勒也一再强调这一点。这侧面说明人身上自我持存的必然性枷锁。但崇高理论的目的在于指出，人如何安放、消化畏惧的情感，最终决定了人的高度和尊严。

克莱斯特的《智利地震》为 18 世纪关于崇高的理论话语贡

---

〔1〕 ［英］埃德蒙·伯克："对崇高与美两种观念之根源的哲学探讨"，载陈志瑞、石斌编：《埃德蒙·伯克读本》，中央编译出版社 2006 年版，第 10 页。

献了文学性的讨论。德国学者伯恩纳德·格莱纳（Bernard Grein-
er）对《智利地震》中"崇高"主题的解读中指出，小说中有两
种"崇高"发生错位和混淆。一种是赫罗尼莫与约瑟菲（Jo-
sephe）地震后在山谷中所经历的那种精神振奋，这种崇高感促使
他们决定留下，并使他们满怀感恩地跟随队伍回到城中教堂参加
礼拜仪式，最后在暴民的棍棒下自我献祭。另一种崇高更多地与
康德所言的"迷信"（Superstition）相关，格莱纳称之为错误的、
假的崇高感，是指布道者将上帝描画为严厉的惩罚者，群氓在这
幅严厉图像面前产生畏惧。[1]

　　惊恐之物或事件的出现，是一次"发生""显现"的过程，
它打破已有经验的连续性、同一性。1800 年前后的文学中，克莱
斯特作品对世界所潜伏的可能的陌生能量之表达最为夸张，因而
也最具典型性。他以冷静的笔触将他时代生存中莫名的危机感与
陌生感凝聚在一种紧张、急促的叙事节奏中，形成一种强大势
能，这些能量积蓄已久之后便在一个不为人知的瞬间，化作恶毒
的火焰顷刻喷薄而出。同样是面对恐惧、惊恐，克莱斯特甚至远
比他后辈的作家要走得极端，或许后继者毕竟不是文化震荡的冲
击波的首当其冲者，而克莱斯特是；他处在历史劲风最为猛烈的
隘口，属于那些最先被虚无主义浪潮所击倒的敏感心灵之列。他
的作品中，惊恐甚至超出了人物身体感官所能表达的限度，读者
常看到的是人物身体或无声、或羸弱、或歇斯底里的反应：瞬间
惨白的脸色、犹疑的眼神、失去意识、陷入无力及至疯狂。人物

---

　　[1] 参见 Bernard Greiner, "Das Erdbeben in Chili. Der Zufall als Problem des Erzählens", in: ders., *Kleists Dramen und Erzählungen. Experimente zum Fall der Kunst*, Tügingen/Basel 2000, S. 363 – 383, hier S. 369 – 373.

的理智无法施展，他们的身体则像是一个敏感却也极易超负荷的指示装置，感应着陌生事物向生活世界的涌入。这种涌入的强度是摧毁性、颠覆性的，而"突然性"作为一种时间维度，直接参与构成、标识、展示着人物的危机经验。

在克莱斯特作品中，"突然性"这一美学时间在语义学上也暗含着加速、眩晕的生存体验。灾难性事件的发生像失控的机器，第一张多米诺骨牌倒下的时刻，后续的层层"罪恶"之门便如迅电流光，一经开启，便一发不可遏制，直到作为"牺牲"的祭品如数交纳；一种前所未有的速度感融入了这种突然性之中。克莱斯特惊恐美学中的"突然性"特质，不应该在惊恐美学的一般性框架内大而化之地去理解，因为它本身具有 1800 年前后欧洲社会转折时代的独特美学取向。这种美学取向无法摆脱当时的时代语境去理解。

法国大革命对欧洲精神的影响之深刻，使社会与精神生活的任何领域都无法摆脱与这一启蒙标志性事件的关系。这当然不意味着将法国大革命与作家写作之间建立简单的映射关系。不过，革命行为也是一种时代精神的外化和表达，在这个意义上，启蒙晚期文学的表达与革命的表达从根本上都是共同生发自启蒙晚期同一股时代汹涌大潮之中，只是法国大革命作为历史现实中的一种表达乃至暴力展演，给人的（感官）震撼更为直观猛烈，而时代精神的文学化表达由于经过文字媒介的压缩与编码，需要认知和想象的参与，因而文学所释放的颠覆性力量更为深层和内隐。这种精神性和内隐性在德意志尤为突出。克莱斯特的"突然性"时间塑型演示了当下如何被感知为一种危机状况，演示了危机中的暂停、犹疑、辨别、选择、重启的复杂过程。

作为法国人的近邻，德国人更乐于接纳法国革命释放出的更为深刻的精神层面之能量，而对革命表面的事实发生却敬而远之，德国文学在整个 18 世纪 90 年代明显倒向对历史现实的漠视姿态，魏玛古典主义追求一种超过历史性的普遍永恒的纯粹人性，而稍后的德国浪漫派大抵都潜入所谓"唯心"的理想主义（Idealismus），潜入自我、内心与梦之中；无论哪种取向，他们都在回避着革命的现实问题。弗里德里希·施勒格尔在其杂文《论不可理解性》（"Über die Unverständlichkeit"）中的革命隐喻，体现出德国人对革命的感知与想象更愿意是形式—美学（formal-ästhetisch）层面的，而非内容层面（inhaltlich）的。[1]所以，法国革命对于德国人精神层面的震撼在美学上有着最具象的表达。对此，波勒也指出过，德国早期浪漫派美学与法国大革命之间的相似性在于，二者都是更大意义上文明进程中的变革，只不过，德国早期浪漫派那里没有社会政治实践的内涵，"德国浪漫派是内指性的法国大革命"（Deutsche Romantik sei die nach innen gewandte Französische Revolution），就这一点，施勒格尔和海涅有着一致洞察。[2]德国浪漫派与革命的关系除了表现在隐喻式的模仿中，更多的还是在风格上的启示，浪漫派风格是作为"事件"（Ereignis）而存在的。[3]德语名词 Ercignis 意为不同寻常的、特别的、突然的事件（besonderer, nicht alltäglicher Vorgang, Vorfall），Ereignis 来

---

〔1〕 参见 Karl Heinz Bohrer, "Deutsche Romantik und Französische Revolution. Die ästhetische Abbildbarkeit des historischen Ereignisses", in: ders., *Das absolute Präsens. Die Semantik ästhetischer Zeit*, Frankfurt am Main 1994, S. 8 – 31, hier S. 20.

〔2〕 参见 Karl Heinz Bohrer, "Deutsche Romantik und Französische Revolution. Die ästhetische Abbildbarkeit des historischen Ereignisses", in: ders., *Das absolute Präsens. Die Semantik ästhetischer Zeit*, Frankfurt am Main 1994, S. 8 – 31, hier S. 12.

〔3〕 参见 Karl Heinz Bohrer, "Deutsche Romantik und Französische Revolution. Die ästhetische Abbildbarkeit des historischen Ereignisses", in: ders., *Das absolute Präsens. Die Semantik ästhetischer Zeit*, Frankfurt am Main 1994, S. 8 – 31, hier S. 22.

自于其动词 ereignen，ereignen 意为发生、进行（geschehen，sich zutragen，sich abspielen）。"发生"这一动作过程，意味着从无到有，从不可见到可见，"发生"为"其他的可能"打开了现实之门，新的（因而也是陌生的、不可支配的、无法理解的）经验由之不断涌入人的生活世界和感知视域之中，不断地改变着人的自我理解与生存状态；"发生"本身就是一种不同寻常的状态。因而，作为"事件"的浪漫派艺术风格，从本质上呼吁不断的"发生"，召唤一种新的、不同于旧有状态的、别样的其他可能性。我们不得不一再将此浪漫派之局部现象回置于一个更大的思想史语境中，进而看到，浪漫派风格诉求与法国革命经验植根于同一偶然性历史意识之中。

关于偶然性历史意识在德国浪漫派语言隐喻层面的美学化，人们不仅在文学作品中可以找到很多典型的痕迹，在理论性思辨中也会有不少发现。雷、电、火焰等意象和语汇常常标识着一种潜伏已久的、未知的能量的爆发释放，突然性、颠覆性（革命性）是这些意象传递出的重要经验。施勒格尔《论不可理解性》中回响着他当下时代的雷鸣，就连他为之辩护的《雅典娜神殿》的"不可理解性"都诞生于"讽刺之火（im Feuer der Ironie）"[1]中；未来的时代有希望完成未尽的理解：

> 新的时代作为脚底生风的时代宣告自己到来，朝霞穿上了一日千里的靴子。在诗的地平线上，早就划过闪电；天空中所有的雷雨都挤到一团强大的云中；现在云中传来强大的雷鸣，现在云

---

[1] Friedrich Schlegel, "Über die Unverständlichkeit", in: Ernst Behler (Hg.), *Kritische Friedrich-Schlegel-Ausgabe*, erste Abteilung, kritische Neuausgabe, Bd. 2, München/Paderborn/Wien/Zürich 1967, S. 363 – 373, hier S. 370.

似乎消散，只在远方划过闪电，为了不久后更加令人惊恐的复归：但不久后，却再也没有一丝雷雨迹象，而整个天空都在火焰中燃起，如此，所有的避雷针都将无济于事。之后，19 世纪才真正开启，之后，《雅典娜神殿》的不可理解性也将被解开。[1]

这里，逐渐集聚的能量汇成呼之欲出的暴力，这种超越人的操控范围之伟力被闪电、雷鸣的意象赋予了隐喻：新世纪的诞生犹如电闪雷鸣，疾风骤雨。施勒格尔的隐喻切中了时代精神的内核。"电"（Elektrizität）这一词义的转义借用无疑受到当时新兴的电学知识的启发，浪漫派"电"之隐喻成为启蒙"光"之隐喻的对抗物。[2]自然科学领域中关于电的知识话语，奇妙地与大革命的语境产生了语义上的化合，而在文学化过程中，"电"成了速度、暴力、震撼乃至惊恐等意象的代名词。

在立体的历史语境中去观察克莱斯特的风格，才有可能理解他作品"突然性"语义的复杂性。克莱斯特 1805 年的杂文《论讲话时思想的逐渐形成》（"Über die allmähliche Verfertigung der Gedanken beim Reden"）为我们理解 1800 年前后时代感知中的突然性构建了一种知识关联：电性与偶然性的重合（der Zusammenfall von Eletrischem und Zufälligem）是法国革命的条件，同时也是

---

〔1〕 Friedrich Schlegel, "Über die Unverständlichkeit", in: Ernst Behler (Hg.), *Kritische Friedrich-Schlegel-Ausgabe*, erste Abteilung, kritische Neuausgabe, Bd. 2, München/Paderborn/Wien/Zürich 1967, S. 363 – 373, hier S. 370f.

〔2〕 参见 Karl Heinz Bohrer, "Deutsche Romantik und Französische Revolution. Die ästhetische Abbildbarkeit des historischen Ereignisses", in: ders., *Das absolute Präsens. Die Semantik ästhetischer Zeit*, Frankfurt am Main 1994, S. 8 – 31, hier S. 21.

浪漫派风格的条件。[1]克莱斯特在文中提出的见解颇有解构意味，"并非我们知道，而首先是我们特定的状态知道（Nicht *wir* wissen, es ist allererst ein gewisser *Zustand* unserer, welcher weiß）"。[2]对于"状态"的强调，消弭了人抽象的主体性与普遍的理性规定，而代之以一种无法化约的、充满无尽可能的、不确定的、非连续性的主体生存经验。在克莱斯特这里，人充分表现为"情景的动物"、特定时刻的状态性存在，这种取缔了一般性的思维取向使人想起德国19世纪强盛的历史主义思潮，因此克莱斯特的这种人类学构想颇具近代德国特色。他实际在强调非理性的情感的作用，认为人在讲话时所表达的想法，并非事先能由"精神"（Geist）完全计划好的，而是由具体讲话时刻的"心绪"（Gemüt）决定；这样，如何知道、如何达到认识，这一过程无法由我们的理性提前规定，而完全取决于场景、取决于非理性的"心绪"—情感的某种综合性、取决于特定的时刻。因而，就"人的认识是如何可能的"这一问题，克莱斯特给出了与康德完全不同的答案。克莱斯特所看到的达成认识之条件是现场—相遇—身体—情感—具体的时刻，是人与周围环境的相互作用力中产生的即时即刻之状态，这就越过了康德关于人的理性的静态设定。就人作为瞬间中的状态性存在而言，克莱斯特的现代性立场让人不由联想到一个世纪之后的恩斯特·马赫（Ernst Mach），后者的心理学把人理解成不外乎是感觉的综合。克莱斯特对片刻、瞬间的

---

〔1〕　参见 Karl Heinz Bohrer, "Deutsche Romantik und Französische Revolution. Die ästhetische Abbildbarkeit des historischen Ereignisses", in: ders. , *Das absolute Präsens. Die Semantik ästhetischer Zeit*, Frankfurt am Main, 1994, S. 8 – 31, hier S. 22.

〔2〕　Heinrich von Kleist, "Über die allmähliche Verfertigung der Gedanken beim Reden", in: ders. , *Sämtliche Werke und Briefe*, hg. v. Helmut Sembdner, München 2013, S. 319 – 324, hier S. 323.

关注，对即刻的神经反应之放大，距离约一个世纪后的现代派文学格调仅一步之遥了。"对于讲话的人来说，兴奋点的神奇源头是他面对的人的面孔；且如果他人的目光预告我们仅表达了一半的想法已被理解时，这目光常赠与我们另一半表达。"[1]克莱斯特把人的认识之达成交付给人与他人、与世界彼此遭遇、彼此接近的时刻；如此，若我们回想 Kontingenz 一词"彼此接近"之本义，便不禁看到克莱斯特所言的认识方式与偶然性之间的本质关联。如果他人的脸孔决定了人自己的样子，他人的目光决定人自我的表达，在这个意义上，克莱斯特在启蒙的时代就已经在解构人的稳定性内核，解构理性自决的主体。

随之，克莱斯特对人的理解中，暗藏着一种奇特的时间感和时间向度。这种时间感在他的文学创作中有着令人印象深刻的表现。尤其是他的中篇小说，其中的人物可谓没有历史的人，换言之，读者无法了解这些人物的本质特性是什么，他们生命中的未来与过去没有本质的连续性，他们只是当下时刻的某个状态中的存在者，他们生命视域的能见度只局限在一个又一个的单一时刻之内。无论叙事者的叙事立场多么客观冷峻，小说的人物们对读者来说，都蒙着一层诡异的面纱，令人无法捉摸，无法透视；而小说中的人们本身则更是面对着他们生活世界的层层迷雾。

心绪行动（Gemütsakte）与思想及其语言输出相协调，"语言不是枷锁，不是精神之轮的刹车装置，而是像其轴承上平行地向

---

〔1〕 Heinrich von Kleist, "Über die allmähliche Verfertigung der Gedanken beim Reden", in: ders., *Sämtliche Werke und Briefe*, hg. v. Helmut Sembdner, München 2013, S. 319 – 324, hier S. 320.

前转的第二个轮子"。[1]如此，思想—语言的关系处于不确定的变动之中，而非固定的所指—能指框架。开启讲话的时刻，等于开启了一场新意义的探险，就是一次新的"发生"创造——"事件"；思想的形成依赖于"心绪"在一个又一个不同时刻的拾获、发现，这些拾获可能如此令人出乎意料，以至于常常超出既有语言表达的存量，使表达进入困境，逼迫语言寻找新的能指方式。在此，克莱斯特触及到了与偶然性相关的感知经验进入语言层面时遭遇的阻力：

> 如果一个想法被表达得混乱，则绝不能断定，对这个想法的思考也是混乱的；相反很有可能的是，被表达得最混乱的想法，恰恰是被思考得最清楚的。在聚会上，活跃的交谈持续滋长着每个人的心绪和思考，经常有那种人，他们平时一般很内敛，因为他们觉得自己无法掌控语言，而此时却突然一跃而起，开口讲话，说出些让人不解的东西。是的，当这时所有人的注意力都落到他们身上时，他们似乎试图通过尴尬的肢体动作暗示，自己再也不知道刚才想说什么。很可能，这些人思考得很对，也很清晰。但是，突然的转换，也就是精神从思考转变为表达，则把精神的全部兴奋又打压了下去，而兴奋对于记住和产生想法是必要的。[2]

克莱斯特对语言表达的混乱无序似乎有着极大兴趣，在《论讲话时思想的逐渐形成》一文中更是给出了几近声援和同情的理

---

〔1〕 参见 Heinrich von Kleist, "Über die allmähliche Verfertigung der Gedanken beim Reden", in: ders., *Sämtliche Werke und Briefe*, hg. v. Helmut Sembdner, München 2013, S. 319 – 324, hier S. 322.

〔2〕 Heinrich von Kleist, "Über die allmähliche Verfertigung der Gedanken beim Reden", in: ders., *Sämtliche Werke und Briefe*, hg. v. Helmut Sembdner, München 2013, S. 319 – 324, hier S. 323.

由。他是否有为自己本身口吃的倾向找到正面解释的嫌疑，这一点并不重要。我们关心的是克莱斯特视野中极具张力的两极性和悖论性，《论讲话时思想的逐渐形成》十分有趣的一个观点可以总结为：最混乱的语言，往往潜藏着最清晰的认识。克莱斯特思想中的两极性而产生的悖论性、极端化倾向，也在他文学创作中有着耐人寻味的表达。克莱斯特指出的语言表达与认识之间的悖论与脱节，反映出他对于语言和理性精神的质疑。在他眼中，思考与语言的关系不大，反而语言的成规与僵化抑制了人的精神之活跃性与灵动性，阻碍了思考与认识。

在上段引文中，克莱斯特还援用了当时知识话语中的电性。电的现象在克莱斯特时代是科学中的"显学"，它是人们日常谈话的内容，在公众认知中的影响力正如今天的计算机技术一样。[1] 1800 年前后，电学定律在实验物理学（Experimental-Physik）的所有教科书中都已赫然在列，克莱斯特本人对其表现出浓厚兴趣。甚至，他在（奥德河畔的）法兰克福（Frankfurt an der O-der）读大学时曾一度有以科学为职业的人生规划，后来却随着思想危机（所谓的 Kant-Krise）的最终爆发而中途放弃学业；即便如此，他终其一生对科学都十分着迷，科学为他的写作生涯提供了知识和观点的储备库，他的信件、杂文、文学作品与之有着盘根错节的细密联系。[2]克莱斯特在生命最后两年所创办的《柏林晚报》（Berliner Abendblätter）上也依然流露出他对科学问题的浓厚趣味，报纸文章涉及的话题有科学和技术方面的实验或讨论，

〔1〕 Günter Blamberger, *Heinrich von Kleist. Biographie*, Frankfurt am Main 2012, S. 60.

〔2〕 参见 Günter Blamberger, *Heinrich von Kleist. Biographie*, Frankfurt am Main 2012, S. 66.

比如探讨"炮弹邮件"（Bombenpost）的新发明（一种试图更快地传送消息的设想）、航空飞行术（Aeronautik）等。[1]克莱斯特极为短暂的大学阶段所接触过的老师中，克里斯蒂安·恩斯特·乌恩施（Christian Ernst Wünsch）对他思想的发展产生了重要影响。乌恩施教授哲学、药学、数学和自然科学，[2]备受克莱斯特的推崇和认可，尽管亚历山大·冯·洪堡和歌德对此人的评价并不高。[3]乌恩施在实验物理学讲座课上讲授的电学知识令克莱斯特兴奋不已。除了作为自然科学知识的传授者，乌恩施古怪、不喜交往的个人特质和人生经历中的离奇冒险与投机倾向，或许更是令克莱斯特着迷的潜在原因。[4]德语文学研究者瓦尔特·辛德勒（Walter Hinderer）指出，乌恩施将当时自然科学和哲学最具代表性的话语与洞见传授给了克莱斯特，他对于克莱斯特而言，正如阿贝尔（Jacob Friedrich von Abel）之于席勒。[5]另一位来自德国因斯布鲁克大学的德语文学研究者克劳斯·穆勒－萨尔盖特（Klaus Müller-Salget）也推测，克莱斯特很可能在未上大学之前的

〔1〕 详可参见 Sybille Peters, "Die Experimente der Berliner Abendblätter", in: *Kleist-Jahrbuch* 2005, S. 128 – 141. Roland Borgards, "Experimentelle Aeronauti. Chiemie, Meteorologie und Kleists Luftschiffkunst in den Berliner Abendblätter", in: *Kleist-Jahrbuch* 2005, S. 142 – 161. Monika Schmitz-Emans, "Wassermänner, Sirenen und andere Monster. Fabelwesen im Spiegel von Kleists Berliner Abendblätter", in: *Kleist-Jahrbuch* 2005, S. 162 – 182.

〔2〕 参见 Günter Blamberger, *Heinrich von Kleist. Biographie*, Frankfurt am Main 2012, S. 55.

〔3〕 参见 Günter Blamberger, *Heinrich von Kleist. Biographie*, Frankfurt am Main 2012, S. 56.

〔4〕 参见 Günter Blamberger, *Heinrich von Kleist. Biographie*, Frankfurt am Main 2012, S. 56.

〔5〕 Walter Hinderer, "Ansichten von der Rückseite der Naturwissenschaft. Antinomien in Heinrich von Kleists Welt-und Selbstverständnis", in: *Kleist-Jahrbuch* 2005, S. 21 – 44, hier S. 27.

士兵时期，也就是 1793 年第一次反法联盟莱茵战役期间，就已经在读乌恩施的通俗科学著作《谈宇宙学——致自然认识的年轻朋友们》（*Kosmologische Unterhaltungen für junge Freunde der Naturerkenntnisse*）。[1]后来在大学时，他更是认真研读了该著作，即便在 1800 年放弃大学学业之后，他仍热切地向未婚妻薇莲敏妮·冯·覃娥（Wilhelmine von Zenge）推介这本书。总而言之，关于自然的科学知识是克莱斯特思想世界中的重要支点，也始终为他思考道德领域的问题提供着灵感。在时人的概念中，自然法则支配着物理现象和道德现象。克莱斯特也有着这种朴素的思维模式。

在《论讲话时思想的逐渐形成》中，他把电性迁移到对人性的理解中，身体、"心绪"—情感仿佛是能量的导体，是形成认识的渠道，也是表达认识的渠道。在聚会的场域中，活跃的交谈"持续滋长着每个人的心绪和思考"（eine kontinuierliche Befruchtung der Gemüter mit Ideen），彼此相遇、彼此接近、"交流"的时间酝酿着情感，如同持续蓄电的过程。直到电满的时刻——心绪的准备到达一定程度，那么认识之灵光乍现，继而克莱斯特提示人们关注，在这个时刻，一贯不善言辞的人获得了新的认识，"突然"一跃而起，开口说出让人无法理解的事情。通过身体与情感之渠道拾获的认识近乎直觉与灵感，难以瞬时间内顺利转换为语言，因而最终它们依然停留在身体层面，表现为"尴尬的肢体动作"。在克莱斯特的表述中，灵感形成—爆发的过程就像蓄电—放电的过程。他在杂文中特别提到了"克莱斯特瓶"（Kleis-

---

〔1〕 转引自 Günter Blamberger, *Heinrich von Kleist. Biographie*, Frankfurt am Main 2012, S. 57.

tische Flasche），也就是莱顿瓶（Leidener Flasche），用放电（Entladung）的物理学现象来说明米拉波在典礼官面前的反应，喻指法国大革命前期的领导人物米拉波 1789 年 6 月 23 日在国民议会上著名的时刻。他将米拉波这一令人震惊时刻喻为"雷霆之斧"（Donnerkeil），该隐喻融合了时代话语中的革命、电学乃至偶然性历史意识：

> 我想起米拉波的那把"雷霆之斧"，他用之对付宫廷典礼官。6 月 23 日国王最后的君主会议上命令解散议会，会议结束后，典礼官返回会议大厅，问讯仍逗留于此的各级议员，他们是否听见了国王的命令？"是的"，米拉波回答道，"我们听见了"——我确信，他在这一人道的开场白中还未曾想到谈话结束时的刺刀："是的，我的先生"，他重复道，"我们听见了"——这里可见，他还完全不知道想干什么。"但是，您有何资格"——他继续说，且此时突然思如泉涌——"对我们宣告什么命令？我们是国家的代表"——这正是他所需要的！"国家发出命令，而不接受任何命令"——这句话目的是使自己立刻回到傲慢的顶峰。"我毫不含糊地向您说清楚"——现在他才找到表达全部反抗的东西，而他心中早已站在反抗的一边："请您对您的国王说，除非因为刺刀的暴力，否则我们不会离开自己的位子。"——随后他泰然自若地在一张椅子上坐了下来——如果人们想想那位典礼官，则只能想象他在这一出面前完全崩溃的样子；这种想象根据类似如下的一条法则，一个电性状态为零的物体进入另一带电物体的氛围中时，被唤起了相反的电性。正如那个带电的物体经过能量交换后内含的电极被增强那样，我们的讲话者的勇气也在消灭对手的同时变为兴奋与鲁莽。以这种态势，最终在法国引起事务秩序颠

覆的也许是上嘴唇的一次抽搐或者模棱两可地摩挲一下袖口。人们知道，米拉波在典礼官离开之后立即站起来建议，第一，马上组成国民会议，第二，国民会议不容侵犯。他像克莱斯特瓶一样自我释放后，变得中性了，从鲁莽中恢复回来，突然陷入对这座城堡的畏惧和谨慎之中。[1]

历史上的米拉波对国王权力的逆反与抗争以及法国革命的爆发是否真的具有如此夸张的即兴特点和偶然性，是值得存疑的。可能的事实是，米拉波的反抗绝非一时一刻之冲动，而是早有预谋。然而即便如此，人们不能否定克莱斯特的观察和解读中某种更为深刻的真切性与历史性。克莱斯特对米拉波"雷霆之斧"的再现，凝聚了大变革时代空气之中挥之不去的紧张气息，从而更多的是隐喻，折射出克莱斯特美学和人类学思想的内核。他敏锐地将自然科学领域的电学知识与他所处时代生活中的剧变和不安气氛联系起来、与此种氛围下生活的人联系起来，他评论米拉波的行为是"物理世界现象和道德世界现象的奇特重合"[2]，物理学上的电学规律与道德领域中人的行为实践的运行法则之间在今人看来有着不可逾越的鸿沟，如果说二者之间有相似性，则这种观点建立在隐喻关系上；而对克莱斯特所生活的时代来说，自然法则（Naturgesetz）统治着物理现象和道德现象，这种观念在当

---

〔1〕 Heinrich von Kleist, "Über die allmähliche Verfertigung der Gedanken beim Reden", in: ders., *Sämtliche Werke und Briefe*, hg. v. Helmut Sembdner, München 2013, S. 319 – 324, hier S. 320.

〔2〕 Heinrich von Kleist, "Über die allmähliche Verfertigung der Gedanken beim Reden", in: ders., *Sämtliche Werke und Briefe*, hg. v. Helmut Sembdner, München 2013, S. 319 – 324, hier S. 320.

时并不足为奇，[1]物理学与道德界之间混沌的共性对克莱斯特而言是实在存在的。

克莱斯特将法国大革命归因于米拉波即兴的肆意行为，以及那种不由人之理智所控的、神经质般的反应（抽搐、摩挲），这无疑是对启蒙"理性之光"照耀下诞生的"法国大革命"的颠覆和讽刺。宏大历史叙事的意义被毫不严肃的"无意义"时刻所戏弄、线性被偶然性所推翻，启蒙运动推崇的理性人之构想被悬置和消弭，人的主体性被架空。人成为无根的、飘荡的存在。进一步而言，"雷霆之斧"的隐喻所反映出的人之形象，充满了戏剧性和不确定性；作为外部关系统摄下的一种状态性、即时性产物，人与某种外在于他的自我意识和理智的力量相连，受其牵制，而这种力量甚至连人自身都无法理解、无法掌控，继而，人表现为一种机械般的、无自主性的行为机器。在这个意象上，人们不禁也会联想到克莱斯特的另一篇杂文《论木偶戏》（"Über das Mario-nettentheater"）。在那篇杂文中，克莱斯特剑走偏锋，在物理世界机械性与纯粹性的启迪中发掘出一种对抗意识之挟制的现代性审美策略。

克莱斯特式的人类学想象在打破宏大叙事之后，不免产生一种危机，这种危机在他之后的西方世界旷日持久且愈演愈烈。此危险正是西方人现代性生存状况下极端的荒谬感——乃至无意义感。克莱斯特的美学与人类学想象，直指西方现代生活世界的全面陌生化症候的蔓延。实际上，克莱斯特并非独行者，比他更早的德意志知识分子们已经同时都感受到了生活世界中意义的瓦

---

[1] 参见 Günter Blamberger, *Heinrich von Kleist. Biographie*, Frankfurt am Main 2012, S. 59.

解，他们在记录、表述、呈现这些丧失性的生命经验的同时，亦开始不断地寻找能够继续支持此在生存的诗学方案。克莱斯特虽在文学史上常不被列入浪漫派之内，但他与施勒格尔、诺瓦利斯、蒂克等人同为 18 世纪 70 年代生人（克莱斯特仅比他们年轻四五岁），作为经历了拿破仑战争的一代人（克莱斯特在少年时参加过第一次反法同盟战争[1]），他们面临共同问题是对秩序的想象和寻找，以使偶然性重新纳入秩序之中；[2]与此同时，启蒙晚期，尤其是法国革命前后的文化社会政治大变革时代，正值 18 世纪 70 年代生人的少年、青年时期，是他们的学习时代，毋庸置疑，"变"与"动"对他们的影响或许比以往时代中成长起来的人都更加强烈和深入，"变"与"动"激发着他们年轻活跃的心灵，融入他们的思维与情感，也最终沉淀为他们作品风格中潜在的构成元素，不管它们以何种变形、何种方式呈现出来。

"雷霆之斧"这一隐喻的意象源自电学领域，不仅以"蓄电"或"放电"的物理现象类比作为状态的人的行为方式，同时，这一意象本身蕴含的时间维度（瞬间与急速）在转用到人的实践领域时，亦获得了更为意味深长的含义。"变"与"动"的生命感知被以极端的形式充分表达出来，变是骤变，而非慢慢演变，动在片刻间，而非缓动。身体在这个过程中的作用是首位的，超过了头脑与理智，身体比理智"知道"得更多，是机敏而又笨拙的认识指示器。克莱斯特的中篇小说里，一切的叙述都围绕某一个事件的突然爆发、某一个情景的突然出现，以及这个偶然事件最

---

〔1〕 参见 Ingo Breuer, "Leben und Werk", in: dies. (Hg.), *Kleist-Handbuch. Leben-Werk-Wirkung*, Stuttgart 2009, S. 1–4, hier S. 1.

〔2〕 参见 Günter Blamberger, "Der Findling", in: Ingo Breuer (Hg.), *Kleist-Handbuch. Leben-Werk-Wirkung*, Stuttgart 2009, S. 133–136, hier S. 133.

终以何种方式溶于（或不溶于）曾经的世界之中。

二、特定一刻的细写：地震与暴徒私刑

《智利地震》在开篇连续出现了"gerade in dem Augenblick" "dergestalt, dass"　"Zufall"等指示着偶然性入侵的典型结构。"在圣地亚哥，智利王国的首都，恰逢 1647 年大地震的时刻——在这次地震中成千上万的人死去——一个因罪行而被起诉的年轻的西班牙人，名字叫赫罗尼莫·鲁格拉，站在关押他的监狱柱子旁，想要上吊。"中文自身的特点使德语原文句法结构所体现的整体性和内在的紧张感有所丢失，如果看德语原文，则能清晰地感受到句子的"建筑"结构所承受的莫名压力感，这种压力感来自即将倾颓的小说世界内部："In St. Jago, der Hauptstadt des Königreichs Chili, stand gerade in dem Augenblicke der großen Erderschütterung vom Jahre 1647, bei welcher viele tausend Menschen ihren Untergang fanden, ein junger, auf ein Verbrechen angeklagter Spanier, Names Jeronimo Rugera, an einem Pfeiler des Gefängnisses, in welches man ihn eingesperrt hatte, und wollte sich erhenken."[1] 下划线部分为句子主干，它被众多的逗号、同位语、从句、插入语等打断成数节，却在句号时依然完成了完整的"建筑"结构。这是小说第一句话，将叙事从一个广泛的时空视角一下子急速聚焦到细微的时刻，换言之，一个石破天惊的时刻从时间之流中崛起。克莱斯特小说开篇常以这样石破天惊时刻来划破日常的帷

---

[1] Heinrich von Kleist, *Das Erdbeben in Chili*, in: ders., *Erzählungen*, hg. v. Andrea Bartl, Studienausgabe, Stuttgart 2013, S. 170 – 187, hier S. 170. 此处德文中的下划线为笔者为突出说明所加。下文凡引用《智利地震》处均出自这个版本，且只随文标出页码。

幕，有读者用"漏斗"来形容克莱斯特小说起文的风格，也就是指，克氏叙事从一个广阔的、俯瞰的视角骤然收拢缩小、下降汇聚到某一人物所面临的具体时刻、具体情景——往往是偶然事件发生的时刻，而广泛性的秩序背景（往往以空间地域为表征）同时一并进入到该时刻中。比如《O 侯爵夫人》（*Die Marquise von O...*）的开头："在 M...，意大利北部重要的城市，一个丧偶的 O 侯爵夫人——一位名誉极好的女士，且是数个教养甚佳的孩子的母亲——托人在各家报纸上登告：她，在不知情的情况下，怀孕了；要求孩子父亲要向她即将出生的孩子自报家门；且她出于家庭的诸多考虑已决定嫁给他。"[1]类似地，《洛迦诺的女丐》（*Das Bettelweib von Locarno*）开头是："在阿尔卑斯山脚下，意大利北部洛迦诺旁边，有座属于某个侯爵的古堡，现在，如果人们从圣哥特哈特方向过来，会看到此城堡已化为废墟：这座城堡的房间高大宽敞，其中一间铺的稻草上，女主人出于怜悯之心，曾经安置过一位在门前乞讨的羸病的老妪。"[2]这两个开头都是一个句子，句子先以空间性的地域名称开始，这种空间性的描述无形中引入了日常秩序的后景，而后，从后景中走出不同寻常的人物，或更确切地说，人物所遇到的一个奇特场景：意大利北部重要城市——O 侯爵夫人——报纸登告，意大利北部洛迦诺——高大城堡——稻草——乞讨的老妪。当然，这种类比并非在于主张一种程式化的叙事模式，毕竟克莱斯特的八个中篇小说在叙事策略和主题上各自有独特性。即便它们背后都潜藏着表现偶然性的一般

---

[1] Heinrich von Kleist, *Die Marquise von O...*, in: ders., *Erzählungen*, hg. v. Andrea Bartl, Studienausgabe, Stuttgart 2013, S. 122 – 169, hier S. 122.

[2] Heinrich von Kleist, *Das Bettelweib von Locarno*, in: ders., *Erzählungen*, hg. v. Andrea Bartl, Studienausgabe, Stuttgart 2013, S. 231 – 234, hier S. 231.

共性，但表现方式和侧重的主题又有彼此的不同。《洛迦诺的女丐》开篇对于"奇特时刻"的凸显不是以惊天动地的方式，而更像倒叙，也就是一种寻常讲故事的方式。但即便表面看似寻常的开篇方式，依然不动声色地交代了不同寻常之事件的发生：乞讨的老妪出现在城堡门前。《O侯爵夫人》开篇在对事件时刻的凸显上与《智利地震》更为相像。二者叙事起始的时刻截取的正是令人震惊的事件之当中时刻。O侯爵夫人公布自己的"意外状况"和诉求的方式是报纸，这一点值得注意。报纸作为大众传播媒介在18世纪的下半叶崛起，其传播方式的时效性、轰动性效果对时人的感知产生了深刻影响。"报纸"的德文词"Zeitung"在中世纪晚期就以 zīdung、zīding 的形式出现，意为消息（Kunde，Nachricht，Botschaft）或事件（Ereignis，Vorkommnis），可能来自中世纪低地德语动词形式 tīden，tīden 表示赶往（sich wohin begeben）或发生（geschehen，vorkommen）。Zeitung 在16世纪仍表示传单、宣传册，而至17世纪初最终初具现代含义的雏形，也就是定期发行的、包含新鲜事（Neuigkeit）的印刷品，不过仍是以周刊（Wochenschrift）的形式。[1]报纸在《O侯爵夫人》中本身就是偶然性事件发生的隐喻，继而，O侯爵夫人的登报行为使原本就令人惊诧的"怀孕"事件更加离奇，小说就以这离奇的一刻开始。

　　类似地，《智利地震》以地震爆发的时刻作为小说的开始。地震的时刻在小说叙事中被三次描写，分别是在叙事开端、之后从赫罗尼莫的视角、再从约瑟菲的视角表现。在小说开端的地震时刻中，两个事件——地震和赫罗尼莫·鲁格拉（Jeronimo Ruge-

---

〔1〕　https：//www.dwds.de/wb/Zeitung. Letzter Zugriff am 21. 02. 2021.

ru）上吊——被联系到了一起，从小说情节全局看，这个时刻并非故事开头，亦非结尾，而是故事进行中的时刻。叙事以这个时刻开篇之后，用补叙的方式和近一页的篇幅，将年轻人赫罗尼莫·鲁格拉之所以沦落至此境地的来龙去脉，以及重要相关人物贵族女子唐娜·约瑟菲·阿斯特隆（Donna Josephe Asteron）的遭遇——补充交代完毕。

补叙部分的节奏紧凑快速，亦不乏该小说偶然性表达的基本风格因素，出现了大量如前所述的标志性叙事话语，包括 Zufall、die ungeheuere Wendung der Dinge，以及连词结构 dergestalt，daß…、eben…als…、kaum…als…等。约瑟菲的父亲唐·亨利科·阿斯特隆（Don Henrico Astron）不同意女儿约瑟菲与赫罗尼莫的恋情，先将作为家庭教师的赫罗尼莫赶走，父亲后来得知二人幽会，遂将约瑟菲关入修道院，进而一步步将约瑟菲与赫罗尼莫的爱情推入父权—宗教秩序下的惩罚机制中。赫罗尼莫与约瑟菲爱情的障碍一开始只是来自家庭父权的管挟，且父亲对女儿关入修道院的惩罚看似无关痛痒，但恰恰是这种男性主导的家庭威权机制作出的"小"惩罚埋下了导火线，开启了最初的惩罚之门，从而导向后来轰动全城的斩首示众；试想如果这位父亲虽居威权但能成人之美，玉成了两人的真心，从而不逼迫他们至"法外之地"铤而走险的地步，是否还有最后的悲剧发生？当然，这样的设想不够严肃，不免有戏谑文本的意味，无法解决文本欲提出的真正问题。那么回到文本世界的设置，正因为两人不渝的情谊势不可挡，最终演变成在修道院偷食禁果并诞下私生子。赫罗尼莫"通过一个幸运的偶然"（durch einen glücklichen Zufall）（170）与关在修道院中的约瑟菲重新联络上，并在一个幽静的夜晚把修道院花园（Klostergarten）变成了"他极度幸福的地方"（Schauplatz seines vollen Glücks）

(170)。但这样的"幸福"以触犯道德与宗教秩序为代价,[1]小说叙事在此淡去了二人的内心世界,读者并不知人物是否有过道德上的纠结与两难,且依据人物后来的行事逻辑,很有可能他们在爱情纯粹的幸福状态中完全不曾有过对宗教清规戒律的顾忌。"不幸的"(unglücklich)约瑟菲恰在基督圣体节的游行出发时,在钟声中迎来了分娩的阵痛,倒在了教堂的台阶上。幸福就是不幸——同一件事情上分裂出两个完全对立的价值判断,因此,叙事在小说一开始就用充满矛盾的语词拉开了一个充满张力的意义之网。经过补叙的耽搁,小说开头第一句话中"地震—赫罗尼莫上吊的时刻"犹如被按了暂停键,在叙事中被拉长。叙事续接这个时刻的方式,是对这个时刻的再次拉长和强调。

众多钟一齐敲响的时刻,约瑟芬走向刑场,绝望占据了他的心。他感到生命可憎,遂决定用偶然留给他的一根绳子了结自己。如前所述,他正站在一根墙柱子旁边把绳子——此绳子本该带他离开这个痛苦的世界——绑在嵌入山墙的一个铁钩上时,突然整个城市的绝大部分在一声巨大爆裂声中下沉,仿佛苍穹陷落,且一切有生命气息的东西都湮没在废墟之中。(171～172)

续写的过程继续扩大了这一危机时刻所包含的一系列景象:钟声敲响——约瑟芬走向刑场——赫罗尼莫上吊——地震,这些小的动作序列几乎在同一时刻内发生。"钟"在这里是一个十分重要的意象。尽管叙事没有提及具体何处的钟,但人们不难从文

---

〔1〕 参见 Karlheinz Stierle, "Das Beben des Bewusstseins. Die narrative Struktur von Kleists *Das Erdbeben in Chili*", in: David E. Wellbery (Hg.), *Positionen der Literaturwissenschaft. Acht Modellanalyse am Beispiel von Kleists Das Erdbeben in Chili*, 3. Aufl, München 1993, S. 54–68, hier S. 56.

中语境所及的常识推断，这必是中世纪城市生活中起着重要规范和指导作用的教堂之钟。在宗教社会条件下，坐落于教堂最高处的钟，是自然与法的完美无痕的结合，它将自然节奏与人类秩序严丝合缝地编织在一起。钟表本身具有客观功能性，能够"客观"指示自然中的时间进度，是纯粹的时间指示装置，但同时，它也具有权力的象征性，由谁来发布"自然时间"的指示信息，这一宣誓权并非任意的；在宗教社会中，自然时间的合法性和可信性依赖于教会，自然时间背负着上帝的意旨，因为上帝的法则就是自然法则。在这段引文中，钟声一方面标示着文本故事中的一个特定时刻，将这个时刻与故事中的其他时刻区别开来，另一方面更为重要的是，它象征着教会权力对圣地亚哥城的统摄，象征着神学世界观控制下的日常秩序；被无孔不入、无所不至的钟声所笼罩的人们，皆为神学强大秩序之网中的臣民。丧钟为这对"违规犯禁"的恋人而鸣，钟声是以宗教为核心的道德和秩序清除秩序挑战者行动的最后号令。而恰恰正是在教堂之钟声宣誓无上神权的时刻，另一声巨响平地炸雷般划破长空，霎时间就湮没了钟声，撕裂了神学笼络世界的恢恢大网。小说使地震强悍的爆裂声与宗教文明之钟声在同一时刻形成正面对抗，前者对后者的湮没和吞噬意味深长（由此产生一个问题就是，哪一个才是真正的法则）。这个时刻就是倾颓、破坏与无序本身，没有意义。在这个时刻之后，世界天翻地覆，一切似乎完全陷入模糊混沌："他不明白，为何他在那些时刻逃脱了他痛苦的心所渴求的死，而那些时刻中，他觉得死亡自愿解救他了。"（174~175）

叙事者以赫罗尼莫的视角，展示了他在地震中逃生的经过，以及他逃到城外山谷后，与同样劫后重生的约瑟菲重新相遇的场景。至两个恋人相遇后，叙事再次将时间拉回地震的时刻，从约瑟菲的视角进行补叙，由此，地震发生的同一时刻在小说中被第三次描写：

> 约瑟菲迈着赴死的脚步，已经离刑场很近了，此时行刑队伍突然被轰然崩塌的房屋驱散。接着，她最初充满恐惧的脚步将她带到最近的城门；但她的意识不久又恢复，她掉头急奔修道院，她幼小无助的孩子还被留在那儿。她看到整个修道院已经在大火之中，且那个曾在她最后时刻承诺照顾这个婴儿的女修道院院长为了救这个孩子，正站在大门前大喊救命。约瑟菲不畏迎面扑来的烟雾，冲进那四周全已坍塌的建筑中，好像天上所有天使都保庇护着她一般，她随即抱着孩子毫发无伤地冲出大门。（174～175）

地震不仅推翻了运行中的秩序，也是对人物先前经历的暂停、对连续性时间经验的打断。人物的行为和意图在地震的时刻折向较先前的时间相反的方向。地震爆发时的伟力移山倒海，不仅两个"罪人"伏法就死的绝望与痛苦霎时间被惊吓所取代，他们的状态在短暂的意识空白和迷茫之后，向求生的本能反转，这种反转完全来自外在事件的逼迫和促动，容不得他们自主思考。他们的行动只是被动应答，表现出某种傀儡般的机械性。约瑟菲甚至不是自己"脚步"的主人，她的脚步首先不由自主地将她带到城门，而赫罗尼莫在地震时的反应也同样六神无主：

> 赫罗尼莫·鲁格拉由于惊恐而僵住了（starr vor Entsetzen），就好像他整个的意识被击碎一样，他抓住他本想赖以自尽的柱子，以防栽倒。大地在他脚下颤抖，监狱的所有墙壁都裂开，整个建筑在摇摇欲坠地向街面倒去。只是因为坍塌得不那么快，对面建筑倒向这面，意外地形成一个拱形通道（eine zufällige

Wölbung），才没有使整个监狱坍塌在地。赫罗尼莫颤抖着，头发僵直，身下的两膝欲断，滑过倾斜的地板，滑向两房相撞时在监狱正墙撕开的那个缺口。他刚到外面，此时，整个已被震晃过的街道就在大地的第二次震动中完全倒塌。他不知该如何在这场众生的毁灭中自救，失魂落魄（besinnungsols）地踏过瓦砾和断木，在死神从四面袭来的当儿，向着离他最近的城门急奔而去。（172）

　　在关于赫罗尼莫在地震时刻的这段叙事中，zufällig 一词再次如影随形，它凝聚了这一时刻所蕴含语义的诸多信息。可以说，偶然（Zufall）对于因果链条的冲击与颠覆，在此集中表现为人物身体上的"颤抖"、情感上的"惊恐"乃至意识层面的"失魂落魄"。赫罗尼莫在地震时因为惊恐而僵住，后在"颤抖"中侥幸通过那个偶然（zufällig）形成的拱形缝隙得以逃出即将坍圮的监狱，紧接着的第二次震动就将街道的一切建筑夷为平地。叙事话语中的 zufällige Wölbung 着实令人称奇，它似乎仅仅是为死囚赫罗尼莫的重生而形成的，赫罗尼莫通过这个神奇的缺口走出监狱、活下来的时刻，它就消失不见了。一切缘何如此，逃生的人自己无法理解，他能做的是跟随和听命于身体的即时反应；因而，他完全失去自主意识（besinnungslos），只是奔走求生的一具躯壳。

　　地震无疑是偶然性的隐喻，地震造成整个城市崩塌，象征着小说世界中秩序与意义的颠覆，乃至使得范畴之间的对立性变得模糊与悖谬。曾经被判有死罪的人起死回生、毫发无伤，而代表正义与秩序的教堂、修道院等权力机构却被执行了"死刑"，它们在大火中化为废墟。大主教的尸体被人们从大教堂废墟中拉出来时，已经"血肉模糊"（zerschmettert）（175）。叙事以赫罗尼莫和约瑟菲的人物视角，从幸存的人们中间盛传的流言中拼接出了城中失序混乱的概况，那种混乱的无政府状态被传言转述得栩栩如生，不禁令人物的情感再次紧张，仿佛又回到那个一切停滞的时刻：

> 有人说，第一次震后城里竟成了女人的天性，她们当着男人的面生起了孩子；僧侣手执耶稣塑像十字架满世界奔走，口中高喊"世界末日来了！世界末日来了！"总督卫队要人腾出一座教堂来，可得到的回答是，现在智利不再有什么总督！在震后最可怕的时刻，总督下令竖起绞刑架，以制止有人趁火打劫；一个清白无辜之人只因从一家后院穿过熊熊燃烧的房子，便被主人不由分说地抓起来，并立即套上了绞索。（178～179）

地震发生的时刻被三次细写，同一时刻被分镜到不同人物的生命时间之中，赫罗尼莫和约瑟菲在全城死亡的灾难背景下，分别从本该被处死的命运中生还。这个特殊的时刻是两种现实之间过渡、交割的时刻，虽然在故事层面仅是极短的时刻，但在叙事话语层面，它却显得格外漫长。叙事通过对地震时刻的铺陈细写，凸出了新的意义和新的现实之崛起时刻。

小说尾声部分，现实第二次逆转的时刻再次从叙事中崛起。约瑟菲等一行六人到达城中多明我教堂，教堂内外挤满了混乱无序的人群，布道开始前，教堂里的管风琴声戛然而止，全场寂静鸦雀无声，"仿佛每一人胸中都不再有声响"（183）。这种肃穆的安静正是暴风雨袭来前兆，一种看上去怪异的统一与团结回荡在这个气氛中："在一个基督教教堂中，对上苍还从未像圣地亚哥多明我会教堂里燃烧起如此炽热的火焰；赫罗尼莫和约瑟菲胸中燃烧的火焰比任何人胸中的火焰都要炽热！"（183）赫罗尼莫、约瑟菲二人正在与后面即刻将棒杀他们的刽子手一起，在同一个上苍之名下供奉着彼此截然对立的意义。

唱诗班最年长人当中的一位老者的布道言词，一字一句缓缓把天平暂时的平衡再次打破，地震中断的伤风败俗事件的刑判，现在被他巧舌如簧地重新捏续上。伯恩纳德·格莱纳指出，这位教士布道的时刻，是某些新东西发生的时刻，格莱纳借用 Bild 一词，来说明此时两种现实交叉、边界模糊，布道者言语所编排的图景（Bild）中那些"邪恶的人"（gottlose Menschen）被确证为就在教堂集会的现场，也就是（赫罗尼莫、约瑟菲的）现实闯入了布道者所描绘的图景中；到底哪一边的现实才是真的——是布道者所描绘的上帝惩罚罪恶的图景，还是赫罗尼莫与约瑟菲眼中的现实？[1]区分之原则的失灵是整篇小说的结构性元素，格莱纳观察到小说中群氓像的一个细节，该细节隐喻了叙事"区分"失灵的结构性元素：教堂内外人头攒动的场景中，"拥挤的人群一直排到教堂大门前宽阔的场地上，男孩子们悬在高墙上的画像画框里（in den Rahmen der Gemälde），手里拿着帽子，眼里是期待的目光"（182～183）。男孩们爬上了高悬图像的画框中，形象地喻指了"现实冲入图景"（Einbruch der Realität ins Bild）的叙事内在对抗机制。[2]

嗜血的暴力来临前，人物心中的颤栗最先预示了又一次地震般的反转之到来，老布道者对罪恶的描述，使人群从暂时的集体

---

〔1〕 参见 Bernard Greiner,"Das Erdbeben in Chili. Der Zufall als Problem des Erzählens", in: ders. , *Kleists Dramen und Erzählungen. Experimente zum Fall der Kunst*, Tügingen/Basel 2000, S. 363－383, hier S. 379.

〔2〕 参见 Bernard Greiner,"Das Erdbeben in Chili. Der Zufall als Problem des Erzählens", in: ders. , *Kleists Dramen und Erzählungen. Experimente zum Fall der Kunst*, Tügingen/Basel 2000, S. 363－383, hier S. 380.

失忆中醒来，集体意识发生一颤："他描述着全能上帝的指示下
所发生的一切，末日审判也不会更可怕了；不过，当他指着教堂
的裂缝称昨天的地震只是一个预兆（Vorbote）时，全场人都打了
个寒颤。"（183）随着这次意识的震颤，现实轻易就倾向赫罗尼
莫等人不愿看到的一方。接下来唱诗班老者只再多说几句话，现
实就被完全翻转："紧接着他又巧舌如簧地说起本城的伤风败俗
之事，上帝是在惩罚它的罪孽……这个城市还没有完全被从地球
上除掉，被他归因于上帝的耐心。"（183）布道者说这话的这一
时刻，赫罗尼莫与约瑟菲"这两个不幸的人心已碎"（183），而
布道者继续点名道姓地将罪恶的源头追溯到他们身上时，两人本
已碎的心上"像插上了一把匕首"（183）。又一场"地震"开始
了：震动最先从唐娜·康斯坦岑（Donna Constanze）身上显露出
来，此时她与赫罗尼莫挽着的手臂抽搐了一下（zucken），并喊了
一声"唐·费尔南多"，下意识的抽搐和喊叫是身体中恐惧的爆发。
恐惧湮没了唐娜·康斯坦岑等一行六人的心，而同时无数的暴民也
被恐惧湮没，但两种恐惧的指向不同；暴民对引来上帝惩罚的"罪
孽"之恐惧，让他们不想与"作孽者"为伍，急欲除之而后快。
无序的人群，找到了共同的敌人，他们高喊着"砸死他们"，杀戮
疾风骤雨般地开启。布道者前一秒还在言语中召唤的"地狱诸王"
（Fürsten der Hölle）（184），此刻已经作为"群魔的头领"（der
Fürst der satanischen Rotte）（187）在现实中显形获得了"真身"
（in einer realen Figuration）。[1]

---

〔1〕　参见 Bernard Greiner,"Das Erdbeben in Chili. Der Zufall als Problem des Erzählens",
in: ders. , *Kleists Dramen und Erzählungen. Experimente zum Fall der Kunst*, Tügingen/Basel
2000, S. 363 –383, hier S. 379.

在群氓实施私刑的过程中，《智利地震》额外增加了身份确证的繁杂细节。前面进城时，小说所铺垫安排的约瑟菲/婴儿胡安（Juan）/唐·费尔南多（Don Fernando）、唐娜·康斯坦岑/婴儿菲利普/赫罗尼莫的两组组合，导致人物身份"真假"难辨的效果。暴民要找的作孽者为约瑟菲/婴儿菲利普/赫罗尼莫，眼前两组人马的景象，让暴民们分不清，谁是真正该猎杀的一组猎物。人物位置的调换与身份的错乱，并非仅在于表现乌龙事件的戏剧性，而是象征性地指向一种固定的能指—所指关系之松塌解体，并寓指了小说叙事总体上的偶然性表达结构，不同范畴之间区分的边界变得模糊。从小说最后的客观结果来看生存机会与权利，因私通而生、被暴民视为"罪孽"的婴儿菲利普活了下来，而胡安——正直高尚的唐·费尔南多夫妇的爱子，却在教堂柱子上被惨烈地摔死；真正"活下来"变为现实的，是令人出乎意料的另一种可能。这两个婴儿的设置，也是小说偶然性叙事结构的重要隐喻。

三、驴叫的启示？克莱斯特与"偶然性"

克莱斯特对偶然性的关注，在所谓的"康德危机"（Kant-Krise）之后尤为凸显。在他的通信中，他记载了自己对日常生活中发生的偶然性事件的观察与反思。在他 1801 年 7 月 21 日从巴黎写给未婚妻薇莲敏妮·冯·覃娥的信中，他描述了自己在旅途中的惊险场景，并因此再次引发他对生命意义和目的的强烈质疑。在从哥廷根去往美因河畔法兰克福的路上，途经名为布茨巴赫（Butzbach）的小城，在这里，克莱斯特与朋友在一个旅店门前停下喂马、仆人解下缰绳离开的空当儿，马因为后面来的驴子叫声而惊厥：

若非我们是理智的，我们也会惊厥。而我们的马很不幸，没有理性，它们笔直地扬身而起，然后立即脱缰，带着我们在石子路面上奔逃。我去抓缰绳——但缰绳在马肚子上是解开的，在我们有空当儿想到危险程度之前，我们轻忽的马车已经翻个了，我们摔了下来——这就是说，人的生命取决于一声驴叫？如果可以那样推论，我是为了它而活？这就是造物主的为这种幽暗、谜一般的尘世生命所设定的目的？我该从中学习和做到的就仅仅是它？——但这尚未能自圆其说。上天让我苦撑下去为了什么？谁能知道？——总之，我们两人毫发无伤地从石子路面上站起来，彼此拥抱。马车翻了个底朝天，车轮在上面，其中一个轮子完全碎了，车辕断了，挽具皆被扯断。这花费了我们 3 个金路易币和 24 小时；然后就继续走——去哪儿？上帝才知道。[1]

这是典型的偶然性事件爆发的场景。瞬间引发的惊恐是对个体自我感知和生命意义连续性的撼动和打断。偶然性事件撞击现实日常，所产生的"震—惊"经验包含两个层面，一是震撼、突然性，即无法预测、不可理喻；继而同时引发陌异感乃至恐惧。这两个层面彼此很难割裂开来。仆人解开马鞍后短暂离开——驴叫——马惊——缰绳无效——翻车，所有这些环节在同一段时间内碰撞在一起（zusammenfallen），让克莱斯特惊问人的生命走向是否取决于一声驴叫。这种对存在目的之终极追问和思考，也贯穿了他的文学创作。

他作品中的世界常被设定为一切终极目的和稳定的意义基石几乎隐去的状态，这种观察和揣摩一方面笼罩着挥之不去的疑虑

---

〔1〕 Heinrich von Kleist, *Sämtliche Werke und Briefe*, hg. v. Helmut Sembdner, München 2013, S. 669.

和忧心，因为目及所见之处，谜已成定局；但另一方面却依然怀有对某种总体性的清冷塞窒的幻想，这种幻想或许连他自己都没有意识到。

克莱斯特指出，不仅人的存在目的和命运像谜一般幽深，就连人自身的意志也是令人费解的。在他的视野中，人完全无法看透和理解自己的心灵，人的内心世界以与外部世界同样晦暗的色调呈现在人的眼前。可以想象，如果有人问及克莱斯特"人的自由意志"的问题，他将抱持何种讽刺态度。

噢，主宰我们的意志是多么不可捉摸！——我们拥有的这个谜一般的东西，我们对引领我们的东西一无所知，我们对方向——我们的财富——一无所知，我们不知道是否能咒骂它，一种当它对我们有所价值时，就一文不值的财富，一个就像矛盾的东西，平浅且深邃，荒凉且丰富，尊荣且又可鄙，意味深长且深不可测，一个所有人都想扔掉的东西，像本令人费解的书，而我们不是为自然法则（Naturgesetz）所强迫而去爱它吗？我们必须在毁灭面前颤抖，而毁灭却并不像此在那样痛苦，且当有人恸哭生命的悲哀礼物时，他必须通过吃喝来维系生命，防止生命之火熄灭，而这火既不照亮他，也不温暖他。[1]

引文显示出，人的内在意志之谜与外部世界之谜二者之间具有同质性，都受制于一种不为人知的力量的主宰，这个力量被他称之以上帝、造物主或自然法则。人因为他所谓的自然法则，而被迫去爱一种"不值得爱"、甚至令人厌弃的东西，因而，人的意志常常包含有两个彼此极端对立的特征。这种"矛盾"性实际

---

[1] Heinrich von Kleist, *Sämtliche Werke und Briefe*, hg. v. Helmut Sembdner, München 2013, S. 670f.

上超越了以善恶为标准的价值衡量体系，超越了人以因果逻辑为基本条件的认知框架。生命的终极目的似有若无，生命之火的存在如同鬼火一般萧索。克莱斯特世界观和写作中所特有的双重特性和摇摆表露无遗。有趣的是，歌德在自传《诗与真》中也剖露了偶然性对自己生命的影响，这从侧面也说明了同时代人所面临的共同问题。同样是面对偶然性，歌德展示出另一种生命选择，偶然性在歌德生命视域中尽管也造成不小的困扰，但是歌德勉力为这些偶然性塑型，寻找与那种更高的"魔力"之间的某种连接；而克莱斯特则不再树立一种对抗性的力量，他似乎也无力再去建设什么，只能听之任之地浸没于偶然性状况之中。

在克莱斯特研究中几为定论的是，偶然在他的中篇小说中起着决定性作用，并从语言的基本形式上规定了中篇小说的形态。[1]其中，《智利地震》可谓克氏偶然性叙事的典型范例，在风格上也极为显著地塑造了"突然性"美学时间形态。克莱斯特对偶然性爆入的时刻之钟爱，体现在诸多富有标志性的叙事表达中。仅在《智利地震》中，出现的叙事话语除了"es traf sich, dass…""zufällig""plötzlich"之外，还有"gerade in diesem Augenblick""bei diesem Augenblick"连词"kaum…als""eben…als"等表达。总之，强调"突然""偶然""瞬间""恰巧""就在这时"等含义的表达在克莱斯特叙事作品中比比皆是且出现频次颇高。[2]这些表达把叙事进程拆解成单个的、小的情景（Situ-

---

〔1〕　参见 Hans Peter Herrmann, *Zufall und Ich. Zum Begriff der Situation in den Novellen Heinrich von Kleists. Germanisch-Romanische Monatsschrift*, NF Bd. XI, H. 1, 1961, S. 69 – 99, hier S. 73.

〔2〕　参见 Hans Peter Herrmann, *Zufall und Ich. Zum Begriff der Situation in den Novellen Heinrich von Kleists. Germanisch-Romanische Monatsschrift*, NF Bd. XI, H. 1, 1961, S. 69 – 99, hier S. 72.

ation），仿佛使情节从事件继续跳跃到事件。[1]

值得思考的是，如果叙事是由众多的单个偶然事件构成，那么叙事的内部结构可能会出现彼此无关联的散乱感，分裂为孤立的单个时刻。可是克莱斯特的中篇小说并未给读者以涣散疏乱、前后不接的印象，相反，它们的结构出奇的紧凑、密集有序，且节奏充满张力，从而使整篇形成一个完整的整体。[2]作品在形式上所造就的整体感依然有赖于克莱斯特的语言艺术。德国以往研究已指出过克莱斯特叙事在形式上对整体感的追求，20世纪50年代，艾米·施泰格（Emil Staiger）曾分析《洛迦诺的女丐》进而阐明，克莱斯特努力用"一个句子"讲完整篇小说，并且试图把离散杂乱的东西收拢在一个句法结构之中；沃尔夫冈·凯泽（Wolfgang Kayser）和盖尔哈特·鲁道尔夫（Gerhard Rudolf）几乎同时也观察到了克莱斯特叙事中类似的双重面向，叙事一方面保持所言之物的巨大开放性，另一方面却追求构造上的全面完整性。[3]克莱斯特经历的所谓"康德危机"在其思想上留下的深刻印迹与他作品中的双面性有着某种呼应。在他常被引用的那封明确涉及"康德危机"的信中，人们能清晰地看到他思想中两面性的由来。这封信就是他在1801年3月22日给未婚妻微连敏妮·冯·覃娥的长信，在信中克莱斯特描述了自己思想上经历的转

---

〔1〕 参见 Hans Peter Herrmann, *Zufall und Ich. Zum Begriff der Situation in den Novellen Heinrich von Kleists. Germanisch-Romanische Monatsschrift*, NF Bd. XI, H. 1, 1961, S. 69 – 99, hier S. 72.

〔2〕 参见 Hans Peter Herrmann, *Zufall und Ich. Zum Begriff der Situation in den Novellen Heinrich von Kleists. Germanisch-Romanische Monatsschrift*, NF Bd. XI, H. 1, 1961, S. 69 – 99, hier S. 73.

〔3〕 转引自 Hans Peter Herrmann, *Zufall und Ich. Zum Begriff der Situation in den Novellen Heinrich von Kleists. Germanisch-Romanische Monatsschrift*, NF Bd. XI, H. 1, 1961, S. 69 – 99, hier S. 76.

变。他"曾经"对于修养、真理、完善、进步这些启蒙价值有着深刻认同和追求，读者可以认为，这些启蒙价值至少"曾经"是他世界观的基石和行动的指南。但他在接触到康德《纯粹理性批判》"物自体"的概念之后，引发了他思想上的"地震"。克莱斯特在信中借"绿色镜片"（grüne Gläser）来打比方，向她解释康德"物自体"的概念，明确地吐露自己因洞悉这一观点后在世界观和意志上受到的巨大打击。

  我还是少年时（我想起了还在莱茵河畔时看到的维兰德的文章）就形成的想法是，达到完善是造物的目的。我曾觉得，在死后，我们将从在此星球上所达到的完善的层级起，在另一星球上继续前进；我们在这个星球上所积累的众多真理之宝藏，也将在另一个星球派上用场。从这个想法中渐渐生发出一种奇特的宗教，在此尘世间一刻也不能休止、总是不停地向着一个更高等级迈进的那种追求很快就成为我行动的唯一原则。修养（Bildung）曾是我孜孜以求的唯一目标，真理（Wahrheit）是值得拥有的唯一财富。亲爱的薇莲敏妮，我不知道是否你把这两点——真理和修养——想得像我一样神圣；但如果你想理解我心灵故事的历程，它们就是必要的。它们对我而言曾如此神圣，以至于为这两个目的——积累真理（Wahrheit zu sammeln）、修养自己（Bildung mir zu erwerben）——我牺牲了很多最宝贵的东西，你知道我指的什么。……不久前，我了解了最近所谓的康德哲学，我现在须得告诉你它的观点，我不该担心，这个观点会像对我产生的深度震撼那般让你痛苦。……如果所有人长的不是眼睛，而是绿色镜片，那么他们将不得不断定，他们由此所看到的物体是绿色的——且他们永远不能确定，是他们的眼睛在向他们展示这些物体本来的样子，还是眼睛附加给了它们某些本不属于它们所有、而是眼睛本身所有的东西。理智就是这个道理。我们不能确定，我们称作真理的东西是真的，还是我们只是觉得它如此。如果是后者，那么我们所积累的真理在我们死后就不再存在——且对财富的所有追求，即便这些财富跟着我们进了坟墓，也将是徒劳的——啊，薇莲敏妮，如果这个观点的尖儿没有戳到你的心，就请不要对另一个因它而在最神圣的内心深处受到伤害的人嗤之以鼻。我唯一的、我最高的目标毁灭了，而我现在再也没有目标了……自从此世间再无真理可寻的这一信念出现在我心灵面前起，我就再没碰过一本书。为了转移注意力，我在我房间无所事事地瞎晃悠过，我让自己坐在敞开的窗户旁边，我跑到户外，内心的不安驱使我最终进了一家家的烟铺和咖啡店，我去了一场场的戏剧和音乐会；我甚至为了麻痹自己，还干过一桩蠢事……然而，在这种外部纷乱之中，我的心灵怀着炽热的恐惧所关注的那个唯一想法却一直只是：你唯一的、你最高的目标毁灭了——[1]

克莱斯特其实误读了康德，他所经历的思想危机本质上早已经潜藏在自己身上。已有不少研究者指出，康德哲学对于克莱斯特的影响，并非克氏自己后来在回顾时所建构的那般"突然地打碎了他所有的乐观主义世界观"；康德哲学出现在他的生命中，更多的只是标志着克莱斯特充满危机的智识和思想发展过程的高点而已，换言之，康德危机只是克莱斯特自我危机演进的一个高点（Klimax）。[2]实际上，克莱斯特对于康德的关注远早于他的

---

[1] Heinrich von Kleist, *Sämtliche Werke und Briefe*, hg. v. Helmut Sembdner, München 2013, S. 633f.

[2] David Deißner, *Moral und Motivation im Werk Heinrich von Kleists*, Tübingen 2009, S. 66.

"康德危机"，且克莱斯特对康德的伦理与道德哲学——亦即实践哲学领域——比对康德的认识论钻研得更多，诸如美德、幸福、义务和何谓良好生活的问题都是危机前的克莱斯特思考的主要问题。更有观点指出，克莱斯特对于康德的认识论真正了解多少，是否只是浮光掠影甚至有没有好好读过，都是值得怀疑的。[1]康德在《纯粹理性批判》中所要着力探讨的真正问题并非"物自体"，[2]尽管康德的观点不可避免地意味着认识的相对化和建构性。康德眼中的真正问题是：我们如何保证我们对于自然法则的认识？[3]他试图确定我们认识能力的工具和先天条件，借助这些工具和条件，我们进行感知，组织认知，形成认识。康德进而要规定的，是个体间交往的诸多模式，它们连接和沟通主体的现实建构，也就是确定人所具有的共识（Konvention），借助这种共识，我们可以彼此理解，我们的思维将获得一种实践的真理（即便不是绝对真理）。[4]克莱斯特却并不去思考认识机制——"绿色镜片"——之结构，而只是死死追寻绝对性存在，那么一旦他发现理性无法满足这种追寻，就陷入绝望；他在康德思考的起点处就停止了。[5]君特·布兰姆贝格对"康德危机"的评论：这纯属克莱斯特自制的（hausgemacht），是他自己的愚蠢，不能怪康

---

〔1〕　参见 David Deißner, *Moral und Motivation im Werk Heinrich von Kleists*, Tübingen 2009, S. 67.

〔2〕　Gerd Irrlitz, *Kant-Hanbuch. Leben und Werk*, 2. Aufl. , S. 175.

〔3〕　Gerd Irrlitz, *Kant-Hanbuch. Leben und Werk*, 2. Aufl. , S. 173.

〔4〕　参见 Günter Blamberger, *Heinrich von Kleist. Biographie*, Frankfurt am Main 2012, S. 76.

〔5〕　参见 Günter Blamberger, *Heinrich von Kleist. Biographie*, Frankfurt am Main 2012, S. 76.

德。[1]

克莱斯特研究中几乎已经成为固定称谓的"康德危机"常被当作克莱斯特思想历程的分水岭，不过，这种划分过于粗线条和武断。[2]人们从克莱斯特的这段经历中所看到的不应只是他思想的"断裂"性，相反，更应看到他在思维进路中早已存在、并随着个人阅历的增长逐渐清晰起来的两难困境。绝对性真理有多神圣，它破灭后就有多虚无。在对绝对性的"真理"极端渴求的过程中，出现一种看似不可思议的彻底反转。克莱斯特曾经将对于修养、真理的追求看作一种宗教，对完善的追求在死后都将继续发挥作用。物极必反，木强则折，克莱斯特的思想发展脉络透露出，他从一开始就埋藏着崩溃的危险，极端的性状往往是不稳定的。克莱斯特思想的极端性不乏他个人生命气质的因素。歌德显然嗅到了这种危险的气味，他对克莱斯特的观感：令人发抖和厌恶，就像一副天生美好的身体，却被不可救药的病所侵袭。歌德于直觉中给出了克氏悖论性的界说。启蒙价值的深刻影响于他就像不忍离去的幽魂、尚未散尽的余梦、仍有痕迹的废墟，最终残留在表象之中，在他作品的字里行间欲形成招魂的把戏。

因而，在克莱斯特作品中，结构上的完整性更多是一种表象（如果不是假象的话）；所谓的双重面向就是一种悖论性结构，一种两难境地的反映。对此，人们应该追问的是，内容与叙事话语、语言之间的张力和分歧到底具体意味着什么？很明显，它暗示了偶然性事件在秩序中横冲直撞的痕迹，句法结构与整篇架构

---

〔1〕 参见 Günter Blamberger, *Heinrich von Kleist. Biographie*, Frankfurt am Main 2012, S. 76f.

〔2〕 参见 David Deißner, *Moral und Motivation im Werk Heinrich von Kleists*, Tübingen 2009, S. 66.

看上去貌似具有收拢一切的整体感，实际上却潜藏着被截断的危机。的确，在阅读克莱斯特作品时常常感受到的"上气不接下气"的奇特压迫感令人印象深刻。大量见于克莱斯特叙事作品中的句法结构是绵延数行的主从复合句，且以续接形式的主从句"dergestalt，dass…"最为典型。出人意料的偶然事件往往出现在主句中，成为句子的主导信息，牵制着从句中人的行为；经过dergestalt，dass…这一连词结构的接合，偶然事件不再孤立地发生，而是引起人在后续的一系列反应和行动，也就是，人面对偶然事件时所产生的变化在从句中继续延展，从而在总体上继续推进小说叙事情节。叙事语言和结构层面对偶然性的安排和收拢，并不意味着小说世界中的人物所面临的震惊与危险有丝毫减轻。相反，这些人物面临的困境恰恰是无法在自己的生命视域中理顺和安放那些暴击他们生活的偶然事件，继而无法获得一种完整且自洽的生命形式和意义。

四、地震：18 世纪的偶然性讨论与克莱斯特的美学融合

《智利地震》的故事背景借用了历史上 1647 年于智利发生的地震。小说发表于 1807 年，对于此时的欧洲人来说，地震是他们当代史中并未淡去的记忆，1755 年葡萄牙发生的里斯本大地震造成的伤亡和思想秩序上的震荡在启蒙晚期的欧洲人心中留下了深刻的印记。歌德也曾提到过这次地震对他的影响。总之，小说选用了地震这个意象，并非对异国逸闻的猎奇，而是凝聚了时代的隐喻。

首先，地震隐喻了形而上意义根基的动摇，它影射着 18 世纪进程中持续发酵的关于神正论议题的讨论。1755 年 11 月 1 日葡萄牙里斯本大地震将启蒙进程中神正论的讨论推向高潮。里斯

本大地震引发了神学和哲学上的大规模持久讨论，并通过这种公共性大讨论而一跃成为 18 世纪具有世界历史意义的事件，堪与 1789 年法国大革命比肩。[1]里斯本地震这样的事件使神正论陷入逻辑困局，挑衅、撼动了上帝所保证的世界之正义性；一连串尖锐棘手的问题是：是否且如何理解地震是上帝意志的表达？[2]上帝的全能、全善和全知如何能与世界上恶的存在相统一？莱布尼茨的神正论论断"我们的世界是一切可能世界中的最好世界"（因此世界上恶的存在与上帝的善不矛盾）是否有效？[3]地震造成的巨大灾难与伤亡促使当时很多学者、知识分子重新反思和定位人在世界中的位置，以不同的立场参与到神正论的讨论中来，比如康德、卢梭、伏尔泰等。康德 1756 年连作三篇文章，尝试梳理并告知公众"地震的详尽历史、地震在欧洲各地区的传播、当时出现的值得注意的现象以及它们可能引起的考察"[4]。在《1755 年底震动地球一大部分的那场地震中诸多值得注意的事件的历史和自然描述》一文中，康德论述了地壳内部的性状、以前发生的地震的预兆、里斯本 1755 年 11 月 1 日地震和海洋震动的状况、水震动的原因、地震期间的间歇期与火山喷发的关系、地

---

〔1〕 Dirk Grathoff, "Das Erdbeben in Chili und Lissabon", in: ders., *Kleist: Geschichte, Politik, Sprache. Aufsätze zu Leben und Werk Heinrich von Kleists*, 2. verbesserte Auflage. S. 96 – 111, hier S. 100.

〔2〕 Dirk Grathoff, "Das Erdbeben in Chili und Lissabon", in: ders., *Kleist: Geschichte, Politik, Sprache. Aufsätze zu Leben und Werk Heinrich von Kleist*, 2. verbesserte Auflage, S. 96 – 111, hier S. 101.

〔3〕 Claudia Liebhand, "Das Erdbeben in Chili", in: Ingo Breuer (Hg.), *Kleist-Handbuch. Leben – Werk – Wirkung*, Stuttgart 2009, S. 114 – 120, hier S. 115.

〔4〕 [德] 康德："就去年年底波及西欧各国的那场灾难论地震的原因"，李秋零译，载李秋零主编：《康德著作全集》第 1 卷《前批判时期著作 I（1747 – 1756）》，中国人民大学出版社 2010 年版，第 417 页。

震与季节的关系、地震在大气圈中造成的影响，甚至还论及了地震的益处。康德对地震的论述无意于讨论上帝意志，相反，他反对将自然现象与伦理乃至信仰问题纠缠在一起，而在三篇文章中都以客观、科学的研究姿态"描述""观察"地震现象，主张"让我们仅仅在我们的居住地自身探索原因吧！我们的原因就在我们自己脚下"[1]；这种客观性使他得出不囿于宗教框架的视角宽阔的认识，甚至承认地震客观带来的诸多好处。他提到，尽管地震的原因——地球内部发热——给人们造成了一时的灾害，但另一方面也"轻而易举地给人补偿以收益"，温泉浴就是一例。[2]康德明确坦言，人之认识存在偏狭和局限，"倘若有人把诸如（地震）[3]此类的命运在任何时候都视为施加的惩治，这种惩治是蒙受蹂躏的城市因其罪恶而遭受的；如果我们把这些不幸者视为上帝复仇的目标，上帝的正义将其所有的愤怒之碗都倾倒在他们头上……这种判断方式是一种不可原谅的冒失，它自以为能够认出天意的意图，并且按照自己的认识来诠释它。人对自己是如此之自信，乃至仅仅把自己视为上帝的安排的惟一目的，仿佛除了人自己之外，上帝的安排就没有任何别的着眼点，以便在对世界的通知中确立各种准则似的"[4]。正如面对物自体那样，康德对上

〔1〕［德］康德："对自一些时间以来所觉察到的地震的继续考察"，李秋零译，载李秋零主编：《康德著作全集》第1卷《前批判时期著作Ⅰ（1747 – 1756）》，中国人民大学出版社2010年版，第452页。

〔2〕参见［德］康德："1755年底震动地球一大部分的那场地震中诸多值得注意的事件的历史和自然描述"，李秋零译，载李秋零主编：《康德著作全集》第1卷《前批判时期著作Ⅰ（1747 – 1756）》，中国人民大学出版社2010年版，第442页。

〔3〕笔者加。

〔4〕［德］康德："1755年底震动地球一大部分的那场地震中诸多值得注意的事件的历史和自然描述"，李秋零译，载李秋零主编：《康德著作全集》第1卷《前批判时期著作Ⅰ（1747 – 1756）》，中国人民大学出版社2010年版，第445页。

帝的意志不做过多追问，他认为："人在要猜测上帝在统治世界方面所怀的意图时，是不明所以的（im Dunkeln）。"[1]也就是，康德觉得人无权、也无力获知上帝的意图，但康德的主张不意味着悲观主义，相反，他的目光看向人的行动可以做出改变的积极方面，他指出，人如果不是"希望大自然来顺从自己"，即不用人自身局促的意愿去揣测上帝的意愿，而是能够积极行动、顺从和利用自然规律，则依然能够把握幸福，获得好的生活。"如果问题在于应用，即我们应当如何根据天意的目的来使用天意的这些路径，那么，我们也并不是毫无把握。"[2]他以地震带为例，指出如果人们在地质不稳定的地基上进行建筑，那么"地震迟早会使其豪华的建筑化为废墟的"，[3]换言之，如果人枉顾自然规律、不主动趋利避害，偏要在地质不稳定地带盲目地高筑楼台，在这种情况下出现地震灾难，则没有任何必要归咎于天意。"既然如此，认为地面上时而发生地震是必要的，但我们在地面上建筑豪华的住宅却并不是必要的，作出这样的判断岂不是更好吗？"[4]

里斯本地震在法国引发的争议似乎比德国更猛烈。伏尔泰因

---

〔1〕［德］康德："1755 年底震动地球一大部分的那场地震中诸多值得注意的事件的历史和自然描述"，李秋零译，载李秋零主编：《康德著作全集》第 1 卷《前批判时期著作Ⅰ（1747－1756）》，中国人民大学出版社 2010 年版，第 446 页。

〔2〕［德］康德："1755 年底震动地球一大部分的那场地震中诸多值得注意的事件的历史和自然描述"，李秋零译，载李秋零主编：《康德著作全集》第 1 卷《前批判时期著作Ⅰ（1747－1756）》，中国人民大学出版社 2010 年版，第 446 页。

〔3〕［德］康德："1755 年底震动地球一大部分的那场地震中诸多值得注意的事件的历史和自然描述"，李秋零译，载李秋零主编：《康德著作全集》第 1 卷《前批判时期著作Ⅰ（1747－1756）》，中国人民大学出版社 2010 年版，第 442 页。

〔4〕［德］康德："1755 年底震动地球一大部分的那场地震中诸多值得注意的事件的历史和自然描述"，李秋零译，载李秋零主编：《康德著作全集》第 1 卷《前批判时期著作Ⅰ（1747－1756）》，中国人民大学出版社 2010 年版，第 442 页。

为里斯本地震直接从原来的神正论的乐观主义阵营完全倒向反对它的一方，并专门作诗《里斯本的灾难》（*Poème sur le desastre de Lisabonne*，1755）、1759 年又作小说《老实人》（*Candide ou l' optimisme*），其中也专门写到了地震，批评神正论。《老实人》同时是伏尔泰对卢梭所持的不同看法的回应。卢梭曾就《里斯本的灾难》给伏尔泰写信提出异议，认为不应将自然灾害事件解读为上帝的震怒与报复，[1]要把哲学问题与信仰问题明确区分开来，宗教信仰领域不应被触动和染指；抨击神正论的做法本身并无重要的哲学意义，却招致一种风险，亦即莱布尼茨乐观主义学说所带给人们的慰藉也被打消。[2]

卢梭向伏尔泰指出，面对地震的发生，人们应当搁置自然现象，而把注意力放到社会、历史、国家层面。[3]卢梭看待地震灾害的视角不是形而上的，而是落脚到社会生活、组织方式、人的观念等现实和实践中的诸多微观因素。

不离开您的观察对象里斯本，请您向我承认，诸如：并非自然把2万座6~7层的房子建在一起；如果这座大城市的居民更均匀地分散开、并更轻松地安置住处，那么造成的浩劫将小得多，或许完全不会出现浩劫。……多少不幸的人不是因为要抢救衣物、文件、抢救钱财而死于这场灾难的？……按我们不同的观察

---

〔1〕 Claudia Liebhand, "Das Erdbeben in Chili", in: Ingo Breuer（Hg.）, *Kleist-Handbuch. Leben - Werk - Wirkung*, Stuttgart 2009, S. 114 - 120, hier S. 115.

〔2〕 参见 Dirk Grathoff, "Das Erdbeben in Chili und Lissabon", in: ders., *Kleist: Geschichte, Politik, Sprache. Aufsätze zu Leben und Werk Heinrich von Kleists*, 2. verbesserte Aufl., Opladen 1988, S. 96 - 111, hier S. 106.

〔3〕 参见 Dirk Grathoff, "Das Erdbeben in Chili und Lissabon", in: ders., *Kleist: Geschichte, Politik, Sprache. Aufsätze zu Leben und Werk Heinrich von Kleists*, 2. verbesserte Aufl., Opladen 1988, S. 96 - 111, hier S. 106.

立场，有很多事情常或多或少触动我们，如果近距离探究它们，则这些事情常常不再像我们第一眼所感觉的那么令人厌恶。我从查第格（Zadig）受益，每一天，自然都向我证明：突然的死（ein plötzlicher Tod）并不总是真正的恶事，它有时也可以被看作是相对而言的幸福（ein verhältnismäßiges Glück）。[1]

卢梭的视角与康德颇为相似，两人都将关注的视点放在人自身有所把握的行动上，而不愿轻易触碰信仰的领域，对上帝意志是什么悬而不论。

《老实人》由伏尔泰匿名发表，可以看作伏尔泰在神正论议题上对卢梭的刁顽答复；主人公赣第德（Candid）的老师庞洛斯（Panglos）这一形象影射了莱布尼茨，而与卢梭同名的商人雅克（Jacques）是一个再次受洗者（Wiedertäufer），无疑影射了卢梭本人。[2]《老实人》预演了克莱斯特《智利地震》故事的基本结构：挺过了自然灾难，随之而来的是社会的献祭与惩罚仪式中真正的灭顶之灾。[3]克莱斯特的《智利地震》将18世纪的神正论大讨论中的哲学和神学立场、问题构型进行了文学化处理，是这一话语的续写。[4]尽管他将故事的时空架构在更早的历史事件即

---

〔1〕 转引自 Dirk Grathoff, "Das Erdbeben in Chili und Lissabon", in: ders., *Kleist*: *Geschichte, Politik, Sprache. Aufsätze zu Leben und Werk Heinrich von Kleists*, 2. verbesserte Aufl., Opladen 1988, S. 96 – 111, hier S. 106.

〔2〕 参见 Dirk Grathoff, "Das Erdbeben in Chili und Lissabon", in: ders., *Kleist*: *Geschichte, Politik, Sprache. Aufsätze zu Leben und Werk Heinrich von Kleists*, 2. verbesserte Aufl., Opladen 1988, S. 96 – 111, hier S. 107.

〔3〕 参见 Dirk Grathoff, "Das Erdbeben in Chili und Lissabon", in: ders., *Kleist*: *Geschichte, Politik, Sprache. Aufsätze zu Leben und Werk Heinrich von Kleists*, 2. verbesserte Aufl., Opladen 1988, S. 96 – 111, hier S. 109.

〔4〕 Claudia Liebhand, "Das Erdbeben in Chili", in: Ingo Breuer (Hg.), *Kleist-Handbuch. Leben – Werk – Wirkung*, Stuttgart 2009, S. 114 – 120, hier S. 115.

1647 年的智利地震，但毫无疑问的是，克莱斯特时代的读者能够嗅出里斯本大地震所带来的欧洲精神层面的变革。[1]

《智利地震》以文学虚构的独特方式加入了神正论的讨论。与哲学和神学讨论不同，小说并没有给出明确的支持或反对观点，它抛给读者的是缠绕的意义谜团，这一谜团结构反映出笼罩在 18 世纪宗教与启蒙角力、从传统向现代转变过程中欧洲精神天空的犹疑氛围。小说既不带有伏尔泰那样坚决的悲观主义的宗教观念，也不关注康德、卢梭等所热衷的实践中的乐观主义，而是选择了另外一种独特立场：小说中的人物并无信仰危机，他们表现出极大的宗教虔诚，相信上帝的力量；但吊诡的是，他们在面对世界时，不断地被触发"惊恐"，陷入陌异的处境，世界变得幽暗而无法理解——无论如何，他们还是陷入了危机中。这是《智利地震》叙事的奇特之处，也就是小说表面所宣扬呈现的与它真正讲述的完全是两码事，在小说中看不到任何人有对上帝心存怀疑和不满，他们无不怀着各自的虔诚，而那个世界却到处充满着错乱和悖谬。克莱斯特小说中的叙事者躲在隐秘的角落，玩着指东打西的把戏，赵蕾莲在研究中指出了克莱斯特叙事的伪装："《智利地震》中躲在事件后面的叙事者并不赞同狂热的牧师的观点：圣地亚哥地震是上帝对男女主人公不端行为的惩罚，大自然的破坏力并非到底败坏的后果。"[2]

在文本外，克莱斯特曾在 1806 年 8 月 4 日、8 月 31 日（与

---

〔1〕　参见 Dirk Grathoff, "Das Erdbeben in Chili und Lissabon", in: ders., *Kleist: Geschichte, Politik, Sprache. Aufsätze zu Leben und Werk Heinrich von Kleists*, 2. verbesserte Aufl., Opladen 1988, S. 96 – 111, hier S. 100.

〔2〕　赵蕾莲："论克莱斯特中篇小说的现代性"，载《同济大学学报（社会科学版）》2010 年第 2 期。

《智利地震》可能的写作时间相佐证）给友人的信中两次表露过："在世界顶端的可能不是一个恶的上帝（kein böser Gott），而只是一个不可捉摸的上帝（ein bloß unbegriffener）！难道我们不也是在孩子哭的时候笑吗？"[1]尽管这一说法乍看上去与康德很像，即承认人在面对上帝意图时的"不明所以"（im Dunkeln），但克莱斯特的下一步路却与康德分道扬镳。他在1806年的个人通信中表现出强烈的虚无主义情绪，这种虚无主义从所谓的"康德危机"之后可能愈来愈烈，让他对生命本身采取了颇为放荡不羁的看法。"谁想着要在世间过得幸福？呸，我几乎想说，如果你想这样，则应感到羞耻！噢，高贵的人啊，在这世间一切都以死亡为结局，追求某个东西是多么鼠目寸光。"[2]这一抹虚无主义色彩的根源可能不乏个人性格、不顺遂的职场经历等生平因素，但更多地，人们应觉察到彼时时代的精神和思想气质。1801年2月5日给姐姐乌尔莉可·封·克莱斯特（Ulrike von Kleist）的信中，克莱斯特袒露了自己内心两个层面的痛苦：一是他感到自己无法从事一份职业；二是他精神危机的前奏，即对于追求知识与科学的心灰意冷。

首先关于第一层现实生存的痛苦，他明确断定，自己的个性"不合群"（ich passe mich nicht unter den Menschen），因而非常"不喜欢人群"（Sie gefallen mir nicht）；在交往时必须要扮演角

---

[1] 克莱斯特在1806年8月4日给Karl Freiherr von Stein zum Altenstein的信、8月31日给Otto August Rühle von Lilienstern的信中用了同样的表达。Heinrich von Kleist, *Sämtliche Werke und Briefe*, hg. v. Helmut Sembdner, München 2013, S. 766, S. 768.

[2] Heinrich von Kleist, *Sämtliche Werke und Briefe*, hg. v. Helmut Sembdner, München 2013, S. 768.

色，这种角色压迫和自我分裂令他无法忍受。[1]关于这种现实生存中的无力感，克莱斯特在刚就任柏林政府卡尔·奥古斯特·封·施特鲁恩泽（Karl August von Struensee）见习办事员职位不久，就表露过对职务的厌弃之情，并表示自己不适合做公职（ich passe mich für kein Amt）。[2]"当我想到那宜人的山谷将环绕我们的茅屋，想到茅屋中只有我和你以及各门科学，而再无其他什么，这都是真的——噢，此时所有的名誉职位和所有财富都令我觉得可鄙，我觉得，好像没有什么能比实现这个愿望更令我幸福了，好像我必须立刻朝着它的实现迈进。"[3]山谷、茅屋、爱人、科学，这些话语无疑指示着那个时代的各种思想潮流：卢梭式的重返自然、对孤独的追求、对幸福的追问、启蒙理性对真理的探求。克莱斯特将它们统统混合，就成为一种别扭、内在充满矛盾的理想：要在逃离社会的隐居状态中获得爱与真理，从而达到自我教育。克莱斯特对科学始终抱有兴趣，但却无法进入且有意识地拒绝学者角色。按照康德的设想，学者是承担公共领域运转的中坚力量，他们通过"公共地运用理性"，即通过写文章公开发表自己的观点而启蒙公众，因而学者在此意义上也是一种"公"职，同样也是一种固定的社会角色，这种状态对克莱斯特来说是有局限性的。从这个角度也可以理解，他会说出"只做学者，是

---

〔1〕 参见 Heinrich von Kleist, *Sämtliche Werke und Briefe*, hg. v. Helmut Sembdner, München 2013, S. 628.

〔2〕 1801 年 11 月 13 日给未婚妻覃娥的信。参见 Heinrich von Kleist, *Sämtliche Werke und Briefe*, hg. v. Helmut Sembdner, München 2013, S. 584.

〔3〕 Heinrich von Kleist, *Sämtliche Werke und Briefe*, hg. v. Helmut Sembdner, München 2013, S. 584.

多么悲哀"〔1〕的话。他犹豫着滑向了另一个极端，拒绝进入任何
角色，这种不合作的姿态事实上表现为社会生活领域的孱弱。个
体的个性完整与现代国家机器之间，个人修养与职业、社会角色
之间的张力矛盾是克莱斯特所不得不面对的问题，它实际上也是
歌德的维特、威廉·迈斯特以及浪漫派文学所面对的重要议题。
克莱斯特的心灵不具备像歌德那里的掩体，让他在理性化的现实
世界中游刃有余。他在 1800 年 11 月 13 日给覃娥的信中，表露了
对人之存在目的的忧心和对普鲁士国家机器的质疑。在他眼中，
二者是彼此取消、互不相容的：

> 我不能介入那种禁止我用自己的理性去检验的利益。我应去
> 做国家要求我做的事情，但却不应去探究它让我做的事情是否为
> 善。我应仅是它不为人知的目的之工具——这，我做不到。……
> 我不适合公职。我真的太不灵活，做不了它。秩序、精确、耐
> 心、温顺，这些都是公职上不可或缺的性格，而我却完全不具
> 备。我只愿意为我自己的修养而工作，这样的我，无比耐心和温
> 顺。但为了公职那份工资而做各种表、做账——啊，我将赶紧
> 做，赶紧做，以便它们快点结束，我好回到我热爱的科学中去。
> 我将从我的公职上偷时间，奉献给我的修养。〔2〕

这无疑是一个极端化的立场，似乎个人修养与服役社会之间
无法达到真正的和谐，"有用性"是困扰德意志贵族、市民阶层
心灵的魔咒。克莱斯特的理解中，私人生活的小天地与公共交往

---

〔1〕 Heinrich von Kleist, *Sämtliche Werke und Briefe*, hg. v. Helmut Sembdner,
München 2013, S. 629.

〔2〕 Heinrich von Kleist, *Sämtliche Werke und Briefe*, hg. v. Helmut Sembdner,
München 2013, S. 584.

中的"大世界"此时已经严格对立起来；为了赚得私人小天地的安稳，必须委身于对大世界的服务中，这是对自我修养可能性空间的挤压与出卖，克莱斯特对此嗤之以鼻：

> 要么，我在自己家中很幸福，要么就绝不幸福：在舞会上不幸福、在歌剧院不幸福、在各种社交场合不幸福，且不管是诸侯们的聚会、还是我们自己国王的聚会。……噢，我将咒骂那个大世界中的勋章、财富和全部玩意，我将痛苦地大哭，我的天命就这样不可挽回地浪费了，我将怀着热切的渴念希望有干瘪的面包，以及爱、修养和自由——不，薇莲敏妮，我不能选择公职，因为我鄙视它提供的全部幸福。[1]

尽管克莱斯特在自己身上敏锐地体察到职业使人异化的危险，但他的出发点却较为偏狭，这与他在人际交往中的退缩和无力不无干系。克莱斯特在给未婚妻覃娥的这封信中试图为自己不从事任何公职、不作传统意义上的挣钱糊口职业而找到合法性。他几次自问"我可否不做公职？""这是可能的吗？"，而似乎这类提问本身对他就是历险。这从侧面也显示出，克莱斯特所面对的真实生存压力。他企图重新定义"有用性"的内涵，认为做一个对他人有用的人，这一点本身无可厚非，但不等于要做一份职业。[2]与此同时，他还批评财富和名誉对人的束缚，认为对财富、体面的要求，都是贵族传统的偏见。他以自己朋友路德维希·封·布洛克斯（Ludwig von Brokes）[3]为典范，意在说明，美德

---

[1] Heinrich von Kleist, *Sämtliche Werke und Briefe*, hg. v. Helmut Sembdner, München 2013, S. 585.

[2] 参见 Heinrich von Kleist, *Sämtliche Werke und Briefe*, hg. v. Helmut Sembdner, München 2013, S. 584.

[3] 克莱斯特信中写法为 Brokes，现常写作 Brockes。

通过感化他人而同样能具有有用性。不过，这种论证似乎是空中楼阁，或多或少有些牵强的意味。最终，克莱斯特欲踏上的修养之路是写作，它是克莱斯特将人生游戏继续下去的唯一选择。

值得注意的是，维特式的忧郁也再次出现在克莱斯特的心灵中。这种普遍的忧郁与 20 年前狂飙突进的 70 年代时相比，更加阴翳，因而或许更难疗愈。实际上，他在 1801 年左右的个人通信中就已经袒露出明显的虚无主义情绪。在这种忧郁中，克莱斯特思想深层的危机似乎已经不宣而至。1801 年 2 月给姐姐的信中，他在表示自己无力驾驭任何公职之后，悲诉自己精神世界的"支柱"已经动摇了：

> 就连我在生命的漩涡中一贯抓住的那个柱子，现在也摇晃起来——我是指，对各门科学的热爱。……亲爱的乌尔莉可，生命是一场艰难的游戏，这已是老生常谈；而为什么这游戏艰难呢？因为人们应该总是不断地重新抽牌，但却不知何为胜利；我之所以这样认为，是因为人们应该总是不断地重新行动，却不知什么是对的。知（识）（Wissen）不可能是最高的存在——行动比知识更好。但天才形成于悄无声息之中（im Stillen），而性格只在世界洪流中形成。它们是两个完全不同的目标，通向它们的是两条完全不同的道路。如果无法将两个目标融合，该选哪个？是最高的目标，还是我们天性驱使我们奔赴的那个目标？——但即便假设只有真理是我的目标——啊，仅仅做个学者，是多么悲哀。所有认识我的人都建议我，从知识的众多领域中选出一个对象，对其做研究——是的，当然，这是通向荣耀的路（der Weg zum Ruhme），但这是我的目标吗？像鼹鼠一样挖洞而忘记其他一切，对我来说是不可能的。没有哪门科学比另一门更让我更喜欢，如

果我偏爱一门，则就像一个父亲总是最喜欢儿子们中自己身边看到的那个——但是我该总是从一门科学到另一门科学，总是只在表面游动却无法深入任何一门中吗？这就是那根摇晃的柱子。[1]

克莱斯特想学尽天下所有科学、获得大全的知识，继而达到对真理的认识。他对于整体性的追求，理想得近乎偏执。由于这种对于绝对性的偏执，他越是怀有对科学的热爱，就越容易陷入惶恐中。他惶恐和忌惮知识的片面性与分裂，不愿像目光狭窄的"鼹鼠"那样只钻研单一的、孤立的知识，不想落入专业化带来的偏狭；但他也意识到，成为一个通晓全部科学门类的博学者，已几乎是不可能的。除此之外，知识对他而言，终究也并非最高的目标，此时他业已说出，行动是更高的目标；对于知识的不信任已经开始蔓延在他的情绪中。但是，在"世界的洪流"中行动和锻炼品格，恰是他惧怕的，因为与他的天性不符。曾经设想的科学之星光大道在暗淡下去之后，克莱斯特感到自己内向敏感的天性没有了塑造的前景。因此，我们看到一种面对未来的犹疑不决、一种拒绝进入生命任何确定形式（Form）的游荡姿态；歌德如果读到这样的自我剖析，必然会对其中的主观主义造作成分洞如观火。

需要指出，克莱斯特生命态度中流露出一种奇特的混合色调，也即期待与绝望并存的复杂色调。这种杂糅性与矛盾性一定程度上亦显见于他的作品中。在上段1801年2月通信的引文中，我们注意到，克莱斯特已经转向关注生命经验中的随机性、无目的性、甚至是盲目性，距离一种彻底悲观的虚无主义已相去不

[1] Heinrich von Kleist, *Sämtliche Werke und Briefe*, hg. v. Helmut Sembdner, München 2013, S. 629.

·217·

远。他称生命为一场艰难的游戏，就像抽扑克牌一样，每次抽牌都带来一个随机的结果，这样的生命自始至终每一步都是谜，且即便抽牌者怀有期望，也无法预测和参与改变结果。生命的游戏本性就是偶然性，克莱斯特只是没用偶然性这个词语。克莱斯特这里，世界的偶然性使人丧失了对任何一种严肃意义和目的的坚韧斗志，无怪乎我们看到他乐于摆出浪荡子般的生活态度，辛辣地讽刺任何对于幸福的追求。"生命是唯一只有当我们不重视它的时候才有点价值的财富。若我们无法让它轻如鸿毛，它就是可鄙的，只有那些能轻松愉悦地将生命扔弃（wegwerfen）的人，才能用它去达到远大目的（zu großen Zwecken）。"[1]克莱斯特对待生命的不严肃和轻佻实际上正是忧郁和失去带来的创伤（Verlusterfahrung）的另一种表现。吊诡的是，克莱斯特承认生命仍是有价值的，但条件是拥有生命的人应自主取消它的价值；最终对于"大"目标的念想和追求仍隐约浮现在字里行间，只是换了一种有别于目的论的、漫不经心的悖反方式。这种悖反的立场是典型的克莱斯特式，往往包含逻辑的缠绕乃至混乱，不同层面的知识发生强行勾连；不过，由此也再次凸显了克莱斯特思想和创作世界中希望与绝望并存的混合色调。克莱斯特继续将悖反立场推向深入："小心翼翼地爱生命的人，道德上就已经死了。因为当他呵护生命的时候，他最高的生命力——即能够牺牲生命——就腐烂掉了。"[2]走到这一步，克莱斯特从生命直接经验中生发出了

---

〔1〕 克莱斯特在所谓"康德危机"后笃定旅行，这段话出自他1801年7月21从巴黎写给未婚妻珵娥的信。Heinrich von Kleist, *Sämtliche Werke und Briefe*, hg. v. Helmut Sembdner, München 2013, S. 670.

〔2〕 Heinrich von Kleist, *Sämtliche Werke und Briefe*, hg. v. Helmut Sembdner, München 2013, S. 670.

近乎尼采式的权力意志和价值重估的先声，而他的极端性令人怆
然。他自杀之前生命最后时刻的欢欣与轻快，是因为真的体认到
了这种最高生命力的力量和道德上的永生，还是仅仅因为从生存
的困厄与痛苦中得到解脱？他生命的结局时刻，是惨烈与明快两
种色调的诡异混合，这悖论性的意味也笼罩着他的小说《智利地
震》的结尾。

　　抽牌游戏的隐喻所昭示的人之形象是晦暗的，偶然性世界令
人感到陌生、引起畏惧。克莱斯特的注意力从此没有再离开过观
察和玩味生命经验的偶然性。这种对偶然性与生命交道的机敏觉
察与歌德近似，却又在出路上大相径庭。他从自身陌生化的生存
经验中培植出了奇特的审美规范：对于"理解"和"熟悉"的排
斥、对于冒险和"陌生"的追求。这种审美诉求极为前卫。他对
好友吕勒·封·李利恩施丹（Otto August Rühle von Lilienstern）
要求，"所有的第一次运动（erste Bewegung），所有不由自主
（unwillkürlich）的东西，都是美的（schön）；所有的东西一旦理
解了自身，就走样了、古怪（schief und verschroben）。噢，理智！
不幸的理智（der unglückliche Verstand）"……跟随你的情感。你
觉得美的，就呈现出来，随机去做（auf gut Glück）。那是一次投
掷动作，就像掷骰子那样；此外也无他法。[1]伦理领域与美学领
域在克莱斯特这里有着明显的分野。如果不可捉摸、令人无法理
解的世界对于个体来说意味着惊恐与不安等消极的生存体验，那
么不可捉摸性与幽暗的神秘性却成为艺术审美的标准。按克莱斯
特的规定，所有"第一次运动、不由自主的东西"都是美的，那

---

　　[1]　Heinrich von Kleist, *Sämtliche Werke und Briefe*, hg. v. Helmut Sembdner, München 2013, S. 769.

么无疑，"美"是前所未有的一个事件、一次动作的发生；一个事情如果是第二次或多次出现，成为惯性、具有了确定性，那么它就不再属于美的范畴，而是古怪的、走样的（而确定性正是伦理生活中"幸福"的基石）。因而，"美"的经验必然是"新奇"的、不断颠覆和更新的；"美"与理智（Verstand）和理解（begreifen）无关，而与情感（Gefühl）有关，更近似于一种本能般的反应。美的产生是"随机的"，像掷骰子碰运气一般，是偶然事件，换言之，计划与目的性无法产生美。

五、无历史的人

偶然事件的突发性打断了小说人物生命时间感的连贯性。实际上，整个小说的叙述时间如果采用图示的话，将呈现为团块状，也就是集中于对偶然事件突发时刻的描写，大块与大块之间的连接显然不是匀质的。这无疑是对断裂和犹疑经验的表达。的确，小说人物的精神线索似乎也可以图示为一种不连续的团块状，也就是，人物自身本来就具有一种精神游离的特质，他们仿佛是自我历史不连贯的人，是具有不同状态的人，而这些状态似乎彼此不相干，换言之，他们仅有状态性，而没有内在连续性和目的本性，更谈不上发展。我们可以简化地称他们为无历史的人。这样的人，让人联想到克莱斯特所推崇的木偶戏中的木偶，也让人想起他眼中的米拉波和他所热衷的电学。如同外在世界没有了前后一致性和终极目的，这些人物也不再具有内在的、前后时序上的一致性，他们的存在仅仅依靠瞬时的环境，被囿于一个个当下之中。我们无法看透这些人物的内心，正如他们自己也无法理解自己的行为一样。地震让他们的记忆中断，地震成了零点时刻，地震前与地震后仿佛是两个世界，人物则成为两个世界中的人。我们来看赫罗尼莫和约瑟菲身上的瞬时状态性。

在地震后，与地震城毁人亡的混乱失序形成鲜明对比的是城外山谷中伊甸园般的和睦景象。田园诗般的自然风物、人与人的团结互助戏仿了人类社会未负累文化时的原初自然状态。叙事从人物视角展现出这里人与人之间的信任、关爱与友善。叙事采用的人物视角带来的叙事效果是，读者、叙事者、人物统统陷入了世界的迷雾之中。赫罗尼莫和约瑟菲感动于此情此景，关于行刑时刻的痛苦似乎完全不是真的，过去的记忆被眼前的经验所覆盖。

小说人物面对的是一个失去确定性的世界，读者则面对双重的不确定性，因为读者除了与小说人物共同面对他们所处的世界，还将不自觉地审视他们本身失去重心和本质后的不稳定性。当赫罗尼莫和约瑟菲怀着重逢的喜悦在远离人群的石榴树林的夜色里做出逃往西班牙的计划时，读者可能为他们命悬一线的状态稍松一口气，而当第二天到来，外界环境刺激发生变化时，他们就轻易改变了逃跑计划，转而决定要随着好心的唐·费尔南多一家一起返回城中。

由于人物在决策与行为方面的轻率和骤变，敏锐的读者不禁能够预感到某种虽尚不明晰、但却不祥的后果。事态隐藏的严峻性与人物反应机制的随意性形成了巨大反差。另一方面，人物并非对事态的严峻性和潜在的危机毫无感应，恰恰相反，在很多瞬间，人物的身体感知、情感已经悄悄地触到了危险的存在，但这些并不明朗的触碰却无法上达或诉诸理智。

赫罗尼莫和约瑟菲最初与周围人接触时的犹疑与担心、在被好心的唐·费尔南多一家热情接纳时的异样感受等微妙的情感起伏和行为方式都向读者透露着危机暂时休眠、但随时反扑的可能性。不过，人物自身无法相信和理解身体感知的这些讯息，与其说他们无暇兼顾一齐奔涌而来的诸多可能性面向，不如说他们不具备坚定可靠的判断力基础、无法做出"理性"意义上的自主选择，从而一直处于一种近乎随波逐流的状态中。

在此期间，身体与目光成为休眠中的"平行"现实的敏锐探测器和指示器。叙事中，并没有关于赫罗尼莫和约瑟菲与周围人在地震当天的具体社会交往的描写，地震暂停了所有"日常"的社会关系和交往模式。而地震后第二天，当太阳照常升起之时，他们"被迫"再度卷入社会关系之中。地震当晚，二人特地躲进远离人群的石榴树林，为了避免他们自己"内心的欢喜令其他人不快"（176）。空间上的独立与自我封闭性为他们规避了此时的社会交往可能会带来的不利风险。而打破这种并无真正保障的安稳性的是第二天唐·费尔南多的造访。唐·费尔南多主动走进石榴树林，请约瑟菲帮忙为自己的儿子胡安哺乳。叙事对这段的描写如下：

当他们醒来时，太阳已高挂天上，他们发现，附近有些人家忙着拢火做简单的早饭。正当赫罗尼莫也在思忖该如何为家人弄些食物的时候，一个衣着考究的年轻男人抱着孩子向约瑟菲走来，谦恭地问她，她是否愿意给这个可怜的小家伙喂一小会儿奶，孩子母亲受了伤，躺在那边的树下。约瑟菲看出此人是一个熟人时（in ihm einen Bekannten erblickte），有些慌乱；但年轻人误解了她的慌乱，继续说道：只喂片刻（es ist nur auf wenige Augenblicke），唐娜·约瑟菲，这孩子自从那令我们所有人都陷入不幸的时刻以来（seit jener Stunde, die uns alle unglücklich gemacht hat），什么都没吃过；约瑟菲于是说："我沉默——是另有原因，唐·费尔南多；在这样可怕的时日中，没有人会拒绝分享自己的东西。"接着就把这个陌生的小家伙接过来喂奶，一边又把她自己的孩子递给父亲。（177~178）

　　唐·费尔南多怀抱胡安的出现，是该小说文本中一种极富象征性的符号；对于故事中两个主人公的感知来说，唐·费尔南多的突然出现无异于一次新的"电击"，这正是克莱斯特所擅长安排的相遇方式。当"熟人"唐·费尔南多进入约瑟菲的目光（erblicken）中时，她第一反应是慌乱（verwirrt），这种情感的复杂性在于，它是信任与不信任、试探与恐惧的混合物。叙事当然并未交代唐·费尔南多与约瑟菲的关系，读者对他如何看待因通奸而获刑的约瑟菲也无从知晓，但是，仅就小说叙事提供的所有信息来看，他从未对约瑟菲（以及赫罗尼莫）的品行有过丝毫的敌意和犹疑，相反，直到小说最后，他都在坚定地挺身保护他们，而与暴力的群氓殊死搏斗。或许恰恰因为他难得的善意与友好，牵引着恐惧的约瑟菲和赫罗尼莫两人重新相信了现实的稳妥。从结局回看整个故事脉络，约瑟菲与赫罗尼莫的命运真正从生机走向死局的转变正是发生在给婴儿胡安喂奶的须臾片刻（es ist nur auf wenige Augenblicke）这一短暂的时间之中。另一方面，悄无声息的胡安本身就可以看作死神来临的某种象征，与文中有着几次哭闹描写细节的菲利普相比，胡安仅被提及的特征是形容枯槁（abgehärmt），如果哭闹显示着生命活力，那么无声无息就是死亡的表征。魅影一般存在的胡安，在双重意义上将死的气息带到约瑟菲的生命轨道中，一重意义是回溯的，他从地震那个"不幸的时刻"起就没有吃东西——这无疑会让约瑟菲又回想起自己的不幸；另一重意义是指向未来的，胡安这一形象于隐秘中重新开启了死亡倒计时的按钮。也恰恰只在这短暂的片刻（nur auf wenige Augenblicke）的接触中，约瑟菲就犹如在不明所以的情况下与死神定了契约，或者更确切地说，被死神封印。

约瑟菲无形中遵循着善意与善意彼此对等相报的逻辑，欣然接纳了唐·费尔南多为答谢她的善举而发出的真诚邀请。这里，与一家三口劫后余生团聚时的幸福感受相似，偶然事件在他们个人视角看来被解读为幸运、上帝的恩赐，他们观念中依然假定了一套目的论式的秩序。[1]约瑟菲与赫罗尼莫二人似乎是毫不犹豫地加入到唐·费尔南多的家庭中去共享早餐，叙事在这里极为流畅地一带而过，他们完全没有了初见唐·费尔南多时的犹疑。这次由私密的丛林挪到林子外部人群中的小小的空间位移，本质上扭转了他们逃离的轨迹，牵引着他们开始笃信现实的另一方面，坚定地再次走进本欲远离的城市和人群，最终却一步步陷入群氓的暴力私刑中，葬送了性命。而赔上性命的还有唐·费尔南多自己的儿子胡安以及他妻子善良的妹妹唐娜·康斯坦岑。善有善报、恶有恶报的因果逻辑律和道德律无论从哪个人物的角度来看，都被悬置。局部的善或片刻的善举，并无从推知全局或未来的走向，人物完全被流放于没有规律可循的汪洋大海中。德语文学研究者威纳·哈马赫（Werner Hamacher）指出，包括《智利地震》在内，克莱斯特的作品涉及的主题并非幸运或不幸的偶然事件，而是偶然性和世界的无规律性本身，也就是演示了"偶然性之拒斥综合的辩证过程"（den Prozeß einer nicht-synthetischen

---

[1]　参见 Werner Hamacher, "Das Beben der Darstellung", in: David E. Wellbery (Hg.), *Positionen der Literaturwissenschaft. Acht Modellanalyse am Beispiel von Kleists Das Erdbeben in Chili*, 3. Aufl, München 1993, S. 149 – 173, hier S. 156.

Dialektik der Kontingenz）。[1]

　　人物感知中说不清、道不明的异样感觉以及他们不由自主的怪异行为在山谷这段的叙事里另有许多处，比如，当约瑟菲与赫罗尼莫相遇后，第一次把他的儿子菲利普递给他让他亲吻时，菲利普哭了起来，叙事是这样描写的："赫罗尼莫接过孩子，怀着无以言表的为父之乐爱抚着他，由于孩子看到这张陌生的面孔就哭起来了，他不停地用亲吻堵住孩子的嘴。"（176）尽管叙事此处的外部视角只是展示了赫罗尼莫的外在行为，但这一行为的背后极有可能是因为赫罗尼莫无可名状的惊恐。他用亲吻堵住孩子嘴以止住哭声，这样的场景本身就十分诡异。父亲用嘴堵住儿子的嘴，这一行为首先潜在地指向赫罗尼莫某种被压抑的欲望；而堵住儿子的嘴的直接目的是不让他哭出声音，又表明他心中无法被忽视的恐惧。避免引起周围人不必要的关注，仍是他和约瑟菲作为"戴罪之身"的本能谨慎。而这种谨慎与畏惧的情感所指向的现实，似乎一度被山谷中的景"象"所否定。《智利地震》中山谷这一段情节对于人性和世界的呈现，是最具迷幻性的。关于地震当晚山谷中情形的描写是这样的：

　　美丽的夜降临了，充满了奇妙舒缓的芬芳，遍是银辉与静寂，就像只有诗人才能做的梦。谷中溪水两边，在闪烁的月光中，人们安顿下来，用苔藓和树叶铺成地铺，以便从这备受折磨的一天中休息过来。由于那些可怜的人一直还在哀哭不已，这个人哀诉没了房子，那个人悲诉没了妻儿，还有人悲诉自己失去了

〔1〕　参见 Werner Hamacher, "Das Beben der Darstellung", in: David E. Wellbery（Hg.）, *Positionen der Literaturwissenschaft. Acht Modellanalyse am Beispiel von Kleists Das Erdbeben in Chili*, 3. Aufl, München 1993, S. 149 – 173, hier S. 154.

一切：所以赫罗尼莫和约瑟菲就悄悄溜进密密的丛林中，以不使他们心中私密的欢喜（das heimliche Gejauchz）令其他人不快。他们找到一棵壮硕的石榴树（Granatapfelbaum），其枝丫向四面伸展，满是馥郁的果实；夜莺在树梢啼鸣着情歌（ein wohllüstiges Lied）。在这里，赫罗尼莫靠着树干坐下，约瑟菲坐在他怀里，菲利普则在约瑟菲怀里休息，他们身上盖着赫罗尼莫的大衣。树荫（Baumschatten）遮蔽着他们，光影斑驳，他们入睡前，月亮在晨曦之前已经又变得苍白。因为，关于修道院和监狱、关于他们为了彼此而遭受的种种磨难，他们有说不尽的话；当他们想到世界须得经受多少苦难他们才获得幸福时（wie viel Elend über die Welt kommen mußte, damit sie glücklich würden!），感慨不已。（176）

　　叙事在此呈现出的意义之不确定性极为典型，透露出耐人寻味的暧昧、模棱两可，甚至怪异的晦暗气息。这一段出现了该小说中少见的关于自然景象的描写。第一句用远景大视角勾勒出静谧舒缓的夜色，笔触仿佛像浪漫派作家对夜的歌颂；这里所用的语汇也与浪漫派艾辛多夫（Joseph von Eichendorff）等作家笔下的夜如出一辙，夜取消了差异与区隔，包拢万物的静寂、奇妙舒缓（wundermild）芬芳香气与月色光辉等流动性是夜色笼罩中的混沌状态的表征体，诗人的梦也同样指向这种奇妙的混沌状态，亦即指向那种最本初的归家状态。但是进一步观察会发现，叙事在此对美景的安排显得极为怪异，它与地震灾后的大背景之间格格不入。夜在小说里并非浪漫派作家一贯意义上那种归家的安全渴望，尽管我们不能完全否认小说对该语义及其意象的一定程度的借用和戏仿。夜在这里的超越性更多地在于，它是善恶模糊、意义混沌的时空体。它为人们理解小说所建构世界的意义提供了指南，作为代表自然的时空体，夜与小说中的地震现象一样，所剖露的正是人的"信以为'真'"之行为的荒诞。如果善恶不再分明，那么小说所描写的夜色之美则因此蒙上了一层神秘莫测、令人捉摸不定的面纱，甚至隐隐散发出某种邪魔味道。事实上，"静谧的夜"这个意象在小说开头的补叙中就出现过，即赫罗尼莫与约瑟菲于"静谧的夜"在修道院花园中幽会，也因这次幽会，约瑟菲后来诞下了私生子菲利普。"静谧的夜"是"谜"的代名词。夜成为提示小说动机的一条暗线，它的每次出现都明确彰显着能指与所指面临的芜杂。夜幕的黑色包裹着美好的爱情和与之同生的罪责。

我们从山谷之夜的景象中看到三个层面，自然——山谷中疲惫的人群——约瑟菲一家三口。在此，夜作为自然，是美与崇高的不明混合物；如果只读此段第一句，那么夜色是美的。而行文至本段后面，夜色中的"主角"月亮在晨曦之前"变苍白"erblassen，该动词在德语中指人面色苍白，转义也指死亡；这样，它预示了天亮后将会发生的不祥后果。恐惧与死神的面孔隐蔽在小说叙事的阴暗角落，从未真正离开过人物的世界。

在这群体性的暂时的记忆休克阶段，并非只有"有罪者"赫罗尼莫和约瑟菲的心头挥之不去那段行刑的恐怖感受，其他人物的言行也在暗中向读者泄露着玄机，读者不断地被一些不明朗的信号提醒着正在休眠的另一层现实。例如，在最初进入唐·费尔南多家庭成员圈子时，尽管他们都非常友善，唐娜·伊丽莎白不时地向约瑟菲投来"迷梦般的目光"（mit träumerischem Blicke）（178）。德语词"träumerisch"意为像在梦中般的，唐娜·伊丽莎白这模棱两可的身体语言表示出现实边界模糊与流动所引起的困惑感和不确定感。之后，唐娜·伊丽莎白在约瑟菲等人决定进城参加多明我教堂弥撒之前的异样言行举止，一方面显示了那种未被遗忘的潜在现实的搅扰、并再次预告了即将袭来的不祥，一方面也表现出小说人物面孔密不透风的神秘特征。人物自身甚至都无法理解自身的行动和反应。在准备启程前，唐娜·伊丽莎白犹豫踟蹰，"胸口剧烈地起伏"（181），众人问她有何不舒服，她的回答是，她也不知道为何会有不祥的预感。而当进城的一行人开拔时，她又极度不安地叫住唐·费尔南多，神秘地与他耳语一通。此时，"不幸"这个词经由唐·费尔南多口中说出，浮到叙事语言的表面。唐娜·伊丽莎白附在唐·费尔南多耳边的耳语内容，无人知晓。叙事只给我们看到他对唐娜·伊丽莎白说出的质疑："那从中会产生什么不幸？（Und das Unglück, das daraus entstehen kann？）"（182）以人物语言表述出的"Unglück"此时是在一个问句中，没有被确定下来；但无论如何，不幸已经浮出地表，再次混入人物命运的轨道中。我们随后也看到了唐·费尔南多在唐娜·伊丽莎白的第二次耳语后那奇怪的反应：脸红，他红着脸说了一句谜一般的话："会没事的，唐娜·艾尔薇乐（Donna Elvire）要放心。"（182）如果说《智利地震》小说叙事具有"谜"的特质，那么这段人物之间的拉锯纠葛可以说编织了小说最为典型的谜团。人们只看到了人物的不安、脸红、悄悄地耳语、剧烈地胸口起伏等下意识的动作以及飘忽不定的眼神，却读不到任何确定的信息。不仅读者如此，事实上，人物也蒙在鼓里。他们并不真正知道发生了什么，也不知道将要发生什么。波勒观察到克莱斯特小说叙事的客观平静与故事人物密集的情感之间的对立，由此产生的传递效果是，"被报知却被推迟的灾难之修辞形（die rhetorische Figur der angemeldeten，aber aufgeschobenben Katastrophe）"，[1]也就是一种故作平静的修辞风格；波勒称，人物密集的情感浓度恰恰由于叙事的平静而具有了一些不明朗的危险性，但同时也具有了些微的终结性：人物尚对灾难一无所知，却已经与之早有瓜葛。[2]

　　唐娜·伊丽莎白以她下意识的直觉做出了一种无意识的选择（严格讲这个选择并非她自主做出的，是唐娜·艾尔薇乐见她不安，要求她留下来的），躲过了一劫。她没有一起进城，也就没有像唐娜·康斯坦岑一样被暴力牵连吞噬。唐娜·康斯坦岑与唐娜·伊丽莎白构成了一组彼此相互对照的两种可能性。唐娜·伊丽莎白这个看似无足轻重的人物，为小说叙事整体风格的塑造起到了不可忽视的作用。在她身上，叙事典型地展示出人物的状态性，她初见约瑟菲时所表露的那种迷梦般的眼神，随即就被下一刻的情景打断，地震在城中造成的种种不幸的传闻纷至沓来，这些消息将她"无法逃脱当下的灵魂（ihre der Gegenwart kaum entflohene Seele）"（178）再次拉回到当下。"无法逃脱当下的灵魂"，或许可以成为《智利地震》中众多人物特质的共同概括。当下的刺激奴役着人物每一个时刻的状态。在这个意义上，他们身上的理性失灵，而身体感知、心绪、情感等感性维度被聚焦放大，成为行动的唯一推动因素。尽管情感是他们行为的指南针，但克莱斯特并未像狂飙突进者那样，为情感与激情戴上尊荣的桂冠，克莱斯特文学作品中没有赋予"情感"以必然的积极或消极

---

　　[1]　参见 Karl Heinz Bohrer, "Augenblicksemphase und Selbstmord. Zum Plötzlichkeitsmotiv Heinrich v. Kleists", in: ders., *Plötzlichkeit. Zum Augenblick des ästhetischen Scheins*, Frankfurt am Main 1981, S. 161 – 179, hier S. 167.

　　[2]　参见 Karl Heinz Bohrer, "Augenblicksemphase und Selbstmord. Zum Plötzlichkeitsmotiv Heinrich v. Kleists", in: ders., *Plötzlichkeit. Zum Augenblick des ästhetischen Scheins*, Frankfurt am Main 1981, S. 161 – 179, hier S. 168.

价值，人物的情感机制、行为机制与他们所面对的外在世界实际上具有同质性，亦即无论是人的现象还是世界的现象，都无必然的规律可循，由此悬置了一切坚固的价值、意义和知识体系。作品关于情感与心绪的立场与他个人信件和杂文中所表达的立场有所不同。我们知道，《论思想在谈话时的逐渐形成》这篇杂文是肯定"心绪"作为认识重要条件的一篇典型文章。而在他的文学作品中，尽管人物的行为方式是循着克莱斯特式的"心绪"与情感的路径，但是这样所达成的认识和判断并无可靠性，从一开始就陷于晦暗不明的歧义和纠葛之中。

善与恶的因果联系在小说中被不断打乱混淆。当约瑟菲救出自己的孩子，并"正想俯身去救双手抱头的修道院长之时，一面山墙轰然倒下，院长和所有修女全都惨烈地被砸死"（175）。叙事两处提及这个女修道院院长，都与她的善行相关，她对约瑟菲不乏喜爱，也曾期望减轻对约瑟菲的惩罚，并替她求过情；约瑟菲临终托孤于她，且她在地震中的时刻正是为这个孩子而呼救。仅顷刻之差，修道院所有神职人员都惨死，而"罪孽"行为的产物菲利普却得以存活。女修道院院长的善良与美德，在地震面前似乎并无存在合理性，德文原文中，修饰"被砸死"的情状说明语是 auf eine schmähliche Art，schmählich 意为令人鄙夷的、可耻的、丢脸的。换言之，被砸死的方式本身带有惩罚性、羞辱性，这对修道院长而言并"不公平"，她并不应该以这样的方式死去；因为，用石头砸死人的方法，让人不禁想起《圣经》旧约中对亵渎上帝的人的惩罚。被砸死的方式与生者美好的德行形成了巨大的悖谬。这种情况已经不仅仅是修道院长的个案。悖谬、意义的模糊性是文本一再抛出的问题，能指与所指之间的稳固联系被文本一再颠覆。整个文本的叙事进程是使意义在对立两极之间不断滑动的过程，正如克莱斯特研究者约翰·施密特（Jochen Schmidt）在 20 世纪 70 年代时指出的，所有的行动或姿态在它们共同的基点上都彼此消解。[1]克莱斯特使一切事实上、传统上显得具有确定性的东西都模糊了起来。[2]

当地震后在城外山谷中重新相遇的约瑟菲和赫罗尼莫受到好心的唐·费尔南多一家人善意而真诚的接纳时，二者心中泛起了异样的迷惑；就连唐·费尔南多的岳父唐·佩特罗（Don Pedro），都"亲切地（liebreich）向他们颔首"（178）。唐·佩特罗这个人物在小说中仅在此处出现了唯一一次，他是唐娜·艾尔薇乐的父亲，读者不禁想起另一个同样仅出现过一次的父亲，也就是约瑟菲的父亲唐·亨利科·阿斯特隆，他只在小说开头的补叙情节中出现过。正是这位父亲，曾经为阻止约瑟菲与赫罗尼莫的恋情，强行以各种方式阻挠他们二人联系，后来二人幽会终未逃过约瑟菲"骄傲的"哥哥"阴险的注意力"（170），哥哥向父亲告密，父亲遂狠心将女儿约瑟菲关入修道院，进而一步步将约瑟菲与赫罗尼莫的爱情推入父权—宗教秩序下的惩罚机制中。同时，人们也看到，父权—宗教秩序对待情欲的监控如同管制洪水猛兽，这种监管的目光是密不通风、全方位的，家庭—教会形成了一个严丝合缝的合作机制。这两位父亲是两种平行现实的标识，唐·佩特罗的友好姿态无疑激起了约瑟菲二人心中的另一个严苛无情的父亲之叠影。叠影与现实的交错令他们迷眩，这也是为何

〔1〕 Jochen Schmidt, *Heinrich von Kleist. Studien zu seiner poetischen Verfahrensweise*, Tübingen 1974, S. 22.

〔2〕 Norbert Altenhofer, "Der erschütterte Sinn. Zu Kleists Erdbeben in Chili", in: David E. wellbery（Hg.）, *Positionen der Literaturwissenschaft. Acht Modellanalysen am Beispiel von Kleists Das Erdbeben in Chili*, 3. Aufl, München 1993, S. 39 – 53.

二人心中泛起异样之感的原因。

唐·佩特罗向约瑟菲和赫罗尼莫亲切颔首的时刻，约瑟菲的怀中正抱着唐·艾尔薇乐与唐·费尔南多的孩子胡安。此刻的约瑟菲恰是替换了唐娜·艾尔薇乐的位置。叙事对这个场景的铺排十分具有魔幻效果，眼前这位父亲的目光是否让约瑟菲下意识地想到自己严厉的父亲？叙事在这位父亲颔首的时刻用了破折号，意味深长地暗示了约瑟菲和赫罗尼莫现实感的迷离及文本意义发生的缠绕，的确，此时他们二人恍如隔世，"不再知道，该如何看待过去、刑场、监狱和钟，难道他们只是梦见了这些？那可怕的一击震荡所有人心，自那一击之后，好像他们都和解了。他们记忆中最远只能回溯到那次地震的打击"（178）。"钟"作为神学世界观的秩序象征再次出现；"钟"连同刑场、监狱、过去的记忆等一系列外在装置或人物的内化机制都是宗教权力秩序的表达，而此时，这些旧制约束却"好像"不复存在，市民们曾经争相上街观看行刑的心态和眼神，亦似乎消失不见。约瑟菲和赫罗尼莫的眼中，世界成为谜一样的存在，他们不再敢去相信自己的认知：眼前的世界与记忆中"过去"的世界，到底哪个才是真实的？他们的迷惑和恍惚来自现实世界中真实性的基础被撼动乃至抽离。真实性本身成为问题，坚固的、牢不可破的信条都可以被忘记和抹除，如同在地震中灰飞烟灭的高大庙宇，一切不再有不证自明、不言而喻的意义和真实性、确定性。

面对事件的冲击和情景的变幻，小说人物往往出现情感的骤变，从而表露出一种强烈的性识无定状态，人物对自我与世界关系的理解常在瞬间彻底扭转。这种断裂的、非整体、不和谐的生命状态作为一种真实性，在小说中变得可见。如果在《论讲话时思想的逐渐形成》中，克莱斯特将读者导向一种理解的倾向，也就是把情感或心绪看作达成确定性认识的渠道，那么在《智利地震》中却是不同的，通过情感所到达的认识依然无法摆脱有限性和迷惑性。甚至更有观点表示，克莱斯特从未把情感当作终极的、拯救性的机制，也更不是本能性的认识基础，而与所有认知的特性和所有给予支点的本体相去甚远，情感是"不可抗拒的生命威力"（unwiderstehliche Lebensmacht）[1]。在这个意义上，情感更近乎冲动，它带有叔本华哲学中意志的意味，不同在于，这种冲动机制是一种受外部情景牵动而激发的、被动的，与本体意义无涉。

当赫罗尼莫劫后重生，逃到城外时，他先是"不省人事"（in der tiefsten Bewusstlosigkeit），苏醒过来后背对着城市，半支起身子，看向圣地亚哥城外的景象：

他摸了摸额头和胸膛（Stirn und Brust），不明白自己眼下什么状况，当从海上来的西风吹拂着他这重生的生命，而他举目四望，看到圣地亚哥周围生机勃勃的地带时，一股莫名的幸福感（Wonnegefühl）。只是到处可见的惊恐人群，使他心头一紧。他不明白，是什么能把他和这些人引至此地，只有当他转过身，看见他身后的城市已经塌陷，他这才记起来他所经历的那个可怕的时刻。他俯下身来，额头触地，感谢上帝奇迹般的拯救。好像那可怕的印象已刻入了他的心绪之中，把所有从前的印象都赶走了，他为能享受美好多姿的生命而高兴地哭起来。之后，他猛然看到手上的戒指，这时才突然想起约瑟菲，继而想起他待过的监狱、想起他在那儿听到的钟声、想起监狱倒塌前的那一刻。深深的忧

---

〔1〕 Jochen Schmidt, *Heinrich von Kleist. Studien zu seiner poetischen Verfahrensweise*, Tübingen 1974, S. 15.

郁再次充满他的胸膛，他的祈祷开始令他后悔，他觉得云端那主宰一切的造物主很可怕。(173)

赫罗尼莫在此展露出克莱斯特笔下人物特有的状态性，状态与状态之间无内在的逻辑和连续性，外部世界瞬时的情景进入他的"眼中"，牵制并不断激发他进入新的情感与心绪，进而影响他对自我与世界关系的体认。人物每时每刻的感知都在重新塑造着他即刻当下的存在状态，身体的姿态与感知是人物情感变化的重要依据；眼睛的观看、手的触摸等动作往往触发人物状态变化。笔者在引文下划线的部分显示出人物情感瞬时变化的典型路径，身体与外部世界景象偶然的交汇而形成的感知，促成了体认和经验的模糊性和极端不确定性，往往上一个句子还是沉浸在"幸福感"之中，下一句则因看到"惊恐的人群"而陡然变为压抑；上一句还在感恩上帝的拯救，下一句因"猛然看到"手上的戒指而"突然想起"地震以前的可怕遭遇，开始后悔刚才的祈祷。地震凸显和放大了人物生存经验的断裂，并对他们生存世界的真实性进行戏谑，"好像那可怕的印象已刻入了他的心绪之中，把所有从前的印象都赶走了"。

某种令人不安的躁动在小说情节的后景中一直酣睡，这种积聚的躁动蓄势待发，可能随时以更猛烈的暴力方式卷土重来，而小说最后部分展示的正是这种恶的势能之一泻而下，结尾处狂暴的能量浓度使我们不得不联想到克莱斯特对于电学的研究以及在创作中无形的运用。小说结尾，赫罗尼莫和约瑟菲难逃暴徒的屠戮，唐娜·康斯坦岑和婴儿胡安也被无序蔓延开来的暴力牵连而惨死。六人组合只幸存了唐·费尔南多和私生子小菲利普，另一边，"撒旦之首"鞋匠却并未被唐·费尔南多杀死，如此，无辜者被献祭，善良的人蒙难，恶棍活了下来。这样的结尾充满了巨大的挑衅意味。小说最后一句话最终让小说叙事的悖论性继续扩大："每当唐·费尔南多把菲利普与胡安相比较时，就像他曾把两个都抱在怀中，他几乎不由得好像感到高兴。"（187）仅仅用"和解"来解释小说最后这丝不明朗的高兴，似乎太过简单。这个结尾包含有很多层面的语义阐释可能。两种可能性的对照与混淆作为小说的主要动机，在这里攀升到了顶点；表面复归平静的秩序中蕴藏着巨大的不公与悖论；极端残酷的暴力洗礼后的生命，表现出一种令人费解的复杂情感，这种情感好像是欣慰，但又不完全是，非现实的虚拟式让这种欣慰的情感相对化。这种神秘的情感让人无法与费尔南多先前失去爱子胡安的痛苦神情相联系，因为胡安惨死的那一刻，唐·费尔南多绝望地抬头看向上苍，这种绝望的姿态在小说中出现过一次，也就是以赫罗尼莫的视角展现的地震废墟中的人："像死神一样苍白，无言地向上天伸出那颤抖的双手。"（172）与唐·费尔南多那里一样，这种无言的身体姿态在深层则暗含了对超越自身理解限度事物的巨大困惑。

　　不管是地震，还是暴徒的私刑，这些突如其来的震荡与破坏提醒着某种从未从世界中真正被剔除的野蛮与原始性之存在，它们让人一下子从文明的幻觉中醒来，让人直接目睹文明秩序的楼宇轰然倒地。《智利地震》的文学表达可以用"突然性"诗学来概括，它演示了"现在当下"如何成为一种断裂和危机状态，演示了危机中的犹疑、迷乱、选择、重启的过程。克莱斯特的危机书写，勾连着深层的偶然性历史意识，是对这种新的历史意识的一种先锋性的探知和反思。我们从小说中看不到宏大的世界图景设计，而只能看到小说发出的挑衅、诘问与警示，直到小说结尾，世界依然滞留和局囿于"现在"的巨大疑问之中（尽管这种疑问是被一种表面的、并不真实的明快感所掩盖，这是克莱斯特的奇特技术），而没有任何历史性可言。在建构世界图景方面，德意志早期浪漫派走出了不一样的探索之路，接下来一章将分析早期浪漫派所进行的探索。

第四章 "无尽的重复"
——早期浪漫派与时间性

本章以早期浪漫派代表作家诺瓦利斯为例,考察他断片形式的小说《海因里希·冯·奥夫特丁根》[1]中的时间塑型方式。《奥夫特丁根》广为人知的一个"身份"是作为反歌德《学习时代》的小说。诺瓦利斯对《学习时代》中的散文化和经济性提出了尖锐批评,并试图在《奥夫特丁根》中在相反的方向上回击歌德。他认为《学习时代》的经济性是真正的、剩下的特性,威廉只是延宕了经济性的侵入,而塔社的中心人物阿贝是一个致命的家伙,他的秘密监视烦人又可笑。[2]《奥夫特丁根》要表现诗与浪漫的因素(das Poetische und Romantische),因此故事设置在理想的世界(eine ideale Welt),没有来自现实世界的冲突,无人能够妨碍黄金时代来临的趋势。[3]歌德小说中威廉心心念念的贵族情结,在诺瓦利斯的《奥夫特丁根》那里自然地被兑现。奥夫特丁根这个贵族青年真的成了诗人。实际上,小说设定他生来就是诗人,后来成为诗人的"修养之路"则毫不费力。对此,歌德笔下的威廉会说,奥夫特丁根的贵族身份让他有条件成为诗人。但

---

〔1〕 本书后续将简称为《奥夫特丁根》。

〔2〕 参见 Ehrhard Bahr(Hg.), *Erläuterung und Dokumente. Johann Wolfgang Goethe. Wilhelm Meisters Lehrjahre*, Stuttgart 2000, S. 327f.

〔3〕 参见 Hermann Kurzke, *Novalis*, 2. überarbeitete Aufl, München 2001, S. 88.

真正的原因并在于贵族身份的问题，而是两个小说设置中压根不同的世界图景。两个作家对世界的设计和期待不同。比诺瓦利斯早一代人的歌德更中庸老到，而诺瓦利斯则满怀理想主义。事实上，海因里希·冯·奥夫特丁根这个名字对 18 世纪德国知识分子来说就意味着中世纪重要的诗人，是在"瓦尔特堡的诗人比赛"（Sängerkrieg auf der Wartburg）中与沃尔夫拉姆·封·艾申巴赫（Wolfram von Eschenbach）、瓦尔特·封·福格尔韦德（Walter von der Vogelweide）、莱玛·封·哈根瑙（Reima von Hagenau）齐名的历史传说人物；《奥夫特丁根》有意把故事发生的时代置于中世纪，为的就是树立一个与他当时散文化的时代相对立的诗意图景（poetisches Gegenbild），中世纪的图景在早期浪漫派这里被重新刻画和升华，不同于文艺复兴和启蒙对黑暗中世纪的看法。[1]诺瓦利斯将中世纪设为故事发生的时代，从而把诗与散文化、美与经济性的对立转化为中世纪与现代的时代对立，他希望借此找到一种综合对立矛盾（Synthese der Antinomien）的方法，这种综合应当不同于歌德，因而，他对中世纪的表现是正面的，比如商人的积极形象、商业作为人类文化的促进角色、矿工的虔诚，[2]经济性应与美、与伦理和谐地融为一体，而不是彼此分裂。

德国当代日耳曼学者赫尔伯特·伍尔灵斯（Herbert Uerlings）称《奥夫特丁根》是"浪漫小说的化身（der romantische Roman schlechthin）"[3]，这种看法与其说是基于小说艺术价值，毋宁说

---

〔1〕 参见 Herbert Uerlings, *Novalis*, Stuttgart 1998, S. 188 – 190.

〔2〕 参见 Herbert Uerlings, *Novalis*, Stuttgart 1998, S. 191.

〔3〕 Herbert Uerlings, *Novalis*, Stuttgart 1998, S. 175.

是因为小说确立了浪漫派观念之标杆。伍尔灵斯承认该小说本身
艺术价值并非无争议,而它更多的是被化简为标识浪漫派的象征
物——蓝花。[1]小说与诺瓦利斯的诗学立场一脉相承,是融入了
高度反思精神的诗学观念实践,也是一种历史哲学构想。小说结
构的精巧安排透露出与"数学乘方和对数运算"的近似性。关于这
部小说创作的具体理念,诺瓦利斯曾于 1800 年 2 月小说写作期间
致信蒂克说,"整部小说应是诗的神圣化(Apotheose der Poesie),
海因里希·冯·奥夫特丁根在第一部分中应该成长为诗人,在第
二部分中作为诗人而被神圣化(als Dichter verklärt)"[2]。整部
小说的律令是,使自己成为世界历史的一个隐喻,世界应该达到
诗化—浪漫化,应该成为梦,而不是现实化。诺瓦利斯让自己笔
下诗化的世界充满了神秘,却并不晦暗可怕,而是和谐有序。偶
然性在这个和谐的世界中甜蜜地酣睡。一种不容置疑的必然进程
作为律令统摄着小说叙事的始终。德国学者沃尔夫冈·福吕瓦尔
德(Wolfgang Frühwald)指出小说第一部分《期待》的主题是对
未来的想象,未来在当下现在的反映(Spiegelung des Künftigen im
Gegenwärtigen),基调是明快的;第二部分《实现》的主题则是
对古代的回想,也即过去在当下的反映,基调是痛苦的;明快是
希望的基调,而忧伤是回忆的基调。但回忆的影射已经在第一部
中潜藏,而第二部分也已经贯穿对未来的预想(Ahnen),前两部
分都归属于第三部分,按诺瓦利斯的计划,第三部分叫作《升
华》(Verklärung)。[3]这种看法印证了小说进程所欲表达的必然

---

〔1〕 Herbert Uerlings, *Novalis*, Stuttgart 1998, S. 178.

〔2〕 参见 Herbert Uerlings, *Novalis*, Stuttgart 1998, S. 176.

〔3〕 Wolfgang Frühwald, "Nachwort", in: Novalis, *Heinrich von Ofterdingen*, hg. v. Wolfgang Frühwald, Stuttgart 2017, S. 236 – 255, hier S. 249.

性倾向。即使小说行至第二部分就未完成，但我们依然可以从断片中看到这种和谐的必然性。诺瓦利斯这部小说典范性地展示了德意志早期浪漫派的美学乃至哲学立场，即并不否认自然法或曰事物永恒结构的存在，他们理智直观的对象是所有现象背后潜在的原型、形式或理念；而且，尽管他们的确怀疑理智有能力去认知这些形式，但却仍然相信它们的存在，也相信人类可以某种程度上以直观觉察它们，不论如何含糊或短暂。[1]

我们将先从早期浪漫派的时间和历史意识出发探讨诺瓦利斯的诗学主张。在小说《奥夫特丁根》中，诺瓦利斯实践着他的理论主张，本章第二部分将考察小说对浪漫精神的线性与古希腊的循环观的融合杂糅，其表现为历史意识与一种终极绝对性的张力。

一、早期浪漫派的时间与历史意识

《奥夫特丁根》时间塑型方式所具有的内在张力和矛盾性，与早期浪漫派关于世界的规定和理念紧密相关，也反映了早期浪漫派典型的时间与历史意识。德国浪漫派对于时间，及至对于历史的敏感，把德意志民族在这个领域内的沉思推至极致。这种思考一方面反映出德意志在 18 世纪末的历史剧变中扼需定位自己的处境和方向之迫切要求，同时也是欧洲文化从传统向现代转变时催生的一种应对方案。克服时间化和历史化带来的相对主义乃至虚无感、努力重新寻找和确立稳定可靠的意义根基，是德意志早期浪漫派的渴念和愿望。他们期冀克服人实现"综合"，使世

---

〔1〕 参见［美］弗雷德里克·拜泽尔：《浪漫的律令——早期德国浪漫主义观念》，黄江译，华夏出版社 2019 年版，第 99 页。

界重新获得普遍的整体性。早期浪漫派的知识分子所感受到的冰冷沉重的时代命运并非一日之寒，事实上，他们站在一场持续已久的意义危机中，这场危机联动着西方近现代思想史上旷日持久的现代性议题。现代性的危机作为西方文明的危机，从它开始兴风作浪起就未真正消退过，现代性的问题是西方学界众多繁芜丛杂的理论之根本出发点；后现代从未走出现代，如甘阳所言，利奥塔的后现代知识状况，本就是现代知识状况。[1]类似观点在不少学者那里也有印证。德国日耳曼学者曼弗雷德·弗兰克（Manfred Frank）20 世纪 70 年代末在诊断当时德国学界和文化界成为热点话题的"神话之维"（mythische Dimension）和"宗教之维"（religiöse Dimension）时指出："在当今的'意义危机'中，摆在我们面前的难题比报纸上说到的要古老。可以推测，它与我……勾勒过的社会结构一样古老。……德意志浪漫派是近代第一个这样的历史时期，这时，人们将国家和社会的异化问题［也即'沟通制度'（System der Mittel）与公民的意义诉求问题］描述为正当性缺失问题，并以宗教的术语展开论述。"[2]这种意义危机可以理解为，一个国家共同体的成员相互关系的总和——亦即社会生活本身，缺少一种终极的约束力，这种终极的约束力本该是西方工业国家中的政治可以依靠、并以此来具备对其公民的代表性的约束力。[3]换言之，终极约束力为身处共同体中的成员在普遍情况和

---

〔1〕 参见甘阳："政治哲人施特劳斯：古典保守主义政治哲学的复兴——'列奥·施特劳斯政治哲学选刊'导言"，载［美］列奥·施特劳斯：《自然权利与历史》，彭刚译，生活·读书·新知三联书店 2016 年版，第 27 页。

〔2〕 ［德］曼弗雷特·弗兰克：《浪漫派的将来之神——新神话学讲稿》，李双志译，华东师范大学出版社 2011 年版，第 3 页。

〔3〕 参见［德］曼弗雷特·弗兰克：《浪漫派的将来之神——新神话学讲稿》，李双志译，华东师范大学出版社 2011 年版，第 2 页。

特殊情况下提供了应当遵循的"社会性一致模式"〔1〕。这种深层一致性的缺失，就形成了社会学上所称的"共同体的正当性危机"，也就是困扰现代西方世界已久的意义危机。逻格斯是驱逐神话的敌人，对此，尼采说，"谁若能回想起这种无休止地向前突进的科学精神的直接后果，就会立即想到，神话是怎样被这种科学精神消灭掉的，而由于这种消灭，诗歌又是怎样被逐出它那自然的、理想的家园，从此变成无家可归的了"。〔2〕尼采希望扭转肇始于苏格拉底的那种科学精神，期盼神话的再生："只有在科学精神已经推到了极限，其普遍有效性的要求通过对这个极限的证明而被消灭掉之后，我们方可指望悲剧的再生……"〔3〕实际上，"危机"这一概念本身牵动着一个巨大的概念星系，哈贝马斯指出，现在（Gegenwart）、革命、进步、发展、危机以及时代精神（Zeitgeist）等都是表达动态的概念，它们要么是在18世纪随着"现代"或"新时代"等说法一起出现的，要么是被注入了新的含义，且这些语义迄今一直有效。〔4〕随着西方文化的现代历史意识而来的问题是，现代不能或不愿从其他时代样本那里借用发展趋向的准则，而必须自力更生，自己替自己制定规范，也就是，现代的时间意识促使其不断地需要自我确证，〔5〕哈贝马斯

---

〔1〕 ［德］曼弗雷特·弗兰克：《浪漫派的将来之神——新神话学讲稿》，李双志译，华东师范大学出版社2011年版，第2页。

〔2〕 ［德］弗里德里希·尼采：《悲剧的诞生》，孙周兴译，商务印书馆2012年版，第125页。

〔3〕 ［德］弗里德里希·尼采：《悲剧的诞生》，孙周兴译，商务印书馆2012年版，第125页。

〔4〕 参见［德］于尔根·哈贝马斯：《现代性的哲学话语》，曹卫东等译，译林出版社2004年版，第8页。

〔5〕 参见［德］于尔根·哈贝马斯：《现代性的哲学话语》，曹卫东等译，译林出版社2004年版，第8页。

在黑格尔、布鲁门贝格等哲学家那里都看到了关于这一问题的忧思，并指出，黑格尔是"使现代脱离外在于它的历史的规范影响这个过程并升格为哲学问题的第一人"[1]；尽管近代哲学（从后期经院哲学到康德）也已经提出有关现代的自我理解的问题，但直到18世纪末，现代性要求确证自己的问题才十分突出，因此，黑格尔才会把它作为哲学的基本问题加以探讨。[2]"一个'前无古人'的现代必须在自身内部发生分裂的前提下巩固自己的地位，有关于此的忧虑，被黑格尔看作是'需要哲学的根源'。"[3]这个哲学的难题在早期浪漫派那里同样激发了诗学上的拯救行动。施勒格尔、诺瓦利斯作为黑格尔的同龄人，在看到危机之面孔时，明确提出了重建新神话的要求。这一点与歌德《学习时代》中的"务实"不同，《学习时代》尽管同样探知到了危机，但却以一种更务实的立场"顺势而为"地接受了神话世界的隐去。

早期浪漫哲人们显然意识到神话在传承过程中所承载的本质功能，即神话和宗教性的世界图景乃是从一个最高价值出发来认证一个社会的存在和构造；换言之，它们以社会成员之间的沟通及其信念价值的融洽（甚或是统一）为目的，因而具有沟通与整合功能。[4]弗兰克还指出神话的另一项重要功效是"树立标准"，

---

〔1〕［德］于尔根·哈贝马斯：《现代性的哲学话语》，曹卫东等译，译林出版社2004年版，第19页。

〔2〕参见［德］于尔根·哈贝马斯：《现代性的哲学话语》，曹卫东等译，译林出版社2004年版，第19页。

〔3〕［德］于尔根·哈贝马斯：《现代性的哲学话语》，曹卫东等译，译林出版社2004年版，第19页。

〔4〕参见［德］曼弗雷特·弗兰克：《浪漫派的将来之神——新神话学讲稿》，李双志译，华东师范大学出版社2011年版，第3～4页。

确证生活世界的正当性。[1]关于神话所演绎的世俗之物对神圣性关联的需求，弗兰克的分析是：以古希腊、古罗马的神话叙事为例。

在这些叙事中，一个存在于自然或者人间之物与神圣的世界有关联，并且因这种关联而得到'确立'（begründet）。这里的'确立'是指：由其推衍而成，但不是自然科学中那种简单的起因关系，而是一种确证（Rechtfertigung）。'确证某物'（正如浪漫主义者喜欢说的），或者'认证某物'指的是：将该物与一种价值相连，这种价值在人群中间应该是无可争议的。而在人群（人的集体 Population）中间无可争议的，说极端一点，只会是被视为神圣的——也即那被视为不可诬蔑，无处不在和无处不能的。[2]

不管是 begründen 还是 rechtfertigen，归根到底，神话的功能是给出某物存在的合理理由、合法性或正当性。可是，古代的神话——旧神话毕竟已经无法原封不动地照搬至启蒙的时代并使之发挥往日的神力；关于这一点，早期浪漫派哲人施勒格尔和诺瓦利斯心知肚明。他们精神深处的痛点是一种"再也回不去了"的无奈。他们不得不接受"历史"和"时间性"，接受历史时间带来的世俗进程之江河奔涌，却又不甘在历史震耳欲聋的漩涡中迷失方向。他们意识到，一切被历史冲刷的，必须重建，一切经过时间塑造的东西，必须超越。历史之动荡江河上起伏的波纹令他

---

〔1〕 参见［德］曼弗雷特·弗兰克：《浪漫派的将来之神——新神话学讲稿》，李双志译，华东师范大学出版社 2011 年版，第 4 页。

〔2〕 参见［德］曼弗雷特·弗兰克：《浪漫派的将来之神——新神话学讲稿》，李双志译，华东师范大学出版社 2011 年版，第 4 页。

们厌倦和悲伤,因而不难理解,他们对那种确定性、超越性、宗教性和绝对性的追求,归根到底将表现为,历史和时间需要被克服和消弭。这个理想的状态即便无法在他们的当下实现,也应该在"未来"的某个时间来临。

关于早期浪漫派与历史意识及时间性的纠葛,德国学界的研究文献已颇为丰富。德国 20 世纪重要的日耳曼学家彼得·斯丛狄(Peter Szondi)概言:

施勒格尔早期的思想世界借由其历史哲学的本质而形成一个整体。……施勒格尔的历史哲学概念有三个根源:关于古希腊罗马的经验、经过反思的现代性之痛苦、对未来的上帝之国的希望。古典主义、时代批判、宗教末世论联合构成一个内含三部分的整体。这三个部分也反映出三个时间维度(过去——现在——未来),从思想史角度看,这种三分法为黑格尔的辩证法做了准备。因为施勒格尔的历史观念就已经涉及辩证的进程。赫尔德那里,跟随早已被历史地把握的……古希腊罗马之典范般的非历史性后面出现的是对古希腊罗马的持续历史化(konsequente Historisierung)。自然——完善的古希腊罗马被赫尔德确定在历史的一次性上(Einmaligkeit),并将之作为第一个、仿佛天堂般的时期嵌入精神的历史进程中。古希腊罗马时期因此无法随意再生于"现在"中(in der Gegenwart nicht mehr beliebig reproduzierbar),而"现在"被看作是第二个时期,将保持其反题之否定性。而古希腊罗马时期却对未来至关重要,尚未到来的,不应是对古希腊古罗马的重复,即不应是自然整体(natürliche Ganzheit),而应是生发于现代中心的精神整体(geistige Ganzheit)。精神的和谐将自我规定,它的基础是自由(用施勒格尔的话说是任意 Willkür),在自由中，克服了精神的孤立，精神性被辩证地扬弃，自由是合题。[1]

古希腊古罗马的辉煌不可能在历史上重现，这已是温克尔曼、赫尔德、歌德、席勒、施勒格尔等两代人的共识。[2]这种共识生长于启蒙孕育的历史意识和线性历史观之上。对昔日辉煌的全等重现自是不可能，但是未来之中仍有某种对照昔日辉煌并超越它的一种自由创造。施勒格尔所说的自由就是指人的理性，与知性紧紧捆绑在一起，随着知性与精神的持续发展，真正的审美活力也会随之水涨船高。[3]施勒格尔的"现代"美学方案实际上给予反思和理性以很高的位置，人在必须自决的条件下，使得人类历史从此踏上了人为的修养（Bildung）道路，这个进程一旦开启就永无止境。[4]

浪漫派一边以其"无限可完善性"与历史进程合作，附声配合着这种趋势，一边却始终想摆脱时间性与历史性，只不过，他们自身无法真正从历史的命运中抽身；他们被现状强迫，发展出一套权宜之策，必须通过堕落的现在通向闪耀着神圣性的未来，通过有限性显现无限性。现在这个时间维度就是有限性的代名词，却又是得以窥见神圣性的必由之路。"现在"是一个干扰因

---

〔1〕 Peter Szondi, "Friedrich Schlegel und die romantische Ironie", in: Jean Bollack u. a. (Hg.), *Peter Szondi. Schriften*, B. 2, Frankfurt am Main 2011, S. 11 - 25, hier S. 11.

〔2〕 参见卢白羽："古今之争与德国早期浪漫派对文学现代性的理解——以弗·施勒格尔《论古希腊诗研究》为例"，载《安徽大学学报（哲学社会科学版）》2020年第4期。

〔3〕 参见卢白羽："古今之争与德国早期浪漫派对文学现代性的理解——以弗·施勒格尔《论古希腊诗研究》为例"，载《安徽大学学报（哲学社会科学版）》2020年第4期。

〔4〕 参见卢白羽："古今之争与德国早期浪漫派对文学现代性的理解——以弗·施勒格尔《论古希腊诗研究》为例"，载《安徽大学学报（哲学社会科学版）》2020年第4期。

素，在施勒格尔那里被作为否定性的"反题"完美地收编、纳入过去（正题）与未来（合题）之中成为过渡时期，由此，干扰因素的存在被赋予了可以忍受的理由。

这种辩证法三段论式的历史观念在诺瓦利斯那里也十分明显。德国诺瓦利斯研究领域的重要学者理查德·萨穆埃尔（Richard Samuel）在一篇关于诺瓦利斯诗学中的国家观与历史观的文章里指出，诺瓦利斯"对历史的冲动"（Trieb zur Geschichte）源自他对远方（Ferne）、对最初的家园（Urheimat）、对最初联结（Urverbundenheit）的神秘渴望，远方、最初的联结是指远古时期（Vorzeit），是一切历史的开端，且同时作为时间终点（Endzeit），是一切历史的目的地。[1]德语词 Vorzeit 与 Endzeit 本身更能清晰地表示出 Zeit 之所以存在，仅是由于允许其作为中间过渡时期，最终是要达到"时间之前"、或曰"时间结束"的状态。诺瓦利斯的明确要求是，"随着时间进程，历史必须变为童话——历史变成它开始时的样子（Mit der Zeit muss die Geschichte Märchen werden – sie wird wieder, wie sie anfing）"[2]。所有的历史因此都是三段的，由远古、现在、未来构成。现在处于时间进程的递变之中，从而未来将变成最初的开端。诺瓦利斯对历史的描述中，未来最终是一种返回，递进与复归之间总是有一种互相拒斥又无法拆散的关系，三段论与某种近似循环的意象形成了一种根本性的张力。

浪漫派作为德语文学史上的一个文学流派概念，很难具体展

---

〔1〕 转引自 Hans-Joachim Mähl, *Die Idee des goldenen Zeitalters im Werk des Novalis*: *Studien zur Wesensbestimmung der frühromantischen Utopie und zu ihren Ideengeschichtlichen Voraussetzungen*, Tübingen 1994, S. 305

〔2〕 Novalis, *Das Allgemeine Brouillon*, Hamburg 1993, S. 41.

现这个流派内部作家之间的差异性和各自的特殊性。有些差异性甚至彼此构成矛盾。英美学界从比较文学的视角进行的浪漫主义研究常常喜欢先亮出一个基本立场，即给浪漫主义下定义是极其困难的，不管是洛夫乔伊（Arthur Oncken Lovejoy）、诺斯罗普·弗莱（Northrop Frye）、以赛亚·伯林（Isaiah Berlin）还是弗雷德里克·拜泽尔（Fredderick C. Beiser）在各自研究中都要首先指明这一点。以赛亚·伯林在由他的演讲稿集成的专著《浪漫主义的根源》中，与弗莱和洛夫乔伊同气相求："诺斯罗普·弗莱警告我们不要轻易为浪漫主义下定义是多么明智"[1]，"A. O. 洛夫乔伊论及浪漫主义时会有绝望之感。他研究最近两个世纪的观念史，是这个领域最审慎的学者……他尽其所能解开浪漫主义的许多网结，发现诸多观念之间有些相互抵牾（这点显然成立），有些毫不相关"[2]。造成定义困难的原因有很多，首先便是一个争论不休的问题：浪漫派与启蒙的关系。早期浪漫派与启蒙之间的关系以及它到底承袭了哪种思想传统，一直备受争议，各种研究莫衷一是，让早期浪漫派的面目"横看成岭侧成峰"。乍看上去，它具有反理性主义的任性，所以很多批评家认为它是反启蒙的。拜泽尔则试图纠正这一片面的刻板印象、发掘梳理浪漫派的理性主义一面，尤其寻找早期浪漫派受到古希腊柏拉图主义影响的证据。

　　无疑，浪漫主义的复杂性也适用于描述德意志浪漫派，不仅早期浪漫派与晚期浪漫派有着明显不同，早期浪漫派作家之间也

〔1〕［英］以赛亚·伯林：《浪漫主义的根源》，吕梁、张箭飞等译，译林出版社2019年版，第21页。

〔2〕［英］以赛亚·伯林：《浪漫主义的根源》，吕梁、张箭飞等译，译林出版社2019年版，第24页。

有着显著差别。诺瓦利斯与蒂克、施勒格尔、布伦塔诺的不同在于，他在小说中将想象与梦实实在在地实体化了，或者说，他将现实完全精神化了；而其他作家仍对想象的边界加以限制，换言之，启蒙的基本信念，即世界的物质性（die Materialität der Welt），这一点从未在蒂克、施勒格尔和布伦塔诺的小说中被完全抹去，现实世界自身的规律性与主体的想象二者之间的区分始终存在，尽管他们小说的主人公们在不断抵抗现实世界。[1]诺瓦利斯却在小说中让主人公的梦境、童话与世界现实最终完全糅融为一体，消弭了二者的区隔，这种诗学因其推至极端的内向性为我们思考德意志浪漫派立下了可供参照的临界或典型。诺瓦利斯曾将诗学追求纲领性地表述为：

> 必须把世界浪漫化。如此便能重新找到最初的意义。浪漫化恰是一种质的乘方。经此处理，低级的自我才能获得与更好自我的同一。正如我们自己是这样的质的乘方序列一样。这种处理尚完全不为人知。我赋予低俗的东西高尚的意义，赋予庸常的东西神秘的样子，赋予熟知的东西以未知之物的尊严，赋予有限的东西以无限之像，这样就是把世界浪漫化。这种处理对更高的、未知的、神秘的、无限的东西来说是反向的，这些东西将通过这种连接而被查对数，获得一种常见的表达。浪漫哲学。浪漫语言。交互提升和降级。[2]

诺瓦利斯"把世界浪漫化"的方案规定，"综合"的实现应该是双向的，既包括庸常有限的世界向神秘无限之存在的"提

---

〔1〕 参见 Thomas E. Schmidt, *Die Geschichtlichkeit des frühromantischen Romans*, Tübingen 1989, S. 23ff.

〔2〕 Richard Samuel u. a. （Hg.）, *Novalis. Schriften*, Bd. II, Stuttgart 1981, S. 545.

升", 又包括后者向前者的渗透和"降级"; 在此, 他借用了数学中的乘方和对数运算作为意象, 类比浪漫化发生的双向过程。这种双向过程之所以可能, 是因为在诺瓦利斯看来, 庸常的有限世界与更高的无限存在二者之间在本质关联上是同质的。这段表述还透露出一种现实紧迫性, "必须"一词意味着这种诗学的发生和实践迫在眉睫, 原因在于它不仅仅关乎狭义的艺术游戏本身, 它更重视"重新找到"普遍意义上已然缺失的"最初的意义"。这种关切指向世界的"合法性"和人作为共同体而生存的"社会性一致"之根基, 因此某种意义上, 诺瓦利斯的诗学肩负着政治哲学意味的任务。国内近年来的政治哲学研究对德意志浪漫派美学思想的关注就是从这个意义上进行的, 且来自政治哲学研究视角的观点甚至断定, 如果说浪漫派像席勒一样赋予了美学以首要性的地位, "那也是基于政治哲学的原因"[1]。

诺瓦利斯的诗学主张体现出高度反思性, 他精心以数学算法为蓝图描摹的理想世界足以为证; 另一方面他又极为强调神秘的、感性的层面, 具有典型的灵知主义倾向, 这两个彼此有着较大张力的方面统一于一体, 形成了一种"富有理性主义的神秘性"[2]。而且, 尽管诺瓦利斯的浪漫化方案看重心绪（Gemüt）、诗等感性层面, 但终究落入一个有序、有机、和谐的框架内, 失序、迷惘、惊慌和暗恐等状态不属于诺瓦利斯所心仪的浪漫诗之世界。

诺瓦利斯对有限与无限、相对与绝对、自然与精神之间彼此双向趋近的规定表现出显著的时间性要求。如前文所提到的, 浪

〔1〕 黄江:"德国浪漫派的政治", 载《政治思想史》2019 年第 3 期。
〔2〕 黄江:"德国浪漫派的政治", 载《政治思想史》2019 年第 3 期。

漫派对于绝对性的追求是一场吊诡的行动,因为"现时"的经验
与世界是他们作为世间凡人"唯一"可以触及的生活根基,他们
越是厌恶并欲摆脱现在,则越是不得不面向和正视现在,去推敲
它能提供哪些有所突破的可能性。双向趋近、"互相提升和降级"
的设想为诺瓦利斯提供了最好的慰藉,由此他可以认为,低级、
庸俗而有限的世界通过神秘化、浪漫化有着"升级"为神圣与无
限的可能,而更高的、未知的神秘无限性也将通过浪漫化"查对
数"反向进路而获得一种"常见"的样貌,换言之,有限的现时
世界与绝对的乌托邦之间虽隔有天堑,但并非毫不相关,而是可
以通过如同乘方关系一样的聚合变革过程实现前者向后者的转
化,浪漫化的过程是一场关乎世界之"质"的变革,这场变革来
临的方式被浪漫派设置在时间和历史之中,亦即通过渐进的过程
实现。这与后来 20 世纪现代派文学美学对于实现无限性和绝对
性的设想方案有着较大区别,后者试图完全抛弃时间与历史,不
再期望通过时间性或历史的进程逐次进阶实现最后的梦想,1900
年前后的颓废比 1800 年前后的迷茫求索来得更加痛彻骨髓,浪
漫派所期待的将来之神与 1900 年前后的时代感受已然有着云泥
之别,指望未来中的拯救令人疲乏绝望、灰心丧气。不过,"现
时"的经验与世界依然是 1900 年的人们于此在生存中"唯一"
可以真实触及的生活根基,他们的路径是直接在"现时"时间中
制造一个平行的想象时空而不再指望历史的终结,即通过完全遁
入个体内心的一种纯粹无时间性,将无意义的现时当下排挤出主
体的视野,从而为绝对性清理出随时可能显影的空间。这样,任
何一个当下都可能成为绝对性显影的道场。纯粹的无时间性效果
在叙事中采用多种手法得以达成,比如,去除叙事时间的连续性
以及先后次序,叙事情节被越来越多的看似彼此不相关的"回

忆"片段所占据，向内心看的"回忆"成为制造无时间性的一种实验性手段。里尔克（Rainer Maria Rilke）1910 年出版的《马尔特·劳里茨·布里格手记》（*Die Aufzeichnungen des Malte Laurids Brigge*）是这种意义上的典型文本。里尔克与早他 100 年的浪漫派所想处理的事情在本质上是同一个问题，但相比诺瓦利斯对诗之拯救功能的极度自信，《马尔特·劳里茨·布里格手记》中所表现出的笃定从容已经打了折扣，诗在日益晦暗下去的世界中似乎仅能发出一种微弱的光，难以照亮多少地方。尽管《马尔特·劳里茨·布里格手记》叙事的全部旨在不遗余力地重建一种具有拯救性的意义，却无法再像诺瓦利斯的《奥夫特丁根》那样给出明快的、毫无怀疑的答案。

诺瓦利斯的好友施勒格尔试图用与他相似的方式弥合有限与无限之间的鸿沟。他在《雅典娜神殿——断片集》第 116 条中提出的"渐进的总汇诗"早已成为浪漫派诗学的旗帜：

> 浪漫诗是渐进的总汇诗。它的使命不仅是要把诗的所有被割裂开的体裁重新统一起来，使诗同哲学和修辞学产生接触。它想要，并且也应当把诗和散文、天赋和批评、艺术诗和自然诗时而混合在一起，时而融合起来，使诗变得生气盎然、热爱交际、赋予生活和社会以诗意，把机智变成诗，用一切种类的纯正的教育材料来充实和满足艺术的形式，通过幽默的震荡来赋予艺术的形式以活力。[1]

浪漫诗在施勒格尔的设想中显然是一项包罗生活各个方面、改造世界的历史工程，尽管它常在诗学领域中被研究。施勒格尔

---

〔1〕［法］菲利普·拉库－拉巴尔特、让－吕克·南希：《文学的绝对——德国浪漫派文学理论》，张小鲁、李伯杰、李双志译，译林出版社 2012 年版，第 74 页。

用浪漫诗想表达的是一种实践和创造新神话的宏愿。对他来说，浪漫诗指的不仅是文学作品，也不是任何活动带来的产物，而是创造性的活动，也就是某物借以产生的过程。[1]这种创造性活动是笼统的、普泛的，是指所有形式的创造性活动，而非只是某种特定类型的活动，因而并非狭义的写诗或小说。[2]Poesie 这个词本身携带的文学基因令"浪漫诗"这个原本就似是而非的概念引起混淆。拜泽尔提醒从 Poesie 的古意上去理解施勒格尔的所指，也就是柏拉图和亚里士多德那里的 poietikós，指制作或创造某物。[3]早期浪漫派的"浪漫化"包含艺术、生活、社会、科学，所有这些领域经过浪漫化综合为一件艺术品。

诺瓦利斯在与施勒格尔相同的意义上谈世界的"浪漫化"和"浪漫哲学"，心绪、情感、想象等感性领域通过浪漫"诗"的方式蔓结为一种哲思，以取代形而上学的理性玄想。美学真理直接诉诸读者，而不经过理性思考的"弯路"（Umweg），因此，"诗是最高级的，是哲学的最终目标，因为诗用图像的综合之力（die synthetisierende Macht der poetischen Bilder）代替和克服了概念性思考的分析"[4]。较上一场推崇情感的运动——狂飙突进——而言，浪漫派将对情感的推崇进一步深入和提纯，而浪漫哲学是对哲学的革新。同时，他所要求的"浪漫语言"，实质上也明确了浪漫派对于意义表征和语言符号体系的革故鼎新意识。将世界浪

〔1〕［美］弗雷德里克·拜泽尔：《浪漫的律令——早期德国浪漫主义观念》，黄江译，华夏出版社 2019 年版，第 33 页。

〔2〕［美］弗雷德里克·拜泽尔：《浪漫的律令——早期德国浪漫主义观念》，黄江译，华夏出版社 2019 年版，第 33 页。

〔3〕［美］弗雷德里克·拜泽尔：《浪漫的律令——早期德国浪漫主义观念》，黄江译，华夏出版社 2019 年版，第 31 页。

〔4〕Berbeli Wannig, *Novalis. Zur Einführung*, Dresden 1996, S. 66.

漫化的过程，是时间性的、（以艺术为）媒介的、充满自觉反思意识的过程。

诺瓦利斯"将世界浪漫化"的诗学要求之双向对接的取径已经潜在地透露出了一种典型的闭环结构意象，也就是圆的意象。诺瓦利斯的独特之处在于他将一种古希腊式的循环时间观与基督教的线性时间观混合在一起。而实际上循环观念与线性观念在西方思想史上原本是两个彼此不相容的思考型。这种混合更为显著地体现在他的小说《奥夫特丁根》中。施勒格尔思想中的"渐进的总汇诗"与"循环哲学"（die zyklische Philosophie）之间也同样具有这种类似的张力。

基督教早期的教父哲学家将阐释基督教的线性时间、驳斥希腊思想中的循环观看作一项艰巨的任务。他们恐惧的原因在于，如果宇宙有循环，基督受难和再临就丧失了独一无二的至高意义；信徒同苦难做斗争以争得上帝恩宠的目的，将因为宇宙的循环而变得十分浅薄，其中的逻辑是，既然苦难必将再次袭来，那么人怎么会有对上帝的爱呢？[1]

循环时间观所导致的客观结果是，古希腊人较为淡薄的历史和时间意识。英国历史学家柯林武德曾指出：

> 古希腊的思想整个说来有着一种十分明确的流行倾向，不仅与历史思想的成长格格不入，而且实际上我们可以说它是基于一种强烈的反历史的形而上学的。历史学是关于人类活动的一门科学：历史学家摆在自己面前的是人类在过去所做的事，而这些都属于一个变化着的世界，在这个世界之中事物不断地出现和消灭。这类事情，按照通行的希腊的形而上学观点，应该是不能认

---

〔1〕 参见吴国盛：《时间的观念》，北京大学出版社 2006 年版，第 77 页。

识的，所以历史学就应该是不可能的。[1]

古希腊形而上学"反历史"的品性自然植根于其文化土壤和关于天地宇宙的朴素生命情感之中，它浸透并表露于古希腊的各种叙事中。我国科学史研究者吴国盛对古希腊人历史意识的缺乏做了明确的观测，他看到，在荷马史诗和赫西俄德的作品中，对过去岁月的记忆模糊不清，[2]这种现象当然与古希腊人对于天文、历法和纪年的粗疏大意有着同质的关联。荷马史诗与赫西俄德的作品很快就追溯到了诸神，他们的"起源"概念虽然很强，但并没有导致对真实历史的记载，而是以诸神谱系的方式出现的，这种神谱是某种逻辑构架而非历史顺序。[3]"这种完备的诸神谱系，实际上是逻辑系统的原始形式，如果把诸神进一步作为自然事物的象征，那么神谱的系统性则可以看作对自然之逻辑构造的原始象征。在这种神谱中，宣扬了秩序、规则的观念，是希腊理性精神的来源之一。"[4]

两个彼此抵触的意象之结合绝无可能通过精准的概念性语言规定来达到，而必须通过象征的语言，这一点在诺瓦利斯的诗学主张中极为显著，他用数学中的现象作为象征来喻指表示浪漫化世界的奇特关联。而在他的小说中，有不少"圆"形象征物的出现，影射了对循环统一的渴望。

"圆"和"直线"在早期浪漫派那里分别代表希腊文化与浪

---

〔1〕 [英] R. G. 柯林武德：《历史的观念》，何兆武、张文杰译，中国社会科学出版社 1986 年版，第 22 页。

〔2〕 参见吴国盛：《时间的观念》，北京大学出版社 2006 年版，第 50 页。

〔3〕 参见吴国盛：《时间的观念》，北京大学出版社 2006 年版，第 50 页。

〔4〕 吴国盛："自然哲学的历史与现状"，载《自然辩证法研究》1990 年第 5期。

漫精神：圆是完善的象征，古希腊文化中，人与自然处于完善统一的循环往复中，不存在有限与无限的两极性，也就没有"超越"的问题；而直线向着确定方向延伸，不断变化、生成而无法返回自身，[1]线性最终导向一种超越性。圆代表循环的观念，在希腊的循环时间观中，时间并不是奔向永恒真理的道路，无数次的轮回，并不能使人得到安慰和解脱。[2]柏拉图的理念厌弃表象和变化，以柏拉图为代表的希腊思想不把循环看成是追求灵魂不朽的一种手段，相反，真正的不朽得靠彼岸，靠它处，而不是靠未来，追求灵魂不朽的道路被认为是空间性的，而非时间性的。[3]

将两个几乎无法兼容的东西结合在一起，融合为内在充满张力和矛盾性的混合物，诺瓦利斯这种处理方式显得颇为暧昧不明。这种处理方式，源自一种窘迫：历史的幽灵。他似乎想极力确证现实中有着无限性的萌芽，确证一种无限的重复性，他甚至在小说中不遗余力地描画出世界具有回归永恒之潜质，借海因里希之口说出"爱是一次无尽的重复"（Die Liebe ist eine endlose Wiederholung）；但他又不得不面对现实的有限性，因此才有"世界必须浪漫化"的迫切要求，措辞中才有"低级""高级"之分。小说《奥夫特丁根》具体实践着诺瓦利斯的诗学，并将其内在的张力与矛盾性更加形象地表现出来，表现为历史意识与神话性的杂交物。对此，伍尔灵斯的洞见切中问题要害，他看到，小说中一再出现一种关系：无时间的绝对与以诗为媒介的生活或历

---

〔1〕 参见李永平："通向永恒之路——试论早期德国浪漫主义的精神特征"，载《外国文学评论》1999年第1期。

〔2〕 参见吴国盛：《时间的观念》，北京大学出版社2006年版，第76页。

〔3〕 参见吴国盛：《时间的观念》，北京大学出版社2006年版，第76页。

史之间的关系（die Beziehung zwischen zeitlosem Absoluten und Leben oder Geschichte im Medium der Dichtung）。[1]这种张力关系是小说世界的基础，决定并表现在小说世界建构的诸多方面。它最典型地表现在小说选定的两种主要颜色的对比上：金色和蓝色。金色与小说中众多环形的器物相配，这些器物往往是环形—圆形的（圆环、项链、发带等），更重要的是，童话中的黄金时代也与金色相关，金色喻指着一种绝对的永恒性，实际上摆脱了时间性，也就是无时间的、与时间无关的；而蓝色以蓝花为代表，喻指着无尽的吸引和渴望，也就是一个无休止的追索的进程，也表明了世界应当浪漫化—诗化的要求。海因里希在与马蒂尔德互诉爱意的最后所说出的那句论断 Die Liebe ist eine endlose Wiederholung，同样源自、也包含着这种时间性的张力关系，爱是无尽的过程（endlos），同时又是一次（单数的）大回环（eine Wiederholung）。与施勒格尔浪漫的反讽有所差别的是，诺瓦利斯试图大胆地在《奥夫特丁根》给出一个具有肯定性意味的童话时代的样子；尽管小说未完成，但至少在克林斯奥耳的童话中，我们预先看到了小说尚未展开的黄金时代图景。

二、向内之路

《奥夫特丁根》反映了将世界浪漫化的动态进程，"乘方"与"查对数"交替进行，而总体则在渐进地向前发展。[2]蓝花牵引

---

〔1〕 Herbert Uerlings, "Heinrich von Ofterdingen", in: ders., *Novalis*, Stuttgart 1998, S. 175 – 228, hier S. 221.

〔2〕 Herbert Uerlings, "Heinrich von Ofterdingen", in: ders., *Novalis*, Stuttgart 1998, S. 175 – 228, hier S. 183.

着奥夫特丁根向"前"[1]追寻，蓝花是无限吸引的象征（Sinn-bild unendlicher Anziehung），[2]在小说开篇，奥夫特丁根在梦中走向一座山的深处，在那里看见了蓝花，这隐喻着诗人的成长是一条通向内心、通向深处的道路。将世界浪漫化的路径是诺瓦利斯诗学理念中的"质的乘方"，在小说中具体表现为叙事内镜（Mise en Abîme[3]）——密藏那笔墨[4]的无限众象，也表现为同一种类人物的重复出现。这诸多的象具有高度的同质性，因而，小说总体渐进向前发展的结构中完全没有给偶然性以余地。对一种绝对理想性的渴望占据了小说叙事的全部视线，浪漫派的文学书写在偶然性崛起的现实世界面前兀自高傲地践行着一种"精神胜利"和自我休眠。相较于克莱斯特晦暗色调的极端性，诺瓦利斯以一种纯粹的理想主义向我们展现了另一种暖色调的极端性。这两种极端性在我们面前共同构造着德意志精神传统的样貌。

诺瓦利斯在 1798～1799 年间汇集自己的读书笔记（包括研读费希特哲学）而写成的《草稿汇编》（*Das Allgemeine Brouillon*）提出建立百科全书式（enzyklopädisch）的整体知识系统，他试图

---

〔1〕 这个"前"并非逻辑上的时间顺序，因为从小说后面会得知，海因里希是向着过去的"历史深处"探寻。

〔2〕 Herbert Uerlings, "Heinrich von Ofterdingen", in: ders., *Novalis*, Stuttgart 1998, S. 175–228, hier S. 220.

〔3〕 也写作 Mise en Abyme，来自法语，意为"放入深渊"。此概念起源于徽章学（Heraldik），指盾牌上同一徽章的重复现象。后来被引入文学研究中，成为诗学原则，指在小结构中反映出大结构（Spiegelung einer Makrostruktur in einer Mikrostruktur）。参见 Li sa Dieckmann, *Traumdramaturgie und Selbstreflexion. Bildstrategien romantischer Traumdarstellung im Spannungsfeld zeitgenössischer Traumtheorie und Ästhetik*, Köln 2015, S. 69f.

〔4〕 刘小枫将 Mise en Abyme 巧妙地译为密藏那笔墨。

把知识和科学置于整个世界相同和相似的关联之中，以使各种差别重获深层的统一；他的目标实际是要写成"一"本书，即一本新的"圣经"。[1]施勒格尔提出了相同意义上的"绝对之书"（absolutes Buch[2]）。不过，诺瓦利斯认为，向"绝对"靠近只能通过一种无限趋近的过程（Approximationsvorgang）才是可能的，[3]且该过程是在爱和诗中进行的。[4]绝对之书的大全理想与无限渐进之间存在着浪漫派诗学内隐的根本性张力。在《奥夫特丁根》里，恰恰是小说对大全式普遍整体的要求规定了小说必然是开放性的断片结构。[5]

诺瓦利斯关于修养的理念是，人要到达的地方已经潜藏在人的内部，旅途的方向指向内部，而不是向外："我们梦想去周游宇宙——难道宇宙不在我们心中吗？我们并不了解我们精神的深处。神秘的路通向内部。永恒的各个世界——过去和未来——在我们内心，而不在任何别的地方。"[6]在《奥夫特丁根》中，"洞

---

〔1〕　参见 Lothar Pikulik, *Frühromantik. Epoche － Werke － Wirkung*, 2. Aufl, München 2000, S. 119f.

〔2〕　参见 Friedrich Schlegel, *Kritische Friedrich-Schlegel-Ausgabe*, hg. v. Ernst Behler u. a. , Band II. München u. a. 1958. S. 265.

〔3〕　荷尔德林和施勒格尔也持同样观点。参见 Bernard Winkler, "Das Unum des Universums. Zur Synthetisierenden Kraft der Liebe bei Hölderlin, Novalis und Schlegel", in: *Anthenäum*, hg. v. Ulrich Breuer u. Nikolaus Wegmann, 2016, Jg. 26, S. 142.

〔4〕　Bernard Winkler, "Das Unum des Universums. Zur Synthetisierenden Kraft der Liebe bei Hölderlin, Novalis und Schlegel", in: *Anthenäum*, hg. v. Ulrich Breuer u. Nikolaus Wegmann, 2016, Jg. 26, S. 142.

〔5〕　参见 Lothar Pikulik, *Frühromantik. Epoche － Werke － Wirkung*, 2. Aufl, München 2000, S. 129.

〔6〕　Richard Samuel u. a. （Hg. ）, *Novalis. Schriften*, Bd. II, Stuttgart 1981, S. 419.

穴"就是海因里希内在塑造之路的象征,[1]向地表以下深处空间的探寻象征着向内心精神深处的探寻。小说中"洞穴"多次出现,比如小说开始,蓝花就是海因里希在梦中的岩洞里找到的;第一部分第三章亚特兰蒂斯童话中的那对恋人曾经一度住在洞穴中;第一部分第五章采矿人讲述采矿和矿山深处的世界等。[2]对诺瓦利斯和很多浪漫派作家来说,洞穴是无意识的象征,常常会使人联想到梦境,而在梦境中,过去与未来同时再现于感性的诗的想象中而彼此相连。[3]所以,诗人的向内之路,也是要让自我内部未现的精神重现。谷裕指出,《奥夫特丁根》回归了"Bildung"一词原始的"内在塑造"之含义。[4]她在其研究中从词源上梳理了Bildung一词从宗教到启蒙语境的含义流变,[5]指出诺瓦利斯小说的宗教特征,即诺瓦利斯小说中主人公的内在塑造仍然采用了基督教先定论的形式,只不过用"诗"替换了基督教"上帝"这一实体。[6]

---

〔1〕 参见 Hans-Joachim Mähl, *Die Idee des goldenen Zeitalters im Werk des Novalis: Studien zur Wesensbestimmung der frühromantischen Utopie und zu ihren Ideengeschichtlichen Voraussetzungen*, Tübingen 1994, S. 409.

〔2〕 参见 Hans-Joachim Mähl, *Die Idee des goldenen Zeitalters im Werk des Novalis: Studien zur Wesensbestimmung der frühromantischen Utopie und zu ihren Ideengeschichtlichen Voraussetzungen*, Tübingen 1994, S. 409, Amn. 13. Mähl. 此概述了小说中出现的"洞穴"主题。

〔3〕 参见 Detlef Kremer/Andreas B. Kilcher, *Romantik*, 4. Aufl., Stuttgart 2015, S. 128.

〔4〕 参见谷裕:"试论诺瓦利斯小说的宗教特征",载《外国文学评论》2001年第2期。

〔5〕 在中世纪神学中,Bildung 意为上帝塑造,后来在虔敬主义中演变为人的"内在塑造",到18世纪时才有了进行外在知识塑造意义上的"教育""修养"之意。详见谷裕:"试论诺瓦利斯小说的宗教特征",载《外国文学评论》2001年第2期。

〔6〕 参见谷裕:"试论诺瓦利斯小说的宗教特征",载《外国文学评论》2001年第2期。

德国诺瓦利斯研究者赫尔伯特·伍尔灵斯认为《奥夫特丁根》的首要问题不是主人公作为个体的成长，而是建构一个救赎的乌托邦（Erlösungsutopie）。[1]该小说是否直接就能划入德国的"修养小说"之列，这在诺瓦利斯研究中存在一定争议。[2]但无论如何可以确定的是，"救赎的乌托邦"与海因里希向内的成长之路有着本质关联，这一乌托邦在小说中体现为由诗重新召回的永恒的黄金时代。黄金时代在诺瓦利斯那里是美学上的建构，重现黄金时代是诗人的功能。[3]海因里希个人成长的历史就象征着世界史的展开，他作为诗人的个人史是一面镜子，映照出世界史，与世界史紧密相关；由此，这部小说的人物具有高度的寓意性。在这个意义上，不能像读《学习时代》那样去读诺瓦利斯的小说，威廉与海因里希在语义学上有着本质的不同，他们在各自文本世界中面临不同的现实，承载不同的功能。威廉那里侧重体现一种社会性的事实和在社会性框架下的人格塑造，而海因里希则完全无法这样去解读，正如小说中众多的童话故事那样，海因里希也活成了一则寓言，他寓指了一种形而上的世界图景。以海因里希为中心参照，我们在理解小说中的其他一众人物时，也应留意这部小说所构建的特殊语义学网络。

海因里希注定要去往诗的世界，通向它的路是通向内心灵魂深处的路。小说里所发生过的事情似乎是将发生的，而小说视角不是按时空连续性指向未来，而是指向内部：内心世界是诗的国

---

〔1〕 参见 Herbert Uerlings, *Friedrich von Hardenberg, genannt Novalis. Werk und Forschung*, Stuttgart 1991, S. 451.

〔2〕 参见 Detlef Kremer/Andreas B. Kilcher, *Romantik*, 4. Aufl., Stuttgart 2015, S. 127.

〔3〕 参见 Detlef Kremer/Andreas B. Kilcher, *Romantik*, 4. Aufl., Stuttgart 2015, S. 127.

度，并无时空界限，诗人以他自己的语词开启一个总括所有时空的神秘美好世界。[1]这个向内之路的过程也被包裹进梦里，这就是小说时间塑型的复杂之处。换言之，一方面，叙事时间具有矢量性，而故事时间在最开始也具有很强的矢量性，但另一方面，这种矢量性最终被囊括入梦的更大范畴中，从而被取消。

蓝花作为诗人心中的渴望在小说开篇就直接亮相，是引领整部小说情节进程的一种图像和观念。蓝花出场的背景是，海因里希面对着夜色中墙上的表，经历着眼前单调的时间，他此时回味陌生人给他讲述的故事，慨叹自己渴念的竟然不是故事里别的什么，而是蓝花。之后他睡着进入梦境，梦里关于深邃、爱、历史、自然、蓝花的意象，在海因里希后续的生命经历中都会陆续经历，梦成为未来现实的预告，是现实时间将要奔赴的地方。

小说对海因里希开场一梦的安排，本身就是一种密藏那笔墨笔法，因为它映射出海因里希以后的诗人之路，也预先说出了小说故事情节；这一安排与海因里希后来在霍恩佐伦伯爵洞穴里的书中看到自己的故事很像：

> 他先梦见望不尽的远方和野蛮、未知的地区。他以不可思议的轻盈徜徉越过海洋；他看见奇特的动物；他与形形色色的人们生活在一起，不久又身处战争中，在野蛮的动乱中，在寂静的茅舍中。他被俘，极度困厄。所有感觉在他身上升至他从未知晓的高度。他经历了极度多彩的人生，死去又重生，轰轰烈烈爱到极致，然后又与他的爱人永别。最终，临近早上外面天已破晓时，

---

[1] 参见 Hans-Joachim Mähl, *Die Idee des goldenen Zeitalters im Werk des Novalis: Studien zur Wesensbestimmung der frühromantischen Utopie und zu ihren Ideengeschichtlichen Voraussetzungen*, Tübingen 1994, S. 408.

他的心灵才静了些，梦的图像变得更清晰徐缓。他觉得自己走在一片幽暗的森林里。白天的光线很少穿透绿色之网。很快他来到岩谷前，它向山上延伸。他必须爬过长满青苔的石头，石头都是被从前的洪水冲下来的。他爬得越高，森林就越亮。终于，他来到山坡上的一小片草地。草地后面伫立着一座悬崖，他发现一个开口，开口的开端部分好像是在岩石中凿出的一条通道。平缓的通道引他惬意地前行了一阵子，直到一个开阔处，很远就有<u>一束光朝他射来。他走了进去，感觉到一束很强的光，好像从喷泉一直射到穹顶，并在上面散成了无数火花，火花又汇集在下面的大池中；那光亮得像点燃的金子</u>；听不到一丝声响，神圣的寂静笼罩着这美妙的景象。他靠近大池，池中荡漾闪动着无尽的颜色。山洞壁上笼盖着一层这样的流体，这流体不热，而是清凉的，洞壁上只发出幽幽的蓝光。他把手潜入池中并沾湿双唇。好像有一股灵气（ein geistiger Hauch）穿透全身，他觉得心中注入了活力，神清气爽。一种无法抗拒的欲望攫住了他，他想沐浴，他脱掉衣裳进入池中。他觉得，仿佛是一片晚霞环抱着他；天堂般的感觉充溢着他的内心。他心中无数的想法企图与深切的欲望相融合；新的，从未见过的许多图像出现了，彼此交融，并变为围绕着他的可见之物，这可爱要素的每一层波，都像温柔的胸脯一样紧贴着他。水流就像诱人少女们的幻化，她们此刻就浮现在少年身边。[1]

　　海因里希的梦首先预示了他自己超越时间和超越空间的生命景象，是"关于先验自我的智性直观（die intellektuale Anschaung

〔1〕 Novalis, *Heinrich von Ofterdingen*, hg. v. Wolfgang Frühwald, Stuttgart 2017, S. 10. 此处引文下划线部分是笔者为突出所加。本章凡引此书，将随文标记页码。

eines transzendentalen Selbst)"[1]，他看到了自己死后的生命、在未知空间和未来时代的经历。在小说中，梦里的经验的确会在他将来的生活现实中"实现"（Erfüllung）。在穿越时空的一系列苍茫经历之后，他在梦里才来到山峦深处，进入洞穴中，洞穴中有神奇的光与水源。洞壁上发出蓝色幽光，而黄金色的光则从泉中喷射而出，直达穹顶后又散射为无数火花，落入水池中。蓝色与金色是梦着重凸显的颜色，是诺瓦利斯为他的乌托邦所选定的颜色。蓝色是无尽的吸引和渴望，黄金色则喻指起源和永恒，克林斯奥耳童话最后的黄金时代也正是取了这个颜色。伍尔灵斯对梦里的细节观察很精彩，他指出，那道金色的光在其本源之力折射于穹顶之后，才会变为更新一切的生命源泉；金光的起源始终是秘密。[2]金光的起源是绝对之物，"那种对我们而言可能的最高意识也表明，绝对之物即错失之物，欠缺之物，表明根基不可企及。可直观的只有出自本源的力量，可被触及的只是被反射的、被增多的'精神之水'（das reflektierte und vermannigfaltigte Geisteswasser）"[3]。金光折射后落入池中，变为具有无尽色彩的流体——精神之水，它把小说"引向下一个梦中，在那个梦里，世界在不同的蓝色中显现，海因里希看到了蓝花"[4]。蓝花出现在

〔1〕 Herbert Uerlings, "Heinrich von Ofterdingen", in: ders., *Novalis*, Stuttgart 1998, S. 175 – 228, hier S. 220.

〔2〕 参见 Herbert Uerlings, "Heinrich von Ofterdingen", in: ders., *Novalis*, Stuttgart 1998, S. 175 – 228, hier S. 220.

〔3〕 Herbert Uerlings, "Heinrich von Ofterdingen", in: ders., *Novalis*, Stuttgart 1998, S. 175 – 228, hier S. 220. 中文译文参考了林克的译文。参见［德］伍尔灵斯："《奥夫特尔丁根》解析"，林克译，载刘小枫编：《大革命与诗化小说——诺瓦利斯选集卷二》，华夏出版社 2008 年版，第 221 页。

〔4〕 Herbert Uerlings, "Heinrich von Ofterdingen", in: ders., *Novalis*, Stuttgart 1998, S. 175 – 228, hier S. 220.

更深处的蓝色空间中，海因里希在看到蓝花之前，先经历了灵气之水、精神之水的沐浴，并已经在水流中感受到了一种普遍的融合，看到万千变化的景象彼此交融。随着水流游到下一个更深的洞穴并再进入一层梦境后，他才看到蓝花，他的惊讶随着蓝花奇异的显现和变化而增加，后续在蓝花的引导下，或许他将进入一种更为普遍和深入的时间与空间的交融，但恰恰此时，海因里希被母亲叫醒，梦被打断。[1]梦醒来后不得不面对的散文化的当下需要被克服。海因里希梦的实现被推迟到未来，他将进入无限的追寻。

诺瓦利斯承认当下时代的庸俗与"低级"，他的小说借海因里希父亲之口表露了这种态度，这位父亲自己一边"勤奋地工作"（12），一边尝试劝说海因里希不要沉溺于梦中，他说：

> 梦是泡影（Träume sind Schäume），不管才高八斗的先生们如何看待它，你让自己的心绪避开这类无用且有害的思考，是有好处的。梦中寓有神启的那些时代不在了，我们将不能理解圣经所讲的那些被选中的先知是怎样的心绪。那时候，梦一定有过不同的特点，人事也如此。我们生活的时代里，不再有与天神的直接交流。倘若我们现在需要了解神灵的世界，古老的故事和文字（die alten Geschichten und Schriften）是我们的唯一来源；现在，圣灵不再通过那些明确的启示，而是间接地通过聪颖而良善的人们的理智、通过虔诚的人们的生活方式和命运向我们言说。现如今我们的奇迹图景（Wunderbilder）从未怎么教化过我，我从未相信过我们神职人员所讲的那些伟大行为。不过，谁愿意，谁尽

---

[1] 参见 Herbert Uerlings, "Heinrich von Ofterdingen", in: ders., *Novalis*, Stuttgart 1998, S. 175–228, hier S. 221.

可以从中获得教化。我决不搅扰别人的信念。(12～13)

　　海因里希父亲内心深处的纠结源于一种历史性的落差和张力：远古时代与现在时代的落差，且这种落差在父亲看来无法弥合。他明确意识到"现在""我们生活的时代"已是处在神迹消失的时代，并对此无能为力，意识到这种"失去"以及相伴而来的无力感是令人忧郁的。与神灵世界联系的唯一媒介是古老的故事与文字，这些媒介也只是间接地沟通，需要人的玄思和理智的参与，而无法再依靠自然的、直接的生命体认路径。海因里希父亲作为诗人的天赋被现时的世界所压制，他的困境是同样有着诗人天赋的海因里希需要超越的。小说中多处提及这位父亲的诗人天赋和秉性，只是他无力再相信梦、神启和奇迹。小说结尾的部分再次回应了小说开篇时父亲对于梦的消极态度，西尔维斯特（Sylvester）与海因里希的对话中首先提及他的父亲，指出了海因里希父亲的问题："现在的世界（die gegenwärtige Welt）已经在他身上深深扎根，他不想重视他最本真天性的召唤（Ruf seiner eigensten Natur），他祖国天空的阴郁严苛破坏了他心灵最高贵植物的嫩芽，他当了灵巧的手工业者，激情对他而言变成了愚蠢。"（165）父亲的生命内在所体认到的不完满与缺失是历史性进程的一种个体化印记。海因里希清晰地看出父亲心中埋藏的忧郁，这种忧郁源自"缺"和"虚空"："他出于习惯不停地工作，而非出于内心喜悦，他似乎缺了什么东西，这样东西无法由安宁的生活、收入的可观、被市民同胞爱戴敬仰、所有政事都要经由他建言献策的喜悦来代替。认识他的人们认为他很幸福，但他们不知道，他是多么厌世（lebenssatt），他常常感到世界是多么虚空（leer），他多么想离去，他并非出于工作的乐趣，而是为了赶走

这种情绪才勤奋工作。"（165）

海因里希的父亲所遭受的纠结与分裂是时代和历史带给他的宿命。他是海因里希对照自己的一面镜子。海因里希对父亲秉性的描述，表明他对父亲承受的宿命与问题的醒识与觉察，这种觉察也从侧面暗示出，他将有可能克服父亲的困境。父亲的问题在于没有希望和梦，没有对于历史中"未来"向度的期待，失去了重建与他人之间深层的生命联结的愿望，因为他不再愿意相信奇迹图景（Wunderbilder），从而教化自己的心灵。他困于当下时代，让自己的精神绥靖、投降于有限性的生活之中；他表面的勤奋劳作，只是一种徒劳地挣扎，无法真正驱赶内心的虚空。而海因里希从一开始就对梦有着天然的亲近与热忱，与父亲对梦的淡漠态度不同，他坚定地相信自己的梦有启示作用，这种笃定和虔诚贯穿小说始终。小说第一部第一章父子两人关于梦的"论战"明确显示出二人心绪的差别。相对于父亲所言的"梦是泡影"，海因里希反驳道：

> 所有的梦——即使是最混乱的梦——难道不都是特别的现象吗？即便联想不到它有神的旨意，它也是透入那有着千层褶皱、垂入我们内心的神秘幕布的一道裂缝。……我觉得，梦是对抗生活之陈规和低俗的防御武器，是对被束缚的想象力的解绑恢复，想象力把生活的所有图景扔得乱七八糟，用愉悦的孩童游戏（Kinderspiel）打破成年人固久的严肃。若没有梦，我们一定会提早老去，因此，人们即便不把梦看作是直接由神降下的，却可以把它看作是神圣的嫁妆（die göttliche Mitgabe）、去往神圣坟墓的朝圣路上的一位友好陪伴者。今夜我做过的这个梦，一定不是我生命中无足轻重的偶然事件（Zufall）了，因为我感觉到，它像

一个大轮子，伸入我心灵之中，并以强大的力量推动我的心灵。
(13)

在海因里希看来，梦是通向奇迹图景、打破现实的逼仄和对抗有限性的最好径路，它是想象力的游戏、是孩童游戏，它引人窥见内心的深邃神秘，也引人去往神圣的世界。事实上，海因里希对梦的品评和认识以及蓝花梦对于他今后影响的省察与预感，在后面叙事中只是得到了进一步的确证和细致展开。小说第一部第一章以海因里希的"蓝花梦"作情节起点，梦统摄了整个小说主题，也统摄了小说世界的基本走向；可以说，开篇关于梦和想象力游戏的思考是海因里希走向诗与爱的预备阶段。[1]

海因里希没有经过外在任何人的训诫和"教导"，而是自行以"梦"的方式预先看到了自己的道路，并自然地笃信和追随梦的强大力量。他的觉知从内而来，不需要教导。试想，如果海因里希听从了父亲所谓的教导、追索个人修养所依赖的外在契机，那么小说主人公将成为另一个威廉·迈斯特。外在环境对人的修养和教化的影响层面被小说忽略不计，这种忽视显然是小说有意为之。当然，小说也出现过关于教育（Erziehung）的讨论，并认为人无法真正避免外在环境这一维度，但无论如何，人在成长中与外部世界之间的互动这一社会性维度并不属于小说想要表达的东西。

客观上讲，诗人的长成当然需要适宜的客观环境，小说结尾部分西尔维斯特与海因里希的对话中也隐约露出了这一点。海因里希父亲就是一个反例，他虽然有成为诗人的天赋和倾向，但最

---

[1] 参见 Ursula Ritzenhoff, *Erläuterungen und Dokumente. Novalis. Heinrich von Ofter-dingen*, Stuttgart 1999, S. 12,

终却没有成为诗人,原因是外界环境的严苛破坏了他禀赋的萌芽。相比较而言,海因里希本人汪洋恣肆的想象力和感受力能够发展,得益于父亲并未干涉过他,而是将他完全交付给母亲,并听任他作为孩童的自然发展。不过,小说并没有在"教育"这一问题上多用笔墨,而是进行了极为简单化的处理,叙事涉及教育的讨论极为简短,但已经表达了浪漫派对"教育"的核心态度,那就是对于孩童天性的崇赞。浪漫派关于教育的立场是十分理想化的,甚至不涉及细琐的教育技术和教育手段层面,相反,它恰恰反感任何以教育为名的人为干预,任何苦心孤诣的教育手段和技术都不啻一种造就俗物的劣行,西尔维斯特对教育的破坏力的比喻是:"多数人只是不同胃口和口味的人胡吃海喝过的一顿丰盛宴席的残羹冷炙(Überbleibsel eines vollen Gastmahls)。"(166)人被比喻为一顿丰盛宴席,其特点是未经耗损和雕琢的完整性,德语形容词 voll 在这里精妙地暗指了人生来就自然具备的丰盈和完整性,而教育在此恰恰消耗和破坏了这种完整性,导致"多数人"经历所谓的教育之后丧失了最初的理想状态。对浪漫派而言,重要的不是干预、教导、改造和雕琢个性,反而是对某种神秘的原初性、完整性之持存和敬畏,它意味着对个体身上童年时代的珍视甚至崇拜;回到这种童"真",是浪漫派通向神圣性、内心性的一条秘密通道。海因里希也是在这个意义上回应"教育"这个话题的,尽管他的父亲秉性严肃冷淡,理智和玄思的时代让他不再有能力相信奇迹图景,对所有的事情都像"对待一块金属和一份人为的工作"(166),但他对诗的世界却仍本能地怀有敬畏,在心中"不自知地"为那些神奇的事物留下了余地;尽管他信誓旦旦地宣称,梦是泡影,但海因里希的觉察是,父亲依然会"不由自主且不自知地对一切不可理解的、更高的现象默默怀有敬畏和虔诚，因此他怀着恭顺和自我否定看待孩子的成长"
（166）。因而，小说所想说明的是，海因里希的童真天性没有受
到来自父母教育的一丝干预和破坏。他将童真的持存与更高的诗
意联系起来。父亲的抚养中"活跃着一种精神"（166）：

> 它从无尽的源泉中来，充满活力；关于孩童在最高级的事物
> 中的优越地位的情感；不可抗拒的想法：进一步引导这个正开始
> 迈上充满荆棘的成长之路的纯洁造物；尘世间无处不表露的神奇
> 世界之印记；以及最终关于那些神话般时代的自我回忆的综合
> （Sympathie der Selbst-Erinnerung jener fabelhaften Zeiten），我们觉
> 得那些时代的世界更明亮、更友好、更神奇，预言的精神（Geist
> der Weissagung）显见地陪伴着我们——所有这些一定使我父亲虔
> 诚而恭逊地待我。（166）

这种"无为"的教育立场，使得小说叙事关于教育的讨论实
际上非常缺少外延的东西，也就无法铺展篇幅，只能简短、抽
象。这也就解释了，小说的关注点为何不在于展开主体从无知到
成熟的过程，不在于一种时间性的成长与变化，叙事自始至终未
在意过主人公的外界环境，反而致力于制造一种令人确信无疑的
期待：海因里希必定走向诗的道路。海因里希的觉知从一开始就
生在自己心中。如果用"成长"来描述他在小说的叙述时间中的
经历，那么他成长的向度是向着内心深处的，抑或可以认为，整
部小说是他内心的蓝花梦逐渐向"外"流溢与蔓延。叙事推进的
进程，实际上是梦的神奇与童话性逐渐"入侵"、沁入、渗透、
散溢、笼罩人物活动的"现实"外部世界过程，梦中的色彩、空
气、语言、形象乃至梦的时间与空间特性都逐渐彰显、蔓伸于
外，最终使梦境达到"实现"（Erfüllung）——梦与现实的分野

取消,融合为一。小说第一部分标题是 Erwartung,蓝花梦种好了"期待"的种子、立下了叙事进程指向未来的时间向度,而第二部分标题 Erfüllung,则再次呼应了蓝花梦的母题。由于梦境向现实的渗透,我们明显可以从故事时间上体察到一种飘逸感,时间对主人公而言不再是任何意义上的生存条件或限制,他有逸出时间、进入抽象永恒的趋势。

诺瓦利斯小说对于"圆"和"重复"等意象的明确提及或间接影射,并不能被机械地解读为他是古希腊循环时间观和历史观的忠实追逐者,而更多在于他借用这一意象,重新赋予他那种摆脱历史和时间性之理念以一种表达的语言,毕竟,循环观带来的典型后果是对时间和历史的淡漠,这种淡漠也是诺瓦利斯小说对于时间性的深层立场。诺瓦利斯将圆这种意象的重新符号化不啻一种借尸还魂,借曾经的躯壳,表达一种有一定相似性但却变奏了的诉求。同样,诺瓦利斯对于基督教传统的千禧年主题的沿袭使用,也是进行了重新编码,正如他在《基督教与欧洲》一文中敦促,"上帝在尘世的统治"(Regierung Gottes auf Erden)应把所有的基督徒变为一个唯一的、永恒的、无上幸福的团体中的成员——这种说法实际上只是名称和编码,是一种神秘的表达,来描述各个分裂领域的统一、欧洲各国的永恒和平、人与人之间的神圣的信任、更高级之世界在生活中的无处不在、未来上帝之国中自然之新的神圣性和艺术的无限性。[1]诺瓦利斯是弗里德里希·施勒格尔"新神话学"的实践者,在诺瓦利斯的小说里,"总汇

---

〔1〕 参见 Hans-Joachim Mähl, *Die Idee des goldenen Zeitalters im Werk des Novalis: Studien zur Wesensbestimmung der frühromantischen Utopie und zu ihren Ideengeschichtlichen Voraussetzungen*, Tübingen 1994, S. 381.

诗"（Universalpoesie）以童话形式现身，诗与宗教在此交融，在诺瓦利斯眼中，要创造"总汇诗"，不仅传统的各种文学形式是不充分的，就连一直以来的各种宗教形式都只能是关于那伟大整体性的有限的预感。[1]因此，他在小说的第二部分写作计划中十分有意识地把"最遥远、最不一样的传说与事情""基督教与异教的和解"以及最终的"奇妙的神话学"联系到一起。[2]

日耳曼学研究者曼弗雷德·科赫（Manfred Koch）指出浪漫派文学中的"过去""回忆"等现象是一种超越意识的原初性，它们的含义与谢林"经验意识的先验过去"（transzendentale Ver-gangenheit des empirischen Bewusstseins）的内涵密不可分。[3]换言之，浪漫派的"过去""回忆"本质上不指时间，不具有时间性，而是浪漫派在宗教性的原初意义趋于消亡的时刻，试图借助诗的帮助，再次生造出的一种原初性。德国著名日耳曼学者海因茨·施拉法（Heinz Schlaffer）则在观察浪漫派诗歌时提出了类似的见解，他认为，浪漫派诗歌虽然经常出现"过去""旧时"，但它们只是象征性地表示"无时间性的时间"（die zeitlose Zeit）、"无尽的永恒"（die unendliche Immer-Zeit）。因而从浪漫派诗歌中根本无法发现具有时间的顺序、逻辑先后顺序的事件；浪漫派诗歌中的所有事物都从属于一种古老、原初的童话时间，这种原初时间一直存在、同时又从不存在（uralte Märchenzeit, die immer und nie ist）。[4]此时，诗作为媒介，顶替了基督教拜神的"记忆庆典"（Gedächtnisfeier）和圣经阅读的位置。本雅明曾指出基督教的礼

---

〔1〕 参见 Gerhard Schulz, *Novalis*, Hamburg 1969, S. 147.

〔2〕 参见 Gerhard Schulz, *Novalis*, Hamburg 1969, S. 147.

〔3〕 Manfred Koch, *Mnemotechnik des Schönen*, Tübingen 1988, S. 22.

〔4〕 转引自 Manfred Koch, *Mnemotechnik des Schönen*, Tübingen 1988, S. 22.

拜仪式是一种记忆庆典，借助这种共同的宗教生活，所有人将个体的生命经验与一个约束性的原文本（Urtext）及其象征系统紧密相连，在它的统照下诠释自己的生命。面临共同根基的消逝，浪漫派将诗赋予了布道的功能，诗借助具有丰富图像性的象征来宣告那些只有进入先验哲学的神秘中才可见的东西。

历史要重新被神话化，也就是，历史必须最终再次走向神话。

三、向内之路的"深邃"与反时间性

对于内在精神深处的具象表现有"洞穴"、地下矿等一系列象征，这种空间性的深邃（Tiefe）是《奥夫特丁根》中着力表现的一种中心意象，也是海因里希内在塑造之路的目的地。深邃在叙事表面首先体现为明显的反抗时间的特性，是对叙事时间的忤逆，往往表现为情节的凝滞或单一；深邃是神秘的，与一种对于原初性的想象相连，也就不可避免地与神话相连。蓝花梦位于心灵的深壑之中，而蓝花梦中出现的马蒂尔德这个人物想象，在后来与海因里希相遇时也被赋予了深邃的象征意义。可以说，小说总体上编织了一个深邃的意义网，让所有的时间性都远离这个神秘的地方。

"蓝花"梦是诗人心灵深处深邃的回忆；蓝花作为未来状态的具象表现，出现在梦的回忆中，暗示了诗与梦、原初性的关联。蓝花也呼应着爱，我们在蓝花梦中已经看到，面对金光散落并汇集的大池时，海因里希那种将自己浸入池中流体沐浴的不可抗拒的欲望（Wollust），那种普遍地与世界交融的神秘感受就是爱。《奥夫特丁根》中的"爱"令人难解，是因为它指向多个层次。伍尔灵斯指出，看到海因里希与马蒂尔德两位有情人之间的

爱情，把《奥夫特丁根》看作爱情小说，当然无可厚非；但是诺
瓦利斯站在西方关于"爱"的更大的精神传统中（其中既有古希
腊、又有基督教的思想源头），因而爱最终的哲学—形而上学维
度不容忽视：爱是形成新的整体的驱动力（Trieb zur neuen Einhe-
it und deren Zustand），爱是一种包罗万千、凝合吸引万物的世界
关系（ein umfassendes erotisches Weltverhältnis）。[1]而后来，海因
里希与马蒂尔德的相爱，就是对这种趋向凝合的世界关系的一个
隐喻（Allegorie），他在马蒂尔德身上再次看到了"蓝花"的显
影，仿佛再次进入了"蓝花"梦："难道我不是在那个看见蓝花
的梦里吗？马蒂尔德和那花之间有什么奇特的关系？那张从花萼
中探向我的脸庞，是马蒂尔德美丽的脸庞，我现在也记起，在那
本书中见过这张脸庞。"（118）

关于叙事试图对时间性的超越，我们不妨看看海因里希与马
蒂尔德彼此互吐衷肠、坦白爱意的对话，那种进入无限与永恒的
渴念是有多么急迫。"'啊！马蒂尔德，即便是死亡也无法将我们
分开。'——'是的，海因里希，我在，你就在。'——'是的，
马蒂尔德，你在，我就得永恒（wo du bist, Mathilde, werd ich
ewig sein）'——'我没有关于永恒的概念，但我想，当我想起
你时所感觉到的，一定是永恒。'"（118）爱把两人连接起来，爱
是最原初共同体的象征。

噢，爱人，天堂把你给了我，用以敬仰。我视你为神圣。你
是把我的愿望带给上帝的圣徒，上帝通过你向我显现，通过你宣
布他那完满的爱。什么是宗教？难道不是相爱的心、无尽的和谐

---

[1] 参见 Herbert Uerlings, "Heinrich von Ofterdingen", in: ders., *Novalis*, Stutt-
gart 1998, S. 175–228, hier S. 207f.

和永恒的结合吗？两人结合，上帝就在两人之中。……如果你能够看见，你在我面前的样子，你就不会害怕年龄和变老了，那是多么神奇的图像穿透了你的形象（welches wunderbare Bild deine Gestalt durchdringt），它无处不照耀着我。你尘世的形象只是这幅图像的影子，尘世的力量奔涌着想竭力抓紧这幅图像，但是自然尚未成熟；这幅图像是永恒的原始图像（ein ewiges Urbild），未知的神圣世界的一部分。(119)

海因里希与马蒂尔德之间的"爱"超越了男子与女子之间世俗意义上的爱恋，实际是借助爱具有的连接一切的力量，表达了一种宗教性（religiöser Natur），[1]一种深层的生命纽带联结的情感。实际上，关于爱，小说也涉及了母亲与孩子的爱，小说中儿子与母亲较儿子与父亲之间有着更亲密的依恋关系。母亲这一角色最终聚合、升华为圣母玛利亚之名。爱的单个的世俗表现形式是不重要的、偶然的、可替换的。[2]菊安妮（Zyane）、玛丽·封·霍恩佐伦（Marie von Hohenzollern）、所有众人都只是一个完整个体的变体。

"爱"一经叙事提出，就具有"永恒"的诉求，换言之，"爱"与时间无关，爱恰恰要克服时间性，它之所以背负了这一使命，是因为人对死与消逝的恐惧、对生命有限性的无可奈何之根源就在于此在的时间性；对此，马蒂尔德所表露的人生易逝的哀伤足为一证："噢！海因里希，你知道玫瑰的命运。你是否会温柔地亲吻枯萎的嘴唇、苍白的脸颊？难道年老的迹象不正是逝

---

〔1〕 参见 Hermann Kurzke, *Novalis*, 2. überarbeitete Aufl, München 2001, S. 93. 关于基督教爱的理念，参见谷裕："试论诺瓦利斯小说的宗教特征"，载《外国文学评论》2001 年第 2 期。

〔2〕 Gerhard Schulz, *Novalis*, Hamburg 1969, S. 142

去之爱的迹象吗?"（119）这种哀伤情绪恰恰是在二人谈"爱"的时刻深刻表现出来。爱能抚平这种恐惧与哀伤，因为它是一种摆脱时间性的期许，对此，海因里希如是回答："我不明白，人们所说的魅力易逝（Vergänglichkeit der Reize）是什么。噢！魅力是不会凋谢的（unverwelklich）。不可分离地将我牵引向你的、在我心中唤起永恒渴望的东西，并非来自这个时代（nicht aus dieser Zeit）。"（119）马蒂尔德也觉得，"我好像很久以前（seit unden-klichen Zeiten）就认识你"（118）。马蒂尔德的这种生命感受显然不符合现实的时间逻辑，因为她与海因里希之间此时不过才认识两天。这种背离现实时间逻辑的生命感受只能为叙事贡献一种信息，那就是指向一种不可见的神秘连结，该连结不受时间约束，从而隐含某种原初的意义，因此二者的爱被塑造为具有超越性的力量。

海因里希透过马蒂尔德的形象所真正看到的，是一幅神秘幽深的图景，海因里希将这种感受明确地用语言直接表达出来：神奇的、永恒的原始图像"Urbild""穿透"了马蒂尔德的形象，并无处不照耀着他，向他昭示着那个隐秘的神圣世界。马蒂尔德成为那副所谓的"永恒的原始图像"所透光而过的"影子"，是海因里希最终能通达隐秘于未来中神圣黄金时代的必经之途和媒介："噢！马蒂尔德，只有从你那，我才获得了预言的能力（Gabe der Weissagung）。"（119）蓝花、诗、爱人都成为一种媒介性的存在，真正的大道隐而不现。人世图景波谲云诡地变幻成为透明的前景，那原始图像的光居于这前景的幕后，永恒不变地辉映溢彩。"那个更高的世界比我们惯常所认为的离我们更近。此处我们就活在它之中，我们最为真切地看到它与尘世造物交织在一起（mit der irdischen Natur verwebt）。"（119）在此我们再一次看到诺瓦利斯诗学主张中"质的乘方",以一种改头换面的变形表达出现,更高的神圣世界"渗透"、交错于尘世之中,它根本上已遥不可及,但它又因为爱人的形象直达人的眼前。通过爱人马蒂尔德,上帝的爱得以显现。尘世的爱与诗,是在"自然尚未成熟"的现时阶段通往那个神秘世界的过渡桥梁。在这个意义上,我们不难理解马蒂尔德也被海因里希视为诗的化身。"她是诗(Gesang)的可见的精神……她将使我在音乐(Musik)中溶解。"(105)德语词 Gesang 意思为歌唱,也表示诗(Dichtkunst)。海因里希所说的诗就是歌唱,歌唱就是诗。小说直接把音乐等同于诗,浪漫诗的精神就是音乐。

互诉爱意的对话中,关于"原始图像""预言的能力"等与诗人的感受力相关的概念,实际直接指向诗人之"看"的问题。诗人所能看见的,应是更为丰沛的生命图像,这种图像与科学的实证主义视野中追求的精确无误无关,相反,诗人所能看到的,是一种生命现象总体的、综合的、伦理向度的图像,它甚至常常幽暗不明、轮廓不清。原始图像呼应着诗人的预言之内容,如透过竹林缝隙的月光,风移影动,星星点点,似可见,又不可捉摸。在相似意义上,里尔克那部奇特地混合了现代都市的表面与神秘的心灵深境的小说《马尔特·劳里茨·布里格手记》,也不无痛苦地提出过这个问题:学习"看"——一个叫马尔特的诗人,需要学习"看",不是观察 betrachten 意义上的看,而依然是诗人古老的能力 sehen。这实际也是海因里希需要锤炼的能力。现代生活的加速造成了感知与文化的表面性,一切变得浮光掠影,不再有根基。马尔特要成为诗人,就比海因里希多了一层新的困难和迷惑,他首先要拨开由现代速度所引发的"表面性"之迷雾。他要摆脱这种虚假的速度与躁动。我们发现近现代德语文学中对诗人形象设想有着相似的理想模式，也就是诗人的眼睛可以穿越历史与时间的迷雾，将过去与未来相连。诗人有着神圣而神秘的光环，站在世界顶端、站在时间之外静静地环视一切。歌德的迈斯特对诗人的设想是这样的，海因里希是这样的，而到里尔克的马尔特也是如此，马尔特的一切悉心回忆、爬梳、揣摩、记录，目的全在找到那种可以穿越时间迷雾的目光。不同之处只在于，海因里希并不因"如何才能成为诗人"而痛苦，"身份"的痛苦不是他在小说世界中承担的命运，他的命运是被诺瓦利斯严丝合缝地编好的蓝花，而马尔特不得不为"如何成为诗人"而愁苦，那是他必须奋力挣扎、与之抗争的命运。

在互诉爱意之谈话临近尾声的地方，海因里希有几句十分晦涩的话："我的全部存在应与你的融为一体。只有最无边界的献身才能符合我的爱。……爱是我们最为隐秘和最为本真的此在的神秘汇流。……爱是无尽的重复（Die Liebe ist eine endlose Wiederholung）。"（120）这句话既是海因里希在爱中的情欲和神秘感受，同时也是对生命和历史的一种哲学—形而上的认识，呼应小说开端时蓝花梦中的感受，并且重提了蓝花所意涵的主题——无限的追寻。海因里希的这句论断出现在第一部分第九章克林斯奥耳童话之前，两个人爱的结合并非终点，而是指向位于未来的童话世界，童话里呈现了历史中的人永远需要去追索的黄金时代。

关于马蒂尔德神态与言行的描述是，"几乎听不到的轻声说话""沉默"。她的形象与蓝色、宁静等语词紧密相关，在与海因里希的互动中，叙事对她的神态刻画最多的就是她沉默地注视。她的静默指向一种内向性的深邃和神秘。所有这些意象都暗示了她是诗的显影。海因里希首次与马蒂尔德结识的契机并非彼此言语的交谈，而是她轻声邀请他一起跳舞，沟通他们彼此的不是日常的语言，而是最为直观又直达心灵的图像——通过舞蹈和彼此的目光——身体直接化为意味深长的图像：

> 海因里希希望这支舞永远不要停。他内心欢喜，目光停留在舞伴的脸上。她纯洁的眼睛也不避开他。她像是她父亲精神之最可爱的化身。她宁静的大眼睛诉说着永恒的青春。在天空般蓝色的眼眸中，是棕色的瞳之柔和光彩。额头和鼻子小巧地围绕在旁边。她的脸是向着升起的太阳的一朵百合花，蓝色的血管从颀长白皙的脖颈迤逦延伸至柔和的双颊边，曲线迷人。她的声音就像遥远的回音，而棕色的卷发仿佛飘浮在她轻盈的身段之上。（98～99）

叙事赋予了马蒂尔德形象以超越时间的特性："永恒的青春"无疑是对时间性的超越，而"天空般蓝色"昭示了神圣与神秘，人们不由联想到蓝花的色彩。"遥远的回音"以空间的隐喻指向神秘的未来。甚至马蒂尔德的头发都不受尘世重力所缚，是"飘浮"的，身段是"轻盈"的。用轻盈与飘然等意象表达神秘与超越性的例子并不少见。我们很容易联想到，歌德笔下摆脱了时间性的迷娘也是轻盈与飘然的。马蒂尔德的形象凝集了深邃、遥远、神秘等意象，寄托着海因里希的一种情感——渴念：对于历史植根的深渊、时间进程出现以前的太古时代以及对未来的神秘国度之渴念。

自浪漫派以降，对"深邃（Tiefe）"的形塑逐渐成为德意志文学传统中的一个主题，也凝结为德意志精神的重要维度。实际上，歌德写作中的"魔力"也在形塑着"深邃"，他也敏锐地觉知到"深邃"具有反抗时间性的特质，他曾在对魔力的描述中指出"它把时间聚拢而把空间展开"[1]。歌德用时间聚拢的意象意指深邃中时间的收缩淡出，空间的扩大。时间变得不重要，重要的是一种空间性的显现。托马斯·曼在文学上对"深邃"传统的继承和发扬达到了浪漫派之后的又一高峰，甚至深邃被包括托马斯·曼在内的一批德意志思想精英们奉为德意志文化的气质。《魔山》对深邃的追寻程度，可由题目中的"魔"字概括。从空间上看，诺瓦利斯小说的主人公至少在小说世界中仍有较成规模和体系的漫游，[2]尽管这种漫游过程的时间性因受制于童话的前定脚本而几乎被取消；托马斯·曼小说的汉斯·卡斯托尔普的全部漫游就在于停滞，他完全停滞于高山之上。

托马斯·曼将小说故事设置在远离平原日常生活的高山，这从本质上与诺瓦利斯小说乐于表现的地下洞穴无异。高山只不过是深邃意象的另一种变形。故而，"魔山"所表征的深邃性登峰造极。我们在魔山看到了丰沛汹涌的神秘世界，不管是死亡、疾病还是肖夏夫人谜一般的眼睛。肖夏夫人奇特的形象，成为传递和联结起汉斯某种幽暗的生命本源情感的媒介。她不苟言谈，其形象的塑型依赖的是无言的身体姿态，她就是深邃的化身。似乎深邃与滔滔不绝的高谈阔论总是一对仇敌。高谈阔论的代表是塞特姆布里尼（Settembrini）。在魔山上，沉默与聒噪的对立直接演绎成了神话与逻格斯的对峙，或者类似的二分说法：所谓非理性与理性的对立。不过，同样是关乎神话性，肖夏的形象所指向的

---

〔1〕 载《歌德文集》第5卷《诗与真》（下），刘思慕译，人民文学出版社1999年版，第836页。另参见本书前述第二章关于魔力的论述。

〔2〕 小说第二部分未写完，蒂克根据诺瓦利斯的遗稿以及与他曾经的谈话回忆整理出了诺瓦利斯对小说第二部分的写作思路：海因里希将经历意大利的战争，在希腊学习道德、国家法律、神话，在东方拜访耶路撒冷、了解东方诗艺和波斯童话等。

神秘世界中多了一层弗洛伊德时代心灵的幽暗,这种心灵的幽暗不属于诺瓦利斯的马蒂尔德。

托马斯·曼的汉斯对于生命意义的寻找行动,源于他的个体生命的源头神话,这场行动曾试图取道疾病和死亡,再造一种关于个人生命的宏大时间,这是一条"邪魔"外道;不过,最终汉斯还是回到肯定生命的轨道上,并回到了生活的时间之中。诺瓦利斯也在搭建超越所有时间的某种宏大时间,不同的是,诺瓦利斯的黄金时代是小说所设定的唯一"真实"律令。在诺瓦利斯小说世界极度理想化的设定中,现代日常生活的伦理没有资格、更没有机会对神秘的深邃性指指点点,叙事本身就刻意阉割掉了日常生活维度的表达,同时也阉割掉了偶然性的实存状况。因而,与现实主义因素作为强劲后景的作品中日常生活伦理的暴政迥然不同的是,《奥夫特丁根》是梦的绝对统治,遭到消极评判的反而是日常生活的庸俗及其庸俗的时间性。

四、无时间性,或对时间性的反叛

小说从第一部分转入第二部分,叙事时间变得更加富有张力,叙述时间与故事时间相比,叙述时间被故事时间所淹没,我们愈加看不到情节的进展,只有人物晦涩艰深的思想陈述。第一部分《期待》中,主人公海因里希仍然跟日常现实有诸多交道,出入于现实世界的人群之中,此部分的叙事按照海因里希从图林根到奥古斯堡旅途经历为线,依次向前推进展开;尽管乍看上去,叙事在表面上仍极像一个青年人的成长历程,但它本身已与歌德式的修养小说有着极大不同。如果小说一开始就以海因里希梦中的蓝花昭示了他向内之路的明确归宿,那么故事时间中的一切时间性和历时性变化实际上沦为小说搭建叙事进程的尴尬附庸。第二部分《实现》，现实世界的层面隐退，叙事实际被梦境般的场景覆盖，海因里希仿佛进入了一个梦境中，这是他死后的生命，他超越了一生的局限，进入到更广阔的历史中，他与菊安妮、西尔维斯特之间对话的神秘玄奥，亦使第二部分的叙事表现出显著的超越性，时间与个体性都被超越，个体回忆指向一种更为宏大的历史关联。从大的情节走向看，无疑是无时间性与时间性的拉锯，且前者占主导，正如伍尔灵斯敏锐地洞察所示：小说中一再出现的一种关系，无非就是"无时间的绝对与以诗为媒介的生活或历史之间的关系"[1]。

在第一部分《期待》中，密藏那笔墨式的内镜或重复结构大规模出现，它为构筑小说叙事框架起到核心性的作用，但同时，这种结构本身也显示出吊诡的特性。尽管不容否认，它推进了叙事线索向前发展，使得叙事具有时间性。但这种重复式结构本质上在消解着故事的时间性。文本叙事进程既在表层建构、又在深层试图消解时间性，使得叙述时间与故事时间双方形成彼此对抗。

诺瓦利斯在浪漫诗的纲领中提出的"质的乘方"和"查对数"的双向趋近之设想，可以启示我们更好地理解小说叙事中的重复式结构。小说结构的重复性表现为话题的单一性和同质性，所有的物、人和情节的出现都好像是本质上相同的序列，它们次第排列开来，彼此映照，背后共同的关联是诗。换言之，关于诗的意象，小说叙事语言编织起了彼此相通的意义网络，我们从任何一个散点进入，抬头所见的路径都会通向诗。蓝花、洞穴、

---

〔1〕 Herbert Uerlings, "Heinrich von Ofterdingen", in: ders., *Novalis*, Stuttgart 1998, S. 175 – 228, hier S. 221.

琴、金色项链、金色发带等物体，或老矿工、隐士、诗人克林斯奥耳、爱人马蒂尔德等人物，或更为抽象的"爱"以及最后的童话，都将我们的目光引向诗的世界。而小说中不同人物向海因里希讲述的故事，都有童话性。小说叙事在这些逐渐累积的童话故事中越来越陷入一种梦境中。

第一部分中的亚特兰蒂斯童话已经预示性地映照出海因里希的生命形态。小说中的老者、父亲形象有一系列相似的人物。亚特兰蒂斯童话中的老父亲也属于这个序列中。亚特兰蒂斯童话实际也是密藏那笔墨手法，预示性地映照出了海因里希作为诗人的生命形态，并给出了关于诗与自然的关系。童话中，老父亲生活的全部内容仅仅是教育儿子，此外"在乡人重病时给出建议"（34），老人是位医者。儿子则"严肃，且只埋头于自然的科学（Wissenschaft der Natur）"（34），父亲自他小时起就是他自然科学方面的老师。父子俩的住处"隐蔽"（versteckt）（42），"多年前，这位老者从遥远的地方移居至这个安宁、繁荣的国度，悄悄享受着国王治下的国泰民安，自得其乐。他利用这份隐蔽，来研究自然的力量，并把这动人心弦的知识告诉他儿子，他的儿子对这些知识有着很强的领悟力，而自然也愿意将秘密向他深邃的心绪和盘托出"（34）。亚特兰蒂斯童话中的儿子最终成了诗人，叙事在介绍他的时候也是用了遥远、深邃等词汇，显示了他与诗的世界之关联。而他的诗人天职的实现，除了需要自己"深邃"的心绪禀赋和对自然知识的领悟力，还有作为引路人的父亲的帮助，更重要的是要经历爱。他要与他的缪斯相遇。亚特兰蒂斯国王的女儿是他的缪斯，这位公主被叙事直接喻为诗的具象化身，她在诗与诗人环绕的环境中成长起来，"她的整个心灵变成了一首温柔的歌，是忧郁和渴念的简朴表达"（32）。她的国王父亲平生所爱只有两件：一是女儿，一是诗（Dichtkunst）。宠爱女儿是因为寄托对亡妻的思念，而诗则是国王本人从小就偏向喜爱的东西，"他从年轻时候起读诗人们的作品时就满心喜悦；为搜集各种语言的诗作，他投入过大量精力和钱财，并历来视与歌者们（Sänger）的交往高于一切"（31）。如此醉心于诗和诗人的君主，喻指亚特兰蒂斯国本身就是孕育着诗的国度。叙事中用来表示诗的德语词有 Dichtkunst、Gesang；Gesang 本身指歌唱，与音乐有关，小说强调诗与音乐的同质性，因而随处可见，小说描述诗与音乐领域的词语（如 Dichter、Sänger）彼此通用。

叙事对亚特兰蒂斯童话中隐居森林深处、埋头于"自然科学"父子形象之刻画，有意与"科学家"的意象严格区分开来。他们并不是现代自然科学意义上的职业科学家，他们所进行的"自然科学"研究，只是为诗的世界而预备。所有关于自然的知识和秘密，渴求一种更温柔的生命情感来照亮与统摄。知性需要爱。诺瓦利斯在这里触及的问题是科学发展与理性知识体系时刻需要反思的议题，也就是，知识与价值取向、理性思维与情感伦理之间的协调。站在这一视域中的诺瓦利斯实际上也站在了启蒙道德哲学的探讨中。在他关于人的复杂理论论述中，人的道义性的达成最终标志着人成为完整、和谐的人，也就是人发展的最高阶段。[1]小说第二部分断片结束前的对话，就围绕着良心和美德展开。美德被西尔维斯特加持在了诗人身上，甚至"整个自然只通过美德的精神而存在"（173）。

小说开篇的亚特兰蒂斯童话给出的设计理想是：让知性与诗

---

[1] 参见曹霞："诺瓦利斯创作中的完整人理念"，载《武陵学刊》2020 年第5期。

结合，才能最终通向完满幸福，这种设计具有纯粹的理想主义色彩——具有渊博自然知识的年轻人与公主相遇相爱，他们的结合使彼此更加完整。公主教年轻人歌唱和弹琉特琴（Laute），琴是小说中爱与诗的具体象征物，在克林斯奥耳童话中也同样出现过。公主用音乐和诗来点化年轻人，让他成为真正的诗人，而年轻人也向公主解开自然的秘密知识："他向她说明，世界如何通过奇妙的相互联系而产生，众多星辰是如何统一成旋律般的秩序的。太古时代的历史（Geschichte der Vorwelt）经过他充满神圣性的讲述在她的心绪中展现开来；而当她的学生在充盈的灵感中拿起琉特琴，以令人难以置信的聪慧伶俐学会并迸发出奇妙的歌唱时，她是多么地欣喜。"（40）对自然奥秘的探寻最终形成一种历史深邃性的观照，诗建立在这种深邃的本源之上。诗是爱的表达。如果爱是一种隐秘静默的生命情感和精神联结，那么歌唱就是对爱的彰显和宣表，关于爱的静默性，也就是它的隐形不可见性，克林斯奥耳曾在与海因里希讨论"诗"时指出"对于人类的存在，诗的必要性也许在任何地方，都不如在爱情中这样清楚地显示出来。爱情是哑默的，唯有诗能为它诉说（Die Liebe ist stumm，nur die Poesie kann für sie sprechen）。或者，爱本身就恰是最高的自然之诗（die höchste Naturpoesie）"（117）。诗为爱的声音。爱使得一切分裂的东西彼此融合团结为一体。亚特兰蒂斯童话中的年轻人带着消失一年的公主重返她的王宫、来到老国王面前时，俨然是诗人的面貌，他弹奏着琉特琴，歌唱着来到国王面前，"歌里讲的是世界的起源（Ursprung der Welt），星辰、植物、动物和人的诞生（Entstehung der Gestirne），自然逐渐地联结起来（allmähliche Sympathie），远古的黄金时代（uralte goldene Zeit）及其主宰者——爱与诗（Liebe und Poesie），讲到了恨和野蛮的形象以及他们与那两位主宰者的斗争，最终讲到爱与诗在未来的胜利、痛苦的结束、自然的更新和永恒的黄金时代的复归（Wiederkehr eines ewigen goldenen Zeitalters）"（45）。亚特兰蒂斯童话是海因里希成长之路的一个预兆和投影，海因里希也将如这个年轻人一般，经历爱而成"圣"。谷裕指出，该小说里与诗同时出现的理念是爱，海因里希成熟的标志是找到爱，找到爱便找到了诗，爱是契机，是诗的源泉和核心。[1]

海因里希不仅在蓝花梦中早已见过马蒂尔德的图像，而且在隐士霍恩佐伦伯爵的洞穴奇书中也预先见过这张美丽的脸庞。甚至商人们所讲的亚特兰蒂斯国童话中的公主、海因里希在旅途中所遇见的伊斯兰女子祖丽玛（Zulima），都是马蒂尔德的叠影，与马蒂尔德的图像有着隐秘关联。人物形象重叠出现，趋向同质，而不具有个体性，这正是诺瓦利斯有意为之的一种设计，而这种重复结构事实上贬谪了时间性，取消了时间带来变化的功能，确证着一切早已成定局。早有学者从情节表面看到了小说人物形象的如同叠影般出现的特质，德国学者海尔曼·库茨克（Hermann Kurzke）认为，如果一切都已成定局，则无甚可叙述。[2]李伯杰也在研究中指出，故事平淡、情节贫乏是该小说的一大特点。[3]这些学者所观察到的情节之单薄贫乏实际上正是由于小说忠实实践了诺瓦利斯"浪漫诗"的要求。这样在具体的文学书写中试图打磨剖露出一种"绝对"的律令，最终使文本的总体变得

---

〔1〕 参见谷裕："试论诺瓦利斯小说的宗教特征"，载《外国文学评论》2001年第2期。

〔2〕 参见 Hermann Kurzke, *Novalis*, 2. überarbeitete Aufl, München 2001, S. 93.

〔3〕 参见李伯杰："'思乡'与'还乡'——《海因利希·封·奥夫特丁根》中的还乡主题"，载《外国文学评论》1997年第3期。

颇为晦涩幽深,因为可想而知,文本的形态只能是充满了高度的象征性。情节的搭建在很多处都显得不免有些敷衍和草率。比如海因里希同母亲到达外祖父施万宁(Schwaning)府邸时,恰逢府上举办宴会,初到奥古斯堡的海因里希在这个场合认识了诗人克林斯奥耳和他的女儿马蒂尔德。叙事对聚会上人情交往的描绘显得较为粗拙。海因里希与马蒂尔德彼此认识后就一起跳了第一支舞蹈,舞蹈结束后的晚宴被叙事继续以粗枝大叶的笔触勾勒:

> 海因里希在马蒂尔德旁边。一个年轻的女亲戚在他左边坐下了,克林斯奥耳坐在他正对面。马蒂尔德不怎么说话,而他邻座的维罗妮卡滔滔不绝。她马上就和他熟络了,并迅速向所有在座的人介绍了他。有些话海因里希没听进去。他的思绪还在舞伴那儿,总想着向右转向她。克林斯奥耳结束了他们的对话。他问及海因里希礼服上那条带有奇特图形的发带。海因里希动情地向他讲述了那个东方女子。马蒂尔德哭了,海因里希也几乎掩藏不住自己的泪水。他与她对此交谈起来。所有人都在聊天;维罗妮卡大笑并与熟人们开玩笑。马蒂尔德同海因里希谈起匈牙利,她父亲常常逗留于彼,也谈起奥古斯堡的生活。所有人都很愉快。音乐驱走了拘谨,刺激所有的兴趣倾向变为明快的游戏。(99)

此段句子多为简短的简单句,叙事语言被简化概括至几乎如同关键词一般,完全不关心情节的铺展是否丰满,这种简短如短语式的信息罗列与前文"启示者"们关于自然、诗、历史等话题的长篇累牍之大论形成了鲜明落差。毫无疑问,叙事没有兴趣去表现现实世界的人情世故,显然不给外在世界以展现的机会,换言之,小说表达淡化故事中现实世界的时间、空间,从而凸显深邃的内在世界。

一名叫维罗妮卡（Veronika）的女子被提及，且她仅在小说中出现过这一次。维罗妮卡聒噪能言，而马蒂尔德不善言辞。叙事用她的在场对比衬托出马蒂尔德的美与超凡脱俗，同时也借由维罗妮卡的形象表达了对现实散文化世界的背弃和否定。尽管维罗妮卡极为活跃，滔滔不绝，叙事却并未给她对话所提及的内容留下只言片语的痕迹。类似地，对于聒噪，小说中的人物海因里希的反应是"没听进去"，实为不堪其扰，想"向右转向"马蒂尔德，幸而诗人克林斯奥耳是聒噪声音的终结者，他将话题重新引向诗，从而把海因里希从维罗妮卡的纠缠中解救出来。

叙事对故事时间的处理是淡化时间的连续性，或更确切地说，淡化时间性本身。叙事者仿佛有冲动使人物一步跨越到无限之中，而对现实世界的曲折与细琐没有耐心。海因里希与马蒂尔德仅在第一次相见时就彼此许定了心意，第二天就在克林斯奥耳的主持下订婚。叙事让两人爱恋的发生确定无疑，就连初见海因里希的外祖父和克林斯奥耳都表现得像预先知晓两人前定的良缘一样。即便前文铺垫了大量关于爱的预示信息，叙事还是让两人的亲密发生得有些过于迅速：在诗人克林斯奥耳歌唱完一曲诗人之歌后，海因里希与马蒂尔德的爱也随之在叙事中展现出一个高潮，他们此时彼此表明了心意，而促成表白的催化剂是诗与音乐。马蒂尔德告诉海因里希，自己会弹奏吉他，是父亲教的。海因里希遂表明自己想跟她学吉他。马蒂尔德用音乐启迪海因里希内心诗意的种子，她对海因里希的象征意义由此也凸显出来。关于学习音乐的演奏，海因里希充满热望地对马蒂尔德说："我怎么能不期待呢？单是您说话就已经是诗（Gesang），单是您的形象就宣告了神圣的音乐（himmlische Musik）。"（104）随后，海因里希活跃的情感被音乐和马蒂尔德的形象激发调动起来，克林斯奥耳借机继续引导点化他,"克林斯奥耳懂得引导他的热情,渐渐循诱使他言说自己全部的心灵"(104)。"人们惊讶于这个年轻人的言词,惊讶于他充盈而栩栩如生的思想(die Fülle seiner bildlichen Gedanken)。"(104)海因里希的诗人身份与天命被点亮的标志是,他与马蒂尔德拥吻在一起:"他握着她的手,温柔地吻它。她把手交给他,带着无以言表的友善注视着他。他无法抑制,向她附身,亲吻她的嘴唇。她感到吃惊,并不由自主地回应着他的热吻。善良的马蒂尔德,亲爱的海因里希——这是他们能够对彼此诉说的全部。"(104)如果不从浪漫诗的诉求入手,这突如其来的深情拥吻可能会令人费解。两人之间这种理想、完美、瑰丽、深刻而又充满安宁的爱似乎只有置于童话中才能令人置信。主人公一步步的"教化"之路被叙事以浪漫诗的理念严丝合缝地安排好了。海因里希最终与深邃、神秘、遥远的意象结合,与音乐和诗的化身结合,这一切意象都凝聚在了马蒂尔德这个女性形象身上。无疑,海因里希与马蒂尔德在现实中的爱被叙事模拟为童话,是对童话世界到来的预演,实际上也与前文所述的亚特兰蒂斯童话相对应,是对亚特兰蒂斯童话变奏曲式的重复显现。

在第二部分《实现》中,菊安妮在与海因里希的对答中,更加指明了生命与历史所必然经历的轮回般的重复,或曰一种永恒性:

"谁向你说起的我?"
"我们的母亲。"
"谁是你的母亲?"
"圣母。"

"你从何时起就在这里的?"

"自我从坟墓中出来起。"

"你已经死过一次了吗?（Warst du schon einmal gestorben?）"

"我怎么可能活着?（Wie könnte ich denn leben?）"

"你独自生活在这里吗?（Lebst du hier ganz allein?）"

"有一个老人在家,不过我还知道很多曾经活过的人。"

"你愿意和我待在一起吗?（Hast du Lust bei mir zu bleiben?）"

"我喜欢你。（Ich habe dich ja lieb.）"

"你从哪里知道我的?"

"噢!从远古时代;我从前的母亲也总是向我提起你。"

"你还有一个母亲吗?"

"是的,但实际上是同一个母亲。（es ist eigentlich dieselbe）"

"她叫什么?"

"玛利亚。"

"谁曾是你的父亲?"

"霍恩佐伦伯爵。"

"我也认识他。"

"你一定认识他的,因为他也是你的父亲。"

"我父亲在爱森纳赫。"

"你有更多的父母。（Du hast mehr Eltern.）"

"我们要去哪呀?"

"总是回家。（Immer nach Hause）"（164）

海因里希与菊安妮一问一答,问题与答案都关涉海因里希作为诗人的先验自我,回扣了小说开场一梦中先验自我的主题。菊安妮提点了海因里希心中所怀的梦的记忆。她的回答正是应了海因里希蓝花梦中所预先看到过的景象，死去又重生。按照菊安妮谜一般的答语，海因里希与菊安妮有一个"我们的母亲"，但他同时也有"更多的父母"，也就是那些同质的人物叠影，尤其是那些老者形象，老矿工、霍恩佐伦伯爵、诗人克林斯奥耳、亚特兰蒂斯童话中的老父亲等，他们重重叠叠无一不指向同质的核心图像，该核心图像作为源头，聚敛统摄着一众人物的显形。

Immer nach Hause 的精神早已成为浪漫派的灯塔，它表达了浪漫派典型的形而上的"思乡"情愫，它在语法上表示一个方向、进程。这是对更早的、湮没在历史尘埃中的"故乡""家园"追索的进程，而这个行动的玄奥又在于它实际只存在回忆中。德国著名学者福吕瓦尔德曾提醒，小说第二部分《实现》其实是回忆；[1]第一部分《期待》所指向的未来，"实现"于回忆中。与前述向内之路相对应，海因里希的成长之路是向着过去、寻向历史的纵深处、寻向最初的世界。线性时间的逻辑在海因里希的世界中失灵，因为未来就是过去，过去将是未来，时间流逝的总体被塑造为一种奇特的"圆"的意象。这是一种反时间性，或者说，这样的"过去""回忆"意不在指时间，从而不具有时间性。如同海因茨·施拉法对浪漫派诗歌的观察所提示的，浪漫派诗歌中不存在时序顺序、逻辑上先后顺序的事件，浪漫派诗歌中的世界实际上从属于一种古老原初的童话时间；类似地在小说《奥夫特丁根》中，我们也可以得出这样的观察。尤其行至小说第二部分，叙事已经完全放弃了遵循时序性。[2]此外，《实现》中所谓

---

〔1〕 参见 Wolfgang Frühwald, "Nachwort", in: Novalis, *Heinrich von Ofterdingen*, hg. v. Wolfgang Frühwald, Stuttgart 2017, S. 236 – 255, hier S. 249.

〔2〕 见本章第二节。

的回忆并非形式或标志鲜明的回忆，换言之，叙事并没有如读者
所熟悉的那般表现某个人物陷入回忆中，而是整个叙事都被笼罩
在一种神秘的时空之中，叙事者也已经处于回忆意识之中，而并
非在其之外。因而，读者在进入第二部分时，很难一下觉知到这
已是一场回忆，而只是感到现实场景被凌空移植到了历史深处。
这又一次显示出浪漫派文学想象的汪洋恣肆。海因里希的经历只
是作为历史批评的载体，这使得个人的成长背负着庞大的喻指。
浪漫派的回忆从来不在个体性层面，而是从一开始就立足于哲学
——形而上层面，是对历史的深刻反思，更包含了对现代文化的批
判。浪漫派对童年的追忆、对童话的钟情根本上都源自他们在文
化转型期关于历史进程的思考。[1]

　　与密藏那笔墨或重复结构具有类似反时间性的，是圆的意
象。圆与黄金色都喻指着永恒和绝对性，无时间的黄金时代出现
在童话里。克林斯奥耳童话开始时，金妮斯丹（Ginnistan）用碎
铁条做成的环形蛇，是小说中循环概念的重要象征，已经预示了
一种黄金时代回归的意象。碎铁条是天界大角星（Arctur）上的
艾森（Eisen 意为铁）将剑扔下地界尘世剑碎裂而来。父亲在院
子中发现了其中一片碎落的铁条，金妮斯丹将铁条拿在手中，
"弄弯挤压它，向它吹了口气，一会儿工夫就做成了蛇的形状，
蛇这时突然自行首尾咬合"（126）。首尾相接的蛇象征着循环，
尼采就用它来表达永恒轮回的概念。环形蛇预示克林斯奥耳童话
所规定的世界进程是一个循环，开端与结局闭合相接；结局黄金

---

　　〔1〕 参见李伯杰："关于德国浪漫派"，载 ［法］菲利普·拉库-拉巴尔特、让-
吕克·南希：《文学的绝对——德国浪漫派文学理论》，张小鲁、李伯杰、李双志译，
译林出版社 2012 年版，第 8~9 页。

时代的到来，是原初意义的再次回归。曾经过往时代的重生和复归，并非简单机械的重复，"而是在更高层次上回归自我"[1]。童话中曾经的大战争景象被压缩在象棋之中，成为各昏暗旧时代的纪念碑。随着世界与彼岸的融合统一，历史完成了自己的使命，变成了永恒中的片段和插曲，而永恒则重新闭合成历史的循环圈。[2]诺瓦利斯曾在写作提纲中透露，小说最终结局将是原初的远古世界、黄金时代。据蒂克对诺瓦利斯写作计划的回忆，《奥夫特丁根》最终的结尾是处理时间问题，这个神圣的国度只还受季节更替、受时间更替之苦，大角星的国王命令去取来春夏秋冬四季、过去现在和未来、年轻（Jugend）与年老（Alter），将它们连接在一起，小说拟以《四季的联姻》（Die Vermählung der Jahreszeiten）这首诗结束。

五、关于历史的讨论

小说叙事通过隐居在洞穴中的霍恩佐伦伯爵之口，表达了浪漫派的历史观：

无尽的回忆是有趣的陪伴，尤其是我们概览回忆之目光越发生变化，就越是如此。这变化的目光才能发现回忆之间的真正联系、它们次序的深奥、它们现象的意义。人之历史的真正意义很晚才形成，且处于回忆的默默影响之下，而非受更为强烈的现时之印象影响。最近的事件似乎只是彼此松散联系，但它们与更为

---

〔1〕　李伯杰："'思乡'与'还乡'——《海因利希·封·奥夫特丁根》中的还乡主题"，载《外国文学评论》1997 年第 3 期。

〔2〕　参见 Hans-Joachim Mähl, *Die Idee des goldenen Zeitalters im Werk des Novalis: Studien zur Wesensbestimmung der frühromantischen Utopie und zu ihren Ideengeschichtlichen Voraussetzungen*, Tübingen 1994, S. 404.

遥远的事件之间有着共鸣。只有当人们的目光能够越过一长串事件，既不钻入细枝末节，又不以臆断的迷梦去搅乱真正的秩序（die eigentliche Ordnung）时，才能发现过去和未来的秘密链条（die geheime Verkettung des Ehemaligen und Künftigen），学会从期待与回忆中组合出历史（die Geschichte aus Hoffnung und Erinnerung zusammensetzen）。而只有记得远古时代的人，才能够成功发现历史的简朴规则。(82)

这种历史观漠视时间性和历史性，具有古典自然法的痕迹，始终回响着一种对于终极神圣秩序的崇敬和信仰。人对于历史的真正意义发掘应依靠回忆。这里，对于回忆的理解，仍应当放于浪漫派回忆的语境中。显然，它不是一般意义上的历史书写对于回忆术的操作要求，尽管这里看起来与一般意义上历史书写对材料筛选的要求很像，也就是，现时当下的印象造成的冲击过于表面、直接和强烈（gewalt），经验未经沉淀、视野太过局促迫近，从而无法使人发现事件次序的奥义以及真正的秩序。这里的回忆更多仍是浪漫派在哲学—形而上意义上一种怀古的价值取向和文化立场，远古时代是历史规则的保有者。

霍恩佐伦伯爵本人隐居的洞穴深处本身就布满了指向过去远古时代的众多意象，在不断进入洞穴深处的过程中，海因里希与老矿工等一行人看见了远古时代留下的动物残骸。霍恩佐伦伯爵这种离世隐居状态本身就表征了对现时时间的摆脱，而他生命的唯一目的是探究历史，[1]思考过去与未来之间的隐秘意义。

在明确了历史的应然样貌之后，霍恩佐伦伯爵指出，书写历

---

[1] 参见 Peter Küpper, *Die Zeit als Erlebnis des Novalis*, Böhlau 1961, S. 62.

史并不是一件随意的事，合格的历史书写者应是诗人。霍恩佐伦伯爵批评那种"无意义"的历史书写，它陷入了偶然性的零敲碎打之中，而无法揭示更高的秩序：

> ……多数历史书写者或许有足够的叙事技巧并啰嗦到令人厌烦的地步，但却恰恰把最值得知道的事情遗忘了，也就是那些让历史成为历史、并把一些偶然事件连成一个宜人且有启发的整体的事情。如果我好好想想这些，我就觉得，仿佛一个历史书写者必然也得是一个诗人，因为只有诗人懂得把事件巧妙地连接起来的那种艺术。在他们的讲述和故事中，我怀着默默的愉悦感觉到他们对生活之神秘精神的细腻感受。他们的童话比学究式的编年史有更多的真理。即使他们的人物及命运是编的，但人物和命运所展示的意义却是真的、自然的。(84)

历史书写交给诗人，世界历史最终应成为诗，海因里希最终成为诗人，诗人以超越个人的经验喻指着世界历史的活动。这一点上，诺瓦利斯的设计极为肆意大胆。对于事件的实证记录与真正具有"意义"的历史相去甚远，偶然性被排除在一种潜在的和谐秩序之外。或许这种态度恰恰侧面印证了，诺瓦利斯有意回避直接去表现已开始主导历史意识的偶然性，而是反其道而行之，否定了所有偶然性的在场，预设存在一种更高的和谐世界和秩序。生命或历史需要以诗为媒介，在诗的媒介中，最高的意义才有可能被靠近从而获得显现。

霍恩佐伦的历史观论断与海因里希的想法有着契合之处。早在小说第一部分第二章，海因里希就对同行的商人说道：

> 我觉得，我看到两条通向人类历史之认识的路径。一条是经验的路（der Weg der Erfahrung），劳苦且无法预知，有数不尽的

曲折；另一条是内心观察的路（der Weg der innern Betrachtung），几乎仅需一跃（fast Ein Sprung nur）。第一条路的行者必须长期地算计（Rechnung），才能知其一二，另一个行者则马上能直接地直观每个事件和事物的本质，能够在生动丰富的关系中观察它们，并轻松地将它们与其他一切事物比较，如同插图中的形状。（24）

　　这段话的上下文是海因里希为了替自己的神甫老师辩护，商人们认为神甫只懂得侍奉神事，他过于沉浸在关于彼岸世界的学问，妨碍了他对尘世的洞察。海因里希反驳这种分裂的观点，他反问："那种更高的知识难道不同样能机敏地、公正地能够引导人间事务吗？相比于那种因利益算计而被误导和妨碍的、被数不清的新偶然事件和纠缠所迷乱的精明，那种孩童的无邪与单纯不是能更稳妥地选中一条穿过尘世诸事之迷宫的路吗？"（24）借此，海因里希表露出了世界内在的有机联系认识，孩童的童真与单纯中自然蕴藏着正确的路，它将完胜任何精明的算计。在这个意义上，关于对人类的历史认识，他选择的是第二条路。若经过第一条经验之路通向历史认识，需要长期地算计，且无法预知认识的终点在何处，容易迷失在偶然性和时间性的变化之中，往往看不到更高的意义；而走内在观照的路，几乎只需一跃，就可以看到更深刻的历史联系，海因里希这条内在观照的路实际上正是一种形而上的浪漫派回忆，去源头寻找到历史简朴的规则，这种绝对性的规则自然能够统摄万物，凭借这种规则可以轻松地直观事物在彼此有机联系中的本质。在"一跃"的德语原文 Ein Sprung 中，"一"是大写，它意在突出强调，对人类历史认识之达成与时间的进程、历史的积累无关，而是仅依赖诗人内心的觉知和体验，通向一种神秘的、沟通万物的生命情感。历史中隐秘的更高意义不是通过理性地累计时间中的经验得来（无论这些经验有多么千变万化），而是要依赖以诗人为媒介和发现者的一场神奇的探险。诗人站在历史和时间之外。时间进程作为分裂之经验的最典型代表，也终将在诗的世界中融化消失。小说后续确实印证了这些。海因里希在小说前面部分已经显示出对于绝对性的坚定信念，并认为这种更高的意义也显现于尘世之中。

我们回到伍尔灵斯在解读中给出的精彩论断，即小说中一以贯之的张力关系：无时间的绝对与以诗为媒介的生活或历史之间的关系（die Beziehung zwischen zeitlosem Absoluten und Leben oder Geschichte im Medium der Dichtung）。[1]试图重新书写一种新的神话，就是在绝对与时间性之间的挣扎。新神话书写的困局在于，意识到不可逆转的历史化进程，但同时无论如何又要在历史变化中竭力想象绝对性。

---

〔1〕 Herbert Uerlings, "Heinrich von Ofterdingen", in: ders., *Novalis*, Stuttgart 1998, S. 175 – 228, hier S. 221.

第五章　结　语

时间与人具体的、历史的生命感知紧密相关。思考时间、时间与人的关系是一个古老的课题，但也是任何时代都不会"过时"的一个课题。"大概只有取消时间，我们才能走到探索的尽头。"[1]对西学研究而言，理解西方、认识现代欧洲的一条可能的路径，是循着西方近代所谓"新"的时间意识去勘探思想地形。与这种新的时间意识所纠葛在一起的，是各种具体的时间经验、情感。

身处启蒙晚期时代变局中的一批德意志文人，把自身在历史转向中的情感（诸如迷茫、犹疑，或期待）、经验和思索灌注到他们的文学写作中，呈现出不同的表达形塑。我们看到德意志的文学书写，自近代登上世界文学的历史舞台起，就自觉地负荷起了繁重的反思、挑衅与批判精神，它们开辟出一种否定的路径，以求索不断变化的世界之真相，叩问人自身的处境和命运——寻找"人该如何生活"的答案。

本书中，我们把歌德、克莱斯特、诺瓦利斯的作品放在18世纪后30年至19世纪前30年之间急剧变革的历史语境中去理解。不管是谈及该时期的历史时间化、还是偶然性历史意识的崛起等概念，都是力图描述该时期欧洲人在情感与认知层面所发生

---

〔1〕　吴国盛：《时间的观念》，北京大学出版社2006年版，第2页。

的历史感觉与经验模式的深刻变化。在偶然性的历史意识崛起的背景下，文学逐渐获得了审美自律性，摆脱了哲学和道德伦理的评价标准，不再受制于"真理"的束缚，逐步建立起独立的美学领地，虚构的世界开始为冷硬的现实提供一种可能的对照性。偶然性既是一种普遍的历史意识，亦更先发于生命经验和个体感知之中，偶然性的经验也作为具体的书写对象，经文学化进入到作品的世界。不同的作家在这前所未有的时代变革中做出了不同的思考和回应，因而，歌德、克莱斯特、诺瓦利斯的文学作品表现出不同的样态。歌德在长篇小说《学习时代》中典范性地展示了现代个体面对的生活状况和自我的困难，展示并推敲着个体的修养是如何进行的，小说压倒性地倒向社会性的层面，但也以巧妙的手法对形而上的层面施以反思。长篇小说体裁的兴起与历史化进程、偶然性历史意识的兴起具有内在关联。《学习时代》兼收并戏仿了启蒙晚期的时代话语，也表现了该时期的情感真实。小说的时间塑型具有典型的复杂性。首先，小说折射出 18 世纪历史哲学线性进步观念的倒影，主人公个人的成长进程戏仿了一种不可逆转的前进态势。但正如布里特纳赫提醒的那样，小说更多的篇幅在于展现生活世界的丰沛复杂，而这更值得文学研究去探问与关注；主人公耽溺、游荡或困顿于世界之中，并进行寻找和反思，那种前进的态势被叙事中各种各样的异质与偶然因素所对冲、阻滞、延宕、消解，当我们试图找出主人公成长的"连续"时间线时，则惊讶于这条线索实然的"非连续性"；对连续性的建构无非是一种强行的想象。占据小说叙事前景的是形形色色的偶然性元素，仿佛主人公威廉无法按照自己的心意和计划去发展自己，尽管他曾宣誓过这一愿望并一直高度自觉地致力于此。我们还要在诸多偶然性因素中，单独为《学习时代》中的一片奇异领域划定其独特领地——迷娘、竖琴老人所象征那种难以企及的诗的世界。迷娘、竖琴老人所象征的那种迥异于现实世界的时空体与威廉的内心不再具有自明的联系。

小说中与威廉本身成长经验有着最直接关系的是他内心的反思活动，对他个体经验起决定性影响的首先是心灵的图像，它们在威廉心中不停地被回溯、回忆、想起，同时也与主人公所面对的、不断更新的具体当下有着活跃的互动关系，并以隐秘的方式牵引着他对未来时间向度进行寻找、想象与构建。这些心灵的图像是构建主体性的根基。它们与迷娘、竖琴老人所表征的封闭性、神秘晦暗性不同，它们是随时可以被进入的场域，也随时与主人公外在世界的人与物发生映照关系。威廉内心经历也按照心灵图像的指引向前展开。过去的图像尽管不时闪回，但未来向度一直是威廉的成长—时间经验中的从未缺席的基调性因素。同时，他的生命经验中充满了未来被延宕、推迟、悬置的时刻，但是能够达成自我、满足内心渴念的那个时刻又仿佛始终在未来时间中等候着他，对未来的想象与期待扎根在他童年的记忆图像中，并在他与外部世界的交往中不断生长、修正、壮大，最终，内心的想象期待与外部现实幸运地合拢。概言之，作为未来向度的期待是指向现实的、外在的、立足于主体与他人之间互动交往的，而非意念中的、超验的、封闭自我的。这一点使得《学习时代》中主体的个体经验与浪漫派那种消除时间（蒂克的纯粹内心时间）或超验的时间（诺瓦利斯的黄金时代）产生了根本的分野。

《学习时代》的时间构型并非单线，而是复线，回忆之中孕育着对未来的期待，对未来的期待促使主人公又回到现实当下继续寻找。威廉心灵深处生命原始图像或曰原始人生脚本在回忆中不时闪现，从而使他与当下处境形成对照、保持距离和审视，并暗中推动他穿过生活的朦胧迷雾，走向自我完善的目标。小说以主人公个人视角所呈现的回忆图像和对未来的期待标志性地展现了现代主体在生活世界中的反思姿态，这种反思姿态客观上延宕了叙事进程对故事的表现、减缓了叙事时间流，同时，使得过去的经验重现、重复，制造出威廉个人经验与眼前现实的疏离感，而增加了向内（心）倾向的强度。回忆及它在《学习时代》中极具图像性的呈现形式使得叙事时间与故事时间都显示出一种中断、悬置的构型。

《学习时代》主人公发展路径的复线特征与歌德对于社会发展和历史进程的体认似乎有着某种呼应和印证。歌德经过颜色学研究，得出对人类社会和历史发展的领悟，即尽管人类的一切历史看似有退步，但最终总是向前进步的。其中透露着明显的乐观主义倾向。这种乐观主义是 18 世纪启蒙思想奠定的时代基调。但同时，作为文学家的歌德与同时代的启蒙哲学家们笃定和直白的宣告不同，他对历史向前的趋势怀有谨慎态度。歌德在自然科学研究中认识到并肯定矛盾、不和谐、偶然性的作用，将它们看作推动社会向前发展的力量和源泉。[1]而外在社会生活中的矛盾性根植于人的精神之中，人的精神自身也是充满矛盾的。[2]对于这些矛盾性，歌德予以承认，他在给席勒的信中曾谈道："各门科学的历史由事件的序列构成，如果眼前看着这些事件的序列，那么就不会嘲笑那种先验地写一部历史的想法（eine Geschichte a priori zu schreiben），因为一切都确实是从人之精神的前进并后退

---

〔1〕 参见 Heinz Hamm, *Der Theoretiker Goethe*, Berlin 1975, S. 114f.

〔2〕 参见 Heinz Hamm, *Der Theoretiker Goethe*, Berlin 1975, S. 115.

的特性中发展而来、从进取、同时又延宕的天性（Natur）中发展而来。"[1]这种复杂性在歌德那里首先是在文学创作中找到了生动有机的表达。以《学习时代》为例，整部小说虽然是一部个人的发展史，但是延宕和偶然占据很大比重的篇幅；矛盾性、偶然性、不和谐、迂回停顿经过美学的手段而被聚焦放大，获得了表达的空间。在理解《学习时代》时，不宜用"修养"这一概念化的明线去压倒甚至抹去另一条线索"偶然性"丰沛的存在。这两条线索互相角力，彼此较量，互为限制。原始的、幽暗远古的、诗意的魔神暗影与新的、启蒙理性的、期待的现实视域同时并存萦绕于《学习时代》之中。文本既给予偶然性极为开阔的想象和表达空间，也戏仿了启蒙理性倡导下的必然性进步诉求。最终，《学习时代》整个叙事过程如同一场偶然性因素与必然性诉求的交响曲。

在处理偶然性问题上，相较于歌德的平缓与中和倾向，克莱斯特的文学则浓墨重彩地渲染了一种更加贴近时代神经的当下历史体验，以超强的力量性、冲击性、极端性来表现危机时刻的经验。德语文学研究常用所谓的感知危机去描述1800年前后文学中表现出的危机经验，事实上，这种危机经验的根源也在于偶然性历史意识的兴起。[2]偶然性作为不同于已有现实的另一种可能性，不断以令人感到陌生和惊诧的面目闯入撞击既有现实，引起一种暂时的失控无序经验。与之相应，1800年前后文学中最有代表性的感知经验之一是恐惧。未知的、黑暗的、不可理解的东西

---

〔1〕 转引自 Heinz Hamm, *Der Theoretiker Goethe*, Berlin 1975, S. 115.

〔2〕 参见孙纯："1800年前后偶然性的诗学——以克莱斯特的《智利地震》与霍夫曼的《新年夜历险记》为例"，北京外国语大学2016年硕士学位论文。

引发人物的陌生感和恐惧，语言表达与理智失灵，身体与姿态成为恐惧爆发的指示器，也是一种隐性现实的表现场。身体与情感所接收到的那种"真实"常隐匿"不可见"，亦"不可化约"为语词概念，与现实中既定的可见秩序产生冲突。

事件是偶然性的典型外化，事件层出不穷地接连发生，不仅加剧了时间加速的经验，同时也破坏既有现实状态下时间的匀质与连续性，使时间被经验为断裂感，与这种断裂感紧密相连的是事件发生的"突然性"。突然性在《智利地震》中得到了极为精彩的展现。断裂、暂停、迷失、震惊是在事件漩涡中伴随产生的生命体验。突然性使得时间片刻具有了超乎其他时刻的浓度或密度。当下/现在成为一个无法平稳渡过的矛盾聚集区，"当下过快、过于暂时"，且"时间的三个维度显得彼此脱节"，[1]理解过去、现在与未来的递进关系成为一项不断需要付出心力和自主行动的任务，三个时间维度之间的过渡不再是不言而喻的事情，它们前后的连接关系也不再稳定和唯一，而是随着时间的推进必须不断地重新进行历史化地理解和阐释，这也正是科泽莱克所讲的，期待视域与经验空间之间出现越来越大的鸿沟。当下作为过渡时期，不再能够预知未来，且经历法国革命之后，当下作为历史时间被感知为威胁、危机时刻。

事实上，文学之外的歌德、席勒对于革命后的当下时代都持批评和厌恶的立场，并有意识地在文学写作中回避当下。[2]甚至

---

〔1〕 Reinhart Koselleck, "Standortbindung und Zeitlichkeit. Ein Beitrag zur historiographischen Erschließung der geschichtlichen Welt", in: ders. , *Vergangene Zukunft*, Frankfurt am Main 1979, S. 176 – 207, hier S. 199.

〔2〕 参见 Ingrid Oesterle, "Es ist an der Zeit! Zur kulturellen Konstruktionsveränderung von Zeit gegen 1800", in: Walter Hinderer u. a. （Hg.）, *Goethe und das Zeitalter der Romantik*, Würzburg 2002, S. 91 – 121, hier S. 92f.

在《学习时代》中，歌德曾不避讳流露对于当下作为某种暂时过度的贬低，当下需要被克服和超越："一切过渡时期都是危机，一种危机不就是病吗？"[1]克莱斯特的笔尖则冷硬地直接对准歌德与席勒厌恶的东西——也就是对准作为危机的当下时刻——去下笔，将其活动的纹理清楚地放大，以至呈现出令人窒息的惨烈与迷乱图像，仿佛像是克莱斯特专门属意去捅古典作家要绕道躲开的马蜂窝。《智利地震》中的"突然性"时间塑型演示了当下如何被感知为一种危机状况，演示了危机中的暂停、犹疑、辨别、选择、重启的复杂过程。克莱斯特作品中典型的危机书写，总是与偶然性有着表里关系。他对于生存经验的展现，堪称一种去蔽。被遮蔽的错乱、黑暗之物翻身亮相登上舞台之时，震惊成为常态，世界并无至高至善之"目的"与意义可言，一切神祇的光晕被驱逐殆尽后，只剩下虚无主义的真实面目。这种真实并非在克莱斯特作品中所独有，或许西方历史的任何时期都有显露过它的痕迹，只是常常被更具强迫性的自然法思维所遮蔽。我们似乎在神话中才看到过类似强度的错乱与暴力。这当然不等于说克莱斯特的作品复活的是神话元素，但是至少，克莱斯特的作品揭示了人类生存中古老而久违的"真实"。很难说是克莱斯特以其颤动、敏感的神经接收到了他的时代中所特有的新经验，还是他在以一种极端尖锐的方式让埋没已久的生命深层经验重新浮现于地表。作家茨威格对这一点看得更为真切：在他的作品中，颤动着他的"神经的电压"，闪动着"那种近乎残忍的从色情叙事向精神之清醒的过渡"，"克莱斯特所到之处，处处都是魔力和疯狂的领

---

　　[1]　载《歌德文集》第2卷《威廉·麦斯特的学习时代》，冯至、姚可昆译，人民文学出版社1999年版，第476页。

域，是感情的朦胧和阴暗，还有暴风雨中耀眼的闪电，以及终生都沉甸甸地压在他自己心上的沉闷压抑的空气。这种压迫性的、硫磺般易燃的释放气氛使克莱斯特的戏剧作品卓尔不群"[1]。克莱斯特的戏剧乃至小说中常出现那种危险的爆发："熔岩残渣在突然的压力下从心灵那最深的、不可触及的致命深度中喷发出来。"而这种爆发时的狂暴，与歌德戏剧中的自卫、与席勒戏剧中的节制与规定、与黑贝尔剧作中的矫饰性思想游戏都有着很大区别，后三者的问题都经过大脑，而克莱斯特危险的爆发直接来自"生命的火山深处"。[2]茨威格关于克莱斯特作品中某种原始性的洞察是十分精准的，他继续剖析出一种更深层的德意志式精神特质：从来没有谁用文学创作这样残忍地撞开过自己的心胸，只有音乐是这样如火山爆发一般、充满压迫性和自我迷狂。这种原始的迷狂和生命力量的压迫精确地表达了两千年前亚里士多德对悲剧提出的"通过剧烈的释放而从一种危险的情感中净化自身"之规定，正是在定语"危险的"和"剧烈的"中隐藏着（一直被法国人和大部分德国人所忽视的）亚里士多德本意的强调，因此这一规定简直就是专为克莱斯特制订的。[3]克莱斯特的极端性言说的是一种充满了原始性的惨烈与残暴，它骤然间就可以将文明苦心孤诣的劳作与建构砸个粉碎——将文明的面具砸个粉碎。显然，克莱斯特试图将文明重重包裹之下的生命之另一种真相撕裂给人看。在克莱斯特的时代，那个巨大的真相似乎仅才露出半张

---

〔1〕 ［奥地利］斯蒂芬·茨威格：《与魔鬼作斗争——荷尔德林、克莱斯特、尼采》，徐畅译，译林出版社2013年版，第149页。

〔2〕 参见［奥地利］斯蒂芬·茨威格：《与魔鬼作斗争——荷尔德林、克莱斯特、尼采》，徐畅译，译林出版社2013年版，第149页。

〔3〕 参见［奥地利］斯蒂芬·茨威格：《与魔鬼作斗争——荷尔德林、克莱斯特、尼采》，徐畅译，译林出版社2013年版，第149~150页。

脸孔，克莱斯特及其同时代的作家们蒂克、让·保尔对生存基础之意义危机的反应首先是惊恐、消极的。到 19 世纪末，当尼采面对已经成为常态的欧洲精神之现代性危机时，给出了更为任性极端的应对姿态，他索性转向去热爱和忠诚于此世的恐怖、不幸和困顿。[1]

面对偶然性与时间化进程，早期浪漫派文学与歌德、克莱斯特大不相同，这构成了本书中的第三种面向。以诺瓦利斯为典范，早期浪漫派克服作为危机的当下之方法是看向未来，依靠理想中未来的乌托邦幻景，在当下之中注入未来性。在诺瓦利斯看来，浪漫诗——真正的童话"必须同时是预言性的、理想的和绝对必然的表达"，而"真正的童话诗人是未来的先知（Der ächte Märchendichter ist ein Seher der Zukunft）"[2]。诺瓦利斯小说中深刻的哲学预设作为小说叙事的基本框架，使小说表达最终成为一幅世界历史图景的寓指。浪漫派的历史哲学继承了启蒙的思想遗产，趋向完善的某种必然性以及对这种必然性的明快信仰是我们在诺瓦利斯小说中得到的例证，但同时，这种完善在现实中又像被极度虚化的水印，时隐时现，无法企及却又挥之不去。蓝花代表了这种渴念，它寓指了浪漫派向着完满性无限推进的历史冲动。另一方面，诺瓦利斯小说中，黄金时代成为对位蓝花的另一极，是统摄整部小说进程的理念和范导性的目的，也统摄着小说世界的时间感，造成一种摆脱历史性和时间性的状态，这种无时间的趋势在小说中是主导性的。黄金时代在克林斯奥耳童话中最

---

〔1〕 参见刘小枫编：《尼采与基督教——尼采的〈敌基督〉论集》，田立年、吴增定等译，华夏出版社 2014 年版，第 7 页。

〔2〕 Novalis, *Das Allgemeine Brouillon*, Hamburg 1993, S. 41.

终是作为一个诗意的国度而出现，诺瓦利斯以此寓指了有机的国家形态，或曰有机的共同体状态，这个有机的综合状态取消了自我内部、自我与他人、与自然之间的普遍分裂，如此才是浪漫派眼中达及内外和谐的真正理性主义。的确，我们不排斥说，海因里希自我的内心和他面前的世界有着某种神秘、和谐、彼此相通融的内在理性结构；同在施勒格尔那里一样，现实在诺瓦利斯这里从未表现出非理性的面孔，甚至反而具有古典式的静谧与深邃，在静谧与安详的永恒结构中，历史性与时间性无疑是无足轻重的。

蓝花与黄金时代作为《奥夫特丁根》中两个核心的意象，二者之间的张力对应、并源自浪漫派所面临的心理难题，既想承认甚至愿意热切地相信一种理想主义图景，事实上却又意识到难以在现实中真正实现它。而这个难题也牵连着后世对早期浪漫派思想的经解者们所面临的棘手问题：早期浪漫派（深受柏拉图影响）的理性主义，如何竟然能与他们对法国笛卡尔传统下的近代（机械）理性主义、对体系完满性以及批评标准绝对性的批评共存？[1]（浪漫派在后一面向上被诉病为"反理性主义"）换言之，浪漫派身上如何同时具有理性主义和"反理性主义"的不同面向？[2]面对隐于未来中的理想共和国，德意志浪漫主义者只是坚信"能够通过不懈的努力去探究"[3]、无限接近它，他们坚信自

---

〔1〕　参见［美］弗雷德里克·拜泽尔：《浪漫的律令——早期浪漫主义观念》，黄江译，华夏出版社 2019 年版，第 13 页。

〔2〕　尽管都是承"理性主义"之名，但各自具体所指的差异，是需要在思想史脉络中详加廓清的地方。另参见［美］弗雷德里克·拜泽尔：《浪漫的律令——早期德国浪漫主义观念》，黄江译，华夏出版社 2019 年版，第 97～103 页。

〔3〕　参见［美］弗雷德里克·拜泽尔：《浪漫的律令——早期德国浪漫主义观念》，黄江译，华夏出版社 2019 年版，第 12 页。

己总是在路上，用诺瓦利斯小说中菊安妮（这个德语名字意思本身就是一种蓝花——蓝色矢车菊）提点海因里希的话说就是，"总是在回家的路上"。浪漫派这种不懈追寻与探究的精神，也承继着康德的批判遗产，没有一种认识是一次确定的终结；浪漫的反讽不允许终结性的合题，而是一个无尽的过程。

总之，18 世纪最后 30 年至 19 世纪前 30 年间这段时期，西方在思想、技术、日常生活等方面最终决定性地跨入了真正意义上现代社会的门槛，尽管西方各民族国家迈进现代的步伐在节奏上快慢不一，且取道彼此有殊异。在那个时代转折风口中，生活充满了以前的世纪不可想象的危机与挑战，思想与情感受到了前所未有的刺激与震荡，而那个时代的文学写作也以最活跃的心灵、以新的兼容并蓄的表现方式留下了危机中的反思与期望，或迷茫与晦暗。本书的观察据点是设在 21 世纪前 30 年的历史当口，去观察二百年前的异文化之重要转折期，这种观察绝非与观察者自身所处的文化毫无关系。一个老生常谈的意识自觉是，理解当下依然在向前推进的世界与历史，有必要不断回到历史中的世界，去理解历史中的人的情感与抉择，从而有可能去理解他们所有的文化表达系统。

就本书选取观察的这三部作品而言，很明显它们绝无可能涵盖 1800 年前后 60 年的时代截面中精神生活的一切，因为那是过于繁杂的网络和过于庞大的体量。但无论如何，这三部作品的典型性给了我们一个可以管窥蠡测的机会。歌德，诺瓦利斯乃至克莱斯特等活跃在那个时代的众多敏感的心灵缔造了影响深远的文化遗产，后世德意志人在自我身份想象之时、在遭遇危机之时，都不断回溯到他们身上，从他们那里寻找可能的答案。对这种"文化诱惑"（勒佩尼斯语）的勘探从未停止，也将随着历史进程继续下去。

参考文献

［奥地利］斯蒂芬·茨威格：《与魔鬼作斗争——荷尔德林、克莱斯特、尼采》，徐畅译，译林出版社 2013 年版。

［德］爱克曼辑录：《歌德谈话录》，朱光潜译，人民文学出版社 1978 年版。

［德］弗·施勒格尔："《雅典娜神殿》——断片集"，载［法］菲利普·拉库－拉巴尔特、让·吕克－南希：《文学的绝对——德国浪漫派文学理论》，张小鲁、李伯杰、李双志译，译林出版社 2012 年版。

［德］弗·施勒格尔：《雅典娜神殿——断片集》，李伯杰译，生活·读书·新知三联书店 2003 年版。

［德］弗里德里希·尼采：《悲剧的诞生》，孙周兴译，商务印书馆 2012 年版。

［德］歌德：《青年维特之烦恼》，卫茂平译，北岳文艺出版社 2009 年版。

［德］《歌德文集》第 5 卷《诗与真》（下），刘思慕译，人民文学出版社 1999 年版。

［德］康德："1755 年底震动地球一大部分的那场地震中诸多值得注意的事件的历史和自然描述"，李秋零译，载李秋零主编：《康德著作全集》第 1 卷《前批判时期著作 I（1747 – 1756）》，中国人民大学出版社 2010 年版。

［德］康德："对自一些时间以来所觉察到的地震的继续考察"，李秋零译，载李秋零主编：《康德著作全集》第 1 卷《前批判时期著作 I（1747－1756）》，中国人民大学出版社 2010 年版。

［德］康德："教育学"，李秋零译，载李秋零主编：《康德著作全集》第 9 卷《逻辑学、自然地理学、教育学》，中国人民大学出版社 2010 年版。

［德］康德："就去年年底波及西欧各国的那场灾难论地震的原因"，李秋零译，载李秋零主编：《康德著作全集》第 1 卷《前批判时期著作 I（1747－1756）》，中国人民大学出版社 2010 年版。

［德］吕迪格尔·萨弗兰斯基：《歌德——生命的杰作》，卫茂平译，生活·读书·新知三联书店 2019 年版。

［德］曼弗雷特·弗兰克：《浪漫派的将来之神——新神话学讲稿》，李双志译，华东师范大学出版社 2011 年版。

［德］尼采：《偶像的黄昏》，卫茂平译，华东师范大学出版社 2007 年版。

［德］于尔根·哈贝马斯：《现代性的哲学话语》，曹卫东译，译林出版社 2005 年版。

［法］菲利普·拉库－拉巴尔特、让－吕克·南希：《文学的绝对——德国浪漫派文学理论》，张小鲁、李伯杰、李双志译，译林出版社 2012 年版。

［法］保尔·利科："导论"，载［法］路易·加迪等：《文化与时间》，郑乐平、胡建平译，浙江人民出版社 1986 年版，第 1～30 页。

［法］保尔·利科：《虚构叙事中时间的塑形》，王文融译，生活·读书·新知三联书店 2003 年版。

［美］弗雷德里克·拜泽尔：《浪漫的律令——早期德国浪漫

主义观念》，黄江译，华夏出版社 2019 年版。

　　[美] 马歇尔·伯曼：《一切坚固的东西都烟消云散了：现代性体验》，徐大建、张辑译，商务印书馆 2013 年版。

　　[匈] 卢卡奇：《小说理论——试从历史哲学论伟大史诗的诸形式》，燕宏远、李怀涛译，商务印书馆 2012 年版。

　　[英] 埃德蒙·伯克："对崇高与美两种观念之根源的哲学探讨"，载陈志瑞、石斌编：《埃德蒙·伯克读本》，中央编译出版社 2006 年版，第 9~30 页。

　　[英] 伊莉莎·玛丽安·巴特勒：《希腊对德意志的暴政：论希腊艺术与诗歌对德意志伟大作家的影响》，林国荣译，社会科学文献出版社 2017 年版。

　　[英] 以赛亚·伯林：《浪漫主义的根源》，吕梁、张箭飞等译，译林出版社 2019 年版。

　　[苏] A. J. 古列维奇："时间：文化史的一个课题"，载 [法] 路易·加迪等：《文化与时间》，郑乐平、胡建平译，浙江人民出版社 1988 年版，第 313~337 页。

　　[古罗马] 奥古斯丁：《忏悔录》，周士良译，商务印书馆 1963 年版。

　　曹霞："诺瓦利斯创作中的完整人理念"，载《武陵学刊》2020 年第 5 期。

　　方维规：《什么是概念史》，生活·读书·新知三联书店 2020 年版。

　　冯至："译本序"，载《歌德文集》第 2 卷《威廉·麦斯特的学习时代》，冯至、姚可昆译，人民文学出版社 1999 年版。

　　甘阳："政治哲人施特劳斯：古典保守主义政治哲学的复兴——'列奥·施特劳斯政治哲学选刊'导言"，载 [美] 列奥·

施特劳斯：《自然权利与历史》，彭刚译，生活·读书·新知三联书店2016年版，第1~82页。

谷裕：《德语修养小说研究》，北京大学出版社2013年版。

谷裕："试论诺瓦利斯小说的宗教特征"，载《外国文学评论》2001年第2期。

［德］马丁·海德格尔："艺术作品的本源"，载《林中路》，孙周兴译，商务印书馆2018年版，第20页。

贺骥："歌德的魔性说"，载《同济大学学报（社会科学版）》2009年第4期。

黄江："德国浪漫派的政治"，载《政治思想史》2019年第3期。

贾涵斐：《文学与知识——1800年前后德语小说中人的构想》，北京师范大学出版社2019年版。

［英］R. G. 柯林武德：《历史的观念》，何兆武、张文杰译，中国社会科学出版社1986年版。

李伯杰："'思乡'与'还乡'——《海因利希·封·奥夫特丁根》中的还乡主题"，载《外国文学评论》1997年第3期。

李伯杰："关于德国浪漫派"，载［法］菲利普·拉库－拉巴尔特、让－吕克·南希：《文学的绝对——德国浪漫派文学理论》，张小鲁、李伯杰、李双志译，译林出版社2012年版，第1~10页。

李双志：《弗洛伊德的躺椅与尼采的天空——德奥世纪末的美学景观》，上海文艺出版社2021年版。

李永平："通向永恒之路——试论早期德国浪漫主义的精神特征"，载《外国文学评论》1999年第1期。

刘小枫编：《大革命与诗化小说——诺瓦利斯选集卷二》，华夏出版社 2008 年版。

刘小枫编：《尼采与基督教——尼采的〈敌基督〉论集》，田立年、吴增定等译，华夏出版社 2014 年版。

卢白羽："古今之争与德国早期浪漫派对文学现代性的理解——以弗·施勒格尔《论古希腊诗研究》为例"，载《安徽大学学报（哲学社会科学版）》2020 年第 4 期。

申丹、王丽亚：《西方叙事学：经典与后经典》，北京大学出版社 2010 年版。

苏宏斌、肖文婷："虚构叙事如何为时间塑形？——论保尔·利科叙事学的时间维度"，载《中国人民大学学报》2021 年第 1 期。

苏宏斌、肖文婷："虚构叙事与时间之谜——保尔·利科叙事学的时间之维"，载《浙江学刊》2021 年第 2 期。

孙纯："偶然性（Kontingenz）"，载《德语人文研究》2018 年第 1 期。

孙纯："1800 年前后偶然性的诗学——以克莱斯特的《智利地震》与霍夫曼的《新年夜历险记》为例"，北京外国语大学 2016 年硕士学位论文。

王炳钧："文化学"，载《德语人文研究》2014 年第 1 期。

王炎：《小说的时间性与现代性——欧洲成长教育小说叙事的时间性研究》，外语教学与研究出版社 2007 年版。

吴国盛："自然哲学的历史与现状"，载《自然辩证法研究》1990 年第 5 期。

吴国盛：《时间的观念》，北京大学出版社 2006 年版。

张珊珊："1800 年前后：时间的发现和文学的反思——以威廉·海因里希·瓦肯罗德的《一则裸体圣人的神奇东方童话》和

让·保尔的《除夕夜的神奇聚会》为例",载《德语人文研究》2015 年第 1 期。

赵蕾莲:"论克莱斯特中篇小说的现代性",载《同济大学学报(社会科学版)》2010 年第 2 期。

孙周兴:"圆性时间与实性时间",载《学术界》2020 年第 7 期。

孙周兴:"在自然的或物理的时间观之外——海德格尔《时间概念》译后记",载《书城》2020 年 3 月号。

[德] 马丁·海德格尔:"时间概念",陈小文译,孙周兴校,载《海德格尔选集》(上),生活·读书·新知上海三联书店 1996 年版。

[德] 马丁·海德格尔:《时间概念史导论》,欧东明译,商务印书馆 2009 年版。

Anette Simonis/Linda Simonis, "Einleitung. Moderne als Zeitkultur?", in: dies. (Hg.), *Zeitwahrnehmung und Zeitbewusstsein der Moderne*, Bielefeld 2000, S. 7 – 29.

Anja Lemke, "Verhaltensdesign avant la lettre. Kontingenz und Potenzialiät im 'Bildungs' - Roman des 18. Jahrhundert mit Blick auf *Wilhelm Meisters Lehrjahre*", in: Jeannie Moser u. a. (Hg.), *Verhaltensdesign. Technologische und ästhetische Programme der* 1960er *und* 1970er *Jahre*, Bielefeld 2018, S. 175 – 192.

Antje Gimmler u. a. (Hg.), *Die Wiederentdeckung der Zeit*, Darmstadt 1997.

Antonius Weixler/Lukas Werner, "Zeit und Erzählen. Eine Skizze", in: dies. (Hg.), *Zeiten erzählen: Ansätze - Aspekte - Analysen*, Berlin/Boston 2015, S. 1 – 24.

Benno von Wiese, *Novelle*, 8. Aufl. , Stuttgart 1982.

Berbeli Wannig, *Novalis. Zur Einführung*, Dresden 1996.

Bernard Greiner, "Das Erdbeben in Chili. Der Zufall als Problem des Erzählens", in: ders. , *Kleists Dramen und Erzählungen. Experimente zum Fall der Kunst*, Tügingen/Basel 2000, S. 363 – 383.

Bernard Winkler, "Das Unum des Universums. Zur Synthetisierenden Kraft der Liebe bei Hölderlin, Novalis und Schlegel", in: *Anthenäum*, hg. v. Ulrich Breuer u. Nikolaus Wegmann, 2016, Jg. 26.

Bernhard Waldenfels, "Das Geregelte und das Ungebärdige", in: ders. , *In den Netzen der Lebenswelt*, Frankfurt am Main 1985.

Bernhard Waldenfels, "Ordnung im Potentialis", in: ders. , *Der Stachel des Fremden*, Frankfurt am Main 1991.

Brian Richardson, "Some Antinomies of Narrative Temporality. A Response to Dan Shen", in: *Narrative*, 11 (2003), S. 234 – 236.

Bruno Hillebrand, "Johannn Wolfgang von Goethe. Der Augenblick ist Ewigkeit", In: *Ästhetik des Augenblicks. Der Dichter als Überwinder der Zeit. Von Goethe bis heute*, S. 14 – 35.

Christof Dipper, "Reinhart Koselleck, Begriffsgeschichte, Sozialgeschichte, begriffene Geschichte: Reinhart Koselleck im Gespräch mit Christof Dipper", in: *Neue Politische Literatur*, 43 (1998), S. 187 – 205.

Claudia Liebhand, "Das Erdbeben in Chili", in: Ingo Breuer (Hg.), *Kleist-Handbuch. Leben-Werk-Wirkung*, Stuttgart 2009, S. 114 – 120.

Dan Shen, "Defense and Challenge: Reflections on the Relation between story and Discourse", in: *Narrative*, 10 (2002), S. 222 – 243.

Dan Shen, "What Do Temporal Antinomies Do to the Story-Dis-

course Distinction? A Reply to Brian Richardson's Response", in:
Narrative, 11 (2003), S. 237 – 241.

David Deißner, *Moral und Motivation im Werk Heinrich von Kleists*, Tübingen 2009.

Detlef Kremer/Andreas B. Kilcher, *Romantik*, 4. Aufl., Stuttgart 2015.

Dirk Göttsche, *Zeit im Roman*, München 2001.

Dirk Grathoff, "Das Erdbeben in Chili und Lissabon", in: ders., *Kleist: Geschichte, Politik, Sprache. Aufsätze zu Leben und Werk Heinrich von Kleists*, 2. verbesserte Auflage. S. 96 – 111.

Ehrhard Bahr (Hg.), *Erläuterung und Dokumente. Johann Wolfgang Goethe. Wilhelm Meisters Lehrjahre*, Stuttgart 2000.

Emil Staiger (Hg.), *Der Briefwechsel zwischen Schiller und Goethe*, Frankfurt am Main 1977.

Erhard Bahr (Hg.), *Erläuterungen und Dokumente. Johann Wolfgang Goethe. Wilhelm Meisters Lehrjahre*, Stuttgart 2008.

Ernst Behler, *Ironie und Literarische Moderne*, Paderborn/München/Wien/Zürich 1997.

Ernst Troeltsch, "Die Bedeutung des Begriffes der Kontingenz", in: ders., *Gesammelte Schriften*, Bd. 2, Tübingen 1913, S. 769 – 778.

Ernst Wolfgang Becker, "Zeit der Revolution! – Revolution der Zeit? Zeiterfahrungen in Deutschland in der Ära der Revolutionen 1789-1848/49", Göttingen 1999 (Kritische Studien zur Geschichtswissenschaft, Bd. 129).

Ernst Wolfgang Orth (Hg.), *Studien zum Zeitproblem in der Philosophie des zwanzigsten Jahrhunderts*, München 1982.

Franz Joseph Wetz, "Die Begriffe 'Zufall' und 'Kontigenz'", in: Gerhard v. Graevenitz u. Odo Marquard (Hg.), *Kontingenz*, München 1998, S. 27 – 34.

Friedrich Schlegel, "Über die Unverständlichkeit", in: Ernst Behler (Hg.), *Kritische Friedrich-Schlegel-Ausgabe*, erste Abteilung, kritische Neuausgabe, Bd. 2, München/Paderborn/Wien/Zürich 1967, S. 363 – 373.

Friedrich Schlegel, "Über Goethes Meister", in: Ehrhard Bahr (Hg.), *Erläuterung und Dokumente. Johann Wolfgang Goethe. Wilhelm Meisters Lehrjahre*, Stuttgart 2000, S. 302 – 325.

Friedrich Schlegel, *Kritische Friedrich-Schlegel-Ausgabe*, hg. v. Ernst Behler u. a. , Band II. München u. a. 1958.

Friedrich von Blankenburg, *Versuch über den Roman*, Faksimiledruck der Originalausgabe von 1774, mit einem Nachwort von Eberhard Lämmert, Stuttgart 1965.

Gérard Genette, *Die Erzählung*, 3. Aufl. München 2010.

Gerd Irrlitz, *Kant-Hanbuch. Leben und Werk*, 2. Aufl. .

Gerhard Schulz, *Novalis*, Hamburg 1969.

Goerg Lucács, "Wilhelm Meisters Lehrjahre", in: ders. , *Goethe und seine Zeit*, Berlin 1953, S. 57 – 75.

Gotthold Ephraim Lessing, "Die Erziehung des Menschengeschlechts", in: ders. , *Werke und Briefe in* 12. *Bänden*, hg. v. Arno Schilson u. a. , Bd. 10, Frankfurt am Main 2001.

Günter Blamberger, "Der Findling", in: Ingo Breuer (Hg.), *Kleist-Handbuch. Leben-Werk-Wirkung*, Stuttgart 2009, S. 133 – 136.

Günter Blamberger, *Heinrich von Kleist. Biographie*, Frankfurt am

Main 2012.

Hans Blumenberg, "Wirklichkeitsbegriff und Möglichkeit des Romans", in: Hans Robert Jauß (Hg.): *Nachahmung und Illusion*, München 1969, S. 9 – 27.

Hans Blumenberg: "Lebenswelt und Technisierung unter Aspekten der Phänomenologie", in: ders. , *Wirklichkeiten in denen wir leben*, Stuttgart 1981, S. 7 – 54.

Hans Jürgen Schings, "Agathon-Anton Reiser-Wilhelm Meister. Zur Pathogenese des modernen Subjektes im Bildungsroman", in: ders. , *Zustimmung zur Welt: Goethe-Studien*, Würzburg 2011, S. 71 – 92.

Hans Jürgen Schings, "Wilhelm Meisters schöne Amazone", in: ders. , *Zustimmung zur Welt: Goethe-Studien*, Würzburg 2011, S. 95 – 153.

Hans Michael Baumgartner (Hg.), *Das Rätsel der Zeit. Philosophische Analysen*, Freiburg 1993.

Hans Peter Herrmann, *Zufall und Ich. Zum Begriff der Situation in den Novellen Heinrich von Kleists. Germanisch-Romanische Monatsschrift*, NF Bd. XI, H. 1, 1961, S. 69 – 99.

Hans Richard Brittnacher, "Mythos und Devianz in *Wilhelm Meisters Lehrjahre*", in: *Leviathan*, 1986, Vol. 14 (1), S. 96 – 109.

Hans Richard Brittnacher, *Phantastik – Ein Interdisziplinäres Handbuch*, Stuttgart/Weimar 2013.

Hans-Edwin Friedrich, "Autonomie der Liebe – Autonomie des Romans. Zur Funktion von Liebe im Roman der 1770er Jahre: Goethes Werther und Millers Siegwart", In: Martin Huber und Gerhard Lauer (Hg.), *Nach der Sozialgeschichte. Konzepte für eine Literaturwissen-*

schaft zwischen Historischer Anthropologie, *Kulturgeschichte und Medientheorie*, Tübingen 2000, S. 209 – 220.

Hans-Joachim Mähl, *Die Idee des goldenen Zeitalters im Werk des Novalis*: *Studien zur Wesensbestimmung der frühromantischen Utopie und zu ihren Ideengeschichtlichen Voraussetzungen*, Tübingen 1994.

Heinrich von Kleist, "Über die allmähliche Verfertigung der Gedanken beim Reden", in: ders. , *Sämtliche Werke und Briefe*, hg. v. Helmut Sembdner, München 2013, S. 319 – 324.

Heinrich von Kleist, *Das Bettelweib von Locarno*, in: ders. , *Erzählungen*, hg. v. Andrea Bartl, Studienausgabe, Stuttgart 2013, S. 231 – 234.

Heinrich von Kleist, *Das Erdbeben in Chili*, in: ders. , *Erzählungen*, hg. v. Andrea Bartl, Studienausgabe, Stuttgart 2013, S. 170 – 187.

Heinrich von Kleist, *Die Marquise von O...*, in: ders. , *Erzählungen*, hg. v. Andrea Bartl, Studienausgabe, Stuttgart 2013, S. 122 – 169.

Heinrich von Kleist, *Sämtliche Werke und Briefe*, hg. v. Helmut Sembdner, München 2013.

Heinz Hamm, *Der Theoretiker Goethe*, Berlin 1975.

Helmut Ammerlahn, "Wilhelm Meisters Mignon-ein offenes Rätsel. Name, Gestalt, Symbol, Wesen und Werden", in: *Deutsche Vierteljahrsschrift für Literatur und Geistesgeschichte*, 1968, Vol. 42 (1), S. 89 – 116.

Hennelore Schlaffer, *Wilhelm Meister*: *Das Ende der Kunst und die Wiederkehr des Mythos*, Stuttgart 1989.

Herbert Uerlings, *Friedrich von Hardenberg, genannt Novalis. Werk und Forschung*, Stuttgart 1991.

Herbert Uerlings, "Heinrich von Ofterdingen", in: ders. , *Novalis*, Stuttgart 1998, S. 175 – 228.

Hermann Kurzke, *Novalis*, 2. überarbeitete Aufl, München 2001.

Immanuel Kant, *Anthropologie in pragmatischer Absicht*, hg. v. K. Vorländer, Leipzig 1922.

Immanuel Kant, "Idee zu einer allgemeinen Geschichte in Weltbürgerlicher Absicht", in: ders. , *Werke*, hg. v. W. Weischedel, Bd. 6, Darmstadt 1964.

Inga Römer, *Das Zeitdenken bei Husserl, Heidegger und Ricoeur*, Heidelberg 2010.

Ingo Breuer, "Leben und Werk", in: dies. (Hg.), *KleistHandbuch. Leben-Werk-Wirkung*, Stuttgart 2009, S. 1 – 4.

Ingrid Oesterle, "Es ist an der Zeit! Zur kulturellen Konstruktionsveränderung von Zeit gegen 1800", in: Walter Hinderer u. a. (Hg.), *Goethe und das Zeitalter der Romantik*, Würzburg 2002, S. 91 – 121.

Jan Faye u. a. (Hg.), *Perspectives on Time*, Dordrecht, Boston, London 1997.

Jochen Schmidt, *Heinrich von Kleist. Studien zu seiner poetischen Verfahrensweise*, Tübingen 1974.

Johann Wolfgang Goethe, *Italienische Reise*, Berlin 2011.

Johann Wolfgang Goethe, *Werke*, hg. v. Erich Trunz, Hamburger Ausgabe, B. 7, Frankfurt am Main 1994.

Johann Wolfgang Goethe, *Wilhelm Meisters Lehrjahre*,

Stuttgart 2017.

Jörg Huber/Philipp Stoellger, "Kontingenz als Figur des Dritten-zwischen Notwendigkeit und Beliebigkeit", in: dies. (Hg.), *Gestalten der Kontingenz. Ein Bilderbuch*, Wien 2008, S. 7 – 21.

Jörn Rüsen, "Typen des Zeitbewusstseins-Sinnkonzepte des geschichtlichen Wandels", in: *Handbuch der Kulturwissenschaften*, Stuttgart 2011, S. 365 – 384.

Karl Heinz Bohrer, "Augenblicksemphase und Selbstmord. Zum Plötzlichkeitsmotiv Heinrich v. Kleists", in: ders. , *Plötzlichkeit. Zum Augenblick des ästhetischen Scheins*, Frankfurt am Main 1981, S. 161 – 179.

Karl Heinz Bohrer, "Das Böse – eine ästhetische Kategorie? ", in: *Imaginationen des Bösen. Zur Begründung einer ästhetischen Kategorie*, München 2004, S. 9 – 32.

Karl Heinz Bohrer, "Deutsche Romantik und Französische Revolution. Die ästhetische Abbildbarkeit des historischen Ereignisses", in: ders. , *Das absolute Präsens. Die Semantik ästhetischer Zeit*, Frankfurt am Main 1994, S. 8 – 31.

Karl Heinz Bohrer, "Erscheinungsschrecken und Erwartungsangst. Die griechische Tragödie als moderne Epiphanie", in: ders. , *Das absolute Präsens. Die Semantik ästhetischer Zeit*, Frankfurt am Main 1994, S. 32 – 62.

Karl Heinz Bohrer, "Wie plötzliche ist Kleist?", in: Hans Ulrich Gumbrecht u. a. (Hg.), *Kleist revisited*, München 2014, S. 47 – 61.

Karl Heinz Bohrer, "Zeit und Imagination. Das absolute Präsens der Literatur", in: ders. , *Das absolute Präsens. Die Semantik ästhetischer Zeit*, Frankfurt am Main 1994, S. 143 – 183.

Karl Heinz Bohrer, *Das absolute Präsens. Die Semantik ästhetischer Zeit*, Frankfurt am Main 1994, S. 7.

Karlheinz Stierle, "Das Beben des Bewusstseins. Die narrative Struktur von Kleists *Das Erdbeben in Chili*", in: David E. Wellbery (Hg.), *Positionen der Literaturwissenschaft. Acht Modellanalyse am Beispiel von Kleists Das Erdbeben in Chili*, 3. Aufl, München 1993, S. 54 – 68.

Liisa Saariluoma, *Wilhelm Meisters Lehrjahre und die Entstehung des modernen Zeitbewusstseins*, Trier 2005.

Lisa Dieckmann, *Traumdramaturgie und Selbstreflexion. Bildstrategien romantischer Traumdarstellung im Spannungsfeld zeitgenössischer Traumtheorie und Ästhetik*, Köln 2015.

Lothar Pikulik, *Frühromantik. Epoche – Werke – Wirkung*, 2. Aufl, München 2000.

Lukas Werner, "Zeit", in: Matias Martinez (Hg.), *Handbuch Erzählliteratur: Theorie, Analyse, Geschichte*, Stuttgart 2011, S. 150 – 158.

Manfred Koch, *Mnemotechnik des Schönen*, Tübingen 1988.

Martin Jörg Schäfer, *Das Theater der Erziehung. Goethes Pädagogsiche Provinz und die Vorgeschichgte der Theatralisierung der Bildung*, Bielefeld 2016.

Michael C. Frank, "Nachwort", in: Michail M. Bachtin, *Chronotopos*, übers. v. Michael Dewey, Frankfurt am Main 2014, S. 201 – 242.

Michael Foucault, *Die Ordnung der Dinge*, übers. v. Ulrich Köppen, Frankfurt am Main 2003.

Michael Makropoulos, "Modernität als Kontingenzkultur. Konturen eines Konzepts", in: Gerhart von Graevenitz/Odo Marquard (Hg.),

Kontingenz, München 1998, S. 55 – 79.

Michail M. Bachtin, *Chronotopos*, übers. v. Michael Dewey, Frankfurt am Main 2014.

Monika Schmitz-Eman, "Phantastische Literatur. Ein Denkwürdiger Problemfall", in: *Neohelicon*, XXII/2, S. 53 – 116.

Monika Schmitz-Emans, "Wassermänner, Sirenen und andere Monster. Fabelwesen im Spiegel von Kleists Berliner Abendblätter", in: *Kleist-Jahrbuch* 2005, S. 162 – 182.

Norbert Altenhofer, "Der erschütterte Sinn. Zu Kleists Erdbeben in Chili", in: David E. Wellbery (Hg.), *Positionen der Literaturwissenschaft. Acht Modellanalysen am Beispiel von Kleists Das Erdbeben in Chili*, 3. Aufl, München 1993, S. 39 – 53.

Novalis, *Das Allgemeine Brouillon*, Hamburg 1993.

Novalis, *Heinrich von Ofterdingen*, hg. v. Wolfgang Frühwald, Stuttgart 2017.

Odo Marquard, "Entlastung vom Absoluten. In Memoriam Hans Blumenberg", in: Gerhart v. Graevenitz/Odo Marquard (Hg.), *Kontingenz*, München 1998, S. XVII – XXV.

Paul Ricoeur, *Zeit und Erzählung*, Bd. I., übers. v. Rainer Rochlitz, München 1988.

Paul Tillich, "Das Dämonische. Ein Beitrag zur Sinndeutung der Geschichte", in: ders., *Ausgewählte Texte*, hg. v. Christian Danz u. a., Berlin 2008, S. 140 – 163.

Peter Küpper, *Die Zeit als Erlebnis des Novalis*, Böhlau 1961.

Peter Schnyder, "Zufall", in: Ingo Breuer (Hg.), *Kleist-Handbuch. Leben-Werk-Wirkung*, S. 379 – 382.

Peter Szondi, "Friedrich Schlegel und die romantische Ironie", in: Jean Bollack u. a. (Hg.), *Peter Szondi. Schriften*, B. 2, Frankfurt am Main 2011, S. 11 – 25.

Peter Vogt, *Kontingenz und Zufall. Eine Ideen-und Begriffsgeschichte*, Berlin 2011.

Peter-André Alt, *Ästhetik des Bösen*, München 2012.

Ralf Berhorst, *Anamorphosen der Zeit. Jean Pauls Romanästhetik und Geschichtsphilosophie*, Tübingen 2002.

Reinhart Koselleck, "Erfahrungsraum und Erwartungshorizont. Zwei historische Kategorien", in: *Vergangene Zukunft: Zur Semantik geschichtlicher Zeiten*, 8. Aufl., Frankfurt am Main 2013, S. 349 – 375.

Reinhart Koselleck, "Neuzeit. Zur Semantik moderner Bewegungsbegriffe", in: *Vergangene Zukunft: Zur Semantik geschichtlicher Zeiten*, 8. Aufl., Frankfurt am Main 2013, S. 300 – 348.

Reinhart Koselleck, "Standortbindung und Zeitlichkeit. Ein Beitrag zur historiographischen Erschließung der geschichtlichen Welt", in: ders., *Vergangene Zukunft*, Frankfurt am Main 1979.

Reinhart Koselleck, "Über die Verfügbarkeit der Geschichte", in: *Vergangene Zukunft: Zur Semantik geschichtlicher Zeiten*, 8. Aufl., Frankfurt am Main 2013, S. 260 – 277.

Reinhart Koselleck, "Vergangene Zukunft der frühen Neuzeit", in: ders., *Vergangene Zukunft: Zur Semantik geschichtlicher Zeiten*, 8 Aufl., Frankfurt am Main 2013, S. 17 – 37.

Reinhart Koselleck, "Zeitverkürzung und Beschleunigung. Eine Studie zur Säkularisation", in: ders., *Zeitschichten: Studien zur His-*

torik, Frankfurt am Main 2003, S. 177 - 202.

Richard Samuel u. a. (Hg.), *Novalis. Schriften*, Bd. II, Stutt-gart 1981.

Roland Borgards, "Experimentelle Aeronauti. Chiemie, Meteorol-ogie und Kleists Luftschiffkunst in den Berliner Abendblätter", in: *Kleist-Jahrbuch* 2005, S. 142 - 161.

Rolf Selbmann, *Der deutsche Bildungsroman*, Stuttgart 1994.

Rolf-Peter-Janz, "Zum sozialen Gehalt der Lehrjahre", in: Hel-mut Arntzen u. a. (Hg.), *Literaturwissenschaft und Geschichtsphiloso-phie*, Berlin/New York 1975, S. 320 - 34.

Rüdiger Bubner, " Die Aristotelische Lehre vom Zu-fall. Bermerkungen in der Perspektive einer Annährung der Philosophie an die Rhetorik", in: Gerhart von Graevenitz/Odo Marquard (Hg.), *Kontingenz*, München 1998, S. 3 - 21.

Rudolf Wendorff, *Zeit und Kultur. Geschichte des Zeitbewusstseins in Europa*, Opladen 1980.

Rudolf Wendorrf, " Zur Erfahrung und Erforschung von Zeitphänomenen im 20. Jahrhundert", in: Heinz Burger (Hg.), *Zeit, Natur und Mensch*, Berlin 1986, S. 17 - 46.

Sybille Peters, "Die Experimente der Berliner Abendblätter", in: *Kleist-Jahrbuch* 2005, S. 128 - 141.

Theo Jung, "Das Neue der Neuzeit ist ihre Zeit: Reinhart Kosel-lecks Theorie der Verzeitlichung und ihre Kritiker", in: Helga Mitter-bauer u. a. , *Moderne: Kulturwissenschaftliches Jahrbuch* 6, Innsbruck 2012, S. 172 - 184.

Thomas E. Schmidt, *Die Geschichtlichkeit des frühromantischen Ro-*

mans, Tübingen 1989.

Thomas Mann, *Der Zauberberg*, 2. Aufl, Frankfurt am Main 2013.

Ursula Ritzenhoff, *Erläuterungen und Dokumente. Novalis. Heinrich von Ofterdingen*, Stuttgart 1999.

Walter Hinderer, "Ansichten von der Rückseite der Naturwissenschaft. Antinomien in Heinrich von Kleists Welt-und Selbstverständnis", in: *Kleist-Jahrbuch* 2005, S. 21 – 447.

Walter Muschg, *Goethes Glaube an das Dämonische*, Stuttgart 1958.

Werner Hamacher, "Das Beben der Darstellung", in: David E. Wellbery (Hg.), *Positionen der Literaturwissenschaft. Acht Modellanalyse am Beispiel von Kleists Das Erdbeben in Chili*, 3. Aufl, München 1993, S. 149 – 173.

Werner Schulz, "Der Sinn der Geschichte bei Hegel und Goethe", in: *Archiv für Kulturgeschichte*, 1957, Vol. 39, S. 209 – 227.

William Diamond, "Wilhelm Meisters Interpretation of Hamlet", in: *Modern Philology*, 1925, Vol.

Wolfgang Frühwald, "Nachwort", in: Novalis, *Heinrich von Ofterdingen*, hg. v. Wolfgang Frühwald, Stuttgart 2017, S. 236 – 255.

Wolfgang Kaempfer, "Zeit", in: Christoph Wulf (Hg.), *Vom Menschen. Handbuch Historische Anthropologie*, Weinheim und Basel 1997, S. 179 – 197.

Wolfgang Staroste, "Zum epischen Aufbau der Realität in Goethes *Wilhelm Meisters Lehrjahre*", in: *Wirkendes Wort* 11, 1961, H. 1.

https: //www. dwds. de/wb/Zeitung. Letzter Zugriff am 21. 02. 2021.

后 记

　　本书是教育部人文社科青年项目（批准号 17YJC752042）的研究成果。这项研究是一个契机，让我把在写作博士论文时关于西方时间观念，尤其是启蒙以来时间意识的一些未能完全展开的想法继续付诸实施。

　　时间的问题，是神秘又切近生活的问题。对时间的感知是人与世界之间最基础的关系，人类对时间的感知和理解是历史的、动态的，它参与着人类生活对世界意义的建构，同时也不断被建构和想象。海德格尔在《时间概念史导论》里曾言明："时间概念的历史，即时间之发现的历史，就是追问存在者之存在的历史。"时间观的历史，是思想史变迁的写照，也从根本上反映出人在定位自我、理解世界时的观念演进。

　　具体谈论文学中的时间，它可以涉及一种明确的概念性探讨，也可以是一定程度的现实模拟，更多则是一种凌空蹈虚的艺术性塑造，有多少文学叙事，就有多少种时间塑型。我选择时间这样一个研究题目的缘起，可以追溯到十年前，当时的我在学习和阅读过程中接触到了诸多知识、理论和学术成果，受其启发，对 19 世纪末 20 世纪初德意志精神思想领域中显见的时间话语产生了兴趣。不管是作为前奏的尼采之"相同者的永恒轮回"，还是后来爱因斯坦提出的相对论，胡塞尔对内时间意识的现象学研究，以及海德格尔对时间性的阐发，这些理论思考无一不围绕时间这个主题展开。在文学中，托马斯·曼更是写出了一部"时间小说"。德意志人对时间的敏感与沉思，让彼时的我感到值得一探究竟。

最初在博士阶段选定时间这个研究主题，可能是一个冒险；现在看来，这个选题牵引着我走过了起起伏伏的诸多路程，其间有过沮丧，但也收获了不少惊喜——我希冀，未来能循着这个主题，进入更广阔的问题史和思想史中，可以餍食更多的洞见以及情感的愉悦。我要感谢我的博士导师王炳钧教授，包容我彼时的狂妄与大胆，并在我的学术成长之路上一直给予我热诚的帮助、指点与鼓励。

现在，回顾这个研究项目的实施过程，我常觉得自己像矿工，钻入18世纪的历史语境中，就像在地下深处历史的沉积岩里挖掘；挖出的"宝藏"及对其搬运、整理的过程，是一系列的复杂工程；有时会遭遇这种情况："岩石"过于大块或过于坚硬，着实挖不动，不得不停下来，或改换角度或修整后再挖。所以，坦白讲，即使现在这本书就要出版了，我依然有未完结之感，书中可能仍存在诸多未打通的理路；力所不逮之处，期待读者批评指正。

在这个项目研究期间，我有幸获得国家留学基金委访问学者奖学金的经费资助，赴德国柏林自由大学德语与荷兰语文学院进行了为期一年的学术交流，在此期间搜集扩充了文献资料，并得以落实具体的研究思路，对此我谨向国家留学基金委和德国柏林自由大学表示衷心感谢。这个项目在前期也受益于中国政法大学新入校教师科研启动计划的经费支持，在此一并表达诚挚感谢。同时，我要特别诚挚地感谢德方合作教授 Hans Richard Brittnacher 在我于柏林自由大学做访问学者期间以及 2012 年 ~2014 年我在德国进行博士研究期间给予我的点拨和热忱帮助。在此，我也想对曾经在我的学术路上指导、帮助过我的诸位师长——韩瑞祥教授、吴晓樵教授、任卫东教授、谢莹莹教授、冯亚琳教授、谷裕教授、姜红教授、汪民安教授、王丽亚教授——以及在各种学术交流场合给予我指教的所有前辈学者，表达诚挚谢意。

在求知问学的路上，我也有幸结识了很多有趣的同学、伙伴和学友，那些忘我讨论的时刻、那些对于真知灼见的纯然好奇心，至今时今日一直令我感到快慰；还要感谢中国政法大学外国语学院，尤其是德语所的同事们，他们在工作中给予了我真诚的鼓励、热情的帮助。

这本书的顺利出版，要特别感谢李烨老师的引荐和马旭编辑的协助，感谢中国政法大学出版社的艾文婷、郭柯一以及未曾谋面的诸位编辑专业、高效、认真的工作。书中内容或有讹误，都是我的责任。

最后，我要感谢我的家人对我一如既往的支持，使得这部著作终于得以问世。

张珊珊

2022 年初春于北京